«PANDORA»

Dello stesso autore

LE PAGINE DELLA NOSTRA VITA
LE PAROLE CHE NON TI HO DETTO
IL BAMBINO CHE IMPARÒ A COLORARE IL BUIO
(con Billy Mills)
I PASSI DELL'AMORE
UN CUORE IN SILENZIO
UN SEGRETO NEL CUORE
COME UN URAGANO
QUANDO HO APERTO GLI OCCHI
COME LA PRIMA VOLTA
IL POSTO CHE CERCAVO
TRE SETTIMANE, UN MONDO
(con Micah Sparks)
OGNI GIORNO DELLA MIA VITA
RICORDATI DI GUARDARE LA LUNA
LA SCELTA
HO CERCATO IL TUO NOME
L'ULTIMA CANZONE
VICINO A TE NON HO PAURA
IL MEGLIO DI ME
LA RISPOSTA È NELLE STELLE
LE PAROLE DELL'AMORE
NEI TUOI OCCHI
OGNI RESPIRO
LA MAGIA DEL RITORNO
QUANDO SI AVVERA UN DESIDERIO
NOI DUE COME IN UN SOGNO
QUANTI MIRACOLI

Tutti i libri di Nicholas Sparks sono disponibili anche in versione ebook, a eccezione de *Il bambino che imparò a colorare il buio* e *Un segreto nel cuore*.

NICHOLAS SPARKS

QUANTI MIRACOLI

Traduzione di Alessandra Petrelli

Sperling & Kupfer

Questa è un'opera di fantasia. Nomi, personaggi, luoghi e avvenimenti sono frutto dell'immaginazione dell'autore o sono usati in chiave fittizia. Qualsiasi rassomiglianza con fatti o località reali o con persone realmente esistenti o esistite è puramente casuale.

Pubblicato per

Sperling & Kupfer

da Mondadori Libri S.p.A.

Counting Miracles

ISBN 978-88-200-7551-4

I Edizione settembre 2024

Anno 2024-2025-2026 - Edizione 1 2 3 4 5 6 7 8 9 10

Per il dottor Eric Collins,
lui sa perché.

«Fa cose tanto grandi che non si possono indagare,
meraviglie che non si possono contare.»

Giobbe 9, 10

1

1

Marzo 2023

Tanner Hughes uscì sulla veranda della casetta che un tempo era appartenuta ai nonni e si chiuse la porta alle spalle. In una mano reggeva un borsone da viaggio, nell'altra un sacco portavestiti con l'abito che aveva indossato cinque settimane prima per il funerale della nonna.

Alzò gli occhi al cielo e vide una nuvola solitaria che splendeva bianca nell'azzurro del mattino. Sarebbe stata un'altra giornata perfetta da cartolina in Florida e il pensiero lo indusse a concludere ancora una volta che i suoi nonni si erano scelti un bel posticino dove stabilirsi. Pensacola era sempre stata una città di militari: molti veterani si erano trasferiti nella zona al termine della carriera; era sicuro che i suoi nonni, soprattutto il nonno, ex meccanico dell'esercito, si fossero integrati perfettamente.

Lasciò la chiave sotto un vaso di fiori per l'agente immobiliare che sarebbe passato più tardi. Aveva già fatto portare via i mobili e contattato gli imbianchini, in più il mediatore gli aveva lasciato intendere che la vendita sarebbe stata veloce. Tanner aveva trascorso gran parte dell'ultimo mese passando al vaglio ciò che era appartenuto ai nonni e a riflettere sugli ultimi mesi trascorsi con la nonna.

Si girò un'ultima volta: sentiva la sua mancanza, e quella del nonno. Erano gli unici genitori che avesse mai conosciuto, dato che sua madre, single, era morta pochi minuti dopo la sua nascita. Era strano pensare che non ci fossero più, gli sembrava che orfano fosse un termine appropriato nel suo caso. Dopotutto, aveva visto sua madre soltanto in fotografia e fino a poco tempo prima non aveva saputo niente del padre biologico. Riservati com'erano, i nonni gli avevano fatto capire di non conoscerne l'identità e da tempo lui si era convinto che in fondo non avesse importanza. Certo, a volte lo rattristava l'idea di non aver conosciuto i suoi genitori, ma era cresciuto in una casa piena di amore ed era questo che contava davvero.

Sforzandosi di allontanare questi pensieri, si incamminò verso l'auto. Dà l'idea di velocità anche parcheggiata nel vialetto, pensò. Era una riproduzione della Shelby GT500-KR del 1968 realizzata dalla Revology Cars, di un rosso acceso con strisce bianche; pur essendo nuova di zecca, era identica ai modelli prodotti più di mezzo secolo prima. Era quanto di più stravagante Tanner si fosse mai concesso, e, quando era arrivata, avrebbe tanto voluto che il nonno fosse ancora vivo per vederla. Avevano condiviso la passione per le *muscle cars* americane, e la Shelby, benché non fosse originale, era fatta per essere guidata e non posteggiata nel garage di un collezionista. Proprio come piaceva a Tanner.

In ogni caso, arrivata l'estate, sarebbe finita comunque in un garage.

Tanner infilò le borse nel bagagliaio, accanto a una scatola piena di ricordi della casa. Sul sedile del passeggero c'era già lo zaino pronto. Il motore si avviò con un rombo cupo e lui attraversò la città, diretto all'interstatale, superando catene di negozi e fast-food. A parte la spiaggia, rifletté, Pensacola non gli sembrava poi così diversa da altre località degli Stati Uniti che aveva visitato di recente. Doveva ancora abituarsi alla monotonia di gran parte del Paese e, chissà, forse un giorno non si sarebbe più sentito un forestiero.

Mentre guidava, tornò con la mente ai momenti salienti della sua vita: la giovinezza trascorsa in una decina di basi militari in Germania e in Italia, l'addestramento a Fort Benning in Georgia, quasi tre lustri nell'esercito. Le numerose missioni in Medio Oriente e, dopo il congedo, l'impiego nel settore della sicurezza con la USAID, l'agenzia degli Stati Uniti per lo sviluppo internazionale, sempre oltreoceano.

E poi?

Era sempre stato in movimento, se non altro perché era l'unica vita che conosceva. Aveva passato gran parte degli ultimi due anni in viaggio, spostandosi da un capo all'altro dell'America. Aveva il telefono pieno di foto di parchi nazionali e monumenti, collezionate man mano che riprendeva i contatti con gli amici e, soprattutto, faceva visita alle famiglie dei commilitoni caduti in missione. Ventitré in totale, tra quelli uccisi e quelli che si erano tolti la vita dopo il congedo. Aveva la sensazione che parlare con le vedove o i genitori fosse la cosa giusta da fare, come se gli servisse per trovare una risposta di cui aveva bisogno, pur non sapendo ancora con certezza quale fosse la domanda.

Sebbene ci fossero ancora delle famiglie che contava di andare a trovare, il suo viaggio si era bruscamente interrotto l'ottobre precedente, quando aveva scoperto che a sua nonna restava poco da vivere. Si sentivano regolarmente eppure lei non gli aveva mai detto che qualche mese prima le era stata diagnosticata una patologia polmonare irreversibile. Era corso a Pensacola e l'aveva trovata a letto, accudita da un'infermiera. Sembrava più piccola di come la ricordava. Faticava a respirare, nonostante la bombola di ossigeno, parlava in maniera lenta e spezzata. Gli si era stretto lo stomaco davanti alla realtà incontrovertibile delle sue condizioni, e nei mesi successivi si era allontanato raramente dal suo capezzale. La accudiva giorno e notte, spesso dormiva su una brandina sistemata in camera sua. Le preparava frullati proteici e le tritava il cibo fino a renderlo una pappa per neonati; le spazzolava amorevolmente i capelli ormai radi e le spalmava un balsamo sulle labbra screpolate. Di pomeriggio, quando la nonna non dormiva, spesso le leggeva qualche pagina da una raccolta di poesie di Emily Dickinson, mentre lei teneva lo sguardo rivolto fuori dalla finestra.

Con il passare delle settimane, dato che aveva sempre più difficoltà a parlare, era lui a farlo per entrambi. Le aveva raccontato del Grand Canyon, di Graceland, la casa di Elvis Presley a Memphis, di un hotel di ghiaccio nel Wisconsin settentrionale e di una decina di altri posti, nella speranza che condividesse il suo entusiasmo, ma l'inquietudine nel suo sguardo la diceva lunga. Mi preoccupa lasciarti da solo, sembrava voler dire, la tua vita non ha radici. Quando Tanner aveva tentato ancora una volta di spiegarle che i suoi ultimi viaggi erano stati per lui un modo per rendere omaggio agli amici scomparsi, lei aveva scosso la testa. «Ti serve... una casa» aveva ansimato, prima di essere colta da un violento accesso di tosse. Dopo essersi ripresa, gli aveva fatto segno di darle il blocco e la penna che si trovavano sul comodino. *Trova il posto a cui appartieni e fallo tuo*, aveva scarabocchiato.

Sapendo che l'avrebbe rattristata sapere che al momento non aveva intenzione di stabilirsi da nessuna parte, Tanner non le aveva raccontato che a gennaio era stato contattato dal suo vecchio amico della USAID, Vince Thomas. Era in partenza per un nuovo incarico in Africa. Avevano lavorato insieme in Camerun in passato e Vince gli aveva detto di aver bisogno di un vicecapo della sicurezza che conoscesse il Paese e la situazione politica. Tanner aveva accettato l'offerta, convinto che fosse una decisione valida come un'altra.

Ora, per la prima volta dopo mesi, stava percorrendo l'interstatale, con il paesaggio pianeggiante della Florida settentrionale che gli sfrecciava accanto in una distesa sconfinata. Dopo una breve visita al suo grande amico Glen Edwards, aveva in progetto di raggiungere Asheboro, nel North Carolina, curioso di vedere se e che cosa avrebbe trovato.

Asheboro.

Sua nonna aveva scritto il nome di quella cittadina sul taccuino, poco prima di scivolare nel coma.

2

Anche il North Carolina orientale, come Pensacola, era una meta amata dai veterani in pensione, e dopo aver lasciato la Delta Force, il corpo per operazioni speciali dell'esercito, Glen era caduto in piedi. Gestiva un centro di addestramento per agenti di polizia e SWAT di tutto il Paese e si era comprato una casa a Pine Knoll Shores con vista su Bogue Sound, dove abitava con la moglie e due figli adolescenti. Tanner non si sorprese di trovare l'amico ad attenderlo sulla veranda con una bottiglia di birra in mano; ne avevano passate talmente tante insieme che sembrava quasi che sapessero leggersi nel pensiero.

La casa, con i suoi soffitti alti e i panorami mozzafiato, aveva l'aria vissuta e disordinata di una famiglia, con zaini sparsi qua e là e attrezzatura sportiva ammucchiata accanto alla porta. I bambini, quando non reclamavano le attenzioni di Glen, cercavano quelle di Tanner, mostrandogli i videogame o chiedendogli se volesse guardare un film insieme a loro. Per lui era una gioia, i bambini gli erano sempre piaciuti, e Molly, con il suo sorriso contagioso e il carattere paziente, era il genere di donna che riusciva a tirare fuori il meglio da Glen.

Passò tre giorni insieme a loro, condividendo i pasti e il tempo con la famiglia. Andarono in spiaggia e all'acquario e di sera si sedevano a parlare sulla veranda posteriore, sotto un cielo trapunto di stelle. Molly di solito si ritirava per prima e allora Tanner e Glen facevano lunghe chiacchierate a quattr'occhi.

La prima sera Tanner raccontò a Glen dei suoi viaggi e di quello che aveva visto, poi gli disse delle visite alle famiglie degli amici che aveva perso. Glen rimase ad ascoltarlo in silenzio – anche lui conosceva gran parte di quelle persone – e alla fine confessò che non sarebbe stato in grado di fare altrettanto.

«Non avrei saputo che cosa dirgli.»

Tanner capì ciò che intendeva, non era stato facile neanche per lui, soprattutto nei casi di suicidio. Quindi la conversazione passò ad argomenti più allegri. Parlò a Glen dell'imminente incarico in Camerun e degli ultimi mesi trascorsi a Pensacola, raccontandogli anche dell'incredibile rivelazione che gli aveva fatto la nonna e che era il motivo del suo viaggio ad Asheboro.

«Aspetta.» Glen aveva elaborato l'informazione. «Te l'ha detto soltanto adesso?»

«All'inizio ho pensato che fosse un po' confusa, ma quando l'ha messo per iscritto, ho capito che intendeva sul serio.»

«E come ti sei sentito?»

«Sconvolto, direi. Forse anche un po' arrabbiato. Tuttavia, allo stesso tempo mi sono reso conto che era convinta di aver fatto la cosa giusta non rivelandomi niente. Forse pensava di proteggermi in qualche modo. E... comunque le voglio bene. Lei e il nonno mi hanno fatto da genitori.»

Glen serrò le labbra senza dire niente, ma in seguito, durante la loro ultima serata insieme, tornò sull'argomento. «Ho pensato a quello che mi hai detto l'altra sera, e devo ammettere di essere un po' preoccupato per te, Tan.»

«Perché? Pensi che sia un errore andare ad Asheboro?»

«No» rispose Glen. «La tua curiosità nei riguardi del

passato è perfettamente comprensibile. Cavolo, se qualcuno avesse sganciato una bomba del genere addosso a me, probabilmente farei la stessa cosa. No, quello che mi preoccupa è com'è stata la tua vita da quando hai lasciato il tuo ultimo lavoro. Cioè, capisco l'idea di prendersi un po' di tempo per viaggiare e andare a trovare gli amici, e capisco che ti sia voluto occupare di tua nonna durante la malattia. Ma tornare in Camerun? Questo proprio non lo capisco. Mi dà l'impressione che tu voglia rimandare la vita, invece di viverla davvero. O, addirittura, che tu voglia tornare indietro. Dimmi, non hai mai avuto una casa tua, giusto? La vita da nomade non ti ha ancora stancato?»

Parli come mia nonna, pensò Tanner, ma lo tenne per sé. Si limitò ad alzare le spalle. «Mi piaceva in Camerun.»

«Questo lo so.» Glen fece un sospiro. «Comunque sappi che, semmai decidessi di stabilirti da qualche parte, hai un lavoro che ti aspetta nella mia società. Potrai vivere dove ti pare, decidere tu gli orari e avrai l'opportunità di lavorare con qualcuno dei vecchi Delta. Molly ha persino una sorella single.» Inarcò le sopracciglia in maniera allusiva e Tanner scoppiò a ridere.

«Grazie» rispose bevendo un sorso di birra.

«A proposito della tua ricerca...»

«Mi sembrava che avessi appena detto che capivi la mia curiosità.»

«È così. Mi chiedevo soltanto se hai provato a usare 23andMe o un altro di quei siti per il test del DNA.»

«Li ho provati tutti, ma, a parte una coppia di parenti in Ohio e in California – molto, molto lontani –, non ho trovato nessuno. Doveva trattarsi di una famiglia molto ristretta. Però se hai qualche suggerimento che possa farmi risparmiare tempo, sono aperto a qualunque proposta.»

«Purtroppo no» rispose Glen. «E il tuo piano è decisamente vecchio stile, ma chissà? Un tempo le persone si cercavano così, giusto? Potresti avere un colpo di fortuna.»

Tanner annuì, chiedendosi per l'ennesima volta quali probabilità avesse di rintracciare una persona a più di quarant'anni di distanza, soprattutto con un nome e un cognome così banali da essere quasi irrilevanti. Soltanto negli Stati Uniti c'erano più di due milioni di persone con lo stesso cognome (aveva controllato su Google) e più di cento vivevano ad Asheboro.

Sempre ammesso di potersi fidare della memoria della nonna al riguardo. Con la sua calligrafia tremula e quasi illeggibile aveva scritto solo:

Tuo papà
Dave Johnson
Asheboro NC
scusa

3

Il viaggio in auto da Pine Knoll Shores ad Asheboro richiese quattro ore e, appena arrivato, prima di recarsi in biblioteca, Tanner si fermò in un Walmart a comprare una cartina, un quaderno e delle penne. Con l'aiuto di una simpatica signora del banco informazioni, scoprì che la biblioteca, pur non avendo gli elenchi telefonici degli anni Settanta e Ottanta, ne aveva uno del 1992. Si sarebbe dovuto accontentare.

Il passo successivo sarebbe stato trovare suo padre, che non aveva mai conosciuto.

Seduto a un tavolo in sala lettura, aprì la cartina e la divise in quattro quadranti. Poi, usando il vecchio elenco telefonico, trovò nome e indirizzo di tutti i Johnson che abitavano nella zona e li localizzò sulla mappa; con l'iPhone fece un controllo incrociato con le pagine bianche aggiornate online e cerchiò sulla cartina i nominativi che coincidevano. Tanto valeva prepararsi a bussare porta a porta nella maniera più efficiente possibile.

Non riuscì a finire prima dell'orario di chiusura della biblioteca, il che significava che ci sarebbe dovuto tornare il lunedì. Valutò se fosse il caso di fare un tentativo anche negli uffici della contea; i registri catastali avrebbero potuto aiutarlo, ma anche per questo avrebbe dovuto aspettare dopo il weekend.

Lasciò le sue cose in un Hampton Inn e uscì per esplorare a piedi il centro cittadino, sentendo il bisogno di sgranchire le gambe. Superò un negozio di antiquariato, un fioraio e una manciata di boutique che occupavano i locali al pianterreno di edifici risalenti all'inizio del secolo precedente. C'era anche un bel parco e, nonostante le nubi che si addensavano in cielo, i marciapiedi erano gremiti di passanti che portavano a spasso i cani o spingevano passeggini. Per un attimo gli parve di essere stato catapultato indietro in un'altra epoca e si domandò come sarebbe stato crescere lì. Suo padre aveva conosciuto sua madre in questa città, magari? A quanto ne sapeva, i nonni non erano mai vissuti lì, e si chiedeva in che modo i destini dei suoi genitori si fossero incrociati. Domande alle quali la nonna non sarebbe più stata in grado di rispondere, concluse, e rimpianse di non aver avuto un po' più di tempo da passare con lei.

Rientrò in hotel poco prima che cominciasse a piovere. Lesse fino all'ora di cena, immergendosi in un libro sul fronte del Pacifico durante la Seconda guerra mondiale. Da allora la moderna arte bellica era sicuramente cambiata, anche se alcuni degli effetti più devastanti sui militari erano rimasti immutati.

Quando cominciò a sentire brontolare lo stomaco, cercò sul telefono un locale dove mangiare qualcosa. Arrivato nel parcheggio di Coach's, rimase stupito di trovarlo pieno. Dovette fare due volte il giro prima di riuscire a posteggiare. Raggiunse l'ingresso e, appena spinse la porta per entrare, fu investito dal frastuono proveniente da alcuni schermi tv che trasmettevano una partita di basket universitaria a tutto volume. Il locale era gremito di tifosi schiamazzanti. Gli tornò in mente che Glen gli aveva accennato qualcosa riguardo a quel tipo di campionato maschile di pallacanestro.

Si fece largo tra la folla, scrutando istintivamente le facce e facendo attenzione al linguaggio del corpo della gente intorno, individuando chi era ubriaco e chi aveva voglia di fare a botte. Vicino al bar notò tre uomini raggruppati intorno a un tavolino alto, molto probabilmente armati. Avevano tutti l'inconfondibile protuberanza sulla parte bassa della schiena, ma dalla pettinatura e dall'atteggiamento concluse che dovesse trattarsi di agenti di polizia o vicesceriffi venuti a rilassarsi dopo una lunga giornata di lavoro. Ciò nonostante, scelse un punto da dove poterli tenere d'occhio, insieme a quasi tutto il resto della clientela. Le vecchie abitudini sono dure a morire.

Quando finalmente il barista si accorse di lui, ordinò un hamburger e una birra artigianale del posto, gustosi entrambi. Dopo che il barista ebbe sparecchiato il piatto ormai vuoto, rimase a guardare distrattamente la partita sorseggiando la birra. A un certo punto, la folla proruppe in un grido assordante e Tan si irrigidì istintivamente. Sugli schermi comparve il replay di un playmaker che mandava a segno un tiro da tre punti. Mentre soffiava fuori l'aria, colse un altro rumore, che sembrava stonato in quell'ambiente.

Una voce. Femminile.

«Ti ho detto di LASCIARMI!»

Si voltò e vide una ragazza dai capelli castani. Era accanto al séparé e cercava di liberare il braccio dalla stretta di un ragazzo con un cappellino da baseball indossato al contrario. Tanner contò in tutto cinque persone nel gruppo, tre ragazzi e due ragazze, compresa quella che aveva parlato, e rimase a osservarli finché lei riuscì a liberarsi. Non aveva voglia di lasciarsi coinvolgere, ma non poteva fare finta di niente quando vedeva gli uomini usare la forza fisica per intimidire le donne. Se il ragazzo l'avesse afferrata di nuovo, si disse, sarebbe stato costretto a intervenire.

Per fortuna la ragazza si diresse a grandi passi verso la porta. La sua amica bionda uscì dal séparé e la seguì, mentre i ragazzi al tavolo cominciarono a ridere e a fare battute sulle due amiche.

Idioti.

Tanner riportò l'attenzione sullo schermo e quando nella bottiglia non rimase che un sorso di birra la posò sul bancone, pronto ad andarsene. Mentre si infilava il giubbotto, gli cadde lo sguardo sul gruppetto che aveva osservato prima. Notò che il tizio con il cappellino al contrario, quello che aveva afferrato la ragazza per il braccio, non era più al tavolo, mentre i suoi due amici erano rimasti.

Maledizione.

Superò la folla, diretto alla porta. Uscito dal bar, passò in rassegna il parcheggio e individuò Cappellino da Baseball e le due ragazze accanto a un SUV nero. Anche da lontano si capiva chiaramente che stavano di nuovo discutendo. Cappellino da Baseball aveva preso di nuovo la ragazza per un braccio, ma stavolta gli sforzi di lei per liberarsi erano inutili. Tanner si incamminò verso di loro.

«Qualche problema?» chiese ad alta voce.

Il terzetto si voltò di scatto a guardarlo.

«Chi cavolo sei?» ringhiò Cappellino da Baseball senza mollare la presa.

Tanner accorciò le distanze e si fermò a pochi passi da loro. «Lasciala andare.»

Vedendo che il ragazzo non faceva nulla, Tanner si avvicinò ulteriormente. L'addestramento militare prese il sopravvento, ogni muscolo e ogni tendine in massima allerta. «Non è una domanda» disse in tono tranquillo e deciso.

Il ragazzo esitò ancora un istante, poi si decise a mollare la presa. «Volevo solo parlare con la mia ragazza.»

«NON sono la tua ragazza» strillò all'improvviso la brunetta. «Siamo usciti insieme una volta soltanto! Non so nemmeno che cosa ci fai qui!»

Tanner si girò verso di lei, notando che si massaggiava il braccio come se le facesse ancora male. «Tu gli vuoi parlare?»

Lei abbassò la mano. «No» rispose sottovoce. «Voglio solo tornare a casa.»

Tanner guardò il ragazzo negli occhi. «Mi sembra che il messaggio sia abbastanza chiaro» disse. «Perché non torni dentro, prima di finire nei guai?»

Cappellino da Baseball aprì la bocca per ribattere, poi ci ripensò. Fece un passo indietro, quindi si girò per andarsene. Tanner lo seguì con lo sguardo. Quando sparì all'interno del locale, riportò l'attenzione sulla ragazza.

«Tutto bene?»

«Credo di sì» mormorò lei senza guardarlo negli occhi.

«Sta bene» intervenne la sua amica. «Non c'era bisogno di spaventarlo così.»

Può darsi, pensò Tanner, ma può darsi anche di no. Aveva imparato che ferire l'orgoglio spesso era meglio dell'alternativa. Ormai era fatta. «Allora buonanotte.» Le rivolse un cenno di saluto con la testa. «Prudenza al volante.»

Si allontanò verso l'estremità del parcheggio per recuperare la macchina. Fece manovra e imboccò la corsia per uscire dal parcheggio. Giunto al punto in cui aveva incontrato i tre adolescenti, notò che non c'erano più.

Rendendosi conto di aver bisogno del telefono per trovare la strada, si fermò e si piegò di lato per sfilarlo dalla tasca posteriore. Proprio in quel momento, alla sua destra, un grosso SUV nero fece retromarcia a tutta velocità. Prima che Tanner avesse il tempo di reagire, sentì il posteriore dell'auto sbandare di lato, la sua testa subire un potente contraccolpo e un forte rumore metallico. Poi, all'improvviso, fu tutto finito.

Tornando in modalità addestramento, istintivamente controllò le proprie condizioni: braccia e gambe erano a posto, non c'era sangue e, a parte il probabile indolenzimento al collo e alla schiena il giorno successivo, non era rimasto seriamente ferito.

L'auto, invece...

Aprì la portiera, sperando che i danni non fossero gravi come era sembrato dal rumore, ma temendo il peggio. Controllò prima davanti, poi dietro e vide che la fiancata posteriore della Shelby era schiacciata contro lo pneumatico. Il fanalino posteriore era in frantumi e l'urto aveva fatto aprire il bagagliaio. Cercò di chiuderlo, ma la serratura non scattò.

La mia macchina, pensò affranto. La mia macchina nuova...

Accecato dalla collera, Tanner impiegò un istante per rendersi conto che l'altro automobilista non era ancora sceso dal SUV. Era uno di quelli più grossi, un Suburban, e Tanner fece alcuni lunghi respiri per calmarsi. Quando fu sicuro di riuscire ad affrontare il tizio senza perdere la pazienza, si incamminò verso il lato del guidatore, che sembrava intatto. Appena l'ebbe raggiunto, la portiera si spalancò e apparvero un paio di esili gambe tremanti. Tanner si bloccò, riconoscendo la ragazza bruna di prima. Pallida e con gli occhi sgranati, emise qualche singulto strozzato, quindi si nascose il viso tra le mani e scoppiò a piangere.

Cristo santo, borbottò Tanner tra sé. Ecco cosa ci ho guadagnato a comportarmi da bravo ragazzo.

Le concesse un minuto, poi un altro. Considerate l'età e la reazione della giovane, dedusse che fosse il primo incidente che faceva, un'esperienza sempre traumatica. Alla fine, quando il fiume di lacrime cominciò a esaurirsi, lei si pulì il naso con la manica. Tanner strinse le labbra. Temeva che, se avesse alzato la voce, avrebbe scatenato un'altra crisi di pianto, ed era l'ultima cosa che voleva.

«Ehi, ascolta» cominciò con il tono pragmatico che aveva utilizzato in precedenza con Cappellino da Baseball. «Prima di tutto, mi dici come ti chiami?»

La ragazza parve impiegare qualche istante a elaborare la richiesta. Alzò la testa, come se cercasse di mettere a fuoco. «La mamma mi ucciderà» dichiarò.

Che Dio mi assista, pensò Tanner. Benché lei non avesse risposto alla sua domanda, interpretò quelle parole come la prova che era in grado di ragionare lucidamente. «Devo accertarmi che tu non sia ferita. Puoi girare la testa da una parte all'altra, così? Poi prova ad annuire, okay?»

Tanner le mostrò i movimenti e, dopo una breve pausa, la ragazza lentamente li eseguì.

«Ti fanno male la testa o il collo?» s'informò Tanner. «Anche un leggero fastidio?»

«No» rispose lei tirando su con il naso.

«Invece braccia e gambe? La schiena? Hai bruciori, dolori, formicolio o cose simili da qualche parte? Riesci a ruotare il busto?»

Lei si accigliò, poi ruotò le spalle e il busto. «Tutto a posto.»

«Conosco le nozioni di base del pronto soccorso, ma non sono un medico. Mi sembra che tu stia bene, però magari potresti farti visitare per sicurezza.»

«Mia mamma è una dottoressa» disse lei in tono distratto.

Vedendo che le tremavano ancora le mani, Tanner continuò con voce pacata: «Il parcheggio è proprietà privata, quindi non c'è bisogno di chiamare la polizia, però dovresti prendere patente, libretto e tagliando dell'assicurazione».

«La polizia?» domandò lei con una nota di panico nella voce.

«Ho appena detto che non c'è bisogno di chiamarla...»

«Adesso non mi permetterà mai di avere una macchina mia» lo interruppe lei.

Tanner alzò gli occhi al cielo, poi tentò di nuovo. «Puoi tirare fuori le cose che ti ho chiesto? Libretto di circolazione, patente, assicurazione.»

Lei sbatté le palpebre. «La macchina è della mamma» disse in un sussurro. «Non so dove tenga il libretto. O l'assicurazione.»

«Prova nel cassetto del cruscotto o nel portaoggetti centrale.»

La ragazza si voltò, incerta sulle gambe, e risalì lentamente a bordo del Suburban. Nel frattempo Tanner scattò delle foto dei veicoli da varie angolazioni usando il cellulare. Quando la ragazza scese di nuovo, gli porse il libretto di circolazione e la patente.

«Non riesco a trovare il tagliando dell'assicurazione, ma probabilmente la mamma sa dov'è.»

Tanner sfogliò il libretto di circolazione; in fondo c'era il nome dell'assicurazione, insieme al numero di polizza. «Eccolo.» Scattò altre foto poi restituì i documenti alla ragazza. Siccome era chiaro che lei non sapeva che cosa dovesse fare, Tanner tirò fuori i propri documenti.

«Hai un telefono?»

Lei guardava i danni alla macchina. «Cosa?»

«Con il telefono fotografa la mia patente, il libretto e il tagliando dell'assicurazione.»

«Ho il telefono scarico.»

Ovviamente. Tanner usò il suo per fare le foto. «Hai detto che il SUV è di tua mamma, giusto? Invierò le foto dei miei documenti a te e a lei. Posso avere i vostri numeri?»

«Non potrebbe inviarli solo a me? Così potrò spiegarle quello che è successo prima che le arrivino delle foto da un numero che non conosce?»

Lui ci pensò su. «D'accordo» concordò. «Le mando solo a te, ma potresti darmi il suo numero? Per sicurezza?»

Salvò i numeri in rubrica e le inviò le foto; quando la guardò di nuovo, la vide mordersi il labbro.

«Forse dovresti chiamare la mamma per farti venire a prendere» le suggerì, porgendole il cellulare. «Ti tremano le mani, sei sotto shock, non sei nelle condizioni di guidare.»

Lei guardò il telefono senza prenderlo. «Abbiamo solo questa macchina.»

«E la tua amica? Quella di prima, è ancora qui?»

«È già andata via.»

«Non c'è nessun altro? Non hai un'altra amica da chiamare?»

«Non so i loro numeri.»

«Com'è possibile?»

Lei lo fissò come se fosse tonto. «Ce li ho memorizzati sul cellulare e, come le ho appena detto, è scarico.»

Tanner chiuse gli occhi, cercando di visualizzare sé stesso come Buddha. «D'accordo... Abiti lontano? Potrei accompagnarti io con il tuo SUV?»

Lei lo scrutò quasi cercasse di valutare se fosse una persona affidabile.

«Credo che possa andare» accettò alla fine. «Non è tanto lontano da qui.»

«Potresti fare manovra? Per separare le macchine?»

«Chi, io?»

«Sarà meglio che ci pensi io» disse lui. «Le chiavi sono inserite?»

Tirando su con il naso, lei fece un gesto verso la macchina, che Tanner interpretò come un sì. Per fortuna il motore partì al primo colpo e lui si spostò in avanti. Poi scese e controllò il parafango posteriore del SUV, ma a parte qualche graffio sembrava a posto.

«La buona notizia è che la tua macchina non ha subito danni» annunciò indicandolo. «Aspettami qui, d'accordo? Vado a parcheggiare la mia e torno subito.»

Salì al volante e trovò un posto vuoto nella corsia accanto. Il rumore della carrozzeria contro la ruota era agghiacciante. Il portellone posteriore alzato gli toglieva gran parte della visuale dallo specchietto.

Chissà se sarebbe stato necessario trasportare la macchina in Florida o se era possibile ripararla in loco... ma era sicuro che lo avrebbe scoperto quanto prima. Per il momento avrebbe riaccompagnato a casa la ragazza, sperando di riuscire poi a calmarsi e a dormire.

Tornato al SUV, trovò la giovane appoggiata alla fiancata, con l'aria imbronciata ma gli occhi asciutti. Si spostò dalla parte del passeggero, permettendogli di salire al posto di guida. Una volta al volante, Tanner aprì la foto della patente di lei sul telefono.

«Abiti sempre a Dogvood Lane?»

Lei annuì.

«Con i tuoi genitori?»

«Solo la mamma» borbottò. «I miei sono divorziati.»

Lui inserì l'indirizzo sul navigatore del telefono e scoprì che era giusto a otto minuti di distanza.

«Allaccia la cintura» ordinò, prima di dirigere il Suburban verso l'uscita del parcheggio. Imboccata la via principale, si girò a guardare la ragazza. Aveva l'aria di una detenuta condotta sul patibolo.

«Ti chiami Casey, giusto? Casey Cooper?» le chiese. «L'ho letto sulla patente.» Lei annuì e lui aggiunse: «Io sono Tanner Hughes».

«Piacere» disse lei lanciandogli un'occhiata di sottecchi. «Mi dispiace che debba portarmi a casa.»

«Figurati, nessun problema.»

«E mi dispiace davvero tantissimo di aver investito la sua macchina.»

Dispiace anche a me. Cercò di rievocare la voce della nonna. «Gli incidenti capitano.»

«Come mai prende la cosa con tanta disinvoltura?»

Lui ci pensò su. «Forse perché mi ricordo di essere stato giovane anch'io.»

Lei rimase in silenzio per un istante, poi lo guardò di nuovo. «La mia amica dice che ha dei begli occhi. Camille, intendo. La ragazza che era con me.»

Gli ripetevano spesso che erano di un colore insolito, un nocciola che virava al verde o all'oro a seconda della luce. «Grazie» rispose Tanner.

«Ha detto che anche i suoi tatuaggi sono fighi.»

Lui si limitò a sorridere.

Lei si girò a guardare fuori e poi, scuotendo la testa, aggiunse a voce bassa: «La mamma si incavolerà di brutto. Cioè, di più».

«Magari ci vorrà un po', ma alla fine se ne farà una ragione» disse Tanner. «Sarà felice che non ti sei fatta male.»

Lei sembrò rifletterci sopra mentre entravano in un quartiere residenziale con molti alberi. La maggior parte delle case erano a due piani, avevano facciate di mattoni e rivestimenti esterni in vinile e siepi ben curate.

«È quella» disse infine Casey indicandone una con le luci accese, dotata di veranda con tanto di sedie a dondolo. Quando Tanner imboccò il vialetto, colse un movimento dietro la finestra della cucina.

Spense il motore, ma sembrava che Casey non avesse fretta di scendere.

«Vuoi che aspetti qui? Mentre racconti a tua mamma quello che è successo?»

«Davvero lo farebbe?» gli chiese. «Casomai avesse bisogno di parlare con lei?»

«Ma certo.»

Questo sembrò darle il coraggio necessario. Mentre lei entrava in casa, Tanner scese dal SUV e si appoggiò alla portiera, in attesa.

Più o meno cinque minuti più tardi una donna uscì, seguita da Casey. La mamma, pensò Tanner, che si sorprese a osservare meglio quando rimase per un istante ferma sotto la luce della veranda.

Indossava un paio di jeans stinti, una semplice camicia bianca e aveva i capelli lunghi e scuri raccolti in una coda disordinata; a prima vista sembrava troppo giovane per essere la mamma di Casey. Gli abiti informi non bastavano a nascondere le curve generose e quando alzò una mano per sistemare una ciocca ribelle a Tanner parve di cogliere un'incertezza, un'esitazione che probabilmente derivava da una delusione passata, forse un rimpianto. Per cosa? si domandò.

Era soltanto una sensazione, un moto istintivo, ma mentre la osservava ricomporsi e scendere dalla veranda, i piedi scalzi con le unghie rosse che spuntavano da sotto l'orlo dei jeans, si sorprese a pensare: Questa donna ha una storia da raccontare e io voglio conoscerla.

2

1

Dopo aver tentato invano di mettersi in contatto con la figlia, Kaitlyn Cooper appoggiò il cellulare sul bancone della cucina e si mise a guardare fuori dalla finestra sopra il lavandino. Tra le nuvole era incastrata una mezza luna che gettava un chiarore argenteo sul prato anteriore. Kaitlyn si domandò se il temporale fosse passato o se si fosse semplicemente preso una pausa.

In realtà, non aveva importanza. Senza macchina era bloccata a casa, a prescindere dal tempo. Gettando un'occhiata alla cucina, fu assalita dalla familiare ansia di dover riordinare dopo cena. Invece di mettersi all'opera, prese il calice di vino. Ce n'era rimasto ancora un dito e ne bevve un sorso.

Avrebbe potuto chiedere a Mitch di darle una mano, a nove anni era abbastanza grande per farlo. Ma lo vedeva in salotto, intento a montare il suo X-Wing Starfighter di *Star Wars* della Lego che gli aveva comprato prima al Walmart e preferì non interromperlo. Era stato un acquisto impulsivo, l'ultima cosa che gli serviva erano altri Lego, ma dato che comprare cose ai figli con il suo ex sembrava funzionare, aveva deciso che tanto valeva guadagnare qualche punto con loro invece di far sempre la parte della mamma severa. E poi Mitch si meritava una sorpresa di tanto in tanto. A scuola andava bene e a casa era sempre allegro, e lei aveva tanto bisogno di allegria, non fosse altro perché dubitava che sarebbe durata. Anche Casey, la sorella maggiore, era stata una bambina deliziosa, benché molto determinata. E anche se era ancora una brava figlia, l'adolescenza l'aveva trasformata da ragazzina solare e vivace in una giovane donna che a volte Kaitlyn trovava insopportabile. Ovviamente, le voleva sempre bene.

Ma quegli sbalzi d'umore... quei modi di fare...

Kaitlyn sapeva di non essere la sola ad affrontare la sfida di crescere un'adolescente, ma questo non aveva reso più facile la convivenza con la figlia. Negli ultimi due anni, più si era sforzata di essere comprensiva, più Casey sembrava sfidarla. Come quella sera, per esempio.

Che cosa c'era di tanto terribile nel cenare a casa con la famiglia una sera alla settimana? Tra la scuola e i compiti e l'allenamento da cheerleader di Casey, per non parlare dei suoi straordinari, organizzare una cena tutti insieme durante la settimana era quasi un'impresa per Kaitlyn. Siccome lei vedeva i pazienti anche la domenica sera, il sabato era l'unico giorno possibile. Si rendeva conto che non sempre era l'ideale e non si aspettava certo che Casey restasse in casa dopo cena. A lei bastava un'ora, dalle sei alle sette, magari anche dalle cinque alle sei, poi poteva fare quello che le pareva.

E invece che cos'aveva fatto?

Aveva preso il Suburban senza permesso e non aveva

risposto alle chiamate e ai messaggi che lei le aveva mandato nelle ore successive. Probabilmente era con la sua amica Camille, anche se non era escluso che fosse uscita per incontrare Josh Littleton, un ragazzo che non aveva convinto Kaitlyn fino in fondo. Qualche settimana prima, quand'era passato da casa a prendere Casey, lei aveva colto qualcosa di stonato in lui. Non avrebbe saputo descriverlo altrimenti, ma segretamente aveva tirato un sospiro di sollievo quando in seguito la figlia le aveva assicurato di non essere interessata a frequentarlo. Tuttavia lei si era resa conto che nei giorni precedenti Josh aveva continuato a scriverle. Consapevole che, se avesse manifestato la propria disapprovazione, Casey avrebbe reagito provocandola, aveva preferito tenere la bocca chiusa.

Guardando Mitch studiare le istruzioni del Lego, le lenti degli occhiali quasi appiccicate al foglio stampato, provò una stretta al cuore. Sapeva che l'assenza della sorella lo aveva rattristato. Aveva trascorso una bella giornata, passando metà del pomeriggio con Jasper, un simpatico vecchietto che gli insegnava a intagliare il legno, ed era eccitato all'idea di andare allo zoo l'indomani. Però adorava la sorella maggiore e aveva chiesto più volte di posporre la cena per aspettare che tornasse a casa. Quando si era reso conto che lei non sarebbe arrivata, non aveva quasi più aperto bocca. Kaitlyn aveva cercato di mitigare la sua delusione dicendo che anche a lei da ragazza non piaceva stare in compagnia di sua madre, ma quando lui aveva reagito con un'alzata di spalle, aveva capito che si sentiva respinto.

Kaitlyn a volte si domandava se il comportamento di Casey fosse stato in qualche modo influenzato dal divorzio.

Quando si erano separati, Casey aveva dodici anni e il periodo successivo non era stato facile per nessuno. Lei sentiva la mancanza del padre e Mitch lo considerava una specie di supereroe. Un tempo anche Kaitlyn si era considerata fortunata ad aver sposato George. Era intelligente, amava il suo lavoro e, come cardiochirurgo, aveva la capacità di restare calmo nelle situazioni più delicate. Salvava vite ogni giorno e, grazie al successo ottenuto nella sua professione, Kaitlyn aveva avuto la possibilità di lavorare part-time finché i bambini erano piccoli. Di questo gli era molto grata.

Inoltre George si era inserito perfettamente nel progetto di vita di Kaitlyn, quello che aveva delineato prima ancora di iniziare le superiori e che adesso le sembrava terribilmente ingenuo: prendere bei voti a scuola, andare al college e poi alla scuola di medicina. Uscire con i ragazzi, ma non iniziare una relazione seria prima dei venticinque anni; dopodiché trovare un uomo intelligente, equilibrato, innamorarsi e sposarsi entro i trenta. Fare due figli, comprare una bella casetta, aprire uno studio privato, assicurarsi buoni guadagni, intanto fare beneficenza lavorando con le comunità più disagiate e vivere felice e contenta.

Non era andata proprio così, soprattutto l'ultima parte. Pur ringraziando il cielo che le emozioni più forti, e spesso ingestibili, associate al divorzio si fossero attenuate – e di essersi gettata definitivamente George alle spalle –, in certi momenti sentiva la mancanza dell'intimità e della tranquillità tipiche della vita di una coppia. Ormai la sua esistenza ruotava intorno al lavoro e ai figli, senza lasciarle il tempo per fare nient'altro, come dimostrava in maniera esemplare anche quella serata. Riprese il telefono. Provò a chiamare Casey, ma si inserì subito la segreteria. Chiuse la comunicazione esasperata, bevve un ultimo sorso di vino e versò il resto nel lavandino, quindi cominciò a riordinare la cucina. Aveva appena finito, quando notò la luce di due fari dalla finestra; un istante dopo avevano svoltato nel vialetto. Riconobbe il rombo del Suburban e fece un lungo respiro esclamando tra sé: Finalmente!

Mentre usciva dalla cucina, pensò a come avrebbe dovuto comportarsi con la figlia per la sua disubbidienza. Casey era la regina delle scuse, ma Kaitlyn sapeva che se avesse alzato la voce lei avrebbe reagito allo stesso modo, e la situazione sarebbe degenerata fino al punto in cui si sarebbe chiusa in camera sua sbattendo la porta e urlando: «Odio stare qui!» D'altronde, però, le regole erano regole e agli occhi di Kaitlyn la signorina avrebbe dovuto darle delle spiegazioni.

«È arrivata Casey!» annunciò Mitch. Era corso alla finestra e sbirciava tra le tende. «Però non guida lei. È con qualcuno.»

«Cosa?» Casey sapeva che nessun altro poteva guidare la sua macchina. Era forse l'unica regola che non aveva mai infranto; le piaceva troppo stare al volante e non avrebbe mai ceduto il posto, a meno che...

Kaitlyn si sentì travolgere da un'ondata di collera.

A meno che, ovviamente, non abbia bevuto.

Era quasi arrivata alla porta, quando questa si spalancò all'improvviso. Entrò Casey e a Kaitlyn bastò dare un'occhiata al suo viso chiazzato di rosso e agli occhi stralunati per capire che era sconvolta.

Prima che potesse dire una parola, Casey chiuse la porta

d'ingresso e scoppiò in un pianto convulso. Kaitlyn la strinse tra le braccia, la rabbia affievolita dai singhiozzi della figlia. Pur in mezzo a quella tempesta di emozioni, Kaitlyn si rese conto che la ragazza non puzzava di alcol. Menomale, pensò, anche se ovviamente doveva essere successo qualcosa che l'aveva sconvolta.

2

Casey impiegò qualche minuto per calmarsi e raccontare a grandi linee quello che era successo: aveva urtato la macchina di un uomo nel parcheggio, era molto dispiaciuta e non sapeva come fosse accaduto. Kaitlyn la condusse fino al divano e la costrinse a fare qualche bel respiro. Con gli occhi arrossati e il mascara che le rigava le guance, era un disastro. Kaitlyn si sforzò di soffocare l'irritazione.

«Vediamo se ho capito bene» riassunse alla fine. «Sei andata al Coach's con Camille e, uscendo dal parcheggio, hai investito la macchina di un tizio.»

Casey annuì. «Non l'avevo visto nello specchietto. Non so perché.»

«Ti sei fatta male? Riesci a muovere la testa?»

«L'ho già fatto con lui.»

«Fatto cosa?»

«Quella roba medica. Ha controllato che stessi bene.»

«Ti ha controllato?»

«Hai capito quello che intendo.» Casey agitò una mano

impaziente. «Santo cielo, mamma. Non mi ha toccato o cose del genere. E sto davvero bene. Ha detto che la nostra macchina non ha avuto danni.»

«Ne sei sicura?»

«L'ho guardata. Però se non mi credi puoi dare un'occhiata anche tu.»

«Non è che non ti credo. Sto ancora cercando di capire che cos'è successo, va bene?»

«Te l'ho detto.» Casey tirò su col naso. «Non mi hai ascoltato?»

Non era così facile capire quello che dicevi, tesoro, e non conosco tutta la storia per intero. Però lo tenne per sé. «Chi c'è con te adesso?» chiese invece. «Camille?»

«No, è l'altro automobilista. Quello che ho urtato. Il tizio con i tatuaggi. Mi ha detto il suo nome, ma l'ho scordato.»

Tatuaggi? Kaitlyn sbatté le palpebre. «Ti sei fatta accompagnare a casa da un tipo tatuato che non conosci?»

«Non è successo niente.» Casey si passò una mano tra i capelli, poi si frugò nelle tasche in cerca di un elastico per legarli.

«Come mai è qui?»

«Secondo lui non ero in grado di guidare perché ero sotto shock.» Raccolti i capelli in una coda, gettò un'occhiata di sottecchi alla madre.

«Ti rendi conto che non avresti dovuto farlo? Salire in macchina con lui, intendo.»

«Cosa c'è di tanto strano?»

A salire in macchina con uno sconosciuto? Ma certo, cosa potrebbe mai accadere?

«È pericoloso. Non lo conosci.»

Casey si strinse nelle spalle. «Sembrava un tipo simpatico.»

Simpatico? «Allora immagino che dovrei andare a parlarci.»

Mentre Kaitlyn si alzava e si avviava alla porta, Mitch pigolò: «Voglio venire anch'io».

«Per adesso resta qui con tua sorella, va bene?»

«Eh, no» disse Casey decisa. «Io vengo con te.»

«Perché?»

«Per assicurarmi che non dai fuori di matto.»

Che il Signore mi aiuti, pensò Kaitlyn sforzandosi di non alzare gli occhi al cielo.

Accese la luce sulla veranda e poi quelle del garage, quindi uscì tallonata da Casey. Si fermò qualche secondo per ricomporsi, poi notò un uomo appoggiato alla macchina, le braccia coperte da tatuaggi colorati. Doveva averle sentite arrivare, perché si staccò dalla portiera e si girò verso di lei. I loro occhi si incontrarono. Per un tempo che parve infinito lui rimase a fissarla, come se cercasse di leggerle dentro. Le rivolse un breve sorriso e lei sentì lo stomaco in subbuglio. Non sapeva che cosa si fosse aspettata, ma per qualche motivo l'aspetto dello sconosciuto l'aveva colta di sorpresa.

Era un po' più alto della media e aveva un fisico muscoloso, le spalle larghe messe in risalto dalla semplice maglietta nera. Nonostante la luce artificiale del garage, lei notò il colore insolito dei suoi occhi. Gli zigomi alti e la mandibola cesellata creavano ombre nette. I capelli scuri erano tagliati corti, un taglio quasi militare, e Kaitlyn notò una spruzzata di argento sulle tempie. I jeans sbiaditi e i mocassini avevano l'aria costosa e il suo sorriso emanava una naturale sicurezza.

Anche con i tatuaggi, avrebbe potuto essere un consulente, un ingegnere o persino un dottore come lei. La cosa non avrebbe dovuto sorprenderla. Tuttavia...

Sapeva che non era niente di tutto questo. C'era una *prontezza* nella sua postura, quasi un'intensità trattenuta. No, quell'uomo non stava seduto dietro una scrivania, non macinava numeri e non creava presentazioni con PowerPoint; la sua presenza, così fisica, raccontava una storia diversa.

«Mamma!» bisbigliò Casey. «Perché te ne stai ferma qui così?»

Il suono della voce della figlia spezzò l'incantesimo e Kaitlyn finalmente scese dalla veranda. Mentre si avvicinava, lui continuò a fissarla.

«Buonasera» la salutò porgendole la mano. «Sono Tanner Hughes.»

Lei rimase a guardarla per un attimo, poi decise di mostrarsi altrettanto educata.

«Kaitlyn Cooper» rispose con voce distaccata. «Casey mi ha detto che avete avuto un incidente, è così?»

«Facendo retromarcia nel parcheggio è finita contro la mia auto.»

«E lei ha avuto la brillante idea di riaccompagnarla a casa? Da sola? Anche se minorenne?»

«Mamma!» sbuffò Casey e Kaitlyn vide lo sguardo dell'uomo posarsi prima su sua figlia, poi di nuovo su di lei.

«Ho capito» disse in tono pacato ma per nulla pentito. «Se fossi nei suoi panni, probabilmente mi preoccuperei anch'io. Ma non avevo cattive intenzioni. Ho pensato che non fosse il caso di farla guidare, e la sua amica era già andata via. Siamo venuti direttamente qui.»

«Te l'avevo già spiegato!» esclamò Casey palesemente mortificata.

«Suppongo allora di doverla ringraziare» disse Kaitlyn.

«Si figuri. La buona notizia, a parte il fatto che Casey non si è fatta male, è che la sua macchina non ha subito danni. Venga a dare un'occhiata.»

Lei si avviò verso il retro del Suburban e, prima che arrivasse all'altezza del portabagagli, lui aveva già acceso la torcia del telefono per illuminare il paraurti.

«A parte qualche graffio, è a posto. Non ci sono danni nemmeno alla parte meccanica.»

I graffi erano minuscoli, ma avrebbero potuto esserci danni non visibili. Kaitlyn si annotò mentalmente di fare un salto in officina se avesse notato qualcosa di strano.

«Invece la sua macchina?» chiese.

«Be', quella è un'altra storia» rispose lui. Tirò fuori il telefono e le mostrò le foto. «Ne ho scattate diverse, quindi le faccia passare pure tutte.»

Kaitlyn gli sfiorò le dita mentre prendeva il cellulare. Fece scorrere le immagini nella direzione sbagliata e si trovò davanti una foto di Tanner seduto con una coppia ben vestita più o meno della stessa età, sulla veranda posteriore di una casa affacciata sull'acqua. Si sorprese a pensare: Ha amici per bene con sorrisi gentili, quindi probabilmente è una brava persona.

Rimproverandosi per la propria curiosità, passò alle foto successive e sgranò gli occhi. L'auto in questione sembrava la replica molto costosa di un modello degli anni Sessanta e ripararla sarebbe costato una piccola fortuna. Quando gli restituì il telefono, provò la strana sensazione che lui l'avesse osservata per tutto il tempo con interesse.

«Informerò l'assicurazione dell'accaduto. Ha preso tutte le informazioni che le servono?»

«Sì» confermò lui. «Sua figlia è stata molto gentile.»

«Oh... Be'... Ottimo» disse Kaitlyn, sorpresa che Casey avesse saputo sbrigarsela. «Mi dispiace molto per la sua macchina. So che anche Casey è dispiaciuta.»

Lui si infilò il telefono nella tasca posteriore. «La ringrazio.» I loro occhi si incrociarono di nuovo per un lungo momento, prima che lei volgesse lo sguardo da un'altra parte. «Allora direi che è tutto» concluse lui. «È stato un piacere conoscerla. Anche te, Casey.»

«Grazie di avermi accompagnato a casa» disse la ragazza salutandolo con la mano.

«Figurati.» Tanner si girò e si incamminò lungo il marciapiede.

«Aspetti!» lo bloccò Kaitlyn, colta di sorpresa dalla brusca interruzione del discorso. «Dove sta andando?»

Lui si voltò verso di lei, continuando a camminare all'indietro. «Torno in hotel. Chiamerò un Uber. Se non ce ne sono in giro, andrò a piedi.»

Casey le diede una gomitata nelle costole. Kaitlyn la guardò e notò che la fissava con una faccia come per dire: Vuoi davvero lasciarlo lì fuori ad aspettare chissà per quanto? O vuoi che se ne torni a piedi? Kaitlyn impiegò un secondo per cogliere il messaggio, e si rese conto che la figlia aveva ragione.

«Dove alloggia?» gli gridò.

«All'Hampton Inn.»

«Posso riaccompagnarla io, se lo desidera.» Alzò la voce, per essere sicura che lui la capisse.

Lui fece una pausa prima di rispondere. «È sicura che non sia un disturbo per lei?» le domandò.

«È il minimo che possa fare.» Era sincera, ma si rese conto che la prospettiva di stare da sola con lui la rendeva un po' nervosa. «Mi dia un minuto per infilare un paio di sandali e prendere le chiavi.»

«Le chiavi sono già in macchina» disse Tanner.

Certo, è chiaro, pensò lei. «Casey, tesoro, prendimi le infradito dietro la porta per favore.»

Mentre la figlia rientrava in casa, Kaitlyn osservò Tanner avvicinarsi al SUV dal lato del passeggero.

Appena Casey arrivò con le ciabatte, Kaitlyn se le infilò e le disse sottovoce: «Torno subito. Puoi dare un'occhiata a Mitch nel frattempo?»

«Tranquilla» rispose la ragazza. Kaitlyn soffocò l'impulso di ribadire la richiesta. Invece si ritrovò a pensare distrattamente a quand'era stata l'ultima volta che era salita in macchina con un bell'uomo che conosceva appena. Al college, forse? Alle superiori? Mai?

Cercò di schiarirsi la mente quando si mise al volante. Accese il motore e rimase in ascolto per cogliere eventuali scricchiolii, cigolii o stridii facendo retromarcia, ma non sentì nulla. Tanner guardava fuori dal finestrino.

«È in città per affari?» gli chiese dopo un po'.

«Motivi personali» rispose lui. Quando sorrise, Kaitlyn notò che aveva denti bianchi e regolari. «Non è che per caso conosce un certo Dave Johnson, vero? Intorno ai sessant'anni?»

Lei ci pensò su. «Non mi sembra. Mi dispiace» rispose.

«Fa niente. Sapevo che non sarebbe stato facile rintracciarlo.»

«Non sa dove abita?»

«Non ancora.»

Lei gli scoccò un'occhiata fugace. «È nei guai? Cioè, lei è un cacciatore di taglie o qualcosa del genere? Oppure le deve dei soldi?»

Lui scoppiò a ridere. «No, niente di simile. Non sono un cacciatore di taglie, non sono un pubblico ufficiale e lui non mi deve niente. Vorrei trovarlo per parlargli di una cosa successa tanto tempo fa e che riguarda la mia famiglia. Tutto qui.»

Una risposta così misteriosa era intrigante, ma Kaitlyn sapeva che non erano affari suoi. «Allora le auguro buona fortuna.»

«Grazie.» Lui voltò il busto di un quarto sul sedile. «Casey mi ha detto che lei è un medico.»

«Sono internista qui ad Asheboro.»

«E le piace?»

«Cosa? Fare il medico?» Lui annuì e lei inclinò la testa, quasi a voler riflettere seriamente sulla questione. «Sì» rispose. «Diventare dottoressa è sempre stato il mio sogno, fin da piccola.» Inarcò un sopracciglio verso di lui. «E lei? Che cosa fa?»

«Non molto di recente. In pratica ho mollato tutto tre anni fa.»

«Capisco» disse lei, non sapendo come commentare una risposta del genere. «E prima dove lavorava?»

«Ho fatto il militare per quattordici anni, gli ultimi dieci con i Delta. Poi, dopo il congedo, ho lavorato con la USAID per poco più di sei anni.»

«Ah» esclamò lei, facendo un rapido calcolo della sua età. La carriera militare spiegava i tatuaggi e il portamento, ma Kaitlyn sospettava che lui non le avrebbe rivelato altri particolari degli anni nell'esercito. Non a una sconosciuta, non adesso, comunque, così gli pose la domanda più naturale. «Che cos'è la USAID?»

«L'agenzia federale che offre assistenza umanitaria e di sviluppo ai Paesi stranieri. Fornisce sostegno per l'agricoltura, l'istruzione, le infrastrutture, la salute pubblica e altre cosette.»

«Quindi lavorava a Washington?»

«No, lì c'è il quartiere generale, ma l'agenzia ha sedi in tutto il mondo. Io ero all'estero con l'ufficio sicurezza.»

Lei elaborò l'informazione. «Posso chiederle dove, o è confidenziale?»

«Non è confidenziale. Gli uffici sul campo sono in un centinaio di Paesi, e per quanto mi riguarda sono stato in Camerun, Costa d'Avorio e infine Haiti.»

«Come si arriva a un lavoro del genere? Era laureato in relazioni internazionali o...»

«No, niente del genere. Dopo il congedo ho collaborato con il mio consulente TAP per capire che cosa desiderassi fare. Non volevo diventare contractor, perciò mi ha suggerito la USAID.»

«Che cos'è un consulente TAP?»

«Scusi. Sta per Transition Assistance Program. È il programma per i veterani che ritornano alla vita civile. Ai militari piacciono gli acronimi.»

Lei annuì, ripensando a ciò che le aveva detto poco prima. «Non è troppo giovane per permettersi di non lavorare per tre anni?»

«Può darsi» concordò lui. «All'epoca mi è sembrata la cosa giusta da fare.»

«E ora?»

«Non più. Ripartirò per il Cameron a giugno.»

«Sempre con la USAID?»

«No. Stavolta con l'IRC.» E poi, anticipando la sua domanda successiva, spiegò: «L'International Rescue Committee, il comitato internazionale di soccorso».

In effetti aveva senso: era ancora giovane e le spese erano tante, il che significava che a un certo punto doveva smetterla con le pause.

«Posso chiederle quanto conta di fermarsi ad Asheboro?»

«Pensavo di rimanere finché avessi rintracciato l'uomo che sto cercando, ma adesso che ho la macchina da riparare le cose sono cambiate.»

Kaitlyn fece un'espressione mortificata. «Mi dispiace davvero tantissimo per la sua macchina. A giudicare dalle foto, è un pezzo da museo. O, quantomeno, lo era fino a stasera.»

«Non è originale» la tranquillizzò lui. «È una riproduzione. Ha giusto due mesi di vita.» Le parlò della Revology Cars.

«Non saprei dire se è peggio investire una macchina d'epoca o una nuova.»

«Posso assicurarle che la seconda eventualità non è molto divertente.»

La disinvoltura con cui lo disse la fece sorridere e, per la prima volta da quando erano saliti in macchina, Kaitlyn cominciò a rilassarsi.

«Allora, è sposato?» gli chiese.

«No. Non ho mai fatto il grande passo.»

«Figli?»

«Non che io sappia.»

Lei rise, stranamente elettrizzata. «Da dove viene? Cioè, dov'è nato?»

«In Europa, credo.»

Lei lo guardò con un certo stupore.

«Famiglia di militari» le spiegò, prima di farle un sunto della propria giovinezza.

«E adesso dove ha la casa?»

Lui si strinse nelle spalle, quasi a volersi scusare. «Non sono sicuro di saper rispondere alla domanda.»

«Non ha un appartamento da qualche parte? Una casa?»

«Non ce l'ho mai avuta» rispose lui. «Quando ero nell'esercito, vivevo negli alloggi militari dove mi mandavano. Con la USAID avevo una sistemazione ufficiale ma temporanea. I miei amici probabilmente le direbbero che non sono fatto per mettere radici.»

Lei sorrise, tornando con la mente alla foto della coppia che aveva visto sul suo cellulare e che le suscitò un altro pensiero.

«Prima che se ne vada, potrei fare altre foto alla sua macchina? Nel caso l'assicurazione ne avesse bisogno?»

«Certo» rispose lui disponibile. «Eravamo al Coach's. Sa dov'è?»

«Sì» rispose lei, prendendo la strada giusta per il bar.

Pochi minuti più tardi erano alla ricerca di un posto nel parcheggio stracolmo. Chissà perché l'intera popolazione di Asheboro aveva deciso di riunirsi proprio lì, si chiese Kaitlyn.

«Il campionato di pallacanestro» saltò su Tanner, come se le avesse letto nel pensiero.

Arrivarono alla Shelby, ma una volta scesi a valutare i danni, Kaitlyn si rese conto di aver dimenticato qualcosa.

«Non ci crederà, ma mi sono appena ricordata di non avere con me il cellulare» disse mortificata.

Un lampo di allegria attraversò lo sguardo di Tanner. «E nemmeno la borsa, il che significa che probabilmente non ha la patente.»

Lei arrotondò la bocca in una O sorpresa quando si rese conto che lui aveva ragione. «Mmm... di solito non ho la testa tra le nuvole.»

«Ne sono assolutamente certo.»

Il tono sicuro della sua voce e la sincerità nello sguardo la fecero arrossire. Voltò la testa verso la macchina, sperando che lui non se ne accorgesse.

«Dal vivo sembra peggio che in foto.»

«Di sicuro è un bel danno.»

Kaitlyn osservò Tanner prendere il cellulare dalla tasca, scattare varie foto da diverse angolazioni e poi spedirle.

«A chi le ha mandate?»

«A lei, credo» rispose mostrandole il cellulare. «Questo è il suo numero, giusto?» Lei annuì, stupita. «È stata Casey a darmelo. Dovrebbero esserle arrivate. Ho aggiunto anche quelle che avevo fatto prima.»

«Grazie. Sono piuttosto sorpresa di Casey... di solito è molto prudente quando guida.»

«Credo fosse un po' turbata quando è salita in macchina.»

«In che senso?»

«L'ho vista discutere con un ragazzo che la teneva stretta per un braccio. Non ho capito il suo nome, ma aveva i capelli castani ed era abbastanza alto.»

Kaitlyn serrò le labbra in una linea sottile, intuendo subito che si trattava di Josh.

«Grazie di avermi informata» disse, scacciando poi il pensiero. Non erano né il momento né il luogo per affrontare la cosa, e si sforzò di sorridere. «A questo punto, se vuole la riporto al suo hotel.»

Rimasero in silenzio per tutto il tragitto, ma quando furono quasi a destinazione, lui parlò di nuovo. «Potrebbe lasciarmi qui?» chiese, indicando con il pollice fuori dal finestrino. Lei gettò un'occhiata nello specchietto. «Mi è sembrato di vedere un pub e mi andrebbe proprio una birra a questo punto.»

Lei annuì e fermò la macchina.

Lui aprì la portiera, poi tornò a guardarla. «So che può sembrarle strano, considerato come si sono incrociate le nostre strade stasera, ma le andrebbe di farmi compagnia?»

Lei dischiuse la bocca sorpresa, senza sapere bene cosa dire. «Oh!» esclamò alla fine. «Non sono vestita...»

«È bellissima» la interruppe lui «ed è per questo che mi sarei pentito se non glielo avessi chiesto.»

Lei lo fissò, leggermente stupita di essere stata definita bella. «Probabilmente i ragazzi mi aspettano a casa» rispose.

«Capisco. Grazie del passaggio, Kaitlyn» disse lui. «È stato un piacere conoscerla.»

Lo guardò scendere dal Suburban, pensando a quello che le aveva detto. Le parole le uscirono di bocca senza riflettere.

«Aspetti. Credo che una birra non mi farà male.»

Parcheggiò sulla via e si incamminò accanto a lui, stranamente consapevole della sua vicinanza. Il pub era mezzo vuoto e ordinarono due birre al bar. Si sedettero a un tavolo libero e Kaitlyn si stupì di quello che stava facendo. Fissandolo dall'altra parte del tavolo, bevve un sorso e ripensò a una cosa a cui lui aveva accennato prima.

«Ha detto di aver mollato tutto tre anni fa, ma non ho capito che cosa intendesse esattamente.»

«Oh» fece lui appoggiandosi all'indietro. «Sono rimasto bloccato per un po' alle Hawaii per via del Covid, dopodiché si potrebbe dire che ho fatto una specie di lungo viaggio.» Quindi le raccontò i particolari.

«Ed è venuto ad Asheboro in cerca di qualcuno?»

«Sì» confermò lui.

Non aggiunse altro, così Kaitlyn soffocò ancora una volta la curiosità e gli fece una domanda più semplice. «Da dove arriva?»

«Sono partito da Pine Knoll Shores stamattina. Avevo passato qualche giorno con un amico. Prima sono stato qualche mese a Pensacola.»

«Cosa c'è a Pensacola?»

«Mia nonna. Era malata.»

«E adesso come sta?»

«Se n'è andata cinque settimane fa.»

«Oddio» esclamò lei. «Mi dispiace...»

«Anche a me» disse lui. «Era una gran donna. Sono stato cresciuto dai miei nonni, perché mia madre è morta dandomi alla luce.»

«E suo nonno? Era con lei mentre si prendeva cura di sua nonna?»

«È morto otto anni fa. Infarto.»

Lei rimase assorta, osservandolo impilare i sottobicchieri e poi distribuirli sul tavolo come un mazzo di carte.

Lui sollevò lo sguardo su di lei e aggiunse: «Abbiamo

parlato molto di me, quindi ora è il mio turno. Lei è cresciuta qui ad Asheboro?»

«No. Mi sono trasferita intorno ai trent'anni. Sono nata e cresciuta a Lexington, in Kentucky. Ho frequentato il college e la scuola di medicina alla University of Kentucky. Forza Wildcats.»

Lui sorrise. «Che cosa l'ha portata qui?»

«George, il mio ex. È un cardiochirurgo e ci siamo trasferiti alla fine del suo internato. Lavora a Greensboro.»

«Per quanti anni siete stati sposati?»

«Tredici» rispose lei. «Abbiamo divorziato quattro anni fa.»

Kaitlyn sperava che lui non le facesse altre domande – non aveva alcuna voglia di parlare di George – e Tanner sembrò intuirlo.

«La sua famiglia vive sempre a Lexington?»

«I miei genitori sì. Invece mio fratello maggiore abita vicino a Chicago e mia sorella minore si è trasferita a Louisville sei anni fa. Cerchiamo di ritrovarci tutti quanti a casa un paio di volte l'anno, ma è sempre più difficile ora che i ragazzi sono cresciuti. Quantomeno per Casey. A Mitch piace ancora andare dei nonni.»

«Mitch?»

Lei annuì. «Mio figlio. Ha nove anni.»

«Ci sono parecchi anni di differenza tra loro» osservò lui.

«Casey è arrivata per caso» ammise lei. «Quanto a Mitch, quando ci siamo sentiti pronti ad avere un altro figlio, ho avuto difficoltà a restare incinta. Forse era lo stress, non saprei. All'epoca avevo molto da fare.»

«Immagino che continui a essere impegnata anche adesso» disse lui.

Lei apprezzò il fatto che lui si rendesse conto di che cosa significasse essere una madre single che lavorava. «E lei, invece? Rimpianti di non aver avuto figli»

«A volte» ammise lui. «Come sono i suoi? Mi parli di loro.»

Kaitlyn fu quasi commossa dal suo interesse, se non altro perché sembrava sincero. «Ha già conosciuto Casey, quindi immagino abbia capito che è una diciassettenne che si crede una venticinquenne. È sempre stata testarda e intelligente, ma gli anni dell'adolescenza sono stati una vera sfida. Al momento Mitch è ancora gestibile.»

«E?»

Lei bevve un sorso di birra, poi gli raccontò altri particolari su ciascuno dei due. Casey era molto brava a scuola e poteva aspirare alla Duke o alla Wake Forest, aveva molti amici e adorava il fratellino. Parlò della passione di Mitch per il calcio, sebbene non fosse particolarmente dotato, e che stava imparando a intagliare il legno. Gli spiegò della sua ossessione per i Lego e gli animali di qualunque genere, ma soprattutto per quelli che c'erano allo zoo.

Tanner inclinò il bicchiere verso di lei per manifestare la propria ammirazione.

«Mi sembra che siano due figli eccezionali» osservò. «E anche lei è una madre eccezionale.»

«Sono stata fortunata» osservò Kaitlyn. E poi, all'improvviso, le tornò in mente una cosa a cui lui aveva accennato prima. «Mi ha detto di aver visto un ragazzo che prendeva Casey per un braccio?»

Tanner le raccontò nel dettaglio la scena a cui aveva assistito.

«Ci credo allora che non fosse concentrata mentre faceva retromarcia» commentò Kaitlyn.

«Sa chi è quel ragazzo?»

«Posso immaginarlo» rispose lei accigliandosi. «Probabilmente Josh. Non mi è simpatico.»

«Questo l'ho capito.»

Lei rise e poi scosse la testa. «A volte vorrei poter prendere tutto quello che ho imparato, la saggezza che ho accumulato e trasferirglieli dentro la testa. Invece è costretta a imparare dai propri errori e per un genitore è difficile stare a guardare.»

Lui sorrise comprensivo. «Scommetto che tra il lavoro e i figli non ha molte occasioni di uscire a bere una birra. Non sa quanto sono felice che l'abbia fatto.»

Kaitlyn si rese conto che stava arrossendo di nuovo. Sta flirtando con me, si disse. Non si era nemmeno spazzolata i capelli prima di uscire di casa, pensò stupita. Eppure, quando lui le aveva chiesto dei suoi studi e del tirocinio medico, dei suoi hobby e dei suoi interessi, gli aveva risposto con naturalezza, raccontando aneddoti a cui non pensava più da tanti anni. Le trasmetteva un senso di sicurezza e calore, come se fosse stata seduta a prendere il sole sulla veranda.

Tuttavia, poco più tardi, benché il suo bicchiere fosse ancora mezzo pieno, capì che era arrivato il momento di andare. Sicuramente Casey e Mitch si stavano chiedendo dove fosse finita, ma avrebbe mentito se avesse detto che non le sarebbe piaciuto restare ancora un po'.

Forse se lo stava solo immaginando, però anche lui sembrava restio a concludere la serata, persino quando si alzarono dal tavolo e tornarono alla macchina. Nel breve tragitto fino all'Hampton Inn rimase stranamente silenzioso e quando lei fermò la macchina davanti all'ingresso, ebbe un attimo di esitazione prima di scendere.

«Sono stato bene» disse sincero. «Grazie della compagnia.»

«Mi sono divertita anch'io» concordò lei.

Dopo un attimo di incertezza, Tanner chiese: «Possiamo rivederci, dal momento che resterò ad Asheboro almeno finché non ripareranno la macchina?»

Kaitlyn non rispose subito. Era il momento di troncare qualunque cosa fosse e la parte razionale di lei sapeva che sarebbe stato giusto così. La sua vita era già abbastanza incasinata e poi sapeva che lui se ne sarebbe andato presto, perché rischiare di affezionarsi? Sapeva esattamente come avrebbe dovuto comportarsi, ma non trovava la forza di dirgli di no.

«Certo, volentieri.»

Lui non diede segno di aver notato la sua incertezza. «Che programmi ha per domani? Se non è impegnata, potremmo pranzare insieme.»

«Oh, be', ho promesso a Mitch di portarlo allo zoo» spiegò lei incespicando sulle parole. «E domani sera ho delle visite a domicilio...»

«Fa visite a domicilio? Non sapevo si usassero ancora.»

«Non è la prassi normale, ma per me è importante e aiuta a evitare i ricoveri. Certe persone non amano andare dal dottore. Magari sono arrivati nel Paese illegalmente, oppure non hanno un mezzo di trasporto, sono fobici o hanno paura dei costi, o chissà che altro. Quindi vado io da loro.»

«Quanti sono?»

«Trenta, quaranta? Ovviamente non vado a visitarli tutte

le domeniche. Faccio a rotazione, comunque impiego dalle due alle tre ore.»

«Sono davvero colpito. Più di quanto non lo fossi già, ed era molto. Dato che domani sera non è possibile, perché non andiamo tutti e tre allo zoo?»

«Verrebbe allo zoo?»

«Perché no? Sempre meglio che restare chiuso in hotel tutto il giorno.»

Ancora una volta Kaitlyn ricordò a sé stessa che c'erano tantissime ragioni per dire di no, eppure, mentre ricambiava lo strano calore nel suo sguardo, si rese conto che qualcosa dentro di lei, la parte di solito riluttante a correre rischi, nell'ultima ora era cambiata.

«Va bene» disse. «Passo a prenderla verso le undici e mezzo, d'accordo?»

3

Sa sola, in macchina, Kaitlyn si sorprese a pensare a Tanner e a cercare di dare un senso alle ultime ore. Se qualcuno quella mattina le avesse detto come avrebbe trascorso il sabato sera, sarebbe scoppiata a ridere giurando che la sola idea era assurda. Andare a bere con un tizio appena conosciuto? Flirtare? Acconsentire a rivederlo l'indomani? Nella vita reale certe cose non succedevano, rifletté con un sospiro profondo, la testa stranamente leggera.

Arrivò a casa senza accorgersene. Quando svoltò nella

sua via, impiegò un attimo a realizzare che un pick-up nero abbastanza nuovo stava uscendo in retromarcia dal vialetto. Confusa, rallentò osservando il veicolo fermarsi allo stop davanti a casa sua e poi ripartire piano, con le luci dei fari che illuminavano l'asfalto lucido.

Aggrottò la fronte, perplessa, rendendosi conto che qualcuno era stato in casa sua. Quando la macchina accelerò e le passò accanto, riconobbe sia il modello sia il guidatore.

Josh, pensò e di colpo Tanner scomparve dal suo orizzonte.

Cercando di soffocare la rabbia, parcheggiò nel vialetto e quando entrò in casa si sorprese di trovare il salotto vuoto e la televisione spenta. Anche la cucina era deserta, allora salì di sopra e diede un'occhiata in camera di Mitch. Si era già fatto la doccia e si stava mettendo il pigiama, i capelli bagnati che sparavano in tutte le direzioni.

«Ciao, mamma» la salutò armeggiando per infilare le maniche.

Lei gli sorrise. «Mi stupisce che ti stai già preparando per dormire.»

«Domani andiamo allo zoo e voglio essere riposato.»

«A proposito di zoo. Ti dispiacerebbe se venisse qualcuno con noi?»

«Chi?»

Per un attimo Kaitlyn non trovò le parole giuste per definire Tanner. *Un uomo che ho appena conosciuto? Un estraneo? Il tizio che Casey ha urtato con l'auto?* «Un amico» rispose alla fine, sapendo che non era la verità, ma era comunque meglio delle alternative.

«Per me va bene» disse lui sollevando le spalle. Dopo un

attimo, alzò gli occhi. «Adesso sgriderai Casey? Per aver distrutto la macchina di quel tizio?»

«Non voglio sgridarla. Voglio solo parlarle.»

«Voi due vi mettete sempre a urlare quando dici che dovete parlare.»

Kaitlyn non aveva voglia di discutere con lui e gli diede un bacio sulla testa. «A domattina, okay? Ti voglio bene.»

Dopo aver spento la luce, lasciò la porta socchiusa come piaceva a Mitch. Si avviò verso la stanza di Casey e bussò un paio di volte senza ottenere risposta. Alla fine infilò la testa all'interno e vide Casey sdraiata prona sul letto, con davanti un libro di scuola aperto. Sentì la musica ovattata provenire dalle cuffie: ecco perché non le aveva risposto. Sua figlia sollevò gli occhi su di lei e si tolse le cuffie.

«Ce ne hai messo di tempo a tornare» osservò con espressione già guardinga.

Kaitlyn era sorpresa dalla capacità di Casey di mettersi sempre sulla difensiva. «Tanner e io ci siamo fermati a bere una birra prima che lo accompagnassi all'hotel e abbiamo chiacchierato più a lungo del previsto.»

«Siete usciti a bere insieme?»

«Una birra, e non l'ho nemmeno finita» spiegò Kaitlyn, prima di cambiare argomento. «Hai qualche minuto per parlare?»

«Immagino di sì» rispose Casey chiudendo il libro con un gesto teatrale.

Kaitlyn entrò e andò a sedersi sul letto. Convinta che fosse meglio arrivare subito al punto, chiese: «Quello che è andato via poco fa era Josh? Mi è sembrato di vederlo fare manovra nel vialetto».

«Era venuto a scusarsi» disse Casey.

«Casey...»

La figlia alzò gli occhi al cielo. «So a cosa stai pensando, mamma. No, non l'ho invitato io. No, non sapevo che sarebbe venuto. No, non volevo che venisse, e no, non l'ho fatto entrare in casa. So che non ti piace, okay? E ti ho già detto che non piace nemmeno a me.»

«Però vi siete incontrati oggi pomeriggio da Coach's, vero?»

Gli occhi di Casey mandarono un lampo. «Non avevo in programma di incontrarlo! Ero andata per vedere Camille, okay? Voleva parlarmi di Steven perché avevano appena litigato di brutto e a un certo punto sono spuntati Josh e suo fratello Carl e si sono seduti al nostro tavolo. Che cosa dovevo fare?»

Steven era il ragazzo di Camille e la loro storia, a quanto pareva, era un continuo tira e molla, fatto di infiniti drammi e costanti crisi. E questo spiegava come mai Casey avesse preso la macchina senza chiedere il permesso.

«Hai anche fatto tardi a cena e quando ho provato a chiamarti...»

«Mi dispiace per la cena, ma Camille si è messa a piangere e ti ho già spiegato che avevo il telefono scarico» ribatté Casey stizzita. «Te l'ho detto appena sono entrata in casa, ti ricordi?»

Kaitlyn non era sicura di ricordare questo particolare, ma del resto il racconto della figlia era stato piuttosto confuso.

«Riguardo all'incidente...»

«Per la milionesima volta, mi dispiace tanto, tanto, tanto, tanto, mamma. Ho fatto uno stupido errore, vorrei che non fosse mai successo e non lo ripeterò mai più. Puoi vietarmi di uscire o punirmi come ti pare.»

Kaitlyn ignorò l'atteggiamento da vittima della figlia e si sforzò di parlare in tono calmo. «Come ti ho detto, volevo parlarti di Josh.»

«L'abbiamo già fatto.»

«È stato violento con te prima? Al parcheggio? Ed è per questo che non eri concentrata mentre facevi retromarcia?»

Casey socchiuse gli occhi. «Immagino che quel tizio ti abbia detto che Josh mi aveva preso per un braccio, vero? È di questo che avete parlato per tutto il tempo? Mentre eravate al bar?»

Kaitlyn ignorò sia la domanda sia il tono accusatorio. «Sei consapevole che non ha alcun diritto di strattonarti, giusto?»

«Credi che non lo sappia?» sbottò Casey. «Ecco perché ero scombussolata. Non sono stupida, mamma.»

«Lo so che non sei stupida...»

«E allora smetti di trattarmi come se lo fossi!» urlò interrompendola. «Non capisco proprio che cosa tu voglia di più da me. Ti ho già chiesto scusa per tutto, più volte, e, tra parentesi, prendo ottimi voti a scuola, faccio da baby-sitter a Mitch quando ne hai bisogno e rispetto sempre gli orari. È sabato sera e sto studiando. Non bevo, non mi drogo, ma tu mi tratti come se fossi una persona orribile...»

«Non penso che tu sia orribile» protestò Kaitlyn sorpresa. Che storia era questa? «Non so perché ti sei fatta quest'idea...»

«Continui a dirmi che cosa devo fare, come se mi considerassi inadeguata! Lo so che non sarò mai perfetta quanto te, ma se non altro non ho dimenticato come essere felice.»

Kaitlyn fu talmente colpita da queste parole da restare interdetta. Non sapeva come rispondere. Augurò alla figlia la buonanotte e scese di sotto, sconvolta.

Si sedette sul divano a riflettere su tutti gli avvenimenti di quel giorno, dall'incidente all'incontro con Tanner fino all'appuntamento per il giorno successivo. In altre circostanze, non sarebbe riuscita a pensare ad altro, invece...

Casey pensava davvero che sua madre avesse dimenticato come essere felice?

E, soprattutto, lei lo sapeva?

3

1

Quel pomeriggio il vecchio e il bambino si erano seduti sotto il gazebo. Dopo il loro arrivo aveva cominciato a piovere e l'acqua ruscellava dal tetto formando pozzanghere ovunque, sotto l'altalena e lo scivolo lì accanto. Era una pioggia leggera ma insistente, seguita a oltre una settimana di caldo insolito per la primavera, e Jasper aveva sorriso tra sé, sapendo esattamente che cosa preannunciava.

Stavano intagliando il legno di bosso con dei coltellini tascabili, come facevano tutti i sabato pomeriggio. Il gazebo e il parco giochi erano a poche centinaia di metri dalla baita di Jasper ma visibili dalla casa di Mitch. In questo modo la mamma del bambino poteva tenerli d'occhio, cosa che non dava minimamente fastidio al vecchio. Invece, continuava tranquillamente a lavorare con il coltellino, dando gli ultimi tocchi alla folta criniera di un leone. Sapeva che al bambino piacevano gli animali dello zoo e che stava intagliando qualcosa di simile a una tartaruga, anche se, guardandola più da vicino, poteva pure essere un ragno. Ai loro piedi si accumulavano mucchietti di scaglie di legno, che a volte finivano anche addosso ad Arlo.

Il cane, un incrocio tra un labrador e un meticcio non meglio identificato, era schizzato dentro la casa del vecchio, tutto tremante, durante un temporale più di dodici anni prima, appena Jasper aveva aperto la porta per dare un'occhiata al cielo. All'epoca era poco più di un cucciolo e il vecchio gli aveva dato un panino con l'uovo sodo e dell'acqua, in attesa che tornasse il bel tempo. Il giorno dopo aveva affisso manifesti ed era stato dai veterinari in città per cercare il proprietario, ma nessuno era mai venuto a reclamarlo. Probabilmente, in preda alla paura, era saltato giù dal pianale di un pick-up senza che i padroni se ne accorgessero finché erano arrivati a destinazione, chissà dove e chissà a quale distanza.

Quanto alla scelta del nome, il cane aveva ricordato a Jasper il cantautore Arlo Guthrie da giovane, con i lunghi riccioli e lo sguardo serio; all'epoca Jasper era stato un suo fan. Adesso, con il muso nero imbiancato e le guance cascanti che assomigliavano ai baffi all'ingiù del cantautore, il nome sembrava ancora più azzeccato. Ormai Arlo passava il tempo sdraiato ai piedi di Jasper oppure raggiungeva ciondolando la ciotola del cibo nella remota speranza che fosse stato aggiunto qualcosa.

Per più di un decennio erano stati soltanto loro due; in precedenza, Jasper era vissuto da solo. Il bambino però era una gradita compagnia e all'uomo piaceva anche sua madre. Non in quel senso, sia chiaro. Jasper aveva amato sua moglie Audrey e, sebbene se ne fosse andata da più tempo di quello che erano stati sposati, la sua assenza aveva creato in lui un vuoto che sapeva non sarebbe stato più in grado di colmare. Jasper si affidava alla madre del ragazzo per tutto ciò che riguardava i suoi disturbi di salute, con i quali avrebbe potuto tranquillamente riempire una piccola enciclopedia medica. Il suo sistema immunitario faceva le bizze, il cuore andava in fibrillazione e il colesterolo e la pressione sanguigna erano alti. Lo schiacciamento di alcune vertebre lombari gli causava spesso spasmi dolorosi e gli intorpidiva i piedi. Se a tutto questo si aggiungevano un lieve acufene, un tumore alla prostata ad accrescimento lento e un'artrite alle articolazioni così forte da farle scricchiolare e infiammare a ogni movimento, era evidente che il suo corpo stava lentamente tirando le cuoia. Ma ciò che preoccupava la dottoressa più di tutto era la sua pelle. Era uno spettacolo dell'orrore e sebbene lei non fosse riuscita a curarne le cause aveva in gran parte evitato che i sintomi peggiorassero. Questo quindi per lui era già una benedizione.

Ciò che apprezzava di più in lei era il suo carattere. Non lo rimproverava per la dieta, basata principalmente su zuppe in scatola, chili in barattolo o panini, né insisteva perché mangiasse anche quando non aveva fame, dal momento che negli ultimi anni era dimagrito costantemente. Non si lamentava mai che Jasper portasse Arlo agli appuntamenti. E, soprattutto, non aveva volto altrove lo sguardo la prima volta che si era seduto di fronte a lei in ambulatorio, tre anni prima. E questo era notevole. Il dottor Jenkins era andato in pensione, i suoi pazienti erano stati assegnati ad altri medici e Jasper si era immaginato che la dottoressa avrebbe distolto istintivamente gli occhi. Era quello che facevano quasi tutti e Jasper non poteva biasimarli. Aveva più di metà del corpo ricoperto di cicatrici da ustioni e trapianti cutanei che, tra l'altro, lo avevano reso calvo; altre porzioni di pelle, comprese quella del collo e del viso, non interessate dalle ustioni, erano martoriate da una psoriasi cronica. Durante il loro primo appuntamento, lui aveva scherzato dicendo che a Halloween avrebbe potuto spaventare i bambini senza nemmeno il bisogno di mettersi una maschera. Lei gli aveva risposto, con voce dolce ma decisa, che ne dubitava, dal momento che i suoi occhi erano gentili. Una bugia, ovviamente, ma lui l'aveva accettata perché anche lei aveva occhi gentili.

Jasper aveva riconosciuto il bambino da una foto che lei teneva sulla scrivania. Chiacchierando del più e del meno, avevano scoperto di essere quasi vicini di casa. La dottoressa abitava in un quartiere residenziale accanto alla proprietà di Jasper, circondata su tre lati dalla Uwharrie National Forest. La via più breve per arrivare alla foresta dal quartiere residenziale era attraverso il prato del vecchio. Jasper aveva affisso cartelli di divieto d'accesso e dipinto di rosso una mezza dozzina dei suoi alberi, tuttavia c'era chi preferiva di gran lunga girovagare nella sua proprietà. Compreso il bambino.

Lo aveva visto per la prima volta l'estate precedente; era seduto sulla veranda e il piccolo aveva attraversato da solo il suo prato. Era minuto, portava un paio di occhiali spessi dalla montatura nera e una tuta; aveva con sé una fionda e diversi bersagli di carta. Aveva ricordato a Jasper i suoi figli quando, da bambini, se ne andavano a caccia di avventure, perciò era rimasto in silenzio e aveva continuato a intagliare.

Qualche giorno dopo, quando il bambino era passato

davanti a casa sua per la seconda volta, Jasper lo aveva riconosciuto: era lo stesso della foto sulla scrivania della dottoressa. Aveva sistemato alcuni degli animali realizzati nel corso degli anni sulla balaustra della veranda e quando il ragazzino, diretto verso il bosco, era passato lì vicino, aveva rallentato e si era fermato a osservarli. Aveva chiesto a Jasper che cosa stesse facendo.

«Sto intagliando un gufo» aveva risposto lui senza alzare la testa. Sapeva per esperienza come avrebbe reagito il bambino appena avesse visto il suo viso.

«È molto difficile?»

«Abbastanza» aveva detto Jasper sollevando finalmente la testa. Il bambino aveva fatto istintivamente un passo indietro. Le lenti dei suoi occhiali erano spesse come fondi di bottiglia e gli ingrandivano gli occhi.

«È lei» aveva balbettato. «L'uomo della baita.»

«Suppongo di sì» aveva ribattuto Jasper scontroso, intuendo già che cosa sarebbe successo.

Mitch aveva deglutito. «È vero che mangia i bambini?»

Jasper lo aveva già sentito dire, ma non aveva idea di chi avesse messo in giro certe voci. Probabilmente ragazzini che volevano spaventare i fratelli minori, oppure persone cattive.

«No» aveva detto. «Preferisco la zuppa di pomodoro o il chili.»

«Lo immaginavo. La mamma mi ha detto che era una bugia e che lei è un tipo simpatico.»

«Tua mamma è molto gentile. E anche una brava dottoressa.»

«Che le è successo alla faccia?» si era informato il bambino.

«La vita» aveva risposto Jasper come faceva sempre. E poi, avendo finito di intagliare la figurina, l'aveva lanciata verso il ragazzino, che l'aveva raccolta da terra e se l'era rigirata tra le mani osservandola attentamente. «L'ha fatta lei? Da un pezzo di legno?»

«Esatto.»

«Le ha fatte tutte lei?» aveva domandato poi indicando la balaustra.

«Sì.»

Il bambino si era avvicinato di qualche passo per osservarle meglio. «Sembrano uscite da un negozio!»

Jasper aveva capito che era un complimento e aveva sorriso, ma siccome spesso i suoi sorrisi sembravano smorfie spaventose, si era affrettato a chinare di nuovo il capo. Si era schiarito la voce. «Puoi tenere il gufo, se vuoi. Come vedi, ho tantissimi animali.»

Più tardi quel giorno Mitch era tornato con sua madre, la dottoressa. Questa aveva in mano un piatto coperto e, come sempre, lo aveva guardato direttamente negli occhi. Oltre a informarlo che aveva punito il figlio per essere andato nella foresta senza permesso («Siccome sua sorella gli ha detto che poteva farlo, invece di tenerlo d'occhio, ho castigato anche lei!»), aveva obbligato il piccolo a scusarsi di essere entrato nella sua proprietà. E anche per le domande maleducate che gli aveva fatto.

Jasper aveva accettato le scuse e aveva detto che il bambino poteva attraversare la sua proprietà tutte le volte che voleva. La dottoressa poi aveva insistito affinché il figlio restituisse la statuetta, ma Jasper le aveva spiegato che era un regalo e che poteva tenerlo. Era stato allora che lei aveva scoperto il piatto, offrendoglielo: conteneva dei biscotti fatti in casa. Jasper ne aveva assaggiato uno ed era rimasto sorpreso quando il bambino gli aveva chiesto con una vocetta timida se poteva insegnargli a intagliare il legno. Lui ci aveva pensato su masticando in silenzio. Non era più abituato a stare con le persone, ed erano decenni che non passava del tempo con i bambini, ma, alla fine, forse perché la dottoressa gli era simpatica, aveva accettato. Da allora lui e il bambino s'incontravano al gazebo.

Si era reso conto che era una bella cosa. Gli piaceva vedere Mitch gonfiarsi di orgoglio tutte le volte che lui gli porgeva un temperino. Gli piaceva sentirsi chiamare «signor Jasper», con il nome anziché il cognome, come facevano molte persone del Sud. Soprattutto, il ragazzino lo guardava negli occhi per nulla turbato dal suo aspetto: a questo punto che importanza aveva che non sapesse intagliare?

2

«Wow!» esclamò quel giorno il bambino. «È un leone?»

«Esatto.» Jasper annuì mentre dava gli ultimi ritocchi per rendere più realistica la criniera. A volte gli capitava ancora di pensare a lui come al «bambino», anziché Mitch.

«Che gliene pare di questo?» domandò il ragazzino, mostrandogli la tartaruga o il ragno, o qualunque cosa fosse.

«Be'...» Jasper non sapeva che cosa dire.

«Quando avrò finito, sarà Arlo.»

«Be'» ripeté Jasper.

«Ho fatto come mi ha detto lei» spiegò Mitch. «Prima me lo sono immaginato, ma ho paura di aver combinato un pasticcio con le zampe. Pensa di riuscire a sistemarlo?»

Jasper mise da parte il leone e prese la scultura. «Vediamo cosa posso fare.» La esaminò più attentamente, poi domandò: «Come va la scuola?»

«Tutto a posto.» Il ragazzino si strinse nelle spalle. «Però è un po' noioso.»

«Come sta la mamma?»

«Bene. Lavora molto.»

«E tua sorella?»

La sorella aveva otto anni più di lui e il bambino ne andava pazzo.

«Bene, credo. Ha preparato i popcorn e ha guardato un film insieme a me quando la mamma era al lavoro, ma di solito esce con le sue amiche. La mamma dice che è perché è un'adolescente.»

«Mmm.»

«Ha intagliato qualcos'altro questa settimana?»

«No, nulla. Mi facevano troppo male le mani.»

«Ha preso il paracetamolo?»

Era la domanda che il bambino gli faceva tutte le volte che Jasper diceva di avere dei dolori.

«Certo.»

«Bene» rispose il ragazzino con lo stesso tono autorevole di sua madre. Le assomigliava anche, a ben pensarci, forse nella curva dolce della bocca, nel sorriso che si allargava a poco a poco. Erano simili. Due anime sensibili.

Rimasero in silenzio per un po', ma non era insolito.

Jasper cominciò a lavorare con il temperino e, nel giro di pochi minuti, le zampe di Arlo sparirono e il corpo del cane alla fine si acciambellò come se stesse dormendo. Fu tutto quello che Jasper poté fare perché Arlo non avesse l'aria di essere stato investito da un rullo compressore e spiaccicato sull'asfalto.

«Ha sentito del cervo bianco?» chiese Mitch.

«Il cervo bianco?» Jasper si bloccò.

«L'hanno detto al notiziario. Me l'ha fatto vedere la mamma. C'è un grande cervo bianco nella foresta. Gli hanno scattato una foto sfocata. L'ha vista?»

«No» rispose Jasper, mentre un ricordo dell'infanzia gli affiorava alla mente, lo spettro di un'altra vita. La sua mano ricominciò a scolpire il legno. «Ho visto moltissimi cervi, ma mai uno bianco.»

«Secondo me non è vero. Cioè, può esistere per davvero un cervo bianco?»

«Certo» rispose Jasper. «È albino, significa che non ha il consueto pigmento nel manto o nel muso. Sono esemplari molto rari. La maggior parte muore giovane.»

«Perché? Nascono malati?»

«Non si mimetizzano come gli altri cervi, perciò non riescono neanche a nascondersi. E vengono uccisi.»

«Dagli orsi?»

Dai cacciatori, pensò Jasper. Quei cacciatori che uccidevano qualcosa di raro e bellissimo soltanto perché era raro e bellissimo. «Può darsi» disse.

«Wow!» esclamò a un tratto il bambino cambiando argomento, come faceva spesso. «Arlo sembra addormentato!»

Si riferiva alla scultura, ma avrebbe potuto benissimo

parlare anche del cane che si era accovacciato ai loro piedi. Una delle zampe posteriori si agitava, per quanto lentamente; di sicuro stava sognando di correre per i prati o di scappare dai tuoni.

«Anche se non c'è un cervo bianco» confidò Jasper «la foresta nasconde un altro segreto.» Ai bambini piacevano i segreti, anche i suoi figli erano stati così da piccoli.

«E sarebbe?»

«Le spugnole» dichiarò Jasper. «Sono un tipo di funghi. Ultimamente il clima è stato benevolo e domani saranno pronte per essere raccolte.»

Il bambino arricciò il naso e guardò il vecchio come se gli avesse proposto di mangiare vermi. «Funghi?»

«Non un fungo qualunque. Una *spugnola*. Per questo è importante che rimanga un segreto.»

«E perché?»

«Come i cervi bianchi, anche le spugnole sono speciali, sono i funghi più buoni del mondo. Se si sapesse in giro, la gente verrebbe qui da tutto lo Stato per raccoglierli.»

«Come fa a sapere dove crescono?»

«È un segreto anche questo. Ma ne coglierò abbastanza anche per la tua mamma. E glieli pulirò, toglierò tutta la terra e gli insetti.»

Mitch era sempre più scettico. «Insetti?»

«Come ho detto, prima vanno puliti. E poi, una volta rosolati nel burro con un pizzico di sale, non c'è niente di più buono al mondo.»

Il bambino ci pensò su. «Secondo me la pizza è meglio» dichiarò alla fine.

«Mmm.»

Quando ebbe finito di intagliare, Jasper porse la scultura al bambino, che la esaminò: guardò Arlo e di nuovo la statuetta.

«Wow!» esclamò. «La metterò insieme alle altre in camera mia.»

Jasper annuì, stupito di quanto sentisse ancora la mancanza dei suoi figli. *Se soltanto potessi rifare tutto daccapo. Se potessi fare tutto giusto.*

«Adesso leviamo i trucioli e ti riporto a casa, va bene?» Sospirò porgendo il giubbotto a Mitch. «La tua mamma probabilmente sta già preparando la cena.»

3

Dopo aver preso l'ombrello, Jasper sfilò la bandana dalla tasca posteriore e se la avvolse intorno al viso come una maschera. Lo faceva soprattutto per gli altri, in particolare i bambini piccoli. Per un paio d'anni, quando il mondo era impazzito di paura per il Covid e tutti andavano in giro con le mascherine, era riuscito a fare la spesa e a sentirsi quasi normale. Non lo avrebbe mai ammesso con nessuno, però a volte rimpiangeva quei giorni.

Si misero in marcia verso la casa del bambino, accompagnati da Arlo. Jasper ricordava che tanti anni prima aveva cercato di bloccare il progetto per la realizzazione del quartiere residenziale dove abitava la famiglia del ragazzino. La città di Asheboro si era espansa verso sud, avvicinandosi sempre di più alla sua baita, e lui si era lamentato con il commissario di contea in occasione di un incontro pubblico riguardo alla revisione del piano regolatore. Ma gli accordi erano già stabiliti, qualcuno si era già riempito le tasche e il risultato era stato che, dove un tempo c'erano solo campi e boschi, adesso sorgeva una serie di villette tutte identiche.

Quando lui era giovane c'erano alberi su cui arrampicarsi, caverne da esplorare e fortini da costruire, oltre a ruscelli in cui pescare per chilometri e chilometri in ogni direzione al di fuori dei confini cittadini. Era contento che esistesse la Uwharrie National Forest, ma anche questa era cambiata nel corso degli anni. Jasper aveva scoperto che adesso era «organizzata»: c'erano parcheggi autorizzati, aree di campeggio, sentieri che indicavano agli escursionisti dove camminare, sentieri aperti ai fuoristrada che volevano avventurarsi tra i massi. Come se la gente non avesse il buonsenso di capire che cosa fare, dove camminare o piantare una tenda. Era soltanto un altro esempio del mondo che andava avanti senza di lui. Adesso c'erano computer e telefoni che facevano fotografie e schermi che ipnotizzavano allo stesso modo adulti e bambini. La settimana precedente, passando davanti a un ristorante, aveva visto quattro persone che pranzavano insieme senza parlare, ciascuna assorta nel proprio cellulare.

Jasper sapeva che la dottoressa era preoccupata che si affaticasse troppo a riaccompagnare a casa il bambino, per l'artrosi e tutto il resto, ma camminare era praticamente l'unico esercizio che era in grado di svolgere. L'inverno precedente non era riuscito nemmeno a tagliare la legna per la stufa panciuta in cucina: l'aveva dovuta ordinare già spaccata ed era stato deprimente. A ogni modo, il bambino sembrava rendersi conto che lui non poteva camminare più veloce di così.

La luce sulla veranda a casa del ragazzino era già accesa quando arrivarono. Jasper chiuse l'ombrello, restando sotto il portico mentre il bambino apriva la porta. Si tolse la bandana dal viso (la dottoressa insisteva sempre che lo facesse), ma ricordò a sé stesso di rimetterla appena fosse tornato in strada.

«Mamma! Sono a casa!» esclamò Mitch. «Guarda cos'ho fatto!» Un attimo più tardi la dottoressa gli andò incontro asciugandosi le mani in uno strofinaccio.

«Salve, Jasper» disse.

«Salve, dottoressa Cooper.»

Sul viso di lei comparve l'inconfondibile sorriso. «Quante volte devo ripeterle di chiamarmi Kaitlyn? Vuole accomodarsi? Le preparo un caffè, se le va.»

«No, ma grazie lo stesso» rispose lui.

«Posso invitarla a cena? Ci farebbe piacere averla con noi.»

«La ringrazio di nuovo, è molto gentile da parte sua, ma devo rifiutare.»

Glielo aveva chiesto già diverse volte, però lui aveva sempre risposto di no. Ormai era convinto che si trattasse di semplici inviti di cortesia. Di solito la sera gli si chiudeva lo stomaco dopo solo qualche boccone. «Però vorrei farle una domanda, se non le dispiace» aggiunse.

Lei assunse un'espressione professionale, e lui capì che pensava a qualcosa di medico. «Chieda pure.»

«Mitch mi ha raccontato dell'avvistamento di un cervo bianco. Dice che c'è anche una foto.»

Lei fu colta alla sprovvista. «Oh... sì. Ne hanno parlato in tv un paio di sere fa, e ieri anche uno dei miei pazienti me ne ha accennato. Immagino che sia passato molto tempo dall'ultimo avvistamento da queste parti.»

Allora è vero, pensò il vecchio con un fremito di stupore.

«Sa in che punto della foresta? Cioè, la foto è stata scattata da queste parti, oppure vicino a Candor o a Mount Gilead...»

In fin dei conti, la Uwharrie occupava un'area di più di ventimila ettari.

«Era proprio appena fuori Scenic Road, da quella parte» rispose lei indicando vagamente con la mano. «Una donna l'ha fotografato dalla macchina, per questo l'immagine era sfocata.»

«Non ci posso credere» borbottò lui, rendendosi conto che non era poi così lontano da casa sua. Anzi, era proprio nella zona in cui aveva deciso di iniziare la sua ricerca delle spugnole.

4

Il mattino seguente, prima dell'alba, Jasper era seduto al tavolo di legno nel suo cucinino a bere la seconda tazza di caffè. Come aveva sperato, la pioggia era cessata dopo la mezzanotte e il cielo si era rischiarato. La temperatura era già salita e il sole del mattino avrebbe fatto miracoli.

Stava sistemando la tazza nel lavandino quando udì l'eco

dello sparo, distante ma inconfondibile. Uscì sulla veranda, ma era ancora troppo buio per vedere qualcosa. Sapeva che nella Uwharrie c'era abbondanza di selvaggina; i cacciatori affollavano la foresta da ottobre alla fine di dicembre in cerca di cervi, poi tornavano all'inizio di aprile per i tacchini selvatici. I più giovani potevano cacciare con i genitori già una settimana prima dell'apertura ufficiale della stagione, ma si era segnato le date sul calendario ormai da mesi ed era sicuro che mancassero ancora sei giorni all'apertura della stagione di caccia giovanile.

E poi perché un fucile di precisione e non uno da caccia? Nonostante il fischio nelle orecchie, era ancora capace di cogliere la differenza. E gli spari di quelle due armi erano diversi come l'inverno e la primavera, e un fucile di precisione non aveva senso. Se qualcuno avesse dato inizio anticipatamente e illegalmente alla caccia al tacchino selvatico, avrebbe usato un fucile da caccia.

I fucili di precisione, al contrario, erano perfetti per i cervi.

In piedi sulla veranda, ripensò al cervo bianco e provò una stretta allo stomaco. In un passato ormai lontano, probabilmente avrebbe recitato una preghiera per la salvezza del cervo, ma non era più quell'uomo. Tuttavia si domandò se fosse il caso di andare nella foresta come aveva deciso. Non aveva nessuna voglia di imbattersi in qualche bracconiere.

Decise di non correre rischi e si mise seduto sulla sedia a dondolo. Scrutò gli alberi in cerca di luci, dato che spesso i bracconieri usavano le torce per paralizzare i cervi, e rimase in ascolto di un eventuale secondo sparo. Non sentì nulla mentre il cielo cominciava a rischiararsi, aggiungendo particolari alle ombre. Udì un picchio beccare su un tronco e vide un coniglio dalla coda di cotone spuntare da un angolo del capanno degli attrezzi. Lo strato di bruma sospeso appena sopra il terreno cominciò a scintillare quando i primi raggi del sole spuntarono obliqui tra gli alberi.

In genere i bracconieri evitavano di cacciare di giorno, ma non c'era motivo di correre stupidi rischi. Jasper si alzò ed entrò in casa facendo attenzione a chiudere delicatamente la porta a zanzariera. Attraversò il salotto con l'antiquato televisore, le pareti rivestite di legno e il divano scolorito per raggiungere la veranda posteriore, dove teneva la sua attrezzatura. Prese un gilet arancione da indossare sopra il giubbotto e uno anche per Arlo. Poi chiamò il cane e glielo infilò sul largo torace.

Tornato in cucina, riempì un thermos di altro caffè e lo mise nello zaino insieme a due bottiglie d'acqua, un panino con burro d'arachidi e miele e una ciotola per Arlo. Infine afferrò una bandana e si mise in tasca alcuni biscotti per cani. Arlo ne andava matto. Si assicurò di avere anche le compresse di nitroglicerina, casomai il cuore cominciasse a fare i capricci, infine prese un secchio di plastica da venti litri e uscì dalla porta anteriore, con Arlo al proprio fianco.

Per lui era una gioia cercare le spugnole. Audrey gliele aveva fatte conoscere la prima volta che lui l'aveva portata lì. All'epoca lei gliel'aveva descritta come una caccia al tesoro, ma Jasper avrebbe ricordato quel giorno per un motivo diverso, se non altro perché aveva cambiato per sempre la sua vita. Era successo pochi giorni dopo il funerale del padre; Jasper, all'epoca diciassettenne, era talmente distrutto dal dolore da non riuscire quasi a pensare. Stava attraversando il centro di Asheboro in macchina quando si era fermato al semaforo rosso accanto al negozio di abbigliamento della madre di Audrey. La ragazza, che stava sistemando sul marciapiede un cartellone pubblicitario che annunciava i saldi, lo aveva riconosciuto al volante. Come tanta altra gente, aveva saputo quello che era successo al padre di Jasper e aveva deciso, impulsivamente, di salire in macchina con lui, con grande costernazione di sua madre e stupore da parte di Jasper.

Lui l'aveva portata fino alla baita, con gli occhi pieni di lacrime. Il dolore per la morte del padre era ancora troppo fresco per parlarne, e lei sembrava averlo intuito. Invece di esortarlo ad aprirsi, gli aveva preso la mano, accarezzandogli il dorso con il pollice. L'inaspettata gentilezza di quel tocco era stata come un balsamo per la sua anima straziata.

Le aveva mostrato la baita che lui e suo padre avevano costruito insieme, poi le aveva fatto visitare il resto della proprietà. Accanto al confine settentrionale, a pochi passi dalla foresta, Audrey aveva scoperto le spugnole alla base di un olmo spezzato. Ce n'era un altro gruppetto a una trentina di metri di distanza, e lei, dopo averle raccolte sistemandole nella gonna, le aveva pulite con cura e rosolate con il burro e una presa di sale sulla vecchia stufa. Era stato il primo pasto che avevano condiviso, dopodiché Jasper era stato finalmente in grado di parlare dell'uomo che lo aveva cresciuto.

Per quanto riguardava le spugnole, non aveva mai assaggiato niente del genere e aveva impiegato del tempo per apprezzarne appieno il sapore terroso, simile a quello delle nocciole. Audrey invece le adorava e, una volta sposati, Jasper le aveva promesso che gliele avrebbe sempre portate. Cosa che, tuttavia, si era rivelata più facile a dirsi che a farsi, dato che sembravano sparite dalla faccia della terra; per questo aveva cercato di imparare tutto il possibile sulle spugnole. Si era perfino recato a Raleigh per parlare con un professore della North Carolina State University, il quale gli aveva rivelato un metodo che si diceva aiutasse a coltivare le spore. Bisognava tenere a bagno le spugnole in acqua distillata, melassa e sale per un paio di giorni e poi filtrare il liquido, che andava versato sul terreno. Jasper lo aveva sparso nei punti in cui aveva trovato i primi funghi e intorno ad altri alberi morti nei dintorni. Nel giro di pochi anni le spugnole erano tornate in abbondanza. Da allora, e fino a circa dieci anni prima, aveva ripetuto la procedura ogni anno.

Nei primi tempi non c'erano stati abbastanza alberi morti nella sua proprietà: le spugnole, infatti, crescevano solo dove il legno in decomposizione rilasciava le sostanze nutritive nel suolo; così Jasper aveva finito per avventurarsi sempre più lontano nella foresta, con il rischio che chiunque avrebbe potuto raccoglierle. Con l'aiuto di Dio, e per il fatto che vicino alla sua baita la Uwharrie non era facilmente accessibile al pubblico, il segreto era rimasto ben custodito e per anni lui e Audrey ne avevano fatto una regolare scorpacciata in primavera. Anche dopo che lei se n'era andata, lui aveva tenuto viva la tradizione, in onore di quella prima cena alla baita, e anche di tutte le altre. Era un modo per ricordare i bei tempi prima di quelli brutti.

Erano cambiate tante cose da allora e lui non era più l'uomo di un tempo. Diversi decenni prima era stato giovane e forte e non mancava mai di guardarsi allo specchio per assicurarsi di essere ben pettinato. Camminava senza timore di incespicare all'improvviso. Aveva una vera casa, la baita e un'attività di successo. Era stato un vicino di casa e un amico e un padre e un marito. Ogni giorno leggeva la Bibbia, mattina e sera, la domenica andava a messa e a volte pregava per più di un'ora di fila.

Adesso era vecchio e tutto era cambiato. Le sue preghiere, quelle poche, assumevano sempre la forma di un'unica domanda.

Perché?

5

Jasper e Arlo erano a caccia nella foresta. O, meglio, Jasper era a caccia e Arlo gironzolava qua e là, marcando il territorio per poi tornare accanto al padrone e fissargli con insistenza la tasca. Come facesse a sentire il profumo dei biscotti in mezzo a tutti gli odori del bosco e dello zaino restava un mistero.

Jasper infilò la mano in tasca, spezzò un biscotto e lo lanciò al cane, che non tentò neppure di prenderlo al volo. Lo mangiò direttamente da terra, poi alzò il muso come a dire: Tutto qui? So che ne hai degli altri.

«Più tardi» gli promise Jasper.

Ormai erano in giro da diverse ore e, nonostante il discreto bottino, Jasper aveva trovato meno spugnole di quanto avesse sperato. Anni prima si era domandato se Arlo fosse adatto per essere addestrato come cane da spugnole, visto che esistevano i cani da tartufo. Da ragazzo suo padre gli aveva spiegato che, se qualcosa aveva un suo odore particolare, era possibile addestrare un cane a trovarlo. Così aveva deciso di fare un esperimento. Aveva preparato delle spugnole e le aveva fatte annusare ad Arlo, ne aveva quindi spalmate alcune su un fazzoletto, gli aveva fatto annusare anche quello e lo aveva nascosto in posti diversi dentro casa, ricompensando il cane con un biscotto tutte le volte che lo trovava. Infine, lo aveva portato nella foresta, ma Arlo si era dimenticato all'istante di tutto ciò che aveva imparato, limitandosi a fissare la tasca di Jasper. Ormai era troppo vecchio per fargli imparare qualcosa di nuovo.

Per questo Jasper doveva fare affidamento sulla propria vista, che, a parte gli occhiali da lettura, era rimasta una delle poche cose del suo corpo ancora in buone condizioni. Camminava tra gli alberi, cercando olmi e querce e pioppi, individuando tronchi marciti e chiazze di luce in mezzo all'ombra. Scrutava accanto alle radici, a volte chinandosi a spostare foglie e terra. Era una procedura lenta e faticosa per la sua schiena, dato che le spugnole sapevano nascondersi, e lui si muoveva con attenzione: non raccoglieva mai false spugnole, dato che erano tossiche. Intanto con la mente tornava ad Audrey.

Quasi tutti, compreso lui, erano rimasti sconcertati dall'improvviso interesse dimostrato dalla ragazza nei suoi confronti, che era durato anche dopo quella prima gita alla baita. Da parte sua, invece, ciò che provava per Audrey era sbocciato ben prima di quel giorno, in pratica quando l'aveva vista in classe il primo giorno di scuola. Con i capelli biondo ramato, e una spruzzata di lentiggini sulle guance, sembrava un angelo dagli occhi azzurri e lui l'aveva fissata pieno di meraviglia quando si era seduta nel banco accanto al suo. Lo aveva salutato, ma lui si era limitato a rivolgerle un cenno, avviando uno schema che avrebbe definito il loro rapporto da una classe all'altra. Pur essendo compagni di scuola, Jasper era sempre stato troppo timido per intavolare una conversazione. Si accontentava di guardarla di nascosto dall'altra parte del cortile o di ammirare da lontano l'eleganza dei suoi polsi e delle sue mani. Aveva le dita lunghe, al contrario di lui. Teneva la penna con una tale delicatezza che Jasper si domandava come facesse a non sfuggirle di mano. Quando girava la pagina del libro che stava leggendo, si portava il dito alle labbra, un'abitudine che lui trovava oltremodo seducente. Tutti i ragazzi della scuola prima o poi si innamoravano di lei, mentre Jasper faceva il possibile per tenere nascosti i propri sentimenti.

In fin dei conti, non si assomigliavano affatto. A differenza di lui, Audrey era un'ottima studentessa ed era socievole, con una risata che attirava le persone nella sua orbita. Era anche ricca, soprattutto a paragone di Jasper. Il padre lavorava in banca e la madre era proprietaria di un famoso negozio di abbigliamento; vivevano in una casa a due piani con un colonnato bianco sul davanti. Nel corso degli anni era stata vista tenere per mano diversi ragazzi mentre andava a scuola, ma alla fine tutti si erano convinti che avrebbe sposato Spencer, il figlio del proprietario della banca e uno dei soci fondatori del country club. Invece, pochi giorni dopo che Jasper aveva seppellito suo padre, era salita sul pick-up con lui, senza motivo, e quel gesto aveva sovvertito il corso già segnato delle loro vite.

Dopo le nozze, Jasper si era posto l'unico obiettivo di renderla felice. Siccome le piaceva leggere, le aveva costruito una libreria; poiché lei voleva che la baita avesse un'aria di casa, Jasper l'aveva aiutata a riarredarla, spostando mobili e aggiungendo tappeti colorati e cuscini finché lei si era detta soddisfatta. Quando di sera gli si sedeva accanto sul divano con un libro in grembo, Jasper non mancava mai di chiedersi per quale motivo avesse scelto lui, quando avrebbe potuto avere uno come Spencer e trascorrere il sabato pomeriggio giocando a tennis, invece di vivere in una baita decrepita alla periferia della città.

«Non essere sciocco» rispondeva lei alzando gli occhi al cielo tutte le volte che lui glielo domandava. «Sapevo esattamente che genere di uomo stavo sposando.»

Jasper non si spiegava da dove le venisse tutta questa fiducia, considerato che all'epoca neppure lui era sempre sicuro di chi fosse esattamente. Aveva pochi ricordi della propria infanzia e di sua madre, che era morta quando era ancora piccolo. Se gli veniva chiesto, rispondeva che era stato un bambino normale; non andava né troppo bene né troppo male a scuola, né troppo bene né troppo male negli sport, a dire il vero non andava né troppo bene né troppo male in generale. Abitava in una casetta ad Asheboro così simile a quelle di tutti i vicini, che capitava che qualcuno si sbagliasse dopo aver trascorso qualche ora al bar del quartiere. Frequentava gli amici, ma come nel caso di tanti altri ragazzi tra la fine degli anni Quaranta e i primi Cinquanta, ci si aspettava che desse una mano in famiglia, e questo significava andare a lavorare dopo la scuola e in estate raccogliere le pesche nel frutteto di cui suo padre era fattore.

A volte gli veniva da pensare che il padre avesse solo cinque grandi passioni nella vita: il suo Paese, le pesche, il suo unico figlio, intagliare il legno e nostro Signore e Salvatore Gesù Cristo. Sulla loro veranda sventolava la bandiera americana, che il padre issava al mattino e ammainava la sera. Prima ancora di iniziare ad andare a scuola, Jasper aveva trascorso le giornate a passeggiare con il padre tra i filari di alberi, assimilando tutto ciò che lui gli diceva. In fatto di pesche, il genitore era uno dei maggiori esperti di tutto il Sud. Jasper aveva imparato che un ettaro conteneva all'incirca trecento alberi, ciascuno dei quali aveva bisogno di uno spazio intorno di quattro metri per sette. Che i peschi crescevano meglio se il terreno drenava bene. Aveva imparato l'importanza dell'irrigazione, dell'uso regolare di pesticidi e degli effetti del clima sui raccolti. Aveva ascoltato attentamente le lezioni di suo padre su come trattare infestazioni e malattie. A dieci anni lavorava già con impegno nel frutteto: strappava le erbacce, sfrondava i rami e raccoglieva i frutti, caricando una cassa dopo l'altra sui camioncini per spedirle agli inscatolatori.

A casa, il padre gli leggeva spesso la Bibbia. In inverno andavano a caccia e riempivano il congelatore di selvaggina; a volte andavano a pesca. Era stato il padre a insegnargli a scolpire il legno, e i risultati dei loro sforzi a poco a poco avevano stipato ogni ripiano in casa e nella baita.

Suo padre non bestemmiava, non beveva e Jasper non ricordava di averlo mai visto arrabbiato. Spesso commentava le citazioni della Bibbia, annotando il loro significato con parole sue ai margini del testo. Quando Jasper gli faceva delle domande o gli raccontava qualche episodio della propria vita, il padre lo guardava da sopra la montatura degli occhiali da lettura e diceva cose del tipo: «Potresti leggere *Luca* 16, 10». Jasper apriva la Bibbia e leggeva: «*Chi è fedele in cose di poco conto, è fedele anche in cose importanti; e chi è disonesto in cose di poco conto, è disonesto anche in cose importanti*». Nonostante le occasionali parafrasi a margine, metà delle volte non era sicuro del collegamento che c'era tra i versetti indicati dal padre e le domande che lui aveva posto.

Con il passare del tempo imparò a decifrare più facilmente le citazioni paterne. Le Sacre Scritture facevano parte del suo bagaglio famigliare, dopotutto. Il nonno di Jasper era stato uno dei più illustri predicatori del North Carolina e si diceva che per un breve periodo avesse fatto da mentore a Billy Graham, il celebre predicatore evangelista. Jasper era convinto che, oltre a cercare il significato della vita, suo padre volesse soprattutto che il figlio si concentrasse su quanto era eterno. Se Jasper diceva di aver preso un brutto voto in un compito in classe, suo padre replicava: «*Seconda Lettera ai Corinzi* 4, 18». (*Noi non fissiamo lo sguardo sulle cose visibili, ma su quelle invisibili, perché le cose visibili sono di un momento, quelle invisibili invece sono eterne.*) Oppure, se Jasper si vantava di aver segnato l'home run della vittoria in una partita di baseball, il padre rispondeva: «*Romani* 11, 36». (*Poiché da lui, per mezzo di lui e per lui sono tutte le cose. A lui la gloria nei secoli. Amen.*)

Di domenica frequentavano la chiesa fondata dal nonno di Jasper. Pregavano insieme al mattino, prima dei pasti e di nuovo prima di andare a letto. Pregavano per vicini e amici in difficoltà e quando andavano a caccia suo padre recitava una preghiera per il cervo o il tacchino che avevano ucciso. *Pregate ininterrottamente* (*Prima Lettera ai Tessalonicesi* 5, 17). Spesso il padre regalava una parte della carne, insieme alle pesche, a persone più povere di loro. *Chi ha pietà del povero fa un prestito al Signore, che gli darà la sua ricompensa* (*Proverbi* 19, 17). Era gentile con chiunque incontrasse. *Siate invece benevoli gli uni verso gli altri, misericordiosi, perdonandovi a vicenda come Dio ha perdonato a voi in Cristo* (*Efesini* 4, 32). Pur essendo tutt'altro che ricco, il padre aveva una fede incrollabile e Jasper si rendeva conto che godeva del rispetto dell'intera città. Lui gli voleva bene, non solo per la sua saggezza, ma anche per l'atteggiamento e la pazienza. Diversamente da tanti altri suoi compagni, lui non si presentava mai a scuola con lividi o scudisciate inflitti da un padre reduce da una serata di bevute.

Il padre di Jasper aveva un sogno, oltre a quello di vegliare sull'anima del figlio: costruirsi una casetta di legno nei boschi dove trascorrere insieme il fine settimana, circondati dalla bellezza della natura, invece di essere bloccati in città. Quando Jasper compì quattordici anni, suo padre iniziò a sfogliare i giornali in cerca di annunci di terreni in vendita. Jasper gli chiese spiegazioni mentre caricavano le pesche su un furgone.

«Non potrai mai permettertelo...»

«*Matteo* 19, 26.»

Gesù li guardò e disse: «Questo è impossibile agli uomini, ma a Dio tutto è possibile».

«Ma...»

«*Marco* 9, 23.»

Gesù gli disse: «Se tu puoi! Tutto è possibile per chi crede».

«Non credo che a quelli come noi accadano i miracoli» dichiarò Jasper alla fine, in un moto di ribellione giovanile. «Non i miracoli veri, quantomeno.»

Suo padre appoggiò a terra la cassa indicando a Jasper di fare lo stesso. «Ti ho raccontato la storia di come tuo nonno è diventato pastore?»

Jasper scosse la testa mentre sistemava la cassa.

«Devi sapere che mio padre non è sempre stato un uomo retto o religioso. Da giovane non era neppure particolarmente buono. Prima di incontrare tua nonna, giocava d'azzardo ed era stato persino in prigione.» Il padre fece una pausa, scrutando il cielo quasi sperasse di trovarvi le parole giuste. «Per molto tempo non imparò la lezione, diciamo così. Invece raddoppiò le brutte cose che stava facendo, e nonostante la sua abilità a poker finì con l'indebitarsi con le persone sbagliate. All'epoca abitava in Texas.» Si tolse il cappello e si asciugò la fronte, quindi guardò Jasper con espressione seria. «Lo accoltellarono e lo lasciarono a terra credendolo morto.»

Jasper rimase in silenzio in attesa che suo padre proseguisse il racconto.

«Invece si salvò. All'ospedale incontrò un'infermiera che gli lesse le storie del Nuovo Testamento che parlavano dei miracoli di Gesù. A mio padre in realtà non interessavano le storie di Gesù, ma era molto interessato all'infermiera che le leggeva. Se ne innamorò, ma lei era ben consapevole dei suoi difetti. Dopo essere stato dimesso, lui cominciò a dubitare delle scelte che aveva fatto per la prima volta in vita sua. Cominciò a pregare Dio, pur non essendo un credente, e gli chiese di poter assistere a un miracolo. Voleva un segno dal cielo e promise che, se Dio glielo avesse dato, avrebbe cambiato completamente vita.»

Il padre fece una pausa, ma Jasper sapeva che non aveva finito.

«Poco tempo dopo, una mattina uscì a fare una passeggiata per ammorbidire il tessuto cicatriziale lasciato dalla coltellata. Mi giurò che il tempo era perfetto, il cielo sereno a perdita d'occhio. Arrivato in cima a una collina che sovrastava la città, decise di fare una sosta per riposare. Era seduto su un sasso quando, all'improvviso, da est arrivò un enorme fronte temporalesco. Era il più grande e scuro che avesse mai visto. Un attimo prima il cielo era azzurro, quello dopo era come se un drappo fosse sceso sulla terra. E tutt'a un tratto cominciò a piovere, ma ciò che cadeva dalle nubi non era acqua. Erano pesci.»

Jasper non era sicuro di aver sentito bene. «Pesci?»

«Pesci» confermò il padre con enfasi. «In gran parte erano ancora vivi e guizzavano e si agitavano sul terreno. Erano centinaia, forse migliaia. E all'improvviso mio padre si scoprì a pensare a una delle storie della Bibbia che gli aveva letto l'infermiera, quella in cui Gesù sfamava la folla con pani e pesci, anche se all'inizio non ce n'erano a sufficienza per tutti. In quel momento, mentre i pesci piovevano dal cielo, ringraziò Dio per avergli concesso di assistere a un miracolo e giurò che avrebbe cambiato vita. Diventò un predicatore itinerante, poi un pastore e successivamente convinse l'infermiera a sposarlo. Alla fine si trasferì ad Asheboro e fondò la chiesa dove andiamo noi la domenica.»

«Pensi che fosse vera?» Jasper lo scrutò, scettico. «La storia dei pesci, intendo.»

Il padre annuì e Jasper non gli fece altre domande sui miracoli. Ma, poco dopo, il padre trovò l'annuncio di un terreno vicino alla Uwharrie pignorato dalla banca e messo all'asta. L'asta si sarebbe tenuta in loco e destino volle che nel giorno prefissato scoppiasse un temporale così violento da inondare alcune delle strade che portavano alla proprietà. Il padre di Jasper fu l'unico partecipante e riuscì a comprare il terreno per una cifra sorprendentemente bassa, che gli lasciò denaro a sufficienza per costruire la casetta. Certo, non era stato un miracolo spettacolare come la pioggia di pesci, ma per suo padre era la prova che il Signore aveva ascoltato le sue preghiere. Poco tempo dopo, quando Jasper compì quindici anni, costruirono insieme la baita che ora Jasper chiamava casa.

6

Fu Arlo a trovare il cervo morto.

Jasper stava cercando a poca distanza nel sottobosco quando sentì il cane abbaiare. Solitamente non lo faceva, almeno negli ultimi anni, forse perché richiedeva più sforzo che mangiare o dormire. Incuriosito, Jasper si voltò e vide Arlo trotterellargli incontro, per poi tornare subito sui propri passi.

Jasper seguì il cane, che continuava a fare avanti e indietro, già disgustato all'idea di trovare la carcassa del cervo bianco. Invece alla fine vide quella di un cerbiatto dal mantello rossiccio. Era gracile, probabilmente pesava meno di trenta chili, e risultava evidente alla prima occhiata che era stato abbattuto da uno sparo poco preciso: invece di colpirlo direttamente al petto sotto la spalla, la ferita aveva prodotto uno squarcio vicino all'addome. Dietro la carcassa si allungava una scia di sangue e Jasper sussultò. Il cervo, ferito a morte, aveva strisciato agonizzante fino a crollare lì.

Il corpo era freddo, il che significava che era morto da diverse ore. Lo sparo di stamattina, si disse. Era molto probabile e, dato che era ancora buio, il bracconiere aveva usato una torcia per accecare l'animale.

Jasper sentì la collera montare dentro. A prescindere dalla sua opinione sulla caccia, c'erano comunque delle *regole*: le torce erano illegali, cacciare con il buio era illegale, cacciare fuori stagione nella Uwharrie era illegale. Ma, a parte questo, chiunque avesse sparato avrebbe dovuto fare il possibile per rintracciare il cerbiatto e porre fine alle sue sofferenze. L'animale, denutrito e sanguinante, non poteva essersi allontanato più di qualche centinaio di metri dopo essere stato colpito. Sarebbe stato facile seguirlo. Qui non si trattava di semplice bracconaggio, ma di tiro al bersaglio. Di uccidere solo per il gusto di farlo e, nonostante fossero passati anni dall'ultima volta che Jasper aveva aperto una Bibbia, nella sua mente affiorò all'improvviso il versetto dei *Proverbi* 12, 10: *Il giusto si prende cura del suo bestiame, ma i sentimenti degli empi sono spietati.*

Si soffermò sulle parole «empi» e «spietati» e, mentre continuava a fissare l'animale, si sentì assalire da una grande stanchezza che sostituì la collera. Aveva ormai smesso di cercare di capire perché un Dio amorevole permettesse tanta sofferenza nel mondo e gli tornò in mente quella che lui stesso aveva dovuto sopportare.

Arlo stava annusando il cerbiatto e Jasper lo allontanò. Doveva denunciare l'atto di bracconaggio. Per segnare il luogo, si tolse dalla tasca posteriore la bandana e la legò al ramo dell'albero più vicino.

Non potendo fare altro, lasciò la carcassa dov'era.

Benché ormai non avesse più voglia di cercare le spugnole, aveva promesso a Mitch di portarne un po' a sua madre e aveva intenzione di mantenere la parola.

7

Jasper continuò a cercare i funghi per un paio d'ore, e alla fine li trovò accanto a un olmo caduto. Il sole era ormai abbastanza alto da rischiarare gran parte della foresta e lui aveva riempito il secchio per un quarto, una quantità più che sufficiente. Era ora di tornare indietro, ma prima doveva riposarsi. Si trovava in una zona collinare e, scorgendo una roccia della dimensione giusta in cima a una delle alture, si diresse da quella parte.

Si accomodò. Sentiva la schiena rigida e tra poco avrebbe cominciato a fargli male; le anche e le ginocchia lo stavano martoriando. Si sforzò di ignorare il dolore e si concentrò su un falco che volava in cerchio sopra di lui. Arlo si accasciò ai suoi piedi, ansimando. Jasper tirò fuori la ciotola dallo zaino e la riempì d'acqua. Mentre il cane beveva, si versò un po' di caffè dal thermos e prese il panino che aveva preparato.

Lo scartò e infilò la pellicola nello zaino. Stava per addentarlo, quando Arlo alzò il muso dalla ciotola e cominciò a fissargli con insistenza la tasca. Jasper gli gettò uno dei biscotti e tornò al suo pranzo.

Come capitava quasi sempre, non aveva minimamente fame, e si domandava dove fosse finito il suo appetito. Ricordava che da giovane era sempre affamato; quando Audrey preparava da mangiare, di solito lui faceva il bis. Adesso, invece, dopo aver mangiato mezzo tramezzino, aveva la sensazione di non riuscire a mandare giù nemmeno un altro boccone e gettò il resto ad Arlo.

La lieve brezza gli portò un odore sconosciuto, metallico, industriale. Impiegò qualche secondo a identificarlo come quello dell'olio per fucili e, nel frattempo, sentì anche delle voci e delle risate che si avvicinavano. Poco dopo tre sagome spuntarono dal basso.

Erano ragazzi con pantaloni e giubbotti mimetici. Invece degli scarponi calzavano sneaker e non si erano preoccupati di indossare i gilet ad alta visibilità. Il più basso, che sembrava anche il più giovane, aveva una fossetta sul mento ed era brufoloso, quello accanto a lui portava sotto il giubbotto una maglietta con la scritta: ASHEBORO HIGH SCHOOL WRESTLING. Il più alto, che li precedeva, era chiaramente il capo e Jasper notò che teneva in spalla un fucile, oltre a un voluminoso zaino.

Abbastanza grande da contenere una torcia?

Senza il minimo dubbio.

Arlo alzò il muso e Jasper continuò a esaminarli. Anche

da lontano si capiva che erano ragazzi di buona famiglia, con i capelli tagliati corti, i denti dritti e bianchi come se avessero passato parecchio tempo nello studio dell'ortodontista. Probabilmente le loro scarpe costavano diverse centinaia di dollari. Quando si accorsero di lui, Jasper lesse lo stupore sui loro volti nel trovarlo in una zona così isolata della foresta. La sorpresa fu subito sostituita dalla strafottenza, come se intuissero di avere davanti una creatura più debole.

Arlo emise un ringhio sommesso, che colse Jasper di sorpresa. Erano passati anni dall'ultima volta che lo aveva sentito ringhiare così; il cane sembrava amare incondizionatamente ogni essere umano. Jasper si chinò ad accarezzarlo e si rese conto che aveva i muscoli contratti, mentre il ringhio si trasformava in un brontolio continuo.

I ragazzi si fermarono a qualche passo di distanza.

«Cavolo!» esclamò all'improvviso il più giovane. «Si sente bene? Che cosa le è successo, per la miseria?»

Jasper capì che si erano finalmente accorti del suo aspetto.

«Aspetta, ma io ti conosco» intervenne quello con la maglietta della squadra di wrestling. «Ho sentito parlare di questo tizio.»

«Sì, è colpa di un incendio» disse quello più alto. «Svegliati.» Gli rivolse un sorriso di scuse, tuttavia Jasper intuì che era del tutto vuoto. Anche Arlo doveva essersene accorto; smise di ringhiare ma rimase teso, il pelo ritto sulla nuca.

«Che cosa ci fa qui?» proseguì il capogruppo. «Si è perso?»

«So benissimo dove sono» rispose Jasper.

«È venuto a fare quattro passi? Un po' di birdwatching?»

Jasper non rispose e il ragazzo gettò un'occhiata ai compagni, poi tornò a fissarlo.

«Che cos'ha nel secchio?»

«Funghi» rispose Jasper.

«Colti nel bosco? Deve stare attento. I funghi possono uccidere se non li conosci.»

«Io li conosco.»

«Le dispiace se do un'occhiata?»

«Accomodati.» Jasper gli rivolse un cenno.

Il ragazzo si avvicinò e Arlo ricominciò a ringhiare, abbastanza forte da essere sentito distintamente. Sollevò il labbro digrignando i denti e il giovane si bloccò.

«Cos'ha il suo cane?»

«È tutto a posto.»

Il ragazzo tuttavia rimase dov'era, diffidente. Si limitò a sporgersi in avanti per gettare un'occhiata alle spugnole.

«Ne ha presi molti. Da quanto tempo è in giro?»

«Qualche ora.»

«Per caso non è che ha visto quel cervo bianco di cui parlano tutti, vero?»

No, ma ho trovato quello che hai abbattuto prima. «No, e nemmeno tacchini.»

«Quelli arriveranno quando si apre la stagione.» Il ragazzo fece di nuovo quel suo sorriso falso, tanto inquietante quanto poco convincente.

«Spero che tu non voglia dargli la caccia con quel fucile. Che cos'è? Un .30-30?»

«Veramente è un .30-06» fu la risposta. «Me l'hanno appena comprato.»

«Dovresti pulire la canna» osservò Jasper. «Togliere i residui di solventi o agenti protettivi. Si sente odore di olio.»

«So come occuparmi di un fucile» sbuffò risentito il

ragazzo socchiudendo gli occhi. «Ce li ho da quando ero piccolo.»

Sarà, ma continui ad avere una pessima mira. «Per caso non è che stavi cercando anche tu il cervo bianco, vero? Con quel fucile?» Jasper indicò l'arma.

«Certo che no. Sarebbe illegale» rispose il ragazzo. «Ma non si può mai sapere, si potrebbe incontrare un orso feroce. Meglio essere prudenti.»

C'erano pochissimi orsi nella Uwharrie, forse addirittura nessuno, e dal tono con cui l'aveva detto si capiva che lo sapeva anche lui. Il ragazzo gli stava mentendo spudoratamente, con un'insolenza senza pari. La foresta intorno a loro sembrò farsi all'improvviso silenziosa.

«Andiamocene da qui» disse il più piccolo per allentare la tensione. Jasper notò che parlava con voce nasale e piagnucolosa. «Mi è venuta fame.»

«Anche a me» disse quello con la maglietta del wrestling. «Anzi, sto proprio morendo di fame.»

Quando si voltarono per andare via, Jasper si schiarì la voce. «Ho sentito uno sparo stamattina presto» disse. «Intorno alle sei, più o meno. Sembrava provenire proprio da un fucile come il tuo.»

I tre si bloccarono. Quello con la maglietta guardò il ragazzo con la voce nasale. Il più alto fissò Jasper negli occhi.

«Non siamo stati noi» disse. «Siamo appena arrivati.»

Jasper sostenne il suo sguardo. «E ho trovato anche un cerbiatto morto laggiù. Molto giovane. Poco più di un cucciolo. Con un colpo in pancia.»

A queste parole i tre ammutolirono. Quando il più alto

fece un passo avanti, Arlo ricominciò a ringhiare con il corpo che fremeva.

«Ci stai accusando di qualcosa, vecchio?»

«Loro no» rispose lui con voce roca. «Soltanto te.»

Gli occhi del ragazzo lampeggiarono mentre faceva un altro passo. Da giovane Jasper sarebbe stato capace di fermare Arlo, ma quei giorni erano ormai passati. Prima che avesse il tempo di reagire, il cane si avventò sul ragazzo, con una rapidità che non aveva da anni, puntando alla gamba. Quello fece appena in tempo a spostarsi mentre Arlo gli azzannava i pantaloni, facendolo inciampare e cadere all'indietro di peso. Cominciò a scalciare furiosamente con entrambe le gambe, riuscendo nel frattempo a impugnare il fucile. Lo afferrò per la canna e cominciò a rotearlo, colpendo Arlo un paio di volte. Il cane si staccò guaendo e corse a rifugiarsi tra gli arbusti poco lontani.

Meglio così, pensò Jasper all'improvviso. Non sapeva che cosa sarebbe potuto succedere se il cane fosse tornato accanto a lui. Collera e armi erano un mix esplosivo, e quando il ragazzo finalmente si rialzò, Jasper lo vide con orrore imbracciare il fucile e puntarlo sulla sagoma di Arlo che si allontanava. Jasper si tuffò in avanti e per un soffio riuscì a spostare la canna verso l'alto prima che partisse il colpo.

Il rumore della detonazione gli fece fischiare le orecchie aumentando l'acufene, e il ragazzo all'improvviso puntò l'arma verso di lui. Jasper si sentì raggelare.

Avrei fatto meglio a tenere la bocca chiusa, pensò.

Alzò le mani e mosse un passo indietro.

«Il tuo cane mi ha aggredito!» urlò il ragazzo sputando saliva in faccia a Jasper.

Il vecchio arretrò di un altro passo, lentamente, consapevole che qualunque cosa avesse detto lo avrebbe messo ancora di più nei guai.

«Che cosa diavolo gli è preso al tuo cane?» continuava a gridare l'altro.

Jasper non disse niente, rimase in attesa, sperando che l'improvvisa scarica di adrenalina nelle vene del ragazzo passasse altrettanto velocemente. Il problema era quanto tempo avrebbe impiegato.

«Perché non dici niente?»

Jasper rimase in silenzio mentre il ragazzo lo fissava rabbioso. Non era ferito, probabilmente non si era fatto nemmeno un graffio cadendo, ma i suoi occhi lampeggiavano di collera. Il suo ego era stato ferito e doveva dimostrare ai compagni di avere il controllo della situazione.

Jasper alzò ancora di più le mani. La canna del fucile era sempre puntata nella sua direzione. Una vista che cancellava tutto il resto.

«Devi farlo abbattere, hai capito?»

Jasper rimase immobile, continuando a indietreggiare impercettibilmente.

«E dai! Piantala! Smettila di puntargli contro il fucile!»

A parlare era stato il più basso. Forse fu il panico nella sua voce a fare breccia, in ogni caso il capogruppo si decise ad abbassare il fucile. Jasper spostò lo sguardo sull'altro ragazzo e per la prima volta notò una somiglianza tra i due. Forse erano fratelli.

«Andiamo via!» implorò anche il terzo del gruppo, con voce altrettanto spaventata.

Il ragazzo più alto, però, continuava a fissare Jasper. Poi, con una mossa fulminea, diede un calcio al secchio, che si rovesciò. Calpestò le spugnole sotto le suole, facendole affondare nel terreno. Quando ebbe finito, sputò su ciò che ne restava.

«La prossima volta farai meglio a tenere per te le tue accuse. E assicurati di tenere al guinzaglio quel cane psicopatico.» Lo disse in tono stranamente calmo, ma Jasper colse la furia nelle sue parole. «Se lo rivedo, potrei farmi prendere dal panico e per lui finirebbe male.»

«Per favore!» piagnucolò il più piccolo. «Andiamocene!»

«Hai dei soldi? Per ricomprarmi i pantaloni che mi ha strappato il tuo cane?»

«No.»

«Allora come pensi di rimborsarmi?»

«Cristo!» esclamò quello con la maglietta del wrestling. «Smettila di fare tante storie! Lascialo perdere, okay? Chi se ne frega dei tuoi calzoni! Sul serio! Andiamocene.»

Dopo qualche altro istante il ragazzo alto sogghignò, intuendo la paura di Jasper. Fece un passo indietro e si girò per rivolgere un cenno agli altri.

«Andiamocene da qui.»

Jasper li seguì con lo sguardo, il cuore che gli batteva irregolare nel petto. Quando furono spariti, si voltò e tornò barcollando fino alla roccia. Tirò fuori una compressa di nitroglicerina e se la mise sotto la lingua lasciandola sciogliere. Gli tremavano le gambe e le mani.

Preoccupato per Arlo, rimase in ascolto in attesa di sentire un secondo sparo. Sapeva che il ragazzo avrebbe ucciso il cane, se ne avesse avuto la possibilità: Jasper non aveva il minimo dubbio in proposito. Con suo sollievo, non udì nientc. Quando finalmente il battito del suo cuore ebbe riacquistato una vaga parvenza di normalità, e fu sicuro che i ragazzi si erano allontanati, si azzardò ad alzarsi. Si sentiva fragile e svuotato, la pelle tesa come quella di un tamburo. Fischiò con le dita. Vedendo che Arlo non tornava, fischiò una seconda volta e, dopo un altro minuto, il muso del cane spuntò da alcuni cespugli. Quando gli trotterellò accanto, esausto esattamente come si sentiva lui, il vecchio notò che aveva un taglio sul muso e un altro sulla sommità del capo. Il sangue si stava già rapprendendo, segno che non dovevano essere troppo profondi. Una volta tornati a casa, tuttavia, gli avrebbe pulito le ferite.

Prese due biscotti dalla tasca e guardò Arlo divorarli. Raccolse il secchio ormai vuoto, osservando le spugnole calpestate. Sapeva che Audrey ne sarebbe rimasta addolorata.

4

1

Al mattino, subito dopo aver aperto gli occhi, Kaitlyn si sorprese a pensare: Non ho dimenticato come essere felice. Casey non sa quello che dice.

Certo, la sua vita era incasinata e, certo, crescere una figlia adolescente a volte poteva essere faticoso, ma amava i suoi figli e il suo lavoro. Faceva volontariato per la comunità – per lei era sempre stato importante – e visitava a domicilio. Se a questo si aggiungeva che aveva da parte un discreto gruzzolo, godeva di buona salute e viveva vicino a genitori e fratelli, non aveva proprio nulla di cui lamentarsi. Casey aveva cercato semplicemente di provocarla. Giusto?

Giusto.

Guardando l'ora si sorprese di aver riposato più del solito. S'infilò la vestaglia e uscì in corridoio. Diede un'occhiata nelle camere dei ragazzi e vide che dormivano ancora. Scesa di sotto, si godette il silenzio sorseggiando un caffè e sbocconcellando un po' di frutta per colazione.

Aveva quasi finito di mangiare quando Mitch entrò in

salotto. Era ancora in pigiama e si sedette davanti alla sua astronave di Lego.

«Buongiorno, tesoro. Ti vanno dei cereali?» gli chiese Kaitlyn.

«Tra un po'» rispose lui.

Lei lo raggiunse e gli baciò la chioma scompigliata. «Puoi avvisarmi quando Casey si alza? Usciremo probabilmente intorno alle undici e un quarto.»

Mentre saliva di sopra avvertì un lieve fremito nella pancia sapendo che tra poco avrebbe rivisto Tanner.

2

Dopo la doccia Kaitlyn si mise davanti allo specchio in camera sua, cercando di convincersi che, tecnicamente, il suo non era un appuntamento galante. In quel caso avrebbe dovuto lasciare Mitch a casa. Quel giorno, si disse, era più che altro una *gita*. E sicuramente anche Tanner la vedeva allo stesso modo. Come aveva detto? Era meglio che stare chiuso in albergo per tutto il giorno?

Quindi era assodato. Non era un appuntamento galante, ma allora perché aveva impiegato venti minuti a decidere che cosa mettersi? Alla fine aveva scelto un paio di jeans abbastanza nuovi e una maglietta che la sorella le aveva regalato per Natale e che non aveva ancora indossato.

«Mamma?»

Le ci volle un istante per registrare la voce di Mitch. Era in piedi sulla porta del bagno, i capelli spettinati e la maglietta stropicciata. «Sì, tesoro?»

«Quand'è che andiamo?»

Lei guardò l'orologio. «Abbiamo ancora mezz'ora» rispose. «Vieni qua. Sei tutto spettinato, fatti sistemare un po' i capelli.»

Aprì il rubinetto e glieli bagnò. «Faresti meglio a cambiare maglietta.»

«Ma a me piace.»

«Lo so, ma ce l'avevi anche ieri. Dovresti metterne una pulita.»

«Perché?»

«Vuoi farlo per me?» domandò lei chinandosi a baciarlo sulla fronte. «Sai se Casey si è svegliata?»

«Ah-ah, ma è uscita» rispose Mitch. «È appena passata a prenderla Camille.»

«E non me l'hai detto? Mi sembrava di averti chiesto di avvisarmi quando si alzava.»

«L'ho fatto. Sono venuto su per questo.»

Casey riusciva a essere sempre un passo avanti a sua madre. Kaitlyn finì di pettinare Mitch con le dita poi lo fece specchiare. «Non trovi che così sia meglio?»

Il bambino si strinse nelle spalle. «Può darsi.»

«Ascolta» gli disse, accucciandosi per essere alla sua altezza d'occhi «so che te l'ho già chiesto ieri sera, ma vorrei essere sicura che non ti dispiace che il signor Hughes venga con noi allo zoo.»

«Chi è il signor Hughes?»

«L'uomo che ieri ha riaccompagnato a casa Casey. Dopo che lei lo aveva urtato con l'auto.»

«Non avevi detto che veniva con noi un amico?»

«È un nuovo amico» spiegò lei, convinta che Mitch fosse ancora abbastanza piccolo da accettare quella risposta. «Adesso fammi un favore e vai a cambiarti la maglietta, d'accordo?»

«Va bene.» Lui la guardò socchiudendo gli occhi. «Perché sei così elegante?»

«Non sono elegante. Mi vesto sempre così.»

«Non di domenica.»

«Be', mica andiamo allo zoo tutte le domeniche, giusto?» replicò lei. «Perché non rendere la cosa speciale?»

3

Mezz'ora più tardi, con Mitch seduto dietro che giocava con la Switch, Kaitlyn si fermò davanti all'Hampton Inn e vide Tanner che aspettava accanto all'ingresso. Quando lo scorse alzare una mano e avvicinarsi alla macchina con il passo sicuro e disinvolto della sera prima, si sorprese a pensare che era un'anomalia in una città come Asheboro. I corpi maschili lì testimoniavano la passione degli uomini per il bis di salsicce a colazione.

«Buongiorno» la salutò salendo in macchina.

«Salve» rispose lei.

Lui la fissò per un istante, poi si voltò verso il bambino. «Tu devi essere Mitch. Io sono Tanner. Grazie di avermi permesso di accompagnare te e la tua mamma oggi.»

Kaitlyn osservò il figlio nello specchietto.

«Figurati» rispose Mitch studiando Tanner. «Sei già stato allo zoo?»

«No» rispose Tanner. «Però sono stato in altri zoo. Quali animali ti piacciono di più?»

«I leoni. E le giraffe.»

«Anche a me piacciono le giraffe.»

«Lo sapevi che hanno lo stesso numero di vertebre cervicali degli uomini?»

«No» rispose Tanner in tono interessato. «Incredibile. A che cosa stai giocando?»

«Mario Kart Tour.»

«Mi piace Mario. Ci giocavo sempre.»

«Vuoi provare?»

«Magari più tardi.» Tanner annuì e si voltò per allacciarsi la cintura.

Kaitlyn sorrise tra sé, soddisfatta della spontaneità con cui Tanner trattava Mitch. Tolse il freno a mano e partì.

«Non so perché, ma non mi sembra tipo da videogame.»

«Sono stato per mesi in Afghanistan e in Iraq. Più di tanto non ci si poteva allenare e continuare a guardare gli stessi film alla fine era noioso. Tutti giocavamo con i videogiochi.»

«Era bravo?»

«Dipende. Ero bravo a Mario, sopra la media a Madden e FIFA, ma se parliamo di Call of Duty devo dire che sono un esperto.»

«Buono a sapersi.»

Tanner abbassò la voce. «Come sta Casey stamattina?» Lanciò un'occhiata di sottecchi a Mitch dietro di loro. «Mi chiedevo...»

Mitch pigolò dal sedile posteriore: «Ieri sera hanno litigato in camera di Casey».

Kaitlyn guardò nello specchietto. «Non abbiamo litigato, tesoro. Abbiamo discusso.»

«A me sembrava una litigata. E stamattina Casey è andata via di nascosto.»

Kaitlyn rivolse a Tanner un'occhiata sofferta. «Camille è passata a prenderla e io non sapevo neanche che fosse sveglia. Di sicuro vuole evitare di parlarmi.»

«Ragazza furba» commentò lui con aria divertita. «Quando i nonni erano arrabbiati con me, passavo le giornate a casa del mio amico.»

«Cambiando argomento, com'è andata la sua mattinata?»

«Ottimamente. Ho fatto una corsa, ho girato un po' per la città e adesso sono diretto allo zoo.»

«Devo ammettere che sono colpita dalla sua energia e dal suo entusiasmo.»

«Perché? Gli animali mi piacciono.»

«Be', non saprei. Considerati tutti i posti esotici in cui è stato, non credo che il nostro piccolo zoo possa risultarle così attraente.»

«Dimentica che non sono cresciuto negli Stati Uniti, perciò dovunque vada per me è un posto nuovo» obiettò lui. «Avevo intenzione di visitare lo zoo comunque durante il mio soggiorno qui, quindi l'occasione è capitata a fagiolo.»

«Sul serio?» Kaitlyn sembrava scettica.

«Secondo Tripadvisor è la prima cosa da fare ad Asheboro. Sono diventato un grande fan di Tripadvisor negli ultimi anni.»

Lei rise scuotendo la testa.

4

Appena arrivati allo zoo, Mitch scese dalla macchina e corse verso l'ingresso senza aspettarli.

Tanner lo indicò con un cenno del mento. «Sembra che sappia dove andare.»

«È il suo posto felice» spiegò Kaitlyn. «Cioè, questo e la corsia dei Lego al Walmart. E il Chick-fil-A. E il gazebo dove il nostro vicino Jasper gli insegna a intagliare il legno.»

Colse il sorriso di Tanner mentre seguiva con lo sguardo Mitch che raggiungeva l'ingresso.

«Che ne dice se offro io i biglietti e il pranzo?» chiese Tanner. «Mi farebbe piacere.»

«Per i biglietti, deve comprare solo il suo» rispose Kaitlyn. «Noi abbiamo la tessera famigliare, perciò entriamo gratis.»

Mentre Tanner pagava, Kaitlyn scompigliò i capelli a Mitch con la mano.

«Hai fame? Vuoi mangiare?» gli chiese.

«Non ancora.» Il bambino si raddrizzò gli occhiali. «Prima voglio andare dagli animali.»

Appena entrati, Mitch girò a sinistra, verso una zona dello zoo chiamata Cypress Swamp, palude dei cipressi. Tanner e Kaitlyn lo seguirono a passo lento, giusto per non perderlo d'occhio, e mentre camminavano l'uno accanto all'altra, Kaitlyn si meravigliò di quanto sembrasse naturale quella gita. «Mi parli ancora del Camerun» buttò lì. «So che è in Africa, ma nient'altro.»

«È un Paese incredibile» rispose lui. «È affacciato sulla costa occidentale, vicino all'Equatore, perciò fa caldo per quasi tutto l'anno, ma il paesaggio è molto vario: deserto, foresta pluviale e montagne.»

«Lei dov'era stato assegnato?»

«Yaoundé.»

«È un villaggio o una città?»

«È la capitale. Ha più di quattro milioni di abitanti.»

«Oh» fece lei, sentendosi sciocca.

«Non si preoccupi» la tranquillizzò lui, notando la sua reazione. «Non ne avevo sentito parlare nemmeno io finché non ho saputo di essere destinato là.»

«Che cosa ricorda più di tutto?»

«La gente» disse Tanner. «Pur essendo un Paese povero, paragonato agli Stati Uniti o all'Europa, la gente ride tantissimo. Le persone sono brave a trarre piacere dalle cose di tutti i giorni, nonostante le difficoltà della vita. Il Camerun sta vivendo una grave emergenza-profughi a causa delle guerre in corso nei Paesi confinanti, e ovunque ci sono povertà e sofferenza, ma mi hanno sempre stupito la forza e la felicità della gente rispetto all'America.» Fece un ampio sorriso. «Oh, e ricordo il calcio. Ho giocato tantissimo a calcio.»

«Davvero?»

«Il primo giorno ho conosciuto un certo Vince Thomas. Era in Camerun da qualche anno con la USAID. Mi ha aiutato a sistemarmi e alla fine siamo diventati buoni amici. Mi ha convinto a giocare a calcetto con lui dopo il lavoro. Era bravissimo a scovare delle partite in cui cimentarci, in qualunque momento: partite in terreni vuoti, persino per strada. Tra i miei ricordi più belli ci sono le partite a pallone, le sudate pazzesche e il gran divertimento.»

«E come se la cavava?»

«Penso di poter essere classificato come... un giocatore leggermente sotto la media. Ma a mia difesa devo specificare che in Camerun sono fissati con il calcio. Hanno una delle nazionali migliori dell'Africa e giocano tutti fin da ragazzi.»

«Scuse...»

Lui rise. «È stata lei a chiedere.»

«Che lavoro faceva là? Ieri mi ha accennato all'ufficio della sicurezza, o sbaglio?»

Tanner annuì. «La USAID ha tantissimi progetti in tutto il Paese. Il mio compito era di garantire la sicurezza della gente che lavorava là e di quelli del posto, fissando procedure come, per esempio, viaggiare in roulotte con adeguate forniture di emergenza; in altri casi organizzavo turni di guardia intorno al perimetro dei nostri siti. L'estremo nord e il sudovest del Paese sono zone particolarmente violente a causa delle rivolte e dell'instabilità politica, effetto dell'attività terroristica del Boko Haram. Le ragazze e le donne in particolare sono in pericolo, perciò era fondamentale avere una scorta armata anche quando ci occupavamo solo di vaccinazioni.»

Lei lo guardò. «Quindi il suo compito era di migliorare la vita di quelle persone.»

«Lo spero» confermò Tanner. «Più conoscevo il Paese, più me ne innamoravo. Non vedo l'ora di visitare i posti dove non sono riuscito ad andare la scorsa volta.»

«Per esempio?»

«Be', tanto per cominciare il Nki National Park. È uno dei pochi luoghi in Africa dove è possibile vedere elefanti e scimpanzé nel loro habitat naturale. Di solito vivono in zone diverse.»

«E potrà giocare di nuovo a calcio.»

«Conoscendo Vince, sono sicuro che non me lo farà mancare.»

Nel frattempo, erano arrivati alla palude. Più avanti Mitch sbirciava in uno dei recinti, in cerca dei puma.

«Se il Camerun le piaceva tanto, perché è venuto via?»

«È stata colpa di Vince. Mi ha dato una promozione e poi mi ha raccomandato per quello che, sostanzialmente, era il suo ruolo in Costa d'Avorio.»

Kaitlyn sorrise. «E quindi ha fatto la stessa cosa anche là?»

«Più o meno. Essendo stato promosso, c'erano persone che lavoravano per me, il che significava che dovevo stare più tempo in ufficio e meno sul campo. E, a differenza del Camerun, il Paese sta crescendo rapidamente da un punto di vista economico. La Costa d'Avorio è uno dei maggiori produttori di cacao del mondo, perciò gran parte nel nostro lavoro consisteva nel fornire assistenza nella governance o occuparci di altre iniziative imprenditoriali. Tipo... ottenere finanziamenti commerciali per la cooperativa degli anacardi, cose così.»

Raggiunsero Mitch e Kaitlyn gli mise una mano sulla spalla, chinandosi. «Hai visto il puma?»

«È sdraiato tra le rocce laggiù» rispose Mitch indicando il maestoso felino. «All'ombra. Si vede un pezzo della testa, ma penso che stia facendo un pisolino. Non si è nemmeno mosso.»

«Non dormono di giorno?» chiese Tanner.

«Infatti» rispose sicuro Mitch. «Forza, andiamo dagli alligatori.» Si girò e ripartì, lasciandoseli alle spalle.

Kaitlyn indicò nella direzione del figlio. «Sarà così per tutta la giornata. Arriva per primo e dà un'occhiata. Poi, appena lo raggiungo, corre dal prossimo animale. In genere, terminiamo il giro più o meno in un'ora e mezza.» Mentre raggiungevano un altro recinto, chiese: «E la tappa successiva è stata Haiti, vero?»

Lui parve sorpreso. «È incredibile che se ne ricordi. Sì, è stato l'ultimo posto in cui ho lavorato.»

«Com'era?»

«Anche là la gente è incredibile. Ma la sede locale è enorme e c'era molta più burocrazia. Per non parlare del lavoro in sé. Il Paese è continuamente investito da uragani e terremoti. Quando pensi di aver fatto qualche progresso nel miglioramento delle infrastrutture, nella lotta al colera, nell'istituzione di seggi elettorali o in qualunque altra cosa, arriva l'ennesima catastrofe naturale e devi ricominciare daccapo. Il senso di inadeguatezza era costante e non c'era mai abbastanza tempo o denaro per fare la differenza.»

«Immagino che questo rendesse ancora più cruciali i vostri sforzi, no?»

«Penso di sì. È la ragione per cui c'ero andato. Ma alla fine ero esausto.»

«Quindi si è preso una pausa?»

«Sì, dato che il Covid mi ha impedito di tornare.»

«Mamma!»

Kaitlyn scorse Mitch schiacciato tra una famiglia e una donna che faceva fotografie.

«Arrivo!»

«Ha aperto la bocca!»

Mentre si affrettavano a raggiungere Mitch, Kaitlyn si

sorprese a riflettere che non le capitava di fare una conversazione tanto interessante da anni, forse addirittura da sempre. Nel suo mondo la gente non parlava di partite di calcio in Camerun o iniziative per gli anacardi in Costa d'Avorio.

In effetti, uno degli alligatori era sdraiato al sole con la bocca spalancata.

«Deve regolare la temperatura» spiegò Mitch. «Chissà se riuscirebbe a ingoiarmi tutto intero.»

«Mmm» fece Kaitlyn. «Ha la bocca bella grande, ma tu sei cresciuto parecchio dall'ultima volta che siamo stati qui.»

«Ti afferrano, ti trascinano sott'acqua e ti fanno girare finché non affoghi. Si chiama giro della morte.»

«Buono a sapersi.»

«Andiamo dagli orsi polari» annunciò Mitch.

Poco dopo, stavano tornando sui loro passi.

«Scusi» disse Kaitlyn a Tanner. «L'avevo avvisata.»

«Non ce n'è bisogno. Mi sto divertendo molto, ma ho l'impressione di parlare soltanto io.»

«La mia vita non è così interessante.»

«Non direi. È un medico che fa visite a domicilio e una mamma con due figli stupendi.»

Lei gli scoccò un'occhiata guardinga. «Non è paragonabile a una campagna vaccinale di bambini in una zona di guerra.»

Tanner raccolse un bicchiere di carta che era stato buttato a terra e lo gettò nel cestino lì accanto. «Non vaccinavo io i bambini. Né ho trovato i fondi per il progetto.»

«È comunque ammirevole che abbia scelto di fare un lavoro del genere. Anch'io cerco di mettermi al servizio degli altri, ma ovviamente su scala molto più ridotta.» L'espressione di Tanner la incoraggiò a proseguire. «Oltre alle visite a domicilio, una volta alla settimana lavoro come volontaria in una mensa che distribuisce pasti gratuiti a chi ne ha bisogno.»

«È bellissimo» commentò lui. «Si tratta di una parrocchia o...»

«No, è un'associazione no-profit che si chiama Our Daily Bread» rispose Kaitlyn. «Sono aperti solo a pranzo e io ci vado tutti i lunedì da quando mi sono trasferita qui. Sono attivi da un sacco di tempo e credo che servano qualcosa come ventimila pasti l'anno.»

«Che cosa l'ha spinta a partecipare all'iniziativa?»

«Mio papà» rispose lei con semplicità. «Era fissato con il lunedì. Quando ero piccola, entrava in cucina mentre facevamo colazione, si riempiva una tazza di caffè e diceva: "Stavo pensando che il lunedì è il giorno perfetto per cominciare a essere la versione migliore di noi stessi, dal momento che abbiamo altri sei giorni per fare esercizio". Oppure: "Ogni settimana dovrebbe iniziare con un gesto di generosità, non credi? Il mondo non sarebbe un luogo migliore?" Mio fratello, mia sorella e io alzavamo gli occhi al cielo. Ma con il passare del tempo credo che, almeno per quanto mi riguarda, questo suo atteggiamento mi abbia contagiato. Lui ha sempre dato l'esempio. È un dentista e la prima cosa che fece aprendo lo studio fu riservare i lunedì mattina ai pazienti che non potevano pagarlo. È tutta colpa sua.»

«Trovo che sia un'ottima cosa.»

«Lo so e di questo gli sono grata. E immagino sia logico, perché lui più di tanta gente può capire che cosa significhi avere bisogno d'aiuto. È nato tra le montagne del Kentucky, uno Stato molto povero e rurale, da un'adolescente single che aveva frequentato solo le scuole elementari. È cresciuto in una fatiscente casa mobile. Si nutrivano con quel poco che sua madre riusciva a procurarsi cacciando e con le offerte di cibo della chiesa. D'inverno non avevano neanche il riscaldamento. Mio padre, ovviamente, non parla mai della sua giovinezza in questi termini. È di quelli che condividono solo le storie belle della vita, per esempio quanto si divertiva a dare la caccia alle lucertole o a nuotare nello stagno, cose così. Me ne ha parlato la mamma, che e un po' più oggettiva riguardo al passato di papà.»

«Secondo lei come mai?»

«Mio padre è ottimista per natura, ma credo che per lui fosse importante che i suoi figli volessero bene e rispettassero sua madre quanto lui. Ed è stato così. Certo, la nonna era un tipo particolare, su questo non ci sono dubbi. Masticava tabacco ed era appassionata di soap opera e andare a trovarla era come sbarcare su un altro pianeta. Ricordo che una volta, da piccola, arrivati a casa sua, l'abbiamo sorpresa nel giardino posteriore che sparava agli scoiattoli con un fucile ad aria compressa. Ovviamente mia sorella e io siamo scoppiate a piangere vedendo i piccoli cadaveri sul tavolo da picnic, ma lei era esaltata all'idea di prepararci un bello stufato di scoiattolo. Se non mi sbaglio, io a mia sorella abbiamo vomitato in giardino.»

Tanner sogghignò. «E lo stufato com'era?»

«Grazie al cielo, la mamma è arrivata in tempo per evitarci di doverlo assaggiare. Ma per quanto stramba, la nonna era una persona molto buona. In fondo, mio padre ne è la prova vivente. Studiava con impegno e aveva degli insegnanti premurosi, ma chiaramente la sua vita a casa era abbastanza tranquilla da consentirgli di vincere una borsa di studio per la Eastern Kentucky University. E appena ne ha avuto la possibilità, persino prima di comprare una casa per sé e la mamma, ha spostato la nonna in una casetta alla periferia di Lexington. Lei diceva di non aver mai abitato in una casa con l'acqua calda senza bisogno di scaldarla sul fuoco.»

«È stato educato bene.»

«Indubbiamente. Mio papà esercita ancora, tra l'altro, anche se da quest'anno, finalmente, ha iniziato a rallentare il ritmo. Ma gli piace molto il suo lavoro. Ciò nonostante, ci ha sempre fatto sentire come se fossimo la vera passione della sua vita. Veniva a tutte le nostre partite e saggi di danza e non ha mai perso un incontro genitori-insegnanti.»

«E sua madre?»

«Probabilmente è persino più intelligente di papà.»

«Sul serio?»

«Ha frequentato scuole private esclusive e la sua famiglia è socia del country club. È laureata in Filosofia e in Matematica ed è stata miglior studentessa dell'anno sia alle superiori sia alla Kentucky University. Aveva iniziato a insegnare, ma dopo il matrimonio e i figli ha preferito fare la mamma a tempo pieno. È sempre stata disponibile quando uno di noi aveva bisogno di lei, anche dopo che siamo usciti di casa. Quando sono stata costretta a letto per la gravidanza di Mitch, ha mollato tutto ed è venuta a stare con me per mesi.»

«Mi sembra una grande coppia.»

«Infatti» confermò Kaitlyn.

Intanto erano arrivati dagli orsi polari. Mitch si era fermato più del solito perché uno degli animali giocava nell'acqua. A poca distanza le foche e i leoni marini, oltre alle volpi artiche, catturarono la sua attenzione. Quando Kaitlyn gli chiese di nuovo se avesse fame, il figlio scrollò la testa e annunciò che era ora di andare a vedere gli animali africani. Si avviò prima di loro.

«Come funzionano le visite a domicilio?» s'informò Tanner.

«In sostanza sono identiche alle visite in studio. Controllo i parametri vitali, faccio prelievi del sangue e mi assicuro che i pazienti prendano le medicine prescritte. Se ci sono bambini, faccio anche le vaccinazioni. Oppure medico le ferite e metto punti. Dipende da dove mi trovo. Ufficialmente sono pazienti del mio studio, anche se non ci hanno mai messo piede.»

«E se hanno bisogno di una lastra o altri esami?»

«In quel caso cerco di convincerli ad andare in ospedale.»

«Ho la sensazione che la sua settimana lavorativa sia parecchio lunga, dato che immagino sia anche reperibile per le emergenze, giusto?»

«In realtà no. Essere reperibili ora è diverso da quando ho iniziato a lavorare. Adesso l'ospedale ha i suoi medici, quindi non c'è bisogno che vada io. Tuttavia capita di avere qualche paziente che non ha preso le medicine o ha bisogno di una ricetta. Se ci sono problemi, gli dici di venire in studio la mattina o li mandi al pronto soccorso. Se hai con te il telefono, non devi nemmeno uscire di casa.»

Arrivati alla zona dedicata a elefanti, giraffe, leoni, rinoceronti e scimpanzé, la conversazione tornò alle missioni oltreoceano di Tanner. Le parlò delle *puff-puff*, le frittelle nigeriane, e dei fagioli che mangiava tutte le volte che andava al mercato, e anche del *ndolé*, uno stufato di spinaci, carne e pesce molto saporito che gli aveva fatto assaggiare Vince la sera del suo arrivo in Camerun. Le raccontò di aver assistito al campionato delle nazioni africane nel 2016 in un bar così affollato che c'era anche gente in strada; il Camerun aveva battuto la Repubblica Democratica del Congo 3 a 1 e i festeggiamenti erano durati quasi fino all'alba. Le disse delle scimmie e dei gorilla che aveva visto al Mefou National Park e a un certo punto lei si sorprese a pensare che un giorno le sarebbe piaciuto andare in quei posti.

Mentre tornavano indietro, passando per la seconda volta dagli animali esotici, Mitch domandò a Tanner se avesse sentito parlare del cervo bianco che era stato avvistato nei boschi.

«No» fu la risposta. «Non sapevo nemmeno che esistessero i cervi bianchi.»

«Sì, esistono» rispose Mitch con solennità. «Hanno detto la notizia al telegiornale.»

Tanner guardò Kaitlyn, che annuì. «È vero.»

«Forse lo prenderanno e lo metteranno qui nello zoo» ragionò Mitch.

«Spero di no» obiettò Kaitlyn. «Preferirei che rimanesse libero nella foresta.»

«Io voglio vederlo» disse Mitch superandoli di nuovo.

Mentre pranzavano al Junction Springs Cafe, Mitch rimase rapito dai racconti di Tanner sulla fauna del Camerun. Dal canto suo, gli sciorinò una serie di dati sugli animali che aveva imparato da un libro: un elefante aveva quarantamila muscoli nella proboscide; i leoni si idratavano grazie alle piante. Kaitlyn nel frattempo continuava a volgere lo sguardo da Mitch a Tanner, sollevata di vedere il figlio a proprio agio. Quando uscirono dal locale, cominciarono a parlare di frisbee. Alla fine Mitch la convinse a passare dal vicino Walmart. Tanner scese dalla macchina, entrò nel negozio e uscì poco dopo con un frisbee.

Si recarono al Bicentennial Park e per mezz'ora giocarono tutti e tre a frisbee. All'inizio rimasero abbastanza vicini, ma a poco a poco si allargarono e Tanner e Kaitlyn si ritrovarono a inseguire un lancio vagante dopo l'altro, con Mitch che sghignazzava e ripeteva: «Scusa!» Dopo venti minuti avevano la fronte imperlata di sudore.

Kaitlyn cercò di ricordare l'ultima volta, ammesso che ci fosse mai stata, che George aveva fatto una cosa del genere con Mitch, ma non le venne in mente. Si sentì scaldare il cuore, ma si stava facendo tardi.

Tanner si tuffò per recuperare l'ennesimo tiro a casaccio di Mitch. Poi tornò verso di lei sorridendo, con il frisbee in mano.

«So che stasera deve lavorare» disse con il fiato ancora un po' corto «ma non sono riuscito a resistere alla tentazione quando Mitch ha detto di voler provare a giocare a frisbee.»

Mitch li raggiunse di corsa.

«Dobbiamo andare?» chiese.

«È ora. Ti sei divertito?»

«È stato fantastico!» Poi aggrottò la fronte e cambiò argomento di colpo, inseguendo i propri pensieri. «Stasera Casey sarà a casa?»

«Dovrebbe. Conosce le regole.»

«Possiamo mangiare hot dog per cena?»

«Pensavo a un pasticcio di pasta e tonno.»

«Con sopra le patatine?»

«Ovviamente» confermò Kaitlyn. Soddisfatto, Mitch si avviò verso la macchina. Kaitlyn lanciò un'occhiata a Tanner. «Vuole che la riaccompagni all'hotel?»

«Se non le dispiace» rispose lui. «Vorrei farmi una doccia e riposare un po' prima di cena.»

Il tragitto durò sòlo pochi minuti. Tanner scese dalla macchina e si sporse all'interno appoggiandosi alla portiera aperta.

«Mi sono divertito moltissimo, Mitch» disse mimando scherzosamente il saluto militare. «E grazie di avermi insegnato tante cose sugli animali.»

«Figurati» disse Mitch in tono distratto; dal sedile posteriore provenivano i rumori di Mario Kart Tour.

«Grazie di nuovo per questa bella giornata, Kaitlyn» aggiunse Tanner. «E giusto perché lei lo sappia, penserò a suo padre e alle idee che ha sul lunedì. Credo che per me sia un ottimo obiettivo.»

«Grazie di averci accompagnati.»

Dopodiché lui si avviò verso l'ingresso dell'hotel. Una parte di lei si aspettava che si voltasse un'ultima volta a guardarla, ma non lo fece. Spinse invece la porta a vetri ed entrò, sparendo alla vista.

Kaitlyn abbassò il freno a mano, un po' delusa che lui non le avesse chiesto di vedersi di nuovo; d'altra parte, probabilmente era meglio così. Non era sufficiente godersi la giornata che avevano trascorso?

Certo che sì, si disse. Era un sacco di tempo che non le capitava di passare una giornata come quella. Non ricordava l'ultima volta in cui si era sentita semplicemente una donna, invece che una madre o un dottore, e grazie a Tanner aveva capito quanto le fosse mancata questa sensazione.

5

«Dove siete stati?» domandò Casey appena Kaitlyn mise piede in casa. Mitch era già corso dentro, diretto in cucina.

«Allo zoo» rispose lei. «Te l'avevo detto.» Con la coda dell'occhio vide il figlio afferrare la scatola di biscotti e allora gli gridò: «Mitch! Cosa stai facendo?»

«Prendo dei biscotti.»

«Uno solo...»

«Mamma» la interruppe Casey. «Ti sto parlando. Perché non hai risposto ai miei messaggi prima?»

«Scusa, non ho controllato il telefono.»

«Stava chiacchierando con il signor Tanner» spiegò Mitch. «È forte.»

«Chi è il signor Tanner?» chiese Casey.

«Tanner Hughes» rispose Kaitlyn. «Il tizio che hai urtato con l'auto l'altra sera.»

«Come mai eri allo zoo con lui?»

«Quando gli ho detto dei nostri programmi, mi ha chiesto se poteva venire con noi» spiegò lei, come se fosse la cosa più naturale del mondo. Poi cambiò rapidamente argomento. «Perché mi hai scritto?»

Casey la fissò, ma miracolosamente lasciò perdere.

«Volevo sapere quando tornavi a casa perché mi serve la macchina per comprare del materiale. Stasera decoriamo gli armadietti, ricordi? Prima della partita di baseball. Te l'ho detto la settimana scorsa.»

Kaitlyn ricordava vagamente una cosa del genere, ma non aveva realizzato che sarebbe stato quella domenica.

«Non puoi andare a scuola stasera. Io lavoro e tu devi guardare Mitch.»

«Sarà solo per un paio d'ore. Se la caverà benissimo anche da solo. Oppure possiamo chiedere alla signora Simpson di badare a lui.»

«Casey...»

«E va bene» la interruppe la figlia. «Se lo portassi con me?»

«A scuola? Con i tuoi compagni?»

«Perché no? Si divertirà.»

«E se non volesse venirci?»

Casey si voltò verso la cucina. «Mitch! Vuoi venire con me e i miei amici alla mia scuola stasera? A decorare gli armadietti per la partita?»

«Sì!» esultò lui. «Sarà bellissimo! Posso darti una mano?»

«Ma certo.» Casey gettò un'occhiata di trionfo alla madre. «Visto? Nessun problema. Vuole venire.»

Kaitlyn si sentì con le spalle al muro. «D'accordo. Ma devi tornare a casa entro le otto.»

«Se più tardi Camille ci dà un passaggio a scuola, adesso posso usare la macchina per andare a prendere il materiale?»

«Non credo sia una buona idea» disse Kaitlyn.

«A causa dell'incidente?»

«Lo dici come se fosse roba da poco.»

«Lo so che non è così! Ma per tua informazione, in parte è anche colpa tua. Non avrei dovuto proprio prendere la tua macchina l'altra sera.»

Kaitlyn impiegò qualche istante per capire.

«Ti riferisci al fatto di avere una macchina tua? Ne abbiamo parlato e abbiamo deciso che dopo il diploma...»

«No, sei tu che l'hai deciso. Se stessi da papà, avrei già una macchina.»

«Ne sei proprio sicura?»

«Gli ho appena parlato, mamma. Poco prima che tu tornassi.» Sollevò il mento in un gesto di sfida. «Mi ha detto» spiegò scandendo volutamente le parole «che se mi trasferisco a vivere da lui, sarà felice di comprarmi la macchina.»

Kaitlyn si sentì raggelare. *Naturale che abbia detto una cosa del genere.* «Non puoi andartene proprio prima dell'ultimo anno. Lasceresti qui tutti i tuoi amici.»

«Li lascerò comunque quando comincerò il college, quindi che problema c'è? E fino ad allora avrei una macchina mia.»

Kaitlyn la fissò attentamente. Con la coda dell'occhio vide Mitch in cucina e capì che aveva sentito anche lui le parole della sorella. «Ci stai pensando seriamente?»

Casey si piazzò le mani sui fianchi, con un lampo sfacciato negli occhi. «Perché non dovrei?»

6

Mentre Casey era fuori a fare acquisti, Kaitlyn preparò la cena. Non voleva pensare alla figlia e a ciò che aveva minacciato di fare, ma era impossibile. Stavolta nel suo tono c'era qualcosa che la induceva a chiedersi se non parlasse sul serio.

Stava male al pensiero di Casey che viveva con il padre; era insopportabile l'idea di non averla più in casa. La verità era che Casey era una brava ragazza: quale adolescente avrebbe invitato il fratello di nove anni a fare qualcosa insieme ai suoi amici? Era sempre attenta a ritagliarsi del tempo da dedicare al fratellino nelle sue giornate piene di impegni. L'estate precedente lo aveva portato al mare, guardavano sempre dei film insieme e quando a novembre si era ammalato lo aveva lasciato dormire in camera con lei. Kaitlyn era sicura che Mitch avrebbe sofferto tantissimo se Casey se ne fosse andata di casa.

Cercando di scacciare queste ansie, andò nello studio e accese il portatile. Caricò le foto dell'incidente dal cellulare e spedì una mail a Dan Hendrix, l'agente assicurativo che conosceva da anni, spiegandogli l'accaduto.

Poi preparò la borsa medica che usava per le visite a domicilio, controllando che le batterie del saturimetro, dell'apparecchio della pressione, del termometro e dell'elettrocardiografo portatile fossero cariche. Trasferì quindi sull'iPad i nominativi dei pazienti da visitare e le loro cartelle cliniche e compilò una lista del materiale da prendere dall'ambulatorio. Siccome uno dei pazienti aveva un'artrite settica, doveva preparare una siringa di lidocaina e triamcinolone; in un'altra famiglia c'erano bambini in età scolare, quindi si sarebbe portata i vaccini per difterite, tetano, poliomielite, pertosse, morbillo, orecchioni e varicella. Un'altra paziente avrebbe potuto aver bisogno di un'infiltrazione di cortisone al ginocchio. Ricordò anche di prendere i medicinali ordinati in farmacia, in alcuni casi pagandoli di tasca propria, se sapeva che i pazienti non potevano permetterseli.

Una volta pronta, uscì dallo studio. Casey era tornata

ed era seduta con Mitch a guardare un film della serie *Transformers*.

«Io esco» annunciò Kaitlyn. «Per cena dovete solo riscaldare la pasta. Vi serve qualcosa prima che vada?»

«Che ne diresti di un milione di dollari e una Ferrari rossa?» rispose Casey senza alzare gli occhi.

«Io vorrei Bumblebee» aggiunse Mitch.

Kaitlyn provò un moto d'orgoglio per aver ricordato che si trattava di un transformer. «Ritornerai a casa per le otto, giusto?»

«Sì, mamma» sbuffò Casey.

«Io dovrei arrivare più o meno a quell'ora, ma ti avviserò nel caso dovessi ritardare. Ci vediamo.»

Impegnati a guardare il film, i figli non le risposero e Kaitlyn uscì di casa.

7

Dopo essere passata in ambulatorio a prendere l'occorrente, Kaitlyn sentì lo squillo del cellulare e rimase sorpresa di vedere che si trattava di Dan, il suo assicuratore.

«Non mi aspettavo di sentirti così presto» gli disse. «È domenica. Come mai stai lavorando?»

«Questo fine settimana Lori è andata da sua madre con i bambini» rispose Dan. «E io ne ho approfittato per portarmi un po' avanti con il lavoro. Mi puoi dire che cos'è successo esattamente?»

Kaitlyn gli raccontò quello che sapeva, compreso il fatto che la sua macchina sembrava a posto e né Casey né Tanner erano rimasti feriti.

«D'accordo» rispose lui, poi la informò che il carrozziere avrebbe contattato Tanner il mattino seguente e che la pratica di risarcimento sarebbe stata avviata. Continuarono a parlare delle rispettive famiglie per qualche minuto.

Dopo aver riagganciato, Kaitlyn stava per rimettere il cellulare in borsa, ma poi ci ripensò e decise di inviare un messaggio a Tanner.

Ho parlato con il mio assicuratore. Domattina la chiamerà il carrozziere. Ha detto di non preoccuparsi: alla fine la sua macchina tornerà come nuova.

Fece una pausa con le dita sospese sullo schermo. Poi, dopo un bel respiro, aggiunse:

Oggi mi sono divertita molto. Buona serata.

Aspettò un istante, osservando i puntini che indicavano che lui stava rispondendo al suo messaggio, ma non ne ricevette nessuno. Infilò il telefono nella borsa, caricò la roba in macchina e ripartì, diretta fuori città. Si fermò davanti a una casa mobile a una decina di chilometri da Asheboro.

Per l'ora e mezza successiva visitò un paziente dopo l'altro. Fece un'infiltrazione in un gomito e una in un ginocchio. Misurò pressione e temperatura per una dozzina di volte; esaminò orecchie, nasi e gole; auscultò cuori e polmoni; vaccinò un bambino di cinque anni. Si erano aggiunti due nuovi pazienti con ferite infette. Disinfettò le ferite, somministrò antibiotici e, pur sapendo che la cosa li avrebbe innervositi, redasse una cartella clinica per ciascuno. Consegnò anche i tre medicinali ritirati in farmacia.

Dopo aver finito alle case mobili, visitò altri tre pazienti, tutti anziani, ai quali fece un elettrocardiogramma e alcuni esami di routine. Prelevò anche dei campioni di sangue da mandare in laboratorio.

Lasciò dei medicinali in altre due case e quando rientrò erano le otto e mezzo passate.

Mitch e Casey erano seduti sul divano con in mezzo una scodella di popcorn.

«Com'è andata a scuola?» s'informò.

«È stato stupendo!» rispose Mitch. «Abbiamo attaccato palloncini e altre robe!»

«Sono contenta che tu ti sia divertito, ma non sarebbe ora di prepararsi per andare a letto?»

Mitch si alzò controvoglia.

«Buonanotte, cimice» gli disse Casey lanciandogli un popcorn.

«Buonanotte, sederona» rispose Mitch e Casey ridacchiò.

Per un attimo Kaitlyn rifletté se fosse il caso di provare a parlare di nuovo con la figlia, ma poi concluse che per il momento era meglio lasciar perdere.

Non aveva alcuna voglia di litigare ancora, perché sarebbe servito solo a rendere Casey più determinata ad andare via di casa.

8

Più tardi, dopo che Mitch si fu fatto il bagno e messo il pigiama, Kaitlyn gli lesse un capitolo di *Wonder* di R.J. Palacio. Era un'abitudine che risaliva a quando era più piccolo, e lei non si sentiva ancora pronta ad abbandonarla, anche se ormai era abbastanza grande da leggere da solo. Ma immaginava che mancasse ormai poco; Mitch avrebbe messo fine alla cosa esattamente come aveva fatto Casey.

Dopo avergli dato il bacio della buonanotte, stava per spegnere la luce quando Mitch la chiamò.

«Mamma?»

«Sì, tesoro?»

«Casey non andrà a vivere sul serio con papà, vero?»

«Lo dice soltanto» rispose Kaitlyn augurandosi che fosse vero. «Sai com'è fatta.»

«Non voglio che se ne vada.»

Kaitlyn colse la nota di paura nella sua voce. «Lo so, amore mio.»

Gli diede un altro bacio e spense la luce, lasciando la porta socchiusa. Sbirciò da Casey e vide che stava studiando a letto, perciò preferì non interromperla. Era stata una lunga giornata, anzi un lungo fine settimana, e lei era stanca.

Tuttavia...

Si strinse le braccia al petto, pensando che, nonostante la minaccia paventata dalla figlia l'avesse turbata, era moltissimo tempo che non trascorreva una domenica così bella.

9

Kaitlyn sistemò il salotto e la cucina, poi salì stancamente le scale fino alla sua camera. In bagno aprì l'acqua della doccia e, mentre la stanza si riempiva di vapore, si sorprese a pensare di nuovo alle ore trascorse allo zoo con Tanner.

Era stata bene con lui, come se si conoscessero da anni. Incredibile. Aveva chiacchierato con disinvoltura, a riprova di quanto le mancasse una vita sociale. Le mancava conversare con degli adulti. In poche parole, il pomeriggio trascorso allo zoo le aveva ricordato che era più di una madre e un dottore e, se non altro, aveva risvegliato in lei la consapevolezza di sé stessa.

Si lavò i capelli sotto la doccia, quindi si avvolse un asciugamano intorno al corpo. Si rese conto di aver lasciato il telefono nella borsa giù in studio e, in punta di piedi, andò a prenderlo. Quando lo accese, provò un tuffo al cuore vedendo che Tanner aveva risposto al suo messaggio.

La ringrazio per aver già contattato la sua assicurazione. E anche per avermi permesso di farvi compagnia oggi. È stato molto bello parlare con lei e conoscere Mitch. Possiamo rivederci, magari?

Con un sorriso pensò a quale risposta dargli. *Mi piacerebbe* le sembrava troppo entusiasta, forse addirittura disperato; *Vedremo* troppo civettuolo. Non sapendo che cosa scegliere, decise di dormirci su.

Possiamo rivederci, magari?

Gli piaccio, pensò, con un lieve capogiro. E lui piace a me. Ma il problema era un altro. Se ne andrà, ricordò a sé stessa.

Istintivamente si infilò a letto nuda, per la prima volta da anni. La sensazione delle lenzuola sulla pelle era stupenda. Aspettò che la sua mente si calmasse e invece continuava a vedere Tanner camminarle accanto.

Gli piaccio, pensò di nuovo. Impiegò moltissimo tempo a addormentarsi.

10

Il lunedì iniziò con la solita frenesia di un giorno feriale. Kaitlyn accompagnò a scuola i ragazzi, poi andò in ambulatorio, dove lavorò fino alle undici. A quel punto riempì la borsa medica e si diresse alla sede dell'Our Daily Bread.

Appena entrata nell'edificio, prese un grembiule da uno dei ganci al muro. Salutò i volontari che lavoravano lì regolarmente ed entrò nella cucina in piena attività. Rimase a bocca aperta per lo stupore quando scorse l'uomo che affettava i pomodori per un'insalata enorme ...

«Tanner?»

«Salve, Kaitlyn» la salutò lui con un cenno della mano. «Buon lunedì.»

Alcuni degli altri volontari si scambiarono un'occhiata, ma nessuno disse niente.

«Che cosa ci fa qui?»

«Sono venuto a dare una mano. Ho chiamato prima per

sapere se avevano bisogno di aiuto oggi, e in effetti Evelyn non è riuscita a venire. Quindi eccomi qua.»

«Ma perché?»

«Perché avevo del tempo libero ed è una cosa bella da fare» spiegò in tono pragmatico. «E perché volevo rivederla.»

Gli altri strabuzzarono gli occhi, piacevolmente sorpresi. Da parte sua, Kaitlyn non era turbata dalla sua presenza, ma non sapeva bene che cosa pensare. Di sicuro, però, non voleva cercare di capirlo davanti a un pubblico.

«Bene... buon per lei» rispose. Poi deglutì. «Io vado di là perché apriranno le porte tra un minuto.»

«Faccia pure» disse lui con un gesto disinvolto, tornando ai suoi pomodori.

Kaitlyn si allontanò cercando di ignorare l'evidente interesse di quelli intorno a lei.

«Tutto a posto?» s'informò Linda. Lavorava alla mensa da più anni di Kaitlyn ed erano amiche da tantissimo tempo.

«Tutto bene» rispose lei.

«Sono contenta» fu il commento di Linda. «Perché, sai, Margaret l'ha già soprannominato il Bel Forestiero.»

Kaitlyn chiuse gli occhi e pensò: Non riesco a credere che sia qui.

11

Nell'ora e mezza successiva distribuirono più di settanta pasti e verso la fine un vecchio con una brutta tosse le domandò se avesse un minuto per visitarlo. Lei lo fece nella stanzetta adibita a ufficio e gli diagnosticò una bronchite. Gli diede degli antibiotici, campioni gratuiti del rappresentante che quel mattino era passato a lasciare anche delle ciambelle.

Finita la visita, Kaitlyn tornò in cucina, dove era il momento di riordinare. Mentre gran parte dei volontari stavano sparecchiando i tavoli nella sala, Kaitlyn si avvicinò a Tanner che stava strofinando un tagliere nel lavello.

«Com'è andata con il paziente?» si informò lui. Benché Kaitlyn avvertisse le occhiate di sottecchi di quelli che erano rimasti a lavorare, riuscì a mantenere un contegno composto.

«Tutto okay.»

«Non mi aveva detto che visitava anche qui.»

«Non capita spesso.» Si schiarì la voce. «Invece... devo ammettere che vedere lei qui è stata una sorpresa un po' inaspettata.»

«Glielo avevo detto che avrei pensato a suo padre» replicò lui. «E oggi è lunedì.» Sorrise, catturandola con i suoi occhi verdi. «È bello rivederla.»

Lei avvertì una familiare vampata di calore risalirle dal collo. «Anche per me. Però devo tornare in ambulatorio.»

«Ha avuto almeno tempo di mangiare?»

«No, di solito salto il pranzo.»

«Non fa bene alla salute, sa. Dovrebbe parlarne con il suo medico.»

Lei cercò invano di soffocare un risolino.

«Posso accompagnarla fuori? Io rimarrò qui ancora per un'oretta.»

«Ma certo» rispose Kaitlyn, avviandosi insieme a lui.

«A proposito, prima che me lo scordi. Il carrozziere l'ha contattata?»

Tanner annuì. «Ci ho parlato stamattina. Ha già portato via la macchina e abbiamo appuntamento per le tre al Bill's Body Shop per definire il tutto. Mi ha anche trovato una macchina a noleggio.»

Arrivati al Suburban di Kaitlyn, Tanner disse: «Sono contento di essere venuto qui oggi».

«Se lo avessi saputo, l'avrei avvertita che non avremmo avuto tempo per parlare.»

«Non importa» disse lui. «Però mi chiedevo se le andasse di cenare insieme domani sera.»

Il cuore cominciò a martellarle nel petto. Non è una buona idea, la rimproverò la voce della ragione.

«Dovrei vedere che programmi hanno i ragazzi» rispose lei dopo un attimo di esitazione. «Posso scriverle più tardi? Dopo che avrò parlato con loro?»

«Ma certo» disse lui. «Se domani non dovesse andare bene, potremmo fare un'altra sera?»

Lei fece un sospiro. «Ottimo.»

5

1

La domenica sera, dopo aver disinfettato le ferite di Arlo, Jasper rimase a intagliare sulla veranda fino a quando fece buio, poi rientrò in casa. Per cena aprì un barattolo di chili che divise con il suo cane, ma aveva la mente in subbuglio e lo stomaco troppo contratto per mangiare. Non riusciva a cancellare l'immagine della canna del fucile puntata contro di lui, né il sorriso vuoto del ragazzo che lo imbracciava. Dopo aver mandato giù a forza qualche cucchiaiata, versò il resto nella ciotola di Arlo.

Mentre sciacquava la ciotola, ripensò al cerbiatto morto nella foresta e si domandò per quanto tempo sarebbe sopravvissuto il cervo bianco in un mondo dove la gente si vantava di uccidere le creature più belle.

Ricordava che una vita prima un altro cervo bianco era stato avvistato nella Uwharrie. All'epoca lui aveva diciassette anni e la notizia aveva infiammato gli animi, proprio come adesso. Per questo suo padre lo aveva portato nella foresta sperando di avvistarlo. Era stata l'ultima volta che avevano trascorso un fine settimana insieme alla baita, prima che il cuore del genitore cedesse.

Erano rimasti per ore tra gli alberi, in cerca del raro animale. Suo padre era un ottimo cacciatore; era in grado di capire a prima vista se una traccia era recente o no, sapeva valutare la salute di un animale dagli escrementi e aveva un istinto innato per individuare i posti dove i cervi trascorrevano la notte. Nel tardo pomeriggio, si erano fermati a mangiare un boccone e suo padre aveva iniziato a parlare. Era stata una conversazione strana, dato che non aveva accennato alle pesche e non aveva citato neppure un versetto della Bibbia. Aveva invece raccontato a Jasper alcuni dei miti e delle leggende legati al cervo bianco. Re Artù aveva cercato invano di catturarne uno e anche i re e le regine di Narnia ci avevano provato, ma erano finiti fuori dall'armadio. Per gli Ojibway, una tribù del Midwest settentrionale, il cervo bianco era il simbolo della spiritualità umana. Il padre gli aveva anche narrato una leggenda dei Chickasaw.

Un giovane guerriero di nome Ghiandaia Azzurra si era innamorato di Luna Splendente, la figlia del capo. Questi, che non lo reputava abbastanza valoroso per sua figlia, aveva decretato che i giovani sarebbero potuti stare insieme solo se Ghiandaia Azzurra gli avesse portato la pelle di un cervo bianco. Il ragazzo aveva passato settimane da solo nella foresta, e alla fine aveva trovato proprio l'animale che cercava. Aveva scoccato la freccia convinto di aver mirato bene, ma il cervo stranamente non era morto. Era invece fuggito, attirando Ghiandaia sempre più all'interno della foresta, finché il giovane si era perso. Luna Splendente, con il cuore spezzato, non aveva mai più amato nessuno. Spesso, invece, vedeva nel fumo dei falò della sera il cervo bianco che fuggiva nella foresta inseguito da Ghiandaia Azzurra; secondo la leggenda, Luna Splendente aveva trascorso il resto della vita pregando che il cervo morisse, in modo che Ghiandaia potesse tornare da lei.

Mentre lo ascoltava, Jasper si era domandato se il padre stesse parlando anche di sé stesso. In qualche modo intuiva che il genitore volesse renderlo partecipe dell'intensità dell'amore che nutriva per la moglie perduta, una donna che Jasper non aveva mai conosciuto. Voleva che suo figlio sapesse perché non si era mai risposato né aveva frequentato altre donne. Forse, si era detto Jasper, il padre rivedeva sé stesso sia in Luna Splendente sia in Ghiandaia Azzurra.

Immerso in queste riflessioni, era rimasto seduto in silenzio mentre suo padre passava a un altro mito, questa volta europeo, prima di riprendere la caccia.

Non erano riusciti a vedere il cervo bianco, con grande delusione del padre. A distanza di qualche settimana, mentre era sulla tomba del genitore, Jasper si era sorpreso a chiedersi se il padre avesse intuito che il suo tempo sulla terra volgeva al termine; forse aveva visto nel cervo un'ultima occasione di ritrovare la donna che aveva amato e perduto.

Dopotutto, nella mitologia celtica il cervo bianco era considerato messaggero dell'aldilà.

2

Il mattino seguente, dopo colazione, Jasper prese le chiavi del pick-up e un'altra bandana. Arlo lo seguì fuori dalla baita e lo guardò scendere con cautela i gradini fino al vialetto.

Il pick-up aveva più di mezzo secolo, la carrozzeria sbiadita e i sedili sfondati. Quando il motore era freddo, a volte erano necessari tre o quattro giri di chiave prima che si mettesse in moto tossicchiando. Jasper si domandava spesso chi dei due avrebbe tirato per primo le cuoia.

La sponda del cassone cigolò quando la abbassò. Arlo scodinzolò, ma non provò a saltare sul pianale. Jasper sistemò una scaletta di plastica, che Arlo salì come se fosse un re.

«Prego» disse Jasper.

Richiuse la sponda, si mise al volante e partì, diretto in città. Arrivato al parcheggio dell'ufficio dello sceriffo, si legò la bandana sul viso. Poi ripeté la procedura di poco prima, abbassando la sponda del cassone e sistemando la scaletta per far scendere Arlo.

L'agente al bancone d'ingresso rimase a bocca aperta per lo stupore quando lo vide, quindi distolse subito lo sguardo. Jasper sapeva che la bandana serviva a poco.

«Buongiorno» lo salutò, spostando da parte alcuni fogli. «Come posso aiutarla?»

«Charlie è in ufficio?» chiese Jasper riferendosi allo sceriffo Donley.

«In questo momento è al telefono» rispose lei, fingendo di essere occupata a consultare la pila di carte che aveva davanti. «Posso chiederle di che cosa si tratta?»

«Bracconaggio e altro» rispose lui.

«Oh» fece l'agente spostando lo sguardo su Arlo. «Lo sa che per legge deve tenere il cane al guinzaglio?»

«Non ce l'ho con me. Ma mi ubbidirà.»

«Ah-ah.» La donna annuì osservando il muso imbiancato di Arlo e il vecchio coperto di cicatrici che aveva di fronte. «D'accordo. Vuole fare una denuncia?»

«Preferirei parlare in privato con Charlie, se non lo disturbo.»

«Il suo nome?»

«Jasper. Charlie e io ci conosciamo da tempo.»

Pochi minuti più tardi, lui e Arlo furono condotti nell'ufficio di Charlie. Questi si alzò dalla scrivania per salutare, mentre Jasper si toglieva la bandana.

«Amico mio» disse. Al politico che c'era in lui – quella di sceriffo era una carica elettiva – risultava più facile che a chiunque altro guardare negli occhi Jasper; del resto si conoscevano da più di trent'anni, quindi l'aspetto dell'amico non lo turbava più. Comunque, per compensare, sorrideva sempre in maniera un po' troppo aggressiva. «È da un po' che non ti vedo in giro. Te ne stai sempre rintanato nella tua baita?»

«È casa mia.»

Charlie gli indicò la sedia davanti alla scrivania. «Sai che dovresti tenere il cane al guinzaglio.»

«Me lo ha detto anche la donna all'ingresso.» Jasper si accomodò mentre Arlo si sdraiava sul pavimento e chiudeva subito gli occhi.

«Che posso fare per te?»

Jasper gli riferì gli avvenimenti del giorno prima. Mentre

parlava, Charlie prendeva appunti su un blocchetto giallo. Alla fine alzò gli occhi.

«Il cerbiatto l'hai trovato ieri? Domenica?»

«Esatto.»

«Le violazioni al divieto di caccia vanno denunciate all'ufficio del North Carolina Wildlife. Sei andato da loro?»

«Sono venuto qui.»

«Ci penso io.» Charlie ripeté le indicazioni relative al luogo del ritrovamento per essere sicuro di averle annotate correttamente.

«Esatto» confermò Jasper. «Digli di cercare una bandana rossa.»

«Glielo riferirò.» Charlie tamburellò la matita sul taccuino. «E tu non sai chi fossero quei ragazzi?»

«No.»

«E non hai nemmeno la certezza assoluta che fossero stati loro a uccidere il cerbiatto?»

«No, ma chi altri avrebbe potuto essere?»

Charlie si appoggiò all'indietro sulla sedia. «Non sto dicendo che non ti credo, ma è un po' complicato, dato che non hai assistito al fatto. Sono sicuro che l'agente della fore stale dirà la stessa cosa. E siccome non conosci l'identità dei ragazzi, non possono comunque fare niente neanche loro.»

«Ti è arrivata la notizia che potrebbe esserci un cervo bianco nella foresta?»

«Certo, chi non lo sa? Negli ultimi giorni al bar non si parla d'altro.»

«Credo che quei ragazzi lo stessero cercando.»

«Non saranno gli unici. La notizia dell'avvistamento probabilmente è arrivata anche su Internet. Ho sentito dire che i cervi albini sono rarissimi, solo uno su trentamila, quindi la cosa non mi stupisce.»

«Puoi intervenire in qualche modo?»

«Non rientra nella mia giurisdizione» obiettò lo sceriffo. «È una foresta nazionale, ovvero di competenza federale, e sappiamo entrambi che non ci sono abbastanza agenti per bloccare tutti i bracconieri. È sempre stato un problema, non soltanto oggi.»

«Magari dovresti parlare a quei ragazzi. Come ti ho detto, uno di loro portava una maglietta della squadra di wrestling della Asheboro High School. Potrebbe essere un indizio.»

Charlie si massaggiò il mento con quella sua aria da politico. «La scuola si trova fuori dalla contea, perciò l'unica che può intervenire è la polizia di Asheboro.»

«Il ragazzo ha sparato al mio cane.»

«So che è sconvolgente, ma, a livello penale, stiamo parlando semplicemente di uso illecito di arma da fuoco, che è un reato minore. E, in tutta franchezza, ti muovi in una zona grigia, dal momento che il tuo cane ha aggredito per primo.»

«E il fatto che abbia puntato un'arma contro di me?»

«Anche questo è un reato minore e anche qui ci sono delle attenuanti, a causa del cane, quindi dubito che si arriverebbe a qualcosa. Sono contento che non sia successo niente. Sappiamo entrambi che poteva andare peggio.»

Com'è successo al cerbiatto, pensò Jasper. E il cervo bianco potrebbe essere il prossimo.

«Allora come facciamo a salvaguardare quel cervo?»

«Senti, Jasper... tu vai ancora a caccia?»

«Ho smesso da molto tempo.»

«In ogni caso avrai capito anche tu, come me, che il cervo bianco non è di queste parti. È probabile che sia arrivato nella zona in cerca di cibo o di acqua. Probabilmente è un animale astuto, se è riuscito a sopravvivere per tante stagioni di caccia, fino a diventare adulto. Quello che sto cercando di dire è che il prossimo fine settimana, con l'apertura della caccia al tacchino, ci sarà un sacco di movimento – colpi di fucile, cacciatori che girano per la foresta –, il che significa che il cervo molto probabilmente tornerà da dove è venuto.»

Jasper guardò fuori dalla finestra, consapevole che Charlie aveva ragione. Tuttavia, fino ad allora l'animale sarebbe stato in pericolo.

«Se fossi in te» aggiunse lo sceriffo «cercherei di non pensarci. E nei prossimi giorni starei attento ad andare nella Uwharrie. Ricorda quello che ti ho detto di Internet. Non puoi mai sapere in che cosa potresti imbatterti là fuori.»

Lo sceriffo lo congedò e Jasper rifletté sulle sue parole mentre saliva sul pick-up. Avrebbe dovuto sforzarsi di togliersi quei pensieri dalla mente, ma si rese conto di non riuscirci. I ragazzi che aveva incontrato dovevano essere puniti. Erano colpevoli di bracconaggio e di sicuro lo avrebbero fatto di nuovo. Inoltre, non era ammissibile sparare a un cane o puntare un fucile contro un uomo.

In fondo al cuore Jasper non riusciva a liberarsi della sensazione che esistesse un legame tra lui e il cervo bianco. Non capiva se fosse un presagio o un messaggio, ma, con il passare del tempo, dentro di lui cresceva la convinzione che la comparsa del cervo lo riguardasse direttamente.

Dopotutto, come suo padre e suo nonno, anche Jasper aveva sempre desiderato assistere a un miracolo.

3

Ci fu un periodo in cui Jasper non sapeva se sarebbe mai tornato a sentirsi normale. La morte del padre, così improvvisa e inaspettata, aveva lasciato un vuoto che nemmeno Audrey riusciva a riempire del tutto. Nella casetta di città dove era sempre vissuto, era circondato dai ricordi della vita condivisa con il padre: le fotografie sulla mensola del camino, l'attrezzatura da pesca che usavano nei pomeriggi oziosi, le statuine ammassate sui davanzali e su ogni ripiano. In salotto, sul tavolino accanto alla vecchia sedia a dondolo imbottita, c'era la sua Bibbia.

Nelle settimane successive alla morte del padre, Jasper si aggirava per le stanze silenziose, svuotato dal dolore. In quei momenti, prendeva la Bibbia e cercava conforto nelle parole che suo padre citava spesso o che aveva annotato sui margini.

Il *Salmo* 34, 18 recitava: *Gridano e il Signore li ascolta, li libera da tutte le loro angosce. Matteo* 5, 4 annunciava: *Beati quelli che sono nel pianto, perché saranno consolati.* Jasper si inginocchiava e pregava non solo per l'anima del padre, ma anche per la propria. Di tanto in tanto, Audrey passava da lui dopo la scuola con uno stufato o un pasticcio appena sfornato. Mangiavano insieme, parlando in tono sommesso. Lei gli chiedeva come stesse e da ogni suo gesto irradiava una profonda compassione. Durante quelle terribili settimane e mesi Jasper le si affezionò sempre di più, fino ad amarla con una devozione che non aveva immaginato possibile. *La carità*, più di ogni altra cosa, *è magnanima, benevola* (*Prima Lettera ai Corinzi* 13, 4) ed effettivamente Audrey sembrava rendersi conto che lui aveva bisogno dei suoi tempi per elaborare il lutto e tornare a condurre una vita normale.

Senza il sostegno paterno, Jasper abbandonò gli studi e cominciò a lavorare a tempo pieno nel frutteto. In questo modo non poteva vedere Audrey a scuola, ma non aveva altra scelta. Pagava le bollette, si riempiva il cestino del pranzo e lavorava dall'alba al tramonto. Un uomo di nome Richard Stope aveva preso il posto del padre. Era il cognato del proprietario del frutteto ed era invidioso della fiducia che Jasper si era guadagnato. Era un tipo severo e quando le cose andavano male dava sempre la colpa agli altri. Più di una volta Jasper lo aveva visto colpire uno dei lavoratori stagionali. Anni prima, quando aveva chiesto il motivo del comportamento di Stope, il padre aveva risposto con: «*Proverbi* 24, 2». Quella sera Jasper aveva letto nella sua calligrafia incerta: *Poiché il loro cuore trama rovine e le loro labbra non esprimono che malanni.* Sapendo che Stope aveva cercato più volte di far licenziare il genitore, lui si teneva a distanza concentrandosi solo sul lavoro.

Ma l'invidia di Stope aveva trovato in lui una nuova valvola di sfogo. Se lavorava cinquanta ore, Stope accampava sempre una scusa per pagargliene quaranta; se uno dei furgoni aveva un guasto, dava la colpa a lui. Con il tempo, gli altri dipendenti cominciarono a prendere le distanze da Jasper, temendo che, se lo avessero frequentato, Stope avrebbe reso la vita impossibile anche a loro. Invece di pranzare con tutti gli altri, Jasper mangiava da solo. Se doveva riparare un motore o una pompa, nessuno gli dava una mano. E una volta finita la riparazione, veniva criticato perché ci aveva messo troppo tempo.

Lavorava al frutteto a tempo pieno da più di un anno,

quando due dei peschi all'estremità del campo furono colpiti dal marciume bruno. Il fungo si era diffuso da una proprietà adiacente, dove un'intera sezione di alberi era stata intaccata. Ma Stope ne attribuì la responsabilità a Jasper e lo licenziò sotto gli sguardi guardinghi degli altri impiegati. A quel punto lui si aspettava una cosa simile e si limitò ad annuire.

Era il 1958. Jasper aveva diciotto anni e il padre era morto da poco più di un anno. Audrey stava per diplomarsi. Lui aveva messo da parte un po' di risparmi, quindi se la sarebbe cavata. Mentre si allontanava dal frutteto, Stope gli gridò dietro: «Sei un morto di fame buono a nulla, proprio come tuo padre».

Jasper si fermò, raddrizzando improvvisamente le spalle. Nella sua testa risuonò la voce del padre: «*Proverbi* 29, 11» *Lo stolto dà sfogo a tutto il suo malanimo, il saggio alla fine lo sa calmare.*

Rilassò le spalle e avanzò di un altro passo verso il magazzino dove teneva il portapranzo del padre. Stope si precipitò da lui e lo afferrò per un braccio.

«Devi andartene subito» ordinò.

Jasper sentiva che gli altri li stavano osservando. Si liberò della stretta e fece un altro passo verso il magazzino.

Stope lo agguantò di nuovo, paonazzo e con gli occhi lampeggianti. «Non ignorarmi, ragazzo!»

Con uno strattone fece voltare Jasper e gli sferrò un pugno in pieno viso, annebbiandogli la vista e facendolo stramazzare a terra. Consapevole di ciò che il padre si sarebbe aspettato da lui, Jasper si rialzò. Guardò Stope negli occhi e poi si girò indicando l'altra guancia, proprio come aveva fatto Gesù, casomai l'uomo volesse colpirlo ancora.

Stope era sempre più paonazzo. Si preparò a sferrare un

altro pugno. Ma un senso di stupore, quasi di ammirazione, colse gli altri lavoratori come un respiro trattenuto. Anche Stope doveva averlo avvertito, perché invece di colpire Jasper una seconda volta, abbassò lo sguardo a terra.

Jasper proseguì verso il magazzino e recuperò il cestino del pranzo. Lasciò il frutteto e salì sul furgone che era stato di suo padre, consapevole che non vi avrebbe mai più fatto ritorno.

4

Dopo essere uscito dall'ufficio dello sceriffo, Jasper raggiunse la Asheboro High School ed entrò nel parcheggio. Prima di scendere dal furgone, accarezzò la testa di Arlo.

«Stavolta devi restare qui» gli disse. «Non ti posso portare a scuola con me.»

Si diresse verso l'ingresso, meravigliandosi di quanto si fosse ingrandita la scuola rispetto a quando l'aveva frequentata lui e di quante macchine ci fossero nel parcheggio. Da ragazzo nessuno dei suoi compagni aveva una propria macchina, mentre adesso sembrava la norma per tutti gli studenti.

Provò a entrare, ma si rese conto che la porta anteriore era chiusa. Tentò una seconda volta, poi sentì una voce provenire dal citofono.

«Desidera?»

Non sapeva con chi stesse parlando: il vetro a specchio gli impediva di vedere chi ci fosse dietro. «Volevo chiedere se avete degli annuari.»

La risposta arrivò dopo qualche istante. «Saranno pronti per maggio. Vuole ordinarne uno? Ha un parente che frequenta la scuola?»

«No, volevo dare un'occhiata a quello dell'anno scorso.»

«Mi scusi... lei come si chiama?»

Jasper glielo disse.

«Ha un figlio in questa scuola? Oppure un nipote?»

«No. Volevo solo sfogliare un annuario. La scuola non ha le copie degli anni precedenti?»

«Non saprei. Dovrei controllare. Però se non è un parente o un tutore e non ha un incarico ufficiale, temo di non poterla far entrare.»

«Ma è una scuola...»

«Esatto» lo interruppe la donna. «Ci sono regole di sicurezza. Sono certa che capisce.»

«Voglio solo dare un'occhiata all'annuario dell'anno scorso...»

«Signore, non posso farla entrare, a meno che non sia un genitore o non abbia un appuntamento...»

Jasper scrollò la testa e se ne andò.

5

Tornato a casa, si mise a intagliare sulla veranda, assorto nei propri pensieri. A metà pomeriggio andò a casa della dottoressa e bussò alla porta. Ci volle circa un minuto perché il bambino gli aprisse.

«Salve, signor Jasper» disse Mitch illuminandosi. «Come mai è qui?»

«Sono venuto a trovarti.»

Mitch si dondolò sui piedi. «La mamma dice che non devo far entrare nessuno in casa se non c'è lei.»

«Non vorrei contrariare tua madre, quindi resterò qui sulla veranda. Sai se Casey ha l'annuario di scuola dell'anno scorso?»

«Credo di sì» rispose il bambino. «Però adesso lei non c'è. A cosa le serve l'annuario?»

«Sto cercando qualcuno che forse frequenta la sua scuola.»

«Perché?»

«Se non ti dispiace, preferirei non entrare nei dettagli.»

«Perché è un segreto?»

«Diciamo di sì» rispose vago Jasper. «Non devo portarlo via. Mi basta dargli un'occhiata.»

Il bambino tornò in salotto e prese un cellulare dal tavolino basso. «Non ho il permesso di entrare in camera di Casey senza chiederglielo, però le mando un messaggio, okay?»

Jasper annuì.

Dopo un paio di minuti il bambino alzò il viso dal telefono e sorrise. «Aspetti qui» disse salendo di sopra.

Poco dopo ricomparve con un libro sotto il braccio.

«Le ho detto che era molto importante per lei» spiegò Mitch porgendoglielo. «Devo rimetterlo al suo posto quando avrà finito. E non vuole che legga quello che le hanno scritto i suoi amici.»

«Non lo farò.»

Jasper si accomodò sulla sedia a dondolo in veranda, seguito dal bambino, che ovviamente era molto curioso.

Dopo aver aperto il volume, sfogliò le pagine fino all'indice per trovare quella che cercava. E, in effetti, c'era una foto di gruppo della squadra di wrestling.

Identificò subito il ragazzo con la maglietta che aveva incontrato: Carl Melton. Studiando meglio la foto, riconobbe anche una seconda faccia. Uno dei ragazzi nell'ultima fila era quello più alto, quello che imbracciava il fucile.

Josh Littleton.

Jasper alzò gli occhi, sbatté le palpebre e soffiò fuori l'aria.

Santo cielo, pensò.

I Littleton.

Seguendo l'istinto, controllò l'indice una seconda volta. Subito sopra il nome di Josh c'era un altro Littleton e Jasper andò alla pagina corrispondente. Eric Littleton, il fratello minore di Josh, era il terzo membro del gruppo. Jasper chiuse l'annuario e lo restituì a Mitch.

«Già fatto?» chiese il bambino.

«Sì, grazie, ho trovato quello che mi serviva. E mi raccomando, ringrazia tua sorella da parte mia.»

«D'accordo.»

Jasper rimase immobile per un istante, perso nei ricordi della famiglia Littleton, mentre Mitch si dondolava sui piedi davanti a lui. Tornando al presente, Jasper gli chiese: «Come sta tua sorella?»

Mitch distolse gli occhi, continuando a muovere i piedi. «Ha detto che vuole trasferirsi a vivere con papà. Dall'estate prossima.»

«Ma lui non abita a Greensboro?»

«A me dispiacerebbe un sacco se andasse via.»

Sapendo quanto Mitch fosse legato a Casey, Jasper gli

appoggiò una mano sulla spalla. «Forse ha parlato solo per dare fiato alla bocca.»

«Che cosa significa?»

«Speriamo che decida di rimanere, va bene?»

Mitch annuì.

6

Forse per via della conversazione con Mitch, ma, tornato a casa, Jasper sentì il bisogno di andare a trovare la sua famiglia.

Erano tutti ai piedi di un'antica quercia dai grossi rami che sfioravano il terreno, in parte ricoperti di muschio spagnolo. Un albero perfetto per arrampicarsi, e Jasper ricordava quando i suoi figli mettevano alla prova il proprio equilibrio e coraggio scalandolo con mani e piedi. Per qualche anno c'era stata attaccata persino un'altalena; ricordava ancora il giorno in cui l'aveva appesa e i suoi figli che gli chiedevano di spingerli sempre più in alto.

Ora l'altalena non c'era più e sull'albero non si arrampicava più nessuno da decine di anni. Tuttavia era sempre lì, dove Jasper aveva sepolto la moglie e i quattro figli, in un fazzoletto di terra delimitato da un muretto di mattoni. Le viole del pensiero che aveva piantato nel novembre precedente erano ancora in fiore, ma di lì a un mese sarebbero spuntati i fiori primaverili: trillium, muschio rosa, iris nano, sanguinaria ed eritronio. Audrey aveva sempre amato i fiori.

Le lapidi formavano un semicerchio con lei al centro. Sapeva che avrebbe voluto così, perché era sempre stata il centro delle loro vite. Lei era il sole e i figli erano i pianeti. Aveva scolpito lui stesso i nomi e le date nella pietra, accompagnando ciascuno con un versetto delle Sacre Scritture.

Jasper si inginocchiò con cautela e cominciò a strappare le erbacce cresciute tra le pansé, mentre con la memoria tornava al 1958, poco dopo che era stato licenziato dal frutteto. Benché per più di un anno Audrey fosse andata a trovarlo molto spesso a casa e alla baita, Jasper non l'aveva mai baciata, pur sapendo già di voler trascorrere tutta la vita insieme a lei. Ogni volta che parlavano aveva la sensazione di poter rimanere ad ascoltare il suono della sua voce per sempre. Lei gli raccontava che voleva diventare maestra e insegnare in una scuola fuori città, per poter lavorare con i ragazzi di campagna. Gli diceva di volere almeno quattro figli, una casa a due piani con una veranda e una cucina abbastanza grande da accogliere tutta la famiglia. Voleva trascorrere la luna di miele a Sullivan's Island, vicino a Charleston, per poter ammirare le focene tra le onde. Aveva ben chiaro in testa ciò che desiderava dalla vita e Jasper ne era estasiato. Lui non era mai stato un grande sognatore, proprio come suo padre, e in cuor suo si era ripromesso di esaudire tutti i desideri di Audrey, anche se non aveva idea di come fare.

Ma erano stati soprattutto i suoi occhi, e non i suoi sogni, ad ammaliarlo. Ogni volta che li guardava non riusciva più a staccarsene, come se lei gli avesse fatto un incantesimo. Poche settimane prima che lei si diplomasse, Jasper le aveva portato un mazzolino di margherite appena raccolte. I genitori di Audrey non avevano una grande opinione di lui come pretendente per la figlia, e quando la madre lo aveva visto con i fiori in mano, aveva fatto una smorfia contrariata. Audrey però era corsa giù dalle scale e le aveva fatto cenno di allontanarsi mentre si sedeva sulla veranda con lui. La donna aveva ubbidito riluttante e Audrey aveva affondato il viso nei fiori.

«Sono splendidi» aveva sospirato e finalmente Jasper aveva trovato il coraggio di mormorare le parole che sentiva dentro da quando lei era salita per la prima volta sul suo furgone. «Anche tu sei splendida.»

Erano rimasti insieme per un'ora, dividendosi una fetta di crostata. I grilli cantavano e Jasper aveva udito il richiamo di una civetta dai boschi. Il cielo era trapunto di stelle e lui sapeva che era giunto il momento di andarsene. Tuttavia, quando stava per scendere dalla veranda, si era girato a guardarla. Le aveva posato delicatamente una mano sulla vita e si era avvicinato... un istante dopo, le loro labbra si erano incontrate per la primissima volta. Le labbra di lei profumavano di mela e cannella e, tornando a casa, Jasper aveva le gambe così molli che aveva rischiato di finire contro un albero con il furgone.

Nel corso dell'estate la loro relazione era sbocciata rapidamente, come i fiori di campo. Andavano a passeggiare la sera, quando il calore della giornata era ormai passato, e a volte si fermavano a bere qualcosa in centro. Ogni tanto facevano un picnic o andavano al cinema, soprattutto perché piaceva a lei. In libreria, Audrey gli mostrava i romanzi che l'avevano emozionata di più; nonostante i sospetti che circolavano sui sovietici, era affascinata dagli scrittori russi, come Tolstoj e Dostoevskij. Il 4 luglio, giorno dell'Indipendenza, mentre i fuochi d'artificio illuminavano il cielo, finalmente lui le aveva sussurrato all'orecchio di amarla.

«Oh, Jasper!» aveva esclamato lei con un grande sorriso. «Ti amo anch'io.»

Nell'agosto di quell'anno Audrey era partita per il college. Era una giornata afosa e avevano passato la loro ultima mattina insieme a casa di lei sotto gli sguardi di disapprovazione dei genitori.

Jasper aveva chiesto al padre di Audrey di potergli parlare in privato. Tenendo in tasca la fede nuziale di sua madre, gli aveva domandato formalmente la mano della figlia.

In tutta tranquillità il padre gli aveva spiegato che era impossibile. Erano troppo giovani, aveva chiarito, sottintendendo il fatto che Jasper non si fosse diplomato e non avesse un lavoro, né la minima prospettiva di carriera.

Jasper se n'era andato con l'anello in tasca e più tardi, quando Audrey era salita a bordo della Cadillac di famiglia che l'avrebbe condotta allo Sweet Briar College in Virginia, si era stampato sulla faccia un sorriso coraggioso. Nonostante la nausea, l'aveva salutata con la mano, poi era tornato a casa, domandandosi se lei lo avrebbe dimenticato. Non era stato così; al contrario, la distanza aveva rinsaldato ulteriormente il loro rapporto. Lui le scriveva due volte alla settimana e rileggeva più volte le lettere che lei gli mandava in risposta. A volte le spediva piccoli regali, in genere oggetti che aveva intagliato, ma anche una sciarpa e un ciondolo portafoto, e trascorreva con lei tutto il tempo possibile durante le vacanze del Ringraziamento e di Natale. E sempre, sia che fosse insieme a lei o lontano, non faceva che pensare a come realizzare i suoi sogni.

Adesso, a una vita di distanza, accarezzò con un dito il granito, sfiorando il nome inciso. Fece lo stesso con i figli e, nonostante lo strazio che provava, raccontò loro quello che era successo negli ultimi giorni. Verso la fine si sorprese a domandarsi se l'apparizione del cervo bianco fosse un segno divino, dal momento che Dio sapeva che lui aspirava ad assistere a un miracolo. La voce della ragione liquidò la cosa come ridicola, ma Jasper era vissuto abbastanza a lungo da sapere che speranza e dubbio potevano coesistere. Alzò gli occhi per scrutare la foresta. Guardò a sinistra, poi a destra, quindi si sintonizzò sui suoni in lontananza, ma si udiva soltanto il canto degli uccelli, e nessun segno del cervo bianco. Scosse la testa, rimproverandosi per la propria stupidità.

Dopo un po' si rialzò, con fitte lancinanti alle ginocchia, alle anche e alla zona lombare. La pelle gli tirava dolorosamente a ogni movimento e, mentre gettava un'ultima occhiata alle lapidi, si sentì schiacciare dal peso della solitudine che minacciava di soffocarlo.

«Vi amo e mi mancate tanto» disse a voce alta, trascinandosi verso casa.

7

Sicuro che Charlie fosse ancora in ufficio, Jasper gli telefonò per informarlo di aver identificato i ragazzi che aveva visto nella foresta.

«Non ti chiederò come li hai trovati, ma ne sei assolutamente certo?»

«Sì» rispose Jasper, prima di elencargli i nomi.

Charlie fece un respiro profondo e poi una pausa prima di rispondere. «Se vuoi, puoi venire a sporgere denuncia, ma, anche lasciando da parte le questioni giurisdizionali, non ti servirà a niente.»

«Perché?»

Il silenzio di Charlie riempì la linea. «Lo sai benissimo quanto me.»

In effetti era così. Dopo aver riagganciato, Jasper rifletté sulla situazione mentre cenava con una zuppa di pomodoro. Siccome Arlo non ne andava pazzo, gli versò un po' di crocchette nella ciotola prima di decidersi a prendere le chiavi della macchina. Arlo alzò il muso e se lo leccò, come se si domandasse dove fossero diretti.

«Stavolta andrò solo io. Tu resti qui.»

Gli diede una carezza sulla testa, poi prese il pick-up per tornare in città. Il tragitto era breve e alla fine svoltò in un viale costeggiato da residenze sontuose, dove abitavano famiglie che si tramandavano la ricchezza di generazione in generazione. Nei vialetti erano parcheggiate Mercedes e BMW, oltre a qualche Bentley. Jasper rallentò avvicinandosi a una villa di mattoni in stile coloniale, in parte nascosta dietro una vegetazione rigogliosa. Sapeva che quella era la casa in cui abitavano Josh ed Eric Littleton, la stessa in cui era nato e cresciuto il loro padre Clyde insieme ai fratelli Roger e Vernon.

Ovvero l'illustrissimo giudice Roger Littleton.

Ovvero il procuratore distrettuale Vernon Littleton.

La famiglia Littleton vantava una lunga storia nella zona, che risaliva a prima della Guerra civile, e aveva costruito la propria fortuna sulle ferrovie e la speculazione fondiaria prima di passare alla legge. Era una delle famiglie più ricche dello Stato; possedeva decine di migliaia di ettari di terreno, in gran parte affittati ai contadini. Dacché Jasper aveva memoria – e probabilmente anche da prima –, in città c'era sempre stato un giudice Littleton. Il nonno e il padre di Roger, Vernon e Clyde erano stati giudici; Vernon era procuratore distrettuale da più di tre decenni. Se a questo si aggiungevano le loro cospicue donazioni a politici e le amicizie altolocate, era chiaro che i Littleton rappresentavano la legge nella contea.

Ma mentre Roger e Vernon Littleton erano rispettati dalla comunità, o a volte anche temuti, Clyde era soltanto tollerato. Quando era ragazzo, uno dei suoi amici era andato in overdose durante una festa a casa Littleton, e si era sospettato che fosse stato proprio Clyde a procurare la droga. Successivamente, era circolata voce che avesse picchiato la fidanzata. Benché non fossero state mosse accuse in nessuno dei due casi, i pettegolezzi avevano indotto Clyde a lasciare la città, almeno per un periodo. A quanto pareva, aveva messo la testa a posto a Raleigh. Era diventato un costruttore e aveva conosciuto una donna di nome Anne, che alla fine aveva sposato. Avevano avuto due figli e quattordici anni prima, dimenticate le sue scorribande giovanili, Clyde era tornato ad Asheboro, trasferendosi nella casa di famiglia. Uno dei suoi primi progetti in città era stato la realizzazione della zona residenziale che Jasper aveva tentato invano di bloccare.

A Clyde, inoltre, piaceva la caccia, o meglio un tipo particolare di caccia. Per lui più gli animali erano esotici, meglio era. Jasper aveva sentito dire che aveva fatto impagliare molti dei suoi trofei per esporli in tutta casa. Aveva ucciso un leone, un giaguaro e una pantera. Aveva sparato a rinoceronti in Namibia ed era andato fino all'Himalaya per ammazzare un bharal, o pecora blu. Non tutte le specie a cui dava la caccia erano a rischio di estinzione, ma alcune sì, e Clyde godeva di un macabro seguito in certe nicchie del mondo della caccia per la sua mania di postare sui social le sue imprese. Si giustificava dicendo che faceva le cose legalmente e con la totale approvazione del governo, ma Jasper, come molti altri, era sicuro che a volte aggirasse le regole, corrompendo pubblici ufficiali perché si voltassero dall'altra parte.

Qualche anno prima un'emittente locale aveva pubblicato un suo post. Nella prima foto c'era Clyde che reggeva la testa di una giraffa che aveva abbattuto in Sudafrica, nella seconda ne mostrava il cuore con un sorriso compiaciuto. Quando aveva provato a difendere le proprie azioni – era tutto legale, la carne era stata regalata agli abitanti del posto, e si trattava di un esemplare anziano –, gli animalisti erano arrivati persino dalla Florida per manifestare fuori dal suo ufficio nel centro di Asheboro. C'erano cartelloni e gente che gridava slogan con i megafoni, ma ben presto i manifestanti erano stati dispersi dalla polizia.

E ora i suoi figli giravano per la foresta dove era stato avvistato un cervo bianco, un altro animale esotico, praticamente sulla porta di casa loro.

I figli cercano l'approvazione del padre? A Jasper sembrava più che evidente.

In fondo al viale d'accesso c'era un raffinato cancello in ferro battuto. Jasper pigiò il pulsante sul citofono. Gli rispose una voce femminile che lo informò che quella era la residenza dei Littleton.

«Vorrei parlare con Anne o Clyde Littleton.»

«Ha un appuntamento?»

«No. Ma riguarda i loro figli Eric e Josh. È importante.»

«Il suo nome?»

Jasper glielo disse... poi silenzio. Era sicuro che la voce femminile lo avrebbe informato che i signori Littleton non erano in casa o magari si sarebbe inventata qualche altra scusa. Invece il cancello si aprì.

Jasper avanzò lentamente lungo il viale fermandosi dietro un pick-up nero. Scese e camminò fino alla porta, ricordandosi solo all'ultimo istante di tirare fuori la bandana dalla tasca e di mettersela sul viso. Bussò, poi fece un passo indietro.

Fu Anne ad aprirgli. Era una donna minuta, dall'aspetto fragile, con i capelli raccolti in una crocchia severa; la riconobbe dalle foto sui giornali. I Littleton erano spesso alla ribalta per le loro opere di beneficenza tanto che persino la nuova ala dell'ospedale portava il loro nome.

«Buonasera, signora Littleton» la salutò Jasper. «La ringrazio di avermi ricevuto.»

Anne distolse velocemente lo sguardo dal suo viso. «Mi è stato detto che la cosa riguarda i miei figli.»

«Esatto.»

Alle sue spalle, Jasper vide Clyde scendere lo scalone monumentale che occupava l'ampio atrio rivestito di marmo. Quando gli fu più vicino, lo riconobbe.

«Mi ricordo di lei. Spero che non sia venuto a lamentarsi di nuovo per il quartiere di Neely Ridge.»

Jasper scosse la testa. «No, riguarda i suoi figli.»

Jasper fu condotto in una biblioteca appena fuori l'atrio, rivestita di scaffali di mogano fino al soffitto. Su una parete c'era la testa imbalsamata di una pantera; di fronte era appesa quella del bharal. Accanto al camino c'era un orso grizzly, alto almeno tre metri. Clyde indicò una poltrona dall'aria antica e Jasper si accomodò. Anne si sedette in un angolo del divano mentre Clyde rimase in piedi.

«Che cosa voleva dirmi a proposito dei miei figli?» chiese l'uomo.

Jasper gli raccontò gli eventi del giorno precedente e, quando ebbe finito, Anne rimase immobile con le mani serrate in grembo. Clyde invece le teneva lungo i fianchi e la sua espressione non era più amichevole.

«Mi faccia capire. Sta accusando Josh ed Eric di bracconaggio, afferma che Josh ha sparato al suo cane e anche che le ha puntato contro il fucile?»

«Esattamente. E mi ha chiesto dei soldi. E ha calpestato i miei funghi. Questo è ciò che è successo.»

«I miei figli non farebbero mai niente del genere» replicò l'altro. «Conoscono le armi fin da quando sono piccoli. Sanno che non bisogna puntarle contro le persone né sparare agli animali domestici. E perché diavolo avrebbero dovuto uccidere un giovane cervo senza alcun valore?»

«Credo che dessero la caccia al cervo bianco.»

«Tuttavia questo non spiega perché avrebbero sparato a un altro animale, giusto?»

«Credo che suo figlio volesse controllare la precisione

del mirino» rispose Jasper. Non aggiunse che forse Josh lo aveva ucciso soltanto perché gli era capitato a tiro.

«Molto bene, allora chiediamo direttamente a loro, che ne dice?»

Clyde uscì dalla biblioteca e gridò ai figli di scendere. Quando i ragazzi entrarono nella stanza, si scambiarono occhiate nervose prima di rivolgere lo sguardo al padre.

«Jasper ci ha raccontato una storia molto singolare» esordì Clyde. «Voi ragazzi siete stati nella Uwharrie ieri mattina?»

«Sissignore» rispose Josh.

«Posso chiedere perché?»

«A fare un sopralluogo» rispose Josh senza la minima esitazione. «Sta per aprirsi la stagione di caccia ai tacchini selvatici, e volevamo scoprire dove si trovavano.»

«Avete visto quest'uomo mentre eravate nella foresta?»

«Sissignore» confermò Josh. «Lo abbiamo incontrato poco prima di venire via. Stavamo chiacchierando, ma quando ho cercato di guardare i funghi che aveva raccolto, il suo cane mi ha attaccato.»

«Quest'uomo» disse Clyde indicando Jasper «sostiene che avete anche abbattuto un cerbiatto.»

Josh scosse la testa. «Nossignore. Ci ha accusato di averlo fatto, ma gli abbiamo detto che non ne sapevamo niente.»

«E il suo cane ti ha attaccato?»

«Sissignore. Di punto in bianco. Sono inciampato cercando di scrollarmelo di dosso ed è stato allora che è partito il colpo. È stato un incidente.»

«Gli hai puntato addosso il fucile? Gli hai chiesto dei soldi? Hai calpestato i suoi funghi?»

«Nossignore. Cioè, non credo. Come ho detto, sono inciampato e il secchio deve essersi rovesciato quando sono caduto. Ero a terra che cercavo di allontanare il cane, e probabilmente è per questo che ho calpestato i funghi. E può darsi che, alzandomi, la canna del fucile sia finita nella sua direzione, ma in ogni caso è stato un incidente. Ero molto agitato, capisci? Eh, no, non ho sparato al suo cane né gli ho chiesto dei soldi.»

Jasper lo ascoltava, stupito dalla bravura con cui il ragazzo riusciva a mentire. Clyde spostò lo sguardo su Eric.

«È andata così, ragazzo? È quello che è successo?»

Eric dondolò da un piede all'altro con aria spaventata. «Sissignore.»

Clyde annuì e poi tornò a guardare Jasper. «Ha qualcosa da obiettare a questa ricostruzione degli eventi?»

Jasper sostenne lo sguardo di Clyde. *Proverbi* 14, 5 era sempre stato uno dei versetti preferiti di suo padre: *Il testimone sincero non mentisce, chi proferisce menzogne è testimone falso.*

«I suoi figli non dicono la verità» rispose.

Anne sussultò, mentre l'espressione di Clyde si induriva. «I miei figli non sono bugiardi» dichiarò asciutto. «Il che mi induce a chiedermi che cosa vuole veramente. È venuto in cerca di soldi?»

«Sono venuto perché pensavo che, da genitori, vi interessasse sapere cos'hanno fatto i vostri figli, per metterli di fronte alle loro responsabilità.»

Nessuno aprì bocca per un attimo e Clyde si portò una mano al mento, fingendo di frugarsi nella memoria.

«È strano che proprio lei venga a offrire consigli da genitore... mi sembra di aver sentito raccontare qualcosa su suo figlio. Non è forse finito in prigione? C'era di mezzo un incendio, vero?»

Jasper non rispose, ma Clyde sapeva di aver colpito nel segno.

«La prossima volta si guardi allo specchio prima di criticare il modo in cui educo i miei figli» aggiunse. «Per quanto riguarda le sue accuse, sono sicuro che i miei figli non hanno fatto niente di male. Sarei curioso di sapere, però, se ha intenzione di scusarsi con loro per quello che il suo cane ha fatto al mio maggiore.»

Jasper rimase in silenzio anche stavolta.

Dopo qualche secondo, Clyde fece un passo indietro e indicò l'ingresso. «Adesso è meglio che se ne vada. Ho esaurito la pazienza e non è il benvenuto in casa mia.»

Dopo queste parole, Jasper fu accompagnato alla porta.

8

Jasper era arrivato a casa da pochi minuti quando sentì squillare il telefono. Era Charlie.

Non sembrava contento. I Littleton, oltre a essere contrariati, si sentivano minacciati.

«Non li ho minacciati» ribatté Jasper. «Li ho solo informati di quello che avevano fatto i figli.»

«Gli hai dato dei bugiardi?»

«Ho detto che non avevano raccontato la verità.»

Charlie sospirò e Jasper colse la sua frustrazione. «Senti,

Jasper. Lascia perdere. Sappiamo entrambi che è meglio non inimicarsi quella famiglia. Stai alla larga da loro, okay? Non tornare più a casa Littleton.»

Dopo aver riagganciato, Jasper rimase in cucina. Era scesa la sera e lui si domandò dove fosse il cervo bianco. Era ancora nei paraggi? C'erano dei cacciatori nella foresta, pronti a spararagli? Si chiese quanto tempo sarebbe passato prima che i giovani Littleton tentassero di nuovo la fortuna e se anche il cervo sarebbe finito impagliato e appeso come un trofeo per via del loro desiderio di emulare il padre.

La notte non gli diede risposte. Sapeva soltanto che era compito suo salvarlo.

6

1

Dopo aver finito all'Our Daily Bread, Tanner si recò alla carrozzeria. Siccome era solo a un paio di chilometri di distanza, decise di andarci a piedi, nonostante una delle volontarie, Trudy, si fosse offerta di dargli un passaggio. Un po' di aria fresca gli avrebbe fatto bene e il gradevole tepore del sole gli riportò alla mente bei ricordi. Una delle cose che aveva apprezzato di più del periodo di addestramento a Fort Bragg, nel North Carolina, era il clima... mesi di cieli azzurri e temperature fantastiche in primavera e in autunno.

Si infilò il cellulare in tasca e si incamminò senza fretta. Quella mattina aveva passato mezz'ora al telefono con un'impiegata della Revology. Come aveva immaginato, gli aveva consigliato di acquistare ricambi originali invece di cercarli nel mercato secondario. Purtroppo non era in grado di promettere niente riguardo ai tempi di consegna. Magari alcune parti c'erano già in magazzino, ma altre avrebbe dovuto ordinarle. L'eventualità che ci volessero settimane per aggiustare la macchina non lo entusiasmava, ma ricordò a sé stesso di non avere impegni pressanti, almeno per un po'.

In ogni caso, Asheboro si stava rivelando più interessante di quanto avesse immaginato. O, meglio, Kaitlyn lo intrigava come gli era capitato con pochissime donne. La notte precedente si era rigirato nel letto per quasi un'ora perché non riusciva a smettere di pensare a lei. Di mattina, appena aveva aperto gli occhi, gli era tornata in mente e aveva capito con assoluta certezza di volerla rivedere.

La sua decisione di offrirsi volontario all'Our Daily Bread, tuttavia, poteva essere rischiosa. Chissà come l'avrebbe presa Kaitlyn se si fosse presentato là all'improvviso: lo avrebbe giudicato sfacciato? Forse addirittura inquietante? Aveva comunque deciso di tentare. Non aveva mentito dicendole che la filosofia di suo padre gli era stata d'ispirazione e si era ripromesso che se la sua presenza le avesse causato anche il minimo disagio, si sarebbe tenuto alla larga durante il turno di volontariato e poi non si sarebbe più fatto vedere.

Più facile a dirsi che a farsi, se non altro perché la squadra di volontarie regolari – Trudy, Lisa, Margaret e Linda tra le altre – lo avevano tempestato di domande da quando aveva messo piede nella sede dell'associazione. Mentre in un primo tempo si era trattato soltanto di curiosità, il loro interesse era cresciuto quando aveva rivelato di aver saputo dell'Our Daily Bread da Kaitlyn. Era stato come se dentro le loro teste si fosse accesa una lampadina dopo l'altra, e avevano cominciato a scambiarsi occhiate d'intesa. Era sicuro che Kaitlyn avesse notato quegli sguardi fin dal suo arrivo. Si era dimenticato di quanto fossero pettegole le città di provincia.

Aveva constatato con sollievo che lei non si era mostrata contrariata o turbata quando lo aveva visto in cucina. Certo, gli era apparsa un po' stupita e in quel momento si era reso conto che, come minimo, avrebbe dovuto avvisarla in anticipo con un messaggio. Perché non lo aveva fatto? si chiese con il senno di poi.

Perché non voleva rischiare che lei gli dicesse di non presentarsi.

Scosse la testa, domandandosi che cosa gli fosse preso.

Mentre camminava per le strade di Asheboro, rifletteva sulla risposta che lei gli aveva dato dopo il suo invito a cena. Non era stato un vero e proprio no, ma neppure un sì. Poteva capire la sua riluttanza, ma in ogni caso non riusciva a smettere di pensare a lei, alla sua stupefacente bellezza e all'aura di profonda generosità che irradiava. Il suo sorriso era così sincero e solare che veniva da pensare che non avesse mai versato una lacrima in vita sua. Che fosse una madre fenomenale era evidente, bastava osservare il rapporto che aveva con Mitch per capirlo. Ripensò alla prima impressione che aveva avuto vedendola sulla veranda la sera dell'incidente. Ha una storia da raccontare, aveva pensato, e doveva ammettere che negli ultimi giorni il suo desiderio di ascoltarla non aveva fatto che crescere.

2

Quando Tanner raggiunse l'officina, il perito dell'assicurazione stava facendo altre foto all'auto mentre il carrozziere e i suoi aiutanti erano radunati intorno borbottando commenti del tipo: «È un gran peccato, questo è sicuro».

Tanner si presentò e, per una ventina di minuti, il perito e il carrozziere compilarono moduli e discussero di quali fossero gli interventi necessari. Tanner fornì i contatti alla Revology e il carrozziere promise che entro un paio di giorni avrebbe fatto un elenco dei pezzi che gli servivano. Aggiunse che per fortuna il telaio era a posto, e questo avrebbe reso più semplice il lavoro.

Alla fine, il perito prese un paio di chiavi che erano attaccate alla sua cartellina e indicò una Chevrolet Impala relativamente nuova parcheggiata davanti all'officina.

«So che non è quello a cui è abituato» disse a Tanner «ma le servirà per spostarsi.»

Tanner compilò la richiesta di noleggio e la firmò. Quando accese il motore, fu una delusione rispetto alla sua macchina, ma l'Impala si rivelò abbastanza comoda da guidare. Siccome aveva appetito, parcheggiò vicino all'ingresso di una paninoteca poco distante.

Si accomodò con un panino e una bottiglia d'acqua a un tavolino accanto alla vetrina e controllò il telefono. Ancora nessun messaggio di Kaitlyn. Pazienza. Scartò il sandwich e, mentre lo mangiava, la porta del locale si aprì di slancio. Tre ragazze entrarono chiacchierando a voce alta e si diressero al bancone. Ne riconobbe una con un istante di ritardo.

Casey.

Era diversa dalla sera dell'incidente. Senza il mascara sbafato sulle guance sembrava più grande e la somiglianza con Kaitlyn era più evidente. Aveva gli stessi capelli e occhi scuri, e Tanner era pronto a scommettere che tutti i ragazzi della sua scuola le facessero il filo.

La guardò voltarsi verso una delle amiche e bisbigliare

qualcosa; quando questa si girò verso di lui, con gli occhi spalancati, Tanner riconobbe anche lei dalla sera dell'incidente. L'amica bionda, pensò, quella che lo aveva rimproverato per aver spaventato Josh. Guardò Casey pronunciare le parole: «Datemi un minuto».

La ragazza si incamminò verso di lui; lui la guardò incuriosito prendere la sedia di fronte e mettersi seduta con i gomiti sul tavolo. Tanner abbassò il panino, sorrise e la salutò. «Ciao.»

«Ha deciso di uscire con la mamma, allora?»

I suoi modi diretti lo fecero sorridere. «Siamo stati allo zoo, se è questo che vuoi sapere.» Si appoggiò alla spalliera della sedia, pulendosi le mani con un tovagliolo di carta.

«Che storia sarebbe questa?»

Lui la guardò con espressione interrogativa. «Non capisco la domanda.»

«Le sto chiedendo perché è uscito con la mamma.»

Lui prese la bottiglia d'acqua e svitò il tappo. «Tecnicamente, non sono uscito con lei. C'era anche Mitch. Quanto al motivo, passare qualche ora allo zoo mi sembrava un modo carino di trascorrere la domenica.»

«Quindi è stato tutto per lo zoo? È questo che mi sta dicendo?»

Lui rimase sorpreso, e a un tratto comprese come mai a volte Kaitlyn si sentisse sopraffatta dalla figlia.

«Avevo in mente di visitare lo zoo anche prima di arrivare qui. E quando ho saputo che tua madre e Mitch ci volevano andare, mi sono proposto di accompagnarli.»

Lei continuava a fissarlo con gli occhi socchiusi. «Ha intenzione di uscire di nuovo con lei?»

L'istinto di protezione che aveva nei confronti della madre era ammirevole. «Non lo so. Le ho chiesto di cenare insieme, ma per il momento non mi ha risposto.»

«Lo sapevo» disse lei. Poi fece un sospiro. «Ho capito che la trovava carina da come la guardava quando è venuto a casa.»

Lui bevve un lungo sorso d'acqua. «Posso farti una domanda io adesso?»

«Penso di sì.»

«La cosa ti dà fastidio? Ho l'impressione che non approvi.»

«Non la conosco abbastanza bene per approvare o no» rispose Casey. «Quindi partiamo da qui. Mi dica di lei.»

Lui rimase sorpreso nel rendersi conto che quella ragazza gli piaceva. Le raccontò brevemente la propria storia, più o meno come aveva fatto con Kaitlyn. Alla fine Casey domandò: «È uno di quei tipi, vero?»

«In che senso?»

«Non si è mai sposato, ma ha avuto diverse ragazze, giusto?»

«Esatto.»

«Quant'è durata la relazione più lunga?»

Per la miseria, pensò Tanner. Ma siccome lei aveva avuto il coraggio di chiederglielo, le rispose.

«Più o meno un anno.»

«Lo immaginavo.»

«Lo dici come se fosse un problema.»

«Secondo lei? Se fosse nei miei panni e si trattasse di sua madre? Se un perfetto estraneo, che non ha mai avuto una relazione fissa e non ha intenzione di stabilirsi da queste parti, arrivasse in città?»

Per la prima volta Tanner non sapeva che cosa rispondere.

«Non ho intenzione di ferire tua madre in alcun modo» disse alla fine. «Mi ha fatto piacere avere avuto la possibilità di conoscerla un po' meglio.»

Casey annuì, volgendo lo sguardo alla vetrina per un istante, per poi riportarlo di nuovo su di lui. «So che in realtà la faccenda non mi riguarda. È solo che si tratta della mamma. E non è una che esce molto. Credo che dopo il divorzio sia uscita con tre uomini, ma non è mai andata oltre il primo appuntamento.»

«Ti capisco. Ed è fantastico che ti preoccupi per lei.»

Lei rimase in silenzio per un istante. «Le è mai capitato di essere mandato in missione mentre era nell'esercito? In Iraq?»

«Sì.»

«Conosce un tizio che si chiama Marshall Cullen?»

Tanner si frugò nella memoria. «Il nome non mi è familiare.»

«È il padre di una delle mie amiche. Anche lui era nell'esercito ed è stato mandato là.»

«È successo a molti.»

«La mia amica dice che soffre di incubi. Incubi davvero brutti.»

«Capita a tanti veterani.»

Casey sembrava sul punto di chiedergli se anche lui soffrisse di incubi, poi però cambiò argomento. «Mitch mi ha raccontato che gli ha insegnato a lanciare il frisbee. Ha detto che è simpatico.»

«È un bambino straordinario. Mi piace.»

«È il mio fratellino. Gli voglio un bene dell'anima.»

Tanner sorrise senza dire niente. Dopo un istante, lei

proseguì: «Quando avrà trovato il tizio che sta cercando... cosa farà?»

«Dipende da come andrà.»

«In ogni caso partirà, vero? Tornerà in Africa?»

Tanner non rispose e Casey guardò verso le amiche. Poi si alzò e aggiunse: «Ora sarà meglio che vada. Mi aspettano».

«Capisco» disse lui. «Però non hai risposto alla mia domanda di prima.»

«Quale?»

«Ti dà fastidio se porto tua madre fuori a cena?»

Lei lo fissò. «Non ho ancora deciso.»

3

Dopo aver finito di mangiare, Tanner tornò in albergo.

Kaitlyn non aveva ancora risposto al suo messaggio. Chissà che cosa le avrebbe raccontato Casey, si domandò. La ragazza era stata sincera dicendogli di non avere ancora un'opinione precisa su di lui, e questo lo impensieriva più di quanto volesse ammettere. Nel contempo, anche lui aveva detto la verità affermando di non voler ferire Kaitlyn. Ma che cosa significava esattamente?

Non lo sapeva con esattezza, ma doveva accettare il fatto che la mossa successiva spettava a Kaitlyn. Non era il caso di presentarsi di punto in bianco in posti come l'Our Daily Bread, per esempio, e neppure di scriverle o chiamarla. Gli avrebbe risposto lei quanto prima, di sua spontanea volontà.

In ogni caso, doveva concentrarsi sul motivo principale che lo aveva portato ad Asheboro. Riordinando le informazioni che aveva raccolto il sabato precedente in biblioteca, stilò un elenco di telefonate da fare ai Johnson che vivevano ad Asheboro nel 1992 e che abitavano ancora lì. Annotò i numeri di telefono nel taccuino, rifletté per un minuto su ciò che avrebbe detto e poi compose il primo. Non gli rispose nessuno e così passò al secondo della lista. Anche in questo caso il telefono squillò a vuoto.

Delle prime dieci chiamate, nove rimasero senza risposta. L'unica persona con cui riuscì a parlare gli disse di non conoscere nessuno di nome Dave, perciò Tanner depennò il numero dall'elenco.

Non si stupì del fatto che nessuno rispondesse al telefono. Ormai la maggior parte della gente aveva il cellulare e sulla linea fissa chiamava soltanto chi voleva venderti qualcosa, fare sondaggi o sbagliava numero. Neanche lui rispondeva mai.

Dato che non voleva perdere tempo, collegò il cellulare al caricabatterie e si lasciò cadere sul letto con le mani intrecciate dietro la testa a fare progetti per il giorno seguente. Doveva tornare in biblioteca per completare la lista. Poi avrebbe tracciato il percorso più logico e avrebbe cominciato a bussare a tutte le porte. In base ai suoi calcoli, molte delle sue visite si sarebbero risolte in un nulla di fatto com'era successo per le telefonate. Durante i giorni feriali tantissime persone sarebbero state al lavoro. Meglio optare per una visita serale, magari all'ora di cena.

Prese l'iPad e per un paio d'ore lesse il suo libro sulla Seconda guerra mondiale, poi si mise a guardare ESPN finché si fece buio. Quando spense la luce, si scoprì a riflettere sulla sua conversazione con Casey. La sicurezza di quella ragazza era impressionante. Difficile credere che avesse solo diciassette anni; era molto più matura di quanto fosse stato lui alla sua età. Non ricordava di aver pensato molto ai suoi nonni durante l'adolescenza, men che meno di essersi sentito responsabile nei loro confronti.

E Mitch...

Anche lui era incredibile e il suo entusiasmo contagioso. Andiamo allo zoo? *Fantastico!* L'orso polare sta creando trambusto? *Incredibile!* Vuoi provare a lanciare un frisbee? *Dai, sì!* Era divertente sentirlo chiacchierare a ruota libera per tutto il pranzo. Lui all'età di Mitch non era così simpatico: trasferirsi da una base all'altra significava perdere gli amici, adattarsi di continuo ad ambienti nuovi. Significava avere difficoltà a fidarsi degli altri o, peggio ancora, ad aprirsi agli altri... e azzuffarsi più spesso di quanto amasse ricordare. Mitch, invece, era come un bel libro aperto; non se lo immaginava fare a pugni con qualcuno.

In un certo senso, Casey e Mitch gli ricordavano i figli del suo amico Glen. Il maggiore era sveglio e anche un po' invadente, il più giovane si entusiasmava di qualunque cosa. In effetti, anche Kaitlyn gli ricordava un po' Molly. E, benché lo avesse sempre tenuto nascosto a tutti, lei era la sua preferita tra le mogli dei suoi amici. Era una fuoriclasse in tutti i sensi.

Proprio come Kaitlyn.

4

Il mattino seguente, Tanner uscì per la sua corsa e si fermò a fare colazione in hotel prima di tornare in camera per lavarsi e cambiarsi. Arrivò in biblioteca poco dopo l'ora di apertura e l'impiegata al bancone gli procurò di nuovo il vecchio elenco telefonico. Anche stavolta incrociò i nomi con le pagine bianche più recenti che aveva sul cellulare. Quindi annotò gli indirizzi e li segnò sulla cartina. Decise di aggiungere anche tutti i Johnson dell'elenco nuovo: magari qualcuno era vissuto ad Asheboro, se n'era andato per qualche tempo e poi era tornato in città, oppure aveva un parente che lo aveva fatto. Inserì anche questi indirizzi sulla mappa. Alla fine aveva più di novanta indirizzi da controllare e, quando uscì, era quasi mezzogiorno.

Decise di partire dalla zona occidentale della città: c'erano molti Johnson da quelle parti. Giunto alla prima casa, bussò alla porta. Non c'era nessuno, ma una vicina uscì poco dopo che si era fermato nel vialetto. Era una signora anziana in tenuta da giardinaggio. Lui le spiegò chi stava cercando, ma la donna scosse la testa.

«Henry ed Ethel non hanno figli maschi» disse. «Si sono trasferiti qui nel 1990 da Fayetteville.»

C'era uno scarto di undici o dodici anni. «È sicura dell'anno?»

«Sicurissima» confermò lei «perché noi c'eravamo trasferiti il mese prima. Ricordo che gli ho portato la mia famosa crostata di pesche. È arrivata terza alla fiera del North Carolina.»

Benché fosse ansioso di passare all'indirizzo successivo, la vicina non la smetteva più di parlare. Dopo avergli descritto nei dettagli la crostata di pesche e rivelato il suo segreto (un pizzico di noce moscata) cominciò a fargli domande su di lui, per poter dire a Henry ed Ethel chi era passato. Lui le lasciò intendere che l'uomo che cercava fosse un commilitone, e questo diede il via a un altro interrogatorio, perché anche Henry era stato nell'esercito. E pure lui, come Tanner, a Fort Bragg.

Tanner impiegò quasi venti minuti a liberarsi, ma quando bussò alla seconda casa fu più fortunato. O meno. I Johnson avevano traslocato tre mesi prima e i nuovi proprietari non avevano informazioni da dargli.

Bussò ad altre tre porte senza successo prima di fermarsi a mangiare qualcosa in un fast-food. Ordinò un'insalata e la stava mescolando quando gli arrivò un messaggio sul cellulare: Kaitlyn. Sullo schermo comparve solo la prima parte:

Ho sentito i ragazzi. Casey mi ha detto che ha delle verifiche all'inizio della settimana, perciò non volevo chiederle di...

Esitò, pensando: Allora niente da fare, prima di aprire il testo completo.

...occuparsi di Mitch. Però mi ha suggerito di invitarla a cena da noi mercoledì sera. Ha detto di volerla ringraziare per averla riaccompagnata a casa dopo l'incidente. Per lei può andare bene? Diciamo intorno alle sei e mezzo?

Tanner inarcò un sopracciglio, consapevole che Casey non aveva proposto la cena per ringraziarlo. Voleva essere presente, senza dubbio per farsi un'opinione su sua madre e il forestiero che se ne sarebbe andato presto dalla città. Scrisse una breve risposta.

Mercoledì alle sei e mezzo è perfetto. A presto.

Mise da parte il telefono e sorrise. Avrebbe preferito vedere Kaitlyn prima, ma ricordò a sé stesso che nel frattempo aveva tantissime cose da fare.

5

Trascorse il resto del pomeriggio a bussare a una porta dopo l'altra, cancellando i nomi sulla lista. Riguardo a quelli che non aveva trovato in casa, decise che avrebbe riprovato in un altro momento.

Conclusa per il momento la sua ispezione della zona occidentale della città, si concentrò su quella settentrionale, verificando sette indirizzi senza successo. In un caso aveva creduto di aver fatto centro: il nome corrispondeva, ma gli bastò un'occhiata per capire che era impossibile che l'uomo fosse il suo genitore biologico. Aveva giusto qualche anno più di lui.

Quando alla fine il crepuscolo scese a smorzare i vivaci colori primaverili, Tanner fece un secondo tentativo con i nominativi che in precedenza non gli avevano risposto. Poco più della metà erano in casa e a un certo punto sentì battere forte il cuore. Il nome era quello giusto e l'uomo sembrava avere anche l'età giusta. Ma poi spiegò di essersi trasferito ad Asheboro dalla Pennsylvania nel 2001 e quindi non c'era corrispondenza tra le date.

Quando tornò in albergo, era ormai buio. Era stata una giornata tutto sommato abbastanza produttiva; aveva controllato all'incirca un quarto dell'elenco. Di questo passo avrebbe finito entro la settimana successiva, o prima, se avesse avuto fortuna.

Cenò in un ristorante italiano che aveva notato in precedenza; mentre mangiava, si interrogò per l'ennesima volta sull'aspetto che avrebbe potuto avere il suo padre biologico, per quanto avesse già accettato l'idea che molto probabilmente stava perdendo tempo e non lo avrebbe mai trovato. Era improbabile che qualcuno trascorresse quarant'anni nella stessa cittadina, ma, con la macchina dal carrozziere per chissà quanto tempo, lui non aveva niente di meglio da fare. Soprattutto, sapeva che non avrebbe più avuto pace finché non avesse scoperto la verità sul misterioso legame che univa suo padre ad Asheboro.

Intorno alle otto di sera ricominciò a fare telefonate. Gli risposero tre persone, che poté depennare dall'elenco.

6

Il mercoledì mattina Tanner riprese in mano il telefono e parlò con quattro persone. Di nuovo, per un istante sentì riaccendersi la speranza, ma, di nuovo, dopo un'ulteriore serie di domande si rassegnò a trascorrere anche gran parte di quel giorno a bussare alla porta di sconosciuti.

Come sempre, andò a fare una corsa e prese due tazze di caffè prima di ricominciare le ricerche dove le aveva interrotte il giorno prima. Visitò case mobili, villette a schiera, fattorie e una baita così decrepita da sembrare sul punto di cadere a pezzi al primo temporale.

Alla fine del pomeriggio si rese conto di essere molto più avanti di quanto immaginasse rispetto alla sua tabella di marcia, anche se non aveva trovato l'uomo che stava cercando. La sua mente, intanto, continuava ad andare a Kaitlyn e alla cena a casa sua. Era impaziente di rivederla.

7

Tornando in albergo, passò dalla carrozzeria. Il proprietario lo informò che tutti i ricambi erano stati ordinati; purtroppo, però, avrebbero impiegato due settimane, forse addirittura tre, ad arrivare. E, nel frattempo, lui che cos'avrebbe fatto se le sue ricerche ad Asheboro non avessero dato frutti?

Magari, con l'auto a noleggio, avrebbe potuto andare a trovare le vedove e le famiglie da cui non era ancora passato. Una di queste era in Virginia e un'altra in Pennsylvania – entrambe abbastanza vicine da essere raggiunte con una certa comodità – mentre l'ultima viveva nel Midwest settentrionale. In ogni caso, ci avrebbe pensato in seguito. In quel momento aveva cose ben più importanti di cui occuparsi.

Dopo aver fatto una doccia in hotel, passò in un minimarket a comprare una bottiglia di vino e poi al Walmart a prendere qualcos'altro. Arrivò a casa di Kaitlyn con qualche minuto di anticipo, ma Mitch gli aprì la porta prima ancora che fosse salito sulla veranda.

«Salve, signor Tanner!» Il bambino si era gettato un plaid sulle spalle e teneva in mano una mela sbocconcellata. «La mamma mi ha detto di stare in guardia e di aprirle appena arrivava. Ma sa una cosa?»

«Cosa?»

«Ho portato il frisbee a scuola. Per giocarci nell'intervallo.»

«Ottima idea. Ti sei divertito?»

«Curva ancora quando lo lancio. Una volta è quasi finito sul tetto.»

«Serve un po' di pratica, ma alla fine ce la farai.»

Mitch lo fece entrare in casa: dando una rapida occhiata, Tanner notò l'accogliente salotto con la morbida poltrona di pelle e il divano grigio angolare abbastanza spazioso da ospitare tutta la famiglia. A una parete era appeso un televisore a schermo piatto che trasmetteva un film di Jurassic Park; un'altra parete era occupata da un mobile pieno di libri, fotografie dei bambini e raffinati ninnoli di vetro. Sopra il camino era appesa la suggestiva immagine di un boschetto di betulle in inverno, un paesaggio austero nei toni del bianco, nero e grigio che dava un'aura di serenità alla stanza. Di fronte, un corridoio conduceva a delle scale mentre sulla destra dovevano esserci la cucina e la sala da pranzo. Non c'era traccia di Casey.

«La mamma è di là in cucina» disse Mitch indicando con il braccio. «Io sto guardando un film.»

«Mi sembra interessante.»

«L'ho già visto. I raptor sono proprio forti. Lei lo conosce?»

«Mi pare di sì. Anche a me piacciono i raptor. Cacciano in branco e lavorano insieme.»

«Esatto!» esclamò Mitch. «Se vuole può guardarlo insieme a me.»

Tanner sorrise. «Prima vado a salutare la mamma, okay?»

Lasciò il sacchetto del Walmart sul tavolino accanto alla porta, prese le bottiglie di vino e si diresse in cucina. Passando accanto al bancone della colazione, notò che il tavolo in soggiorno era già apparecchiato, con tanto di calici da vino. Kaitlyn era ai fornelli, dietro l'isola centrale, e gli voltava le spalle occupata a controllare il contenuto di una teglia. Stava cuocendo un pollo su un letto di carote e cipolle e nell'aria c'era un profumo irresistibile. I capelli neri, oggi sciolti e ribelli, le ricadevano sulle spalle.

«Salve» gli disse voltandosi. «Ci ha trovato. Non ero sicura che ricordasse dove abitavo. Stavo per mandarle l'indirizzo.»

«Me lo ricordavo» le assicurò lui, pensando che era persino più bella rispetto a due giorni prima. Appoggiò le bottiglie sul bancone. «Com'è andata la giornata?»

«Al solito» rispose lei, riportando l'attenzione sul pollo. «E la sua? Ha iniziato le ricerche?»

«Sì.»

«Ha avuto fortuna?»

«Per ora no» rispose Tanner. «In compenso, però, sono diventato un esperto di Asheboro.»

«E quindi?»

«Capisco perché le piace vivere qui. È una città molto

graziosa, ma, andando in giro, mi è venuto spontaneo chiedermi cosa fa la gente per vivere.»

«Ci sono scuole e uffici pubblici e l'ospedale, ovviamente, però chi non è dottore, avvocato o commercialista o non ha un'attività in proprio, probabilmente lavora a Greensboro. È una vita da pendolari, ma ne vale la pena. Qui i ritmi sono più lenti, cosa piuttosto rara in un mondo sempre più frenetico.»

«La capisco. Anche a me piacciono le città di provincia» disse lui.

«Sul serio? A un viaggiatore cosmopolita nato e cresciuto in Europa come lei?»

«Sono meno cosmopolita di quanto immagina. E dopo la vita che ho fatto, le assicuro che un po' di pace e di tranquillità è proprio quello che ci voleva. Me l'ha ordinato il dottore.»

«Davvero? Gliel'ho ordinato io?»

Lui rise. «Se non l'ha fatto, avrebbe dovuto. Tutte le volte che tornavo da una missione, venivo a trovare i miei nonni per qualche giorno, poi affittavo una villetta da qualche parte lungo la costa. Passavo ore a camminare sulla spiaggia e ad ascoltare il rumore delle onde. Nel tardo pomeriggio preparavo una grigliata sulla veranda posteriore e di solito spegnevo le luci appena tramontava il sole. Facevo le stesse cose tutti i giorni, finché venivo richiamato a Fort Bragg. Asheboro mi ricorda quei posti.»

«Lo sa che noi non abbiamo la spiaggia, vero?»

«Certo, ma avete la foresta nazionale. Se vivessi qui, ci andrei a correre tutti i giorni. L'ho fatto spesso negli ultimi anni in diversi parchi nazionali e sono arrivato alla conclusione che per conservare una buona salute mentale bisogna trascorrere regolarmente un po' di tempo in mezzo alla natura.»

«Ciò nonostante ha intenzione di trasferirsi in una città di quattro milioni di abitanti» osservò lei scuotendo poi la testa. «Mi scusi. Quando si tratta di lavoro, mi rendo conto che non sempre possiamo scegliere dove vivere.»

Tornò a occuparsi della teglia con il pollo. «Mi auguro che il pollo le piaccia. Ho trovato la ricetta online qualche tempo fa e ho sempre voluto provarla.»

«Il profumo è irresistibile.»

«Non è ancora pronto, quindi spero che non abbia troppa fame. Sono rincasata tardi.»

«Non c'è fretta.» Lui prese le bottiglie di vino. «Non sapevo che cosa avrebbe preparato, così ho preso un Sauvignon Blanc e un Pinot. Ovviamente sempre che le vada il vino.»

«Il vino mi va sempre» disse lei con un sorriso malizioso. «Vogliamo cominciare con il bianco?»

«Perfetto. Ha un cavatappi?»

«Dovrebbe essere nel cassetto accanto al lavandino. Proprio lì.»

Tanner stappò la bottiglia, prese i calici che erano in tavola e li riempì. Gliene porse uno mentre lei infilava il pollo in forno. «Purtroppo non è molto freddo» si scusò.

«Si offende se aggiungo un paio di cubetti di ghiaccio?»

«Perché dovrei?»

«Non lo so. Forse è un sommelier in incognito e lo trova riprovevole.»

Lui scoppiò a ridere. «A dire la verità, ci metterei del ghiaccio anch'io.»

Lei prese una manciata di cubetti dal freezer e li distribuì nei bicchieri. Lui la osservò bere un sorso.

«Oh, è buonissimo» esclamò Kaitlyn soddisfatta.

«Mi fido di lei. Di solito non bevo vino bianco» disse Tanner.

«Perché è un tipo da birra, vero?» gli chiese lei facendogli l'occhiolino. «A proposito, non mi pare che mi abbia detto il motivo per cui sta cercando quella persona qui ad Asheboro...»

Invece di rispondere subito, Tanner aspettò un attimo e scosse la testa. «Infatti. È piuttosto complicato.»

«Se preferisce non parlarne, per me va bene. La cosa non mi riguarda.»

«No no, si figuri» ribatté lui. Il ricordo di sua nonna gli riaffiorò alla mente. «Mi sembra di averle detto che mia madre morì dandomi alla luce» cominciò a raccontare, riferendole tutta la storia. Kaitlyn lo ascoltò in silenzio. «Secondo lei, perché sua nonna ha aspettato così tanto a confessarle tutto? E perché l'ha fatto proprio in quel momento?»

Tanner si strinse nelle spalle. «È quello che mi sto chiedendo dal giorno in cui è morta» disse. «La spiegazione più logica sembrerebbe che non sapesse molto di lui, oppure che le facesse troppo male parlarne. Un'altra risposta, meno lusinghiera, è che il nonno e la nonna non volessero far sapere a nessuno, me compreso, dell'esistenza di un padre biologico perché volevano crescermi loro. E lo capisco. Ero tutto ciò che gli restava della figlia che avevano perso.» Si passò una mano tra i capelli. «Per quanto riguarda la tempistica, sono sicuro che sia stato un impulso spontaneo prima di andarsene. Credo che la facesse soffrire il pensiero che non avessi mai messo radici da nessuna parte né che avessi un posto da poter chiamare casa. Forse pensava che, ritrovando mio padre, avrei potuto stabilire un legame famigliare o, quantomeno, avrei potuto finalmente conoscere le mie origini.»

Lei lo guardò fisso. «E succederà così?»

Tanner si girò a osservarla, appoggiando i palmi sull'isola della cucina. «Non saprei. Mi è difficile immaginare che l'incontro con uno sconosciuto possa cambiare ciò che sono o il mio modo di vivere. Ma chi può dirlo?»

Kaitlyn fu la prima a distogliere gli occhi. «Suppongo che l'idea di mettere radici le sia del tutto estranea.»

«Non ho mai sentito l'esigenza di fermarmi per sempre da qualche parte» ammise lui. «Del resto, però, non ho mai avuto una valida ragione per farlo.»

Kaitlyn sembrò pensarci su. «Be', dubito che riuscirà a trovare una risposta stasera» disse. «Ma ha pensato a come reagirà se dovesse trovare suo padre e lui fosse totalmente diverso da ciò che desiderava?»

«In che senso?»

Lei fece roteare il vino nel calice. «In base alla mia esperienza so che le persone non sempre vogliono la verità, soprattutto se non è quella che si aspettano. E una cosa di questo tipo...»

Lasciò la frase a metà e Tanner aggrottò la fronte. «Mi sta dicendo che non dovrei cercarlo?»

«Niente affatto» protestò lei. «Mi stavo soltanto chiedendo se ha pensato a tutte le possibilità.»

«Tipo?»

«Magari lui neanche si ricorda di sua madre o non gliene importa niente di conoscerla. E se avesse una nuova famiglia?»

Tanner non rispose e lei continuò. «C'è anche la possibilità che non sia un tipo che lei desidera conoscere. Per esempio... sua madre e i suoi nonni potrebbero aver interrotto i contatti perché non era una brava persona... magari era stato in prigione o una cosa del genere.»

Tanner la fissò. Anche lui aveva preso in considerazione alcune di queste ipotesi, ma, sentendole pronunciare a voce alta, sembravano molto più concrete.

«Ascolti» disse lei alla fine «la faccenda non mi riguarda, comunque è una cosa a cui pensare, non trova?»

«Ha ragione» ammise Tanner.

«Mi dispiace... forse sono soltanto troppo pessimista.»

«Non deve scusarsi.» Sorrise, grato non solo per la sua sensibilità, ma anche per la sua sincerità. «Lo sapevo che venire qui sarebbe stata un'ottima idea.»

«Be', certo. Adesso che ne dice di darmi una mano a portare la cena in tavola?» gli chiese, dandogli un colpetto scherzoso.

«Volentieri.» Tanner si arrotolò le maniche della camicia con gesti teatrali e alzò le mani. «Sono a sua disposizione.»

«Lunedì ho notato che è molto bravo a tagliare i pomodori. Perché non prepara l'insalata? Sull'isola accanto all'uva ci sono cetrioli e pomodori. Li ho già sciacquati. Il coltello e il tagliere solo lì.»

Tanner si lavò le mani nel lavello della cucina. Se le asciugò con un canovaccio, poi sistemò il tagliere sul bancone accanto ai fornelli, mentre lei scioglieva del burro in una padella. Standole accanto colse il suo profumo alla lavanda.

«Mi parli di questa ricetta di pollo che avrebbe sempre voluto provare.»

«In realtà è molto semplice. Burro, finocchi, sale, pepe e fette di limone come ripieno.»

«Non mi sembra così semplice.»

«Non è una preparazione elaborata, perché, in caso contrario, dubito che a Mitch piacerebbe. È molto schizzinoso riguardo al cibo.»

«Come gran parte dei bambini» osservò Tanner.

«A proposito, il riso pilaf è quello là già pronto» disse indicando la scatola sul bancone. «Non lo cucino io.»

«Io non saprei nemmeno da che parte cominciare!» scherzò lui strappandole un sorriso. «Grazie dell'invito a cena.»

«È stata un'idea di Casey, ma sono contenta che sia riuscito a venire.»

«Non l'ho vista di là in salotto.»

«È di sopra in camera sua» rispose Kaitlyn. «Ha finito di studiare, ed è probabile che stia ascoltando un po' di musica o guardando i video su TikTok per rilassarsi. Mi ha accennato che domani vuole andare al mare.»

«Non va a scuola?»

«C'è l'assemblea dei professori.»

«E quindi non fanno lezione?»

«Al giorno d'oggi, le lezioni saltano per un sacco di motivi.»

«Che bello se fosse stato così anche ai miei tempi.»

«A chi lo dice, ma per i genitori come me che lavorano è un incubo, dato che devi trovare qualcuno che ti guardi i figli.»

«Lei come se la cava?»

«Quando non c'è scuola, la mia vicina di casa, la signora Simpson, dà un occhio a Mitch. È una donna gentilissima, un'insegnante in pensione, con una decina circa di nipoti.»

«Pare una persona affidabile.»

«Altroché. Si occupa di Mitch anche quando c'è scuola, se io sono al lavoro e Casey è impegnata. Non voglio che si senta trascurato.»

«Se la può consolare, all'età di Mitch i miei nonni lavoravano e venivano a sapere che cosa facevo dopo la scuola solo quando tornavano a casa. Nei fine settimana a volte andavo in giro con i miei amici e ne combinavamo di cotte e di crude e loro non avevano neanche idea di dove fossi.»

«I tempi sono cambiati.» Mentre lui iniziava ad affettare i cetrioli, Kaitlyn gli domandò: «Com'è stato crescere in Italia e in Germania? Ha dovuto imparare le lingue del posto?»

Lui scosse la testa. «Ho frequentato scuole americane gestite dal ministero della Difesa, quindi le lezioni erano in inglese. Ma ho imparato qualche parola per interagire con la gente del luogo.»

«Parla ancora italiano e tedesco?»

«Pochissimo. Se non si usano regolarmente, è incredibile la velocità con cui si perdono le lingue.»

Tanner colse un movimento con la coda dell'occhio e vide Casey entrare in salotto. Quando passò accanto a Mitch, allungò la mano per fargli il solletico. Lui lanciò un gridolino e prese a divincolarsi finché lei smise di stuzzicarlo. Entrando in cucina, Casey inarcò un sopracciglio in direzione di Tanner, quasi a ricordargli che lo teneva d'occhio. Poi allungò la mano verso l'uva, staccò un acino e se lo mise in bocca per poi appoggiarsi al bancone.

«Salve» cinguettò in tono innocente. «Spero di non aver interrotto niente.»

«Assolutamente no» rispose Kaitlyn. Prese un'altra padella, ci mise del burro e aggiunse il mix di riso pronto.

«C'è un po' di vino?»

«L'ha portato Tanner.»

«Posso averne un bicchiere?»

«Penso proprio di no.»

Casey sogghignò. «C'è un buon profumino. Che c'è per cena?»

«Pollo arrosto con verdure, riso pilaf e insalata.»

«Wow, che bontà.»

«Ma smettila. Mangiamo sempre il pollo.»

«Quello pronto della rosticceria, vorrai dire.»

«Finché non ti deciderai a imparare a cucinare, non hai il diritto di lamentarti di quello che preparo, ricordi?»

«Serve una mano?»

«Direi che siamo a posto. Dovrebbe essere in tavola tra mezz'ora.»

Casey rivolse distrattamente la propria attenzione a Tanner. «Mi fa piacere che sia venuto. Volevo ringraziarla di avermi dato un passaggio l'altra sera.»

«Non c'è di che» rispose lui stando al gioco.

«Come va la macchina?»

«Tornerà come nuova tra un po'.»

«Per fortuna» disse Casey. «Mi piace la sua auto. È cazzuta.»

«Casey, attenta a come parli» la riprese Kaitlyn mescolando il riso.

La ragazza alzò gli occhi al cielo. «Scusa. Avrei dovuto dire che è strepitosa.»

«A me piace.»

«Posso provare a guidarla appena sarà pronta?»

«Casey!» esclamò Kaitlyn in tono severo. «Ma che razza di domanda è?»

«Stavo soltanto chiedendo» la stuzzicò Casey. «Può rispondere di no, proprio come hai fatto tu quando ti ho domandato se potevo bere un bicchiere di vino.»

Tanner capì che Casey si stava divertendo a metterlo in imbarazzo. «Fammici pensare» rispose.

«Lei può pensare quanto vuole, ma io dico no» dichiarò Kaitlyn mettendo il coperchio sulla padella. «E se la ammaccassi di nuovo?»

«Impossibile» protestò Casey. «Ho già sbagliato una volta. Comunque, cambiando argomento, di cosa stavate parlando voi due adesso?»

«Di te, ovviamente» scherzò Kaitlyn.

«Dico sul serio.»

Kaitlyn si strinse nelle spalle. «Niente di che. La scuola, le difficoltà di una madre che lavora. Roba da grandi. Hai sempre intenzione di andare al mare domani?»

«No» rispose Casey. «Abbiamo rimandato. Secondo le previsioni, domani farà freddo e ci sarà vento. Probabilmente uscirò con Camille.»

«Puoi guardare Mitch quando torna da scuola?»

«Non c'è bisogno che ci stia io con lui, mamma. C'è la signora Simpson.»

«Lo so, ma lui ne sarebbe felice.»

«Va bene.» Casey sbuffò. «Prima che me ne dimentichi, venerdì rimango a dormire da Camille.»

«I suoi genitori saranno a casa?»

«Ovviamente.»

«Non andrete mica a una festa, vero?»

«Guarderemo un film dell'orrore.»

«D'accordo, ma chiamerò i genitori di Camille prima, giusto per essere sicura.»

Casey sospirò. «D'accordo. Prima andremo a una festa da Mark, poi guarderemo un film dell'orrore da Camille.»

«Ci saranno anche i genitori di Mark?»

«Sì, mamma. Te lo giuro.»

«Va bene, ma non tornate a casa troppo tardi.»

«Certo che no» cinguettò Casey. «Comunque, chiamami quando sarà pronta la cena. Nel frattempo, terrò Mitch occupato. Così voi potrete continuare a parlare di roba da grandi.»

Si allontanò dal bancone e uscì dalla cucina. Tanner, nel frattempo, aveva finito di affettare i cetrioli e i pomodori e Kaitlyn gli rivolse un'occhiata esasperata.

«Benvenuto nel mio mondo.»

«È davvero brava con lei.»

«Ho imparato a scegliere con cura le mie battaglie.»

8

Quando la cena fu in tavola, Kaitlyn chiamò i ragazzi ricordando loro di spegnere la televisione. Mentre si avviavano in soggiorno, Mitch diede una leggera gomitata nelle costole a Casey e scappò via di corsa quando lei si mise a urlare. Si rincorsero intorno al tavolo e infine si sedettero ansimando e ridendo.

Kaitlyn rimase in piedi per tagliare più agevolmente il

pollo. Mitch e Kaitlyn preferivano le cosce, mentre Casey e Tanner scelsero il petto. Vennero serviti anche il riso e l'insalata, mentre Mitch tempestava Tanner di domande per scoprire che cosa contenesse il sacchetto del Walmart che aveva lasciato accanto alla porta d'ingresso.

«Ho portato Jenga» rispose lui. «Nel caso vi andasse di giocare dopo cena.»

Casey gli scoccò un'occhiata scettica. «Jenga?»

«Lo conosci?»

«So come si gioca» rispose lei. «Ma l'ultima volta che l'ho fatto, sarò stata in terza elementare.»

«Non è solo un gioco per bambini. Io e i miei commilitoni ci giocavamo mentre eravamo in missione oltreoceano.»

«Forte!» esclamò Mitch.

Casey arricciò il naso. «Comunque, è sempre un gioco per bambini.»

«Significa che non avrai problemi a battermi, giusto?»

Gli occhi di Casey si illuminarono. Durante la cena la conversazione fu piacevole e spontanea. Kaitlyn si informò sulle novità a scuola, e Casey spiegò che le verifiche di metà anno erano state davvero facilissime, mentre Mitch disse che aveva iniziato a leggere *Dove cresce la felce rossa* durante l'intervallo. Chiese a Tanner se potevano giocare di nuovo a frisbee dopo cena, aggiungendo che voleva anche mostrargli gli animali che aveva intagliato. Casey raccontò un aneddoto divertente su Camille: si era messa a cercare freneticamente il telefono nello zaino e, non trovandolo, era scoppiata a piangere come un'isterica per poi scoprire, quando lo aveva sentito suonare, di averlo messo nella tasca del giubbotto. Tanner chiese a Kaitlyn qual era la diagnosi più assurda che avesse mai fatto, lei ci rifletté su per un istante e poi raccontò la storia di una paziente che soffriva di un lieve bruciore di stomaco e di allucinazioni in cui immaginava di vedere dei ragni che le camminavano sulla pelle. Aveva poi saputo che la donna andava spesso in Messico e aveva anche notato che dimostrava vent'anni meno della sua età anagrafica. Aveva la pelle luminosa e senza rughe.

«All'epoca lavoravo in ospedale» proseguì Kaitlyn. «All'inizio abbiamo pensato a una carenza di vitamina B12, ma poi la paziente ha cominciato a perdere sangue dal naso e dalle orecchie e allora abbiamo capito che la causa doveva essere un'altra. Abbiamo fatto analisi di ogni genere, dalla malattia di Huntington alla sclerosi multipla. Alla fine le è stata diagnosticata la lebbra.»

Tanner sbatté le palpebre. «Intende dire la lebbra come quella nella Bibbia?»

«Lebbra lepromatosa diffusa primitiva, anche detta "*lepra bonita*".»

Casey arricciò il naso. «Com'è possibile che la lebbra sia bella? Non fa cadere parti del corpo?»

«Solo nei casi più seri se non è curata. Ma la *lepra bonita* ai primi stadi liscia la pelle e cancella le rughe.»

«Potrebbe essere usata al posto del botulino» commentò Casey.

«Ah-ah. Comunque all'epoca è stato difficile arrivare a una diagnosi. Negli Stati Uniti non capita tutti i giorni di vedere un caso di lebbra. Alla fine, comunque, abbiamo curato e guarito la paziente.»

«Non ha perso nemmeno un pezzo del corpo?» chiese Mitch.

«Neanche uno» gli confermò Kaitlyn. «Però le sono venute le rughe. Non le è piaciuta molto la cosa.»

Dopo cena, Tanner fece qualche tiro di frisbee con Mitch mentre Kaitlyn sparecchiava e riordinava. Casey li seguì fuori e si unì al gioco. Alla fine anche Kaitlyn uscì sulla veranda, ma declinò l'invito quando le chiesero se volesse giocare.

«Preferisco gustarmi il vino e guardare voi che vi divertite.»

A un certo punto, Tanner si ritirò, così rientrarono tutti. Casey prese il sacchetto del Walmart e lo aprì prima ancora di sedersi al tavolo in cucina. Ripassò velocemente le regole di Jenga, poi sistemò i blocchetti di legno formando una torre.

«Usando una mano sola, devi prendere un blocchetto a tua scelta, tranne quelli dell'ultima fila, e sistemarlo in cima agli altri» spiegò a Mitch. «Se la torre cade, hai perso.»

Tanner capì subito che Casey era determinata a vincere. Tutte le volte che toccava a lei, tastava delicatamente vari pezzi prima di scegliere quello da levare. Mitch era meno selettivo e fu lui il primo a far cadere la torre. La volta successiva toccò a Kaitlyn. Mitch perse anche la terza partita e alla quarta fu il turno di Tanner, con suo grande disappunto. Avrebbe voluto dare la colpa al vino – nel frattempo ne aveva bevuti quasi due bicchieri –, però Kaitlyn aveva bevuto quanto lui, ma sembrava che avesse la mano più salda, probabilmente perché era un medico. O, quantomeno, fu quello di cui Tanner cercò di convincersi.

Nel frattempo, continuavano a chiacchierare con naturalezza e a ridere e quando Tanner rimise i blocchetti nella scatola, Kaitlyn guardò l'ora e ricordò a Mitch che doveva fare il bagno e mettersi il pigiama.

«E le mie sculture in legno? Non le ho ancora fatte vedere al signor Tanner.»

«Vai a prenderne qualcuna, okay? Si sta facendo tardi.»

Mitch salì di sopra e tornò dopo pochi istanti con una bracciata di statuine. Le mise in fila sul tavolo: un puma, un cane, un asino, una papera, un elefante e una giraffa.

«Wow» esclamò Tanner colpito. «Hai fatto uno zoo.»

«Lo so, vero?»

«Questo sei tu?» chiese Casey indicandone uno.

«No, è un cane!» protestò Mitch.

«Be', ti assomiglia.»

«Mamma...»

«Casey» la avvisò Kaitlyn.

«L'ho detto perché è carino» si giustificò lei. «Mitch non lo è ancora, ma un giorno lo diventerà.»

«Non sei carina nemmeno tu. Secondo me sei questo» le disse il fratello scegliendo un'altra figura.

«Mmm, in effetti ha senso. Mi hanno detto che assomiglio un po' a un unicorno.»

«È un asino, non un unicorno!» esclamò Mitch. «Vedi? Non ha il corno e ha le orecchie grandi come le tue.»

«Penso che possa bastare così» dichiarò Kaitlyn. «Adesso vai a prepararti.»

Mitch annuì e raccolse i suoi trofei. «Buonanotte, sederona» canzonò la sorella mentre saliva le scale.

«Vado di sopra anch'io» annunciò Casey. «Cioè, mi sono divertita a fingere che fossimo negli anni Cinquanta, ma adesso i messaggi sul cellulare si stanno accumulando troppo.»

Un istante dopo Tanner e Kaitlyn erano seduti a tavola da soli.

«È stata una bella serata» disse lui nel silenzio improvviso.

«Sì, è stato divertente» concordò Kaitlyn. «È più facile quando Casey è di buonumore.»

«Andiamo fuori sulla veranda?» propose lui. «È una serata bellissima.»

«È avanzato del vino?»

Tanner prese la bottiglia e riempì i bicchieri prima di uscire. Seduti sulle sedie a dondolo, vedevano le case dei vicini illuminate dall'interno e la luna che inondava i giardini di un chiarore argenteo. Da una delle abitazioni, veniva una musica lieve.

«Le capita spesso di sedersi qua fuori?»

«Praticamente mai» confessò lei. «Più che altro era un'abitudine dei miei genitori. Amavano sedersi sulla veranda dopo il lavoro e nei fine settimana. Infatti queste sedie a dondolo me le hanno regalate loro quando mi sono sposata. Ma a George non piaceva, nemmeno nei rari momenti in cui era a casa.»

«Deve ammettere però che è bello.»

«Infatti.» Kaitlyn appoggiò la testa all'indietro e lo guardò da sotto le palpebre. «Sono molto contenta che sia venuto a cena stasera» mormorò.

«Anch'io.»

«I ragazzi la trovano simpatico. Persino Casey, ed è praticamente un miracolo.»

«Perché?»

«Ha sempre mal sopportato gli uomini con cui sono uscita dopo il divorzio. Che poi non sono stati chissà quanti.»

«È normale, no? Tanti ragazzi sognano che i genitori tornino insieme, quindi è naturale che non vedano di buon occhio i nuovi arrivati.»

«Forse è così.» Kaitlyn bevve un sorso di vino. «Vorrei chiederle una cosa, ma le assicuro che non me la prenderò se deciderà di non rispondermi.»

«Dica pure.»

«Riguarda la sua vita da militare» disse lei.

Lui annuì. «Che cosa vuole sapere?»

«Perché si è arruolato, come si è trovato. Perché se n'è andato.»

«E se mi ha traumatizzato, giusto?»

«A me non sembra» osservò lei. E poi: «È così?»

Lui abbozzò un mezzo sorriso. «Non credo, ma come ha già avuto modo di constatare, le scelte che ho fatto nella vita non sono propriamente consuete.» Alzò gli occhi al cielo per raccogliere i pensieri. «A tredici, quattordici anni ho capito che il college non faceva per me e, dato che mio nonno era nell'esercito, fare il militare mi è sembrata la via più naturale. Ero giovane e presuntuoso e credevo di essere immortale, così mi sono arruolato. Molto presto ho scoperto che l'esercito, per certi versi, era identico a qualsiasi altro apparato burocratico. Alcuni superiori sono fantastici, certi sono degli idioti, ma alla fin fine sei solo una rotella nell'ingranaggio. E poi c'è stato l'11 settembre. Non so se ricorda l'atmosfera dei primi anni dopo il crollo delle torri, però c'è stata un'improvvisa impennata di patriottismo, soprattutto negli ambienti militari e a un tratto ho avuto la sensazione di avere uno scopo nella vita. È stato così per molto tempo. Ecco perché ho scelto i Delta, dopo i Ranger. Gli Stati Uniti erano stati aggrediti e io sono stato incaricato di eliminare le infrastrutture e le persone che avevano pianificato l'attacco. Ed è quello che ho fatto, notte dopo notte. Mi sembrava di svolgere il lavoro più importante del mondo.»

Quando Tanner fece una pausa, lei smise di dondolarsi e si girò verso di lui. «Ma?»

«La situazione è cambiata, e anche le missioni» disse lui. «Nel giro di qualche anno non si trattava più di combattere i talebani o Al Qaeda o Bin Laden, all'improvviso la faccenda riguardava l'Iraq. Ci hanno mandato a cercare armi di distruzione di massa, che però non esistevano. E poi avremmo dovuto accompagnare l'Iraq verso la democrazia, e non ha funzionato troppo bene nemmeno quello. Poi ci hanno detto di collaborare a istituire un governo stabile in Afghanistan, il che significava condividere il pane con capitribù e capivillaggio che fino al giorno prima sarebbero stati ben felici di annientarci. C'era... molta confusione. Non si trattava soltanto di cambiare le carte in tavola, ma di modificare completamente le regole del gioco. Gli obiettivi mutavano a ogni nuova missione, e alla fine tutta la faccenda ha perso un po' del suo fascino. Un sacco di miei amici hanno cominciato a tirarsi indietro, poi l'ho fatto anch'io.»

«Ha qualche rimpianto?»

Lui si appoggiò all'indietro cercando le parole per spiegarsi meglio. «Quando me ne sono andato, sapevo che era la decisione giusta. Sapevo di aver perso l'entusiasmo. Ma il tempo cambia le cose. Adesso continuo a pensare che forse quelli sono stati gli anni migliori della mia vita. Non li cambierei con niente al mondo.»

«Dice sul serio?» Kaitlyn aveva un'aria dubbiosa.

«Immagino che chi non è stato là non possa capire. In realtà, quando sei in missione con persone di cui ti fidi ti senti *molto vivo*. Ci sono un forte affiatamento, una totale unità di intenti e un'intensità travolgente quando ci sono in ballo vite umane. L'adrenalina è sempre al massimo e... a suo modo la guerra genera dipendenza. So di non essere il primo a usare queste parole, ma è così, anche se non si è disposti ad ammetterlo. Credo che sia anche per questo motivo che tanti veterani faticano a riadattarsi alla vita da civili. Non è assolutamente paragonabile.»

Tanner fece una pausa per bere un sorso di vino. Sentiva gli occhi di Kaitlyn su di sé.

«Non voglio farla sembrare una cosa romantica, perché non lo era. Era un lavoro sporco e stressante e spesso noioso, e quando ti ci trovi in mezzo, vorresti che finisse al più presto. Sogni di passare del tempo con i nonni o di goderti le cose semplici della vita: tosare il prato oppure rilassarsi a guardare una partita in tv con gli amici assumono quasi un significato spirituale. Ma poi, quando torni da una missione, ti rendi conto che certe cose non bastano a riempire il vuoto creato da quello che ti sei lasciato alle spalle.»

«Credo di capire» disse Kaitlyn dopo un momento. «Ed è logico che uno ne senta la mancanza. Immagino che sia per questo che ha deciso di lavorare per la USAID. Perché la vita nei sobborghi americani non faceva per lei?»

«Sicuramente ha contribuito anche questo, ma in parte c'entravano i sensi di colpa. Ho perso tantissimi amici, come le ho già detto, e alla fine mi sono reso conto che quello che avevamo fatto in Afghanistan non aveva cambiato le cose in maniera sostanziale. La maggior parte dei clan e delle tribù ci considerava sempre degli invasori e degli infedeli, per quanto ci impegnassimo ad aiutarli. Per loro eravamo i cattivi e forse una parte di me desidera in qualche modo rimediare facendo del bene nel mondo.»

«E adesso?»

«Cosa intende?»

«Come le sembra adesso la vita nei sobborghi americani?»

«Mi è difficile dirlo. Quando è arrivato il Covid, ero in vacanza a Lahaina perciò sono rimasto là diversi mesi, ma non mi sono mai sentito veramente a casa. In seguito, sono stato con la nonna a Pensacola; era una situazione piuttosto triste, e anche là non mi sembrava di essere a casa.»

«Sono contenta che le esperienze fatte in guerra non le abbiano lasciato traumi com'è successo ad alcuni dei suoi compagni.»

«Forse» rispose lui «ma non sono sicuro di potermi considerare del tutto normale. E lei, invece? C'è qualche ferita di guerra di cui le piacerebbe parlarmi?»

«Il mio divorzio, per esempio?»

«Le va di raccontarmi cos'è successo?»

Kaitlyn rimase in silenzio per un istante. «È stata una di quelle cose che funzionano per un po' e poi basta» rispose poi. «È ciò che dico sempre a tutti ed è la pura verità. Alla fine eravamo più due colleghi di lavoro che una coppia sposata, ma il modo in cui è accaduto mi ha fatto sentire inutile per molto tempo.» Chiuse gli occhi, sospirò e poi si girò a osservarlo. «Mi ha lasciato per una istruttrice di Pilates pochi giorni prima del mio quarantesimo compleanno.»

«Sta scherzando?»

«No. Ricordo di essermi sentita un po'... dissociata quando me l'ha detto. Cioè, era un tale cliché. Persino il nome: Amber. Si è trasferito da lei quella sera stessa.»

«È la donna che ha sposato?»

«Sì» rispose lei. «Gli do dieci anni al massimo, però forse è solo la ex moglie vendicativa che parla.»

Lui sorrise e lei proseguì. «Ma quello è stato solo l'inizio. Anche il divorzio è stato un incubo. Ha insistito per avere la custodia congiunta e i bambini si trasferivano da casa mia a casa sua ogni due settimane, ma secondo me lui li usava solo per ottenere un accordo più favorevole. Io voglio che i ragazzi lo vedano e passino del tempo con lui, ma con il lavoro che fa esce di casa tutti i giorni alle sei e mezzo del mattino e di solito non rientra prima delle sette di sera. Contrariamente a me, lavora sempre in ospedale e di solito è impegnato anche due o tre sabati al mese. Il che significava che i bambini stavano con una baby-sitter, non con lui, e soffrivano, così alla fine ho ceduto. Si è preso quasi tutto, in cambio della custodia fisica primaria dei ragazzi. L'unico risvolto positivo di tutta la faccenda è stato che ho perso la stima che avevo di lui, e questo mi ha aiutato ad andare avanti.»

«Dev'essere stata tosta» commentò Tanner. «Mi sta già antipatico.»

«Grazie» rispose Kaitlyn, poi restò in silenzio per un istante. «Per quanto riguarda le altre ferite, credo che siano identiche a quelle di tutte le madri che lavorano. La sensazione di aver fallito, nonostante gli sforzi. Quando sono al lavoro, vorrei stare di più con i ragazzi; quando sono con loro, mi sembra di buttare via i sacrifici fatti per studiare. Il tutto complicato dalla consapevolezza che il lavoro che svolgo soddisfa un'esigenza che sento dentro, distinta da quella di essere mamma, e che a volte mi fa sentire in colpa.»

«Ha sofferto molto in passato.»

Lei rise. «Se non altro non vivo al motel Sixes.»

«Scusi sa, ma io sto all'Hampton Inn» ribatté lui.

«Mi sono sbagliata» disse Kaitlyn in tono malizioso.

«E i ragazzi, come stanno adesso?»

«Credo che ci abbiano fatto l'abitudine. Sinceramente, il padre è bravo a mantenere i contatti. Li chiama regolarmente, manda loro soldi e regali, e stanno da lui ogni due domeniche e per un mese durante l'estate. Ma... Casey ha appena minacciato di trasferirsi da lui l'anno prossimo. Le ha promesso di comprarle la macchina se ci andrà.»

«Crede che Casey abbia davvero intenzione di farlo?»

«Non ne ho idea. Ma è abbastanza grande da decidere da sola, perciò se decidesse di andare non cercherò di fermarla.»

«Rimarrà con lei» le assicurò Tanner, ma capiva quanto Kaitlyn si sentisse impotente.

Dopo un po' lei scosse la testa. «Comunque, questa è la mia storia.»

«Grazie di avermela raccontata» disse lui, cercando e catturando il suo sguardo.

Kaitlyn fu la prima ad abbassare gli occhi. «Sarà il caso che vada a controllare se Mitch è andato a letto.»

Tanner annuì e si alzarono per tornare in casa. Mentre Kaitlyn era di sopra da Mitch, Tanner sciacquò i calici.

Lei tornò mentre lui li stava asciugando. «Tutto a posto» annunciò entrando in cucina. «Vuole un caffè prima di andare via?» gli chiese.

«Un decaffeinato, se ce l'ha.»

Kaitlyn accese la macchina del caffè e prese due tazze dall'armadietto.

Nel giro di breve tempo il caffè era pronto e Kaitlyn lo portò in tavola.

«Che programmi ha per domani sera?» si informò Tanner.

«Non ne ho idea, perché?» rispose lei stringendo le mani intorno alla tazza.

«Perché speravo di cenare di nuovo insieme. Avrei proposto venerdì, ma ho saputo che Casey è a una festa.»

Kaitlyn aspettò un attimo poi alzò gli occhi. «Non credo sia una buona idea» disse con un filo di voce.

Come Tanner si era immaginato, lei continuò: «Tu mi piaci. Parlando con te stasera ho capito di stare bene in tua compagnia e se dovessimo uscire di nuovo, mi piacerebbe ancora di più. E questo mi spaventa. Perché presto lascerai la città. E poi andrai all'estero. Non è ciò di cui ho bisogno in questo momento».

Quello che Kaitlyn aveva detto era vero, anche se lui non avrebbe voluto che fosse così. «Capisco.»

«Comunque sappi che se i presupposti fossero stati diversi, ti avrei rivisto volentieri.»

«Non è che la cosa mi faccia sentire meglio» riconobbe lui.

«Lo so. E mi dispiace.»

Lui guardò la tazza, poi la svuotò. «Si sta facendo tardi e domani devi lavorare. È ora che vada.»

Lei parve sollevata, anche se lui notò un'ombra di rimpianto nei suoi occhi. «Ti accompagno.»

Tanner portò la tazza in cucina e la sciacquò; lei lasciò la propria sul bancone. Mentre si avviavano alla porta, Kaitlyn si fermò. «Non dimenticare di prendere il tuo gioco» gli ricordò.

«Oh, l'avevo portato per lasciarlo ai ragazzi» disse lui.

«Grazie.»

Scesero i gradini della veranda per raggiungere la macchina di Tanner. Mentre le camminava accanto, lui si rese conto che forse erano gli ultimi minuti che trascorrevano insieme, e la cosa gli procurò una sensazione strana. Giunti all'auto, istintivamente si girò verso di lei. Kaitlyn lo guardò negli occhi e lui fece un passo avanti allungando la mano verso il suo fianco.

Si aspettava che lei lo bloccasse, che indietreggiasse, invece continuò a fissarlo avvicinandosi di più. Lui l'attirò a sé, e lei gli si appoggiò contro finché i loro corpi lentamente si unirono. Le labbra di Kaitlyn erano morbide e calde e quando le loro lingue s'incontrarono per un istante, Tanner avvertì una scarica elettrica. Si abbandonò all'emozione, alla sensazione del corpo di lei premuto contro il proprio. Le posò la mano sulla schiena, stringendola più forte a sé, e continuarono a baciarsi a lungo. Tanner si lasciò avvolgere dal suo profumo inebriante mentre le esplorava la pelle del collo e ascoltava il suo respiro affannoso.

Quando si staccarono, lui avvertì il desiderio e la tristezza che Kaitlyn provava. «Tanner...» bisbigliò, e benché lui sapesse che quello era un saluto, non voleva che finisse tutto così.

In un soffio, pronunciò le parole che aveva dentro dal primo istante in cui l'aveva vista. «Sei bellissima, Kaitlyn.»

Lei chiuse gli occhi e, per un attimo, il suo viso sembrò risplendere nella luce diafana della luna. Quando li riaprì, le pupille enormi e ipnotiche lanciarono un incantesimo al quale Tanner non seppe sottrarsi.

«D'accordo» disse poi lei con voce quasi sognante. «Ceniamo insieme domani.»

7

1

Jasper vide il cervo bianco, ma non come avrebbe voluto.

Era al notiziario del mattino, che di solito lui non guardava. Si era stancato ormai da tempo della televisione, ma quel martedì mattina aveva provato l'impulso inspiegabile di accenderla subito dopo essersi svegliato.

Vide la foto sfocata scattata da Scenic Road prima che il servizio passasse a un video girato da un escursionista il giorno precedente. Durava circa dieci secondi e mostrava il cervo bianco nei pressi di una sporgenza rocciosa, la testa alta, come se guardasse direttamente nell'obiettivo. A causa degli alberi, e della scarsa qualità delle immagini era difficile vedere le corna o valutarne le dimensioni. Poco dopo l'animale si voltò e si allontanò fino a sparire nel folto della foresta. Il giornalista, praticamente al settimo cielo, aggiunse che il video era già diventato virale.

Jasper non sapeva esattamente che cosa significasse «virale», ma intuì che non poteva essere niente di buono. Probabilmente tantissime persone sarebbero venute a conoscenza del cervo bianco e questo avrebbe attirato nella zona un numero maggiore di bracconieri.

Jasper spense il televisore e si domandò che cos'avrebbe potuto fare. Tentare di salvare il cervo bianco significava trovarlo per primo e, per fortuna, adesso erano due i punti in cui era stato avvistato. Cosa ancora più importante, aveva riconosciuto la zona in cui era stato girato il video. Sullo sfondo si vedeva un affioramento roccioso inconfondibile: qualche decennio prima i suoi figli si divertivano ad arrampicarcisi sopra durante le scampagnate estive. Qualche volta avevano anche fatto un picnic da quelle parti.

Andò in cucina e aprì il cassetto dove conservava le cartine. Per la maggior parte erano logore e non aggiornate, ma quasi in fondo trovò quella che cercava. Era una carta della contea con la città di Asheboro e una parte della Uwharrie National Forest.

La aprì sul tavolo e, con la penna, segnò il punto in cui era stata scattata la foto da Scenic Road; un altro segno, accanto ai massi, indicava il video. Calcolò che la distanza tra i due luoghi fosse intorno ai quattro chilometri e in mezzo disegnò un ovale. Doveva essere approssimativamente la zona in cui si muoveva il cervo, ed era plausibile. Sapeva che là c'erano cibo e acqua e, come aveva detto Charlie, il cervo sarebbe rimasto nei dintorni molto probabilmente finché avesse finito le scorte di cibo o si fosse sentito in pericolo.

Jasper sapeva che anche i bracconieri più abili sarebbero stati in grado di stimare il raggio d'azione del cervo bianco. Chiunque era capace di segnare dei punti sulla mappa e disegnarci in mezzo un ovale, anche senza conoscere l'esatta ubicazione dei massi. Il territorio di un cervo rimaneva sempre quello, quindi sarebbe bastato disegnare un cerchio a partire dalla fotografia scattata su Scenic Road. D'altra parte, una cosa era trovare e uccidere il cervo, un'altra trasportare la pesante carcassa fuori dalla foresta senza farsi scoprire, il che significava che bisognava lasciare un mezzo di trasporto nei paraggi. I bracconieri avrebbero dovuto sapere quali strade entravano e uscivano dalla Uwharrie e prevedere quanto traffico ci sarebbe stato nelle varie ore del giorno; dovevano trovare o creare piste lontano dalle strade principali che li conducessero più vicini alla zona del cervo bianco. Avrebbero dovuto anche conoscere l'ubicazione delle aree da campeggio e le stazioni dei guardaparco, se non altro per evitarli, e inoltre si sarebbero dovuti tenere a distanza dagli escursionisti e dagli amanti del fuoristrada che scorrazzavano con le loro jeep. Erano passati anni dall'ultima volta che Jasper aveva guidato in mezzo alla foresta, e siccome immaginava che ci fossero molte più strade e piste rispetto al passato, tanto per cominciare avrebbe dovuto scoprire come un bracconiere avrebbe potuto avvicinarsi alla zona del cervo e uscire dalla foresta senza farsi notare.

Prima di darsi da fare per scoprirlo, scaldò l'acqua per il caffè e si preparò un tramezzino all'uovo per colazione. L'uovo era bruciacchiato ai bordi, ma non era mai stato bravo a cucinare. Era sempre stata la passione di Audrey, come dimostravano i piatti che gli portava ogni giorno prima che andasse al college.

Quando era partita per Sweet Briar, ormai Jasper era quasi al verde. Aveva diciotto anni e gli serviva un lavoro; l'aveva trovato da Ned Taylor, un imprenditore edile che era esattamente il contrario di Stope. Anziano e sovrappeso, con un ciuffo di capelli bianchi ribelli, tutte le volte che si presentava in cantiere aveva sempre in bocca una pipa di pannocchia accesa. La cosa più gratificante era che, fin dal principio, aveva elogiato Jasper per la qualità del suo lavoro.

Jasper si era appena ambientato nella nuova occupazione, quando la sua vita aveva subito una nuova, drammatica svolta. A settembre, un mese dopo la partenza di Audrey, l'uragano Helene aveva provocato abbondanti precipitazioni che avevano fatto salire in maniera preoccupante il livello di quasi tutti i corsi d'acqua di Asheboro. Per fortuna – o sfortuna, forse – Jasper era nella sua casa in città e non alla baita quando era iniziata l'inondazione. Ben presto l'acqua gli era arrivata alla vita e lui aveva cominciato ad annaspare per mettere in salvo le fotografie che si trovavano sulla mensola del camino, la Bibbia del padre e quante più statuette era riuscito a prendere, caricando tutto sul furgone che, per sicurezza, aveva parcheggiato in una zona un po' più in alto. Il forte vento aveva sradicato un pino nel cortile, che, cadendo, aveva sfondato il tetto della casa. A qualche giorno di distanza, dopo che l'acqua si era ritirata ed era tornato il sole, sui muri e sui pavimenti era comparsa della muffa, che aveva rovinato praticamente tutto quello che era stato risparmiato dalla tempesta.

Al pari dei vicini di casa e degli altri abitanti della città, Jasper aveva contattato la sua compagnia di assicurazione. Non era preoccupato. Aveva continuato a pagare il premio anche dopo la morte del padre, come aveva fatto con tutte le bollette, ma quando si era incontrato con l'agente assicurativo, aveva scoperto che la polizza non prevedeva alcun risarcimento in caso di danni provocati dalle inondazioni. L'agente aveva letto la clausola a voce alta, dando enfasi alle parole. La compagnia, comunque, gli avrebbe rimborsato il danno al tetto.

L'assicuratore aveva dato a Jasper un assegno. Non era molto, e non si avvicinava neanche alla cifra necessaria per riparare la casa. Nel silenzio che era seguito Jasper aveva udito la voce di suo padre: «*Giacomo* 1, 12». *Beato l'uomo che resiste alla tentazione.*

Aveva versato l'assegno in banca, si era trasferito alla baita e aveva continuato a lavorare per Ned. Di sera e nel fine settimana tornava nella casa di Asheboro per gettare via i mobili marci e ammuffiti. Aveva scoperchiato completamente il tetto, levato i pavimenti, tolto l'intonaco e i fili elettrici. Aveva portato le macerie in discarica. Alla fine erano rimaste solo la struttura portante e le tubature e aveva venduto la proprietà a un vecchio amico di Ned, un altro costruttore. Il ricavato della vendita era andato ad aggiungersi ai suoi risparmi.

A novembre, Ned lo aveva mandato a Charlotte a ritirare una vasca in ritardo nella consegna. Alla periferia della città Jasper aveva notato due nuovi complessi residenziali, l'uno accanto all'altro, con decine di case già pronte e altre in costruzione. I piccoli imprenditori come Ned pian piano venivano sostituiti da imprese che costruivano centinaia di case alla volta, così, seguendo l'istinto, Jasper aveva deciso di fare un giro in uno dei nuovi quartieri. Era rimasto stupefatto dalla notevole abilità organizzativa richiesta dalla realizzazione di simili progetti, ma a lui non sarebbe comunque piaciuto vivere in un posto simile. Aleggiava un'aria di desolazione persino sulle vie dove le case erano già completate. Osservando la sfilza di anonime abitazioni squadrate, all'improvviso si era reso conto che per rendere più accogliente la zona ci sarebbe stato bisogno di alberi. Non gli arbusti scheletrici piantati a casaccio dai nuovi proprietari, ma grandi alberi frondosi che crescessero rapidamente.

Quell'idea gli era rimasta in testa e quando, l'anno successivo, erano stati costruiti altri lotti residenziali era tornato a visitarli, e aveva avuto la conferma che la sua idea era giusta. All'inizio del 1960 era andato in biblioteca per cercare l'albero ideale, ma non aveva trovato niente; aveva provato alla biblioteca di Raleigh, con lo stesso risultato, però la donna al banco delle informazioni gli aveva consigliato di rivolgersi alla facoltà di Agraria della North Carolina State University. Ci era voluto del tempo e aveva dovuto insistere molto per ottenere un appuntamento, ma il professore, lo stesso che in seguito gli avrebbe insegnato come coltivare le spugnole, gli aveva parlato di un albero che il ministero dell'Agricoltura aveva intenzione di importare negli Stati Uniti.

L'uomo gli aveva mostrato alcune fotografie e dato molte informazioni di cui Jasper aveva fatto tesoro. Originario della Corea e della Cina, era un albero che cresceva velocemente, aveva fiori bianchi in primavera e una bella forma piramidale, oltre a presentare una livrea brillante in autunno. Il suo nome scientifico era *Pyrus calleryana*, ma al ministero avevano pensato di ribattezzarlo pero di Bradford, benché non producesse frutti commestibili. Il professore aveva aggiunto che, al di fuori della facoltà di Agraria e del ministero dell'Agricoltura, non c'era grande interesse per l'albero in quel momento, ma era sicuro che il mercato sarebbe esploso nell'immediato futuro.

Collaborando con il vivaio Garner's in città, Jasper si era procurato i misteriosi semi coreani; Mack Garner aveva combattuto nella guerra di Corea e sua moglie era di Seul. Usando i soldi dell'assicurazione e il ricavato dalla vendita della casa, Jasper aveva affittato un terreno a buon prezzo a una trentina di chilometri dalla città e comprato del fertilizzante. Si era preso una settimana di ferie, aveva arato e concimato il terreno e piantato semi per cinquemila alberi. Andava ad annaffiarli a mano la sera dopo il lavoro e nei weekend, e con suo stesso, enorme stupore i semi erano germogliati quasi subito.

Quando Audrey era tornata ad Asheboro in estate, Jasper le aveva mostrato quello che stava facendo. Nei due anni precedenti lei era diventata ancora più bella ai suoi occhi, e avevano continuato a vedersi tutte le volte che lei era a casa. Facevano lunghe passeggiate, condividevano frappè al cioccolato, e lei gli raccontava storie della vita universitaria, dei professori e degli amici che si era fatta. Tutte le volte, quando Jasper le chiedeva se aveva mai pensato di lasciare Asheboro – e lui –, Audrey scoppiava a ridere liquidando le sue preoccupazioni come sciocchezze. Le ripeteva continuamente di amarla e lei faceva lo stesso, tuttavia quando l'aveva salutata in agosto per la terza volta, i suoi genitori lo avevano scrutato con la stessa espressione risentita a cui ormai si era abituato.

Aveva continuato a lavorare per Ned, ma, nel frattempo, aveva affittato altri terreni, dove aveva piantato decine di migliaia di alberi. Aveva mostrato ai genitori di Audrey il suo progetto. Anche se non era bastato a far cambiare loro completamente idea su di lui – del resto non aveva ancora venduto nulla e non esisteva neppure un mercato delle piante che coltivava –, gli piaceva pensare che l'espressione della madre di Audrey fosse meno contrariata, per quanto la sua disapprovazione fosse sempre evidente. Audrey si era laureata nel maggio del 1962, ma non si sentiva ancora pronta per insegnare. Era rimasta nel mondo della scuola così a lungo che aveva bisogno di una pausa, così aveva deciso di andare a lavorare nel negozio di abbigliamento di sua madre. Jasper era felice del suo ritorno ad Asheboro, e avevano ripreso esattamente da dove avevano interrotto. E poi nella primavera del 1963, il ministero dell'Agricoltura aveva introdotto ufficialmente il pero di Bradford nel mercato statunitense. A quel punto, con il vivaio ormai avviato, i primi alberi erano abbastanza grandi e pronti per essere venduti. Jasper aveva lasciato il lavoro da Ned per dedicarsi a tempo pieno ai suoi peri. Li aveva rimossi dal terreno, avvolgendo le radici in sacchi di juta, caricati sul pick-up e poi aveva fissato un appuntamento con i costruttori di Charlotte, Greensboro e Winston-Salem. Il suo sistema di vendita era semplice; mostrava le informazioni del ministero dell'Agricoltura, proponeva prezzi ragionevoli, quindi si offriva di piantare gli alberi davanti e sul retro delle case in modo che i costruttori vedessero con i propri occhi quanto il lotto migliorasse a livello estetico. Proponeva i suoi peri anche ai vivai e, avendo praticamente il monopolio della coltivazione dell'albero, nel giro di brevissimo tempo gli ordini avevano cominciato a fioccare. Non aveva venduto solo le piante seminate il primo anno, ma anche gran parte di quelle dell'annata successiva.

Disponendo finalmente di un po' di denaro per la prima volta in vita sua, si era presentato di nuovo a casa di Audrey e aveva chiesto di parlare con il padre: anche stavolta aveva in tasca la fede nuziale della madre. L'uomo aveva dato il proprio consenso e due giorni dopo Jasper aveva domandato ad Audrey di sposarlo.

Le nozze erano state celebrate nell'ottobre del 1963, e

avevano trascorso la luna di miele a Sullivan's Island, proprio come desiderava lei. Audrey si era trasferita a vivere con lui nella baita e, nonostante nel giro di un mese fosse già incinta, si era data da fare perché diventasse la *loro* casa, e non solo quella di *lui*. Aveva comprato mobili nuovi, cucito tendine e aggiunto tappeti in salotto e nelle camere da letto. Aveva acquistato anche pentole e padelle e piatti e tutto l'occorrente per la cucina. Avevano preparato la camera per il bambino in quella che un tempo era stata la stanza di Jasper, e tutte le volte che lei cucinava la baita si riempiva di profumi deliziosi. Facevano l'amore quasi ogni notte e quell'anno, come regalo di Natale, lui aveva costruito e montato le librerie che Audrey desiderava, sapendo di farla felice. Le aveva mostrato anche il progetto di una bella casetta bianca con la veranda e una cucina abbastanza grande da ospitare tutta la famiglia. Sapendo che lei voleva almeno quattro figli, al primo piano c'erano soltanto camere da letto e bagni. Alla vista del progetto di Jasper, gli occhi di Audrey si erano riempiti di lacrime di felicità.

Lui aveva iniziato la costruzione della loro casa l'anno successivo, dopo che Audrey aveva dato alla luce il loro primogenito e dopo un'altra formidabile vendita di peri di Bradford.

2

Dopo aver lavato la tazza e il piatto, Jasper preparò qualche panino con burro di arachidi e miele per sé e per Arlo e riempì un thermos con quel che restava del caffè. Diede al cane un pasto più abbondante e s'infilò una manciata di biscotti nella tasca del giubbotto. Sarebbe stata una lunga giornata.

Prima di uscire prese il binocolo e, dato che aveva voglia di compagnia, lasciò salire Arlo in cabina. Abbassò i finestrini e osservò il cane alzare il muso verso il vento. Quando si fermò a fare benzina, trovò alla cassa un ragazzo con i capelli lunghi e l'orecchino; sul collo aveva tatuato un ragno. Jasper gli chiese se avessero delle cartine recenti della Uwharrie National Forest, ma Ragno Tatuato scrollò la testa.

«Non vendiamo cartine.»

«Com'è possibile?»

La domanda sembrò lasciarlo interdetto. «Be'... in genere la gente usa il cellulare.»

Jasper non ebbe fortuna nemmeno al distributore successivo, e neppure al terzo, a dimostrazione che il mondo moderno lo aveva ormai lasciato indietro. Deciso a fare da solo, si diresse verso l'ingresso principale della foresta. Accanto trovò un cartellone con una mappa della zona che comprendeva le strade principali. Jasper fermò il furgone. Nel cassettino del cruscotto trovò un mozzicone di matita e una busta con la vecchia ricevuta di un meccanico e copiò la mappa meglio che poteva sul retro.

Nonostante l'età, il furgone aveva quattro ruote motrici, e questo gli tornò molto utile quando s'inoltrò nella foresta e, arrivato a un bivio, proseguì verso il campeggio. Sostò per qualche istante in cerca di veicoli o persone sospetti per poi rendersi conto che non sapeva neanche bene che aspetto dovessero avere. Oltre il campeggio c'era una strada sterrata. La percorse fino a un secondo bivio da dove partiva un altro sentiero che si ricongiungeva alle strade principali. Ogni tanto si fermava per aggiungere le nuove strade alla sua mappa di fortuna; con il binocolo scrutava tra gli alberi, pur essendo ancora lontano dalla zona in cui era stato avvistato il cervo bianco. Ma giusto per essere sicuro.

A metà pomeriggio, Jasper aveva finalmente un quadro generale delle caratteristiche dell'area. Aveva percorso tutte le strade principali e quelle sterrate, e anche qualche pista. Si era fatto un'idea di come un bracconiere potesse avvicinarsi alla zona del cervo e, soprattutto, andarsene dalla foresta senza essere visto.

Si fermò a mangiare e, a quanto pareva, Arlo apprezzò i panini almeno quanto lui. Bevve due tazze di caffè, poi fece risalire il cane sul pick-up preparandosi ad affrontare quella che sapeva essere la parte più delicata della giornata.

Seguì l'ennesima strada sterrata in direzione sud e, quando finì, continuò su una pista che si spingeva ancora più a sud. Chiunque avesse cercato di entrare in quella zona della foresta con un veicolo avrebbe dovuto per forza seguire lo stesso itinerario; in seguito alla ricognizione precedente aveva appurato che la tipologia del terreno ai lati della pista impediva qualunque altro accesso. Il pick-up cigolava e sobbalzava, mentre la pendenza aumentava gradualmente. Jasper si fermò più spesso a controllare i dintorni con il binocolo. C'erano solo uccelli e alberi. Alla fine, anche la pista terminò, ma per un bracconiere si era ancora troppo lontani dal territorio del cervo bianco. Sarebbe stato impossibile trascinare la pesante carcassa fin lì.

Jasper tornò indietro di una cinquantina di metri. Si guardò intorno, ma non trovò tracce che indicassero che qualche veicolo si fosse inoltrato nella foresta. Ripeté la procedura un paio di volte, finché notò un giovane arbusto spezzato da poco alla base. Guardando meglio vide tracce di pneumatici su entrambi i lati.

Bingo.

Seguì le tracce, addentrandosi nella foresta vergine. Guidava piano, schivando alberi e rocce affioranti sul terreno gibboso. Stava procedendo verso sud, grosso modo nella direzione della sua baita, e alla fine si trovò in una zona con un fitto sottobosco. Da una parte c'era un grosso terrapieno. Calcolò che mancassero ancora diverse ore al tramonto.

Scese dal pick-up. La temperatura si era abbassata e, guardandosi intorno, Jasper capì esattamente dove si trovava. Da una parte c'era Scenic Road dall'altra il punto in cui era stato filmato il cervo bianco. Doveva trovarsi a ottocento metri circa dal cuore del territorio del cervo bianco, ma un bracconiere avrebbe preferito andare ancora più vicino con il suo veicolo. I fuoristrada più nuovi, a differenza del suo, sarebbero riusciti a superare il fitto sottobosco e, in effetti, dopo una ricerca più attenta riuscì a individuare le tracce degli pneumatici che proseguivano verso sud. Probabilmente si trattava di un veicolo con le gomme maggiorate, come quello che aveva visto nel vialetto di casa Littleton.

Doveva ammettere che i ragazzi erano stati bravi a identificare il territorio del cervo quella domenica. Dopotutto, avevano avuto a disposizione solo una fotografia. Chissà fin dove si erano spinti con il fuoristrada. Per scoprirlo, avrebbe dovuto proseguire a piedi. Ma si stava facendo tardi, così risalì sul furgone, raggiunse il dosso più vicino, vi nascose dietro il pick-up e spense il motore.

Da lì raggiunse a piedi il punto in cui si era fermato prima, ignorando le fitte alla schiena, e annuì tra sé, soddisfatto del nascondiglio che aveva trovato. Se i Littleton e Melton fossero tornati lì seguendo lo stesso tragitto, non avrebbero potuto vedere il furgone. Perfetto.

Risalendo in macchina, lanciò un'occhiata ad Arlo.

«Bene, possiamo andare a riposare per un po', che ne dici?»

Il cane sbadigliò, quasi per dirsi d'accordo e Jasper abbassò il sedile, mettendosi comodo. Chiuse gli occhi, convinto di avere un sacco di tempo.

Per sua esperienza, i bracconieri di solito preferivano agire dopo il tramonto e nelle ore appena prima dell'alba.

3

Jasper si appisolò, senza addormentarsi del tutto. Teneva i finestrini abbassati e stava in ascolto con un orecchio per identificare il rumore di eventuali veicoli che si avvicinavano.

Venne il tramonto e poi scese la notte. Sebbene la sua vista al buio fosse peggiorata con il passare degli anni, Jasper era convinto che non avrebbe fatto differenza. Era impossibile non vedere dei fari o una torcia accesa in una foresta.

Si versò nella tazza quello che restava del caffè. Diede ad Arlo un altro panino. Di tanto in tanto scendeva dal pick-up e andava sull'altro lato del dosso, ma, a parte il richiamo di qualche civetta, la foresta sembrava deserta.

Rimase là fino alle dieci e mezzo, quando immaginò che il cervo bianco – e qualunque altro cervo – si fosse messo a dormire. Dovette fare diversi tentativi prima che il motore ripartisse e poi, lentamente, ripercorse il tragitto dell'andata nella foresta, prima sulla pista, quindi sulla strada sterrata e infine sull'asfalto. Tornato a casa, puntò la sveglia alle prime ore del mattino.

Le ore passavano, ma forse a causa del caffè che aveva bevuto non riusciva a dormire. Fissava il soffitto, ritornando con il pensiero ai primi anni del suo matrimonio, quando lui e Audrey erano ormai diventati genitori. Avevano battezzato il primogenito David in onore del re che aveva scritto alcuni dei salmi contenuti nella Bibbia. Ricordava ancora l'espressione esausta e orgogliosa di Audrey con in braccio il loro bambino. Quando lui si era chinato a baciarla, gli aveva bisbigliato: «Guarda che cos'ha creato il nostro amore», e gli occhi di Jasper si erano riempiti di lacrime.

Ricordava la costruzione della loro nuova casa insieme a Ned, e Audrey che insisteva per andare a controllare il cantiere tutti i pomeriggi per seguire l'avanzamento dei lavori. Ripensò alla sera in cui Audrey, girandosi casualmente nel letto, lo aveva informato di essere nuovamente incinta. Mary, in onore della Madonna, era nata nel giugno del '65, tre giorni dopo il loro trasloco nella nuova casa. Nonostante la stanchezza, Audrey si era dedicata anima e corpo al compito di arredare la casa, aggiungendo i suoi tocchi personali mentre si prendeva cura dei due figli ancora piccolissimi.

Nel frattempo, Jasper aveva continuato a espandere la sua attività, arrivando a vendere i peri di Bradford fino al Tennessee. Aveva affittato nuovi lotti di terreno e assunto dipendenti, arrivando alla fine a più di dieci. Non aveva dovuto ipotecare la casa per avere un finanziamento e aveva un po' di soldi in banca. Ma siccome lo preoccupava ciò che aveva letto in *Matteo* 19, 24 (*È più facile che un cammello passi per la cruna di un ago, che un ricco entri nel regno di Dio*) aveva fatto donazioni alla chiesa per i lavori di ristrutturazione e al banco alimentare locale. In genere, teneva per sé solo ciò di cui aveva bisogno per mantenere la famiglia, e benché a volte la sua generosità innervosisse Audrey, Jasper le assicurava che a loro non sarebbe mai mancato niente.

Con una stretta al cuore pensò che di gran parte di quei primi anni aveva solo un ricordo confuso. Nella sua mente affioravano immagini della casa in disordine e dell'incantevole sorriso di Audrey. Ricordava la nascita di Deborah, che portava il nome della giudice e profetessa menzionata nel libro biblico dei *Giudici*, e di Paul, chiamato così in onore del martire cristiano. Nel 1969 erano ormai una famiglia di sei persone e Jasper ricordava ancora quanto si sentisse orgoglioso come marito e padre tutte le volte che sedevano insieme in chiesa o si riunivano al tavolo da pranzo.

Per quanto riguardava Audrey, la maternità per lei era una cosa naturale, come respirare. Fin dall'inizio, capiva istintivamente se un figlio piangeva perché aveva fame, doveva essere cambiato o se voleva solo essere preso in braccio. Sorrideva e rideva persino se dormiva poco e restava imperturbabile pure di fronte alla sfida di trascinarli tutti quanti al supermercato o prepararli per la messa, anche quando erano in ritardo. Li portava regolarmente dal pediatra – anche se non era una fanatica dei controlli – e trovava persino il tempo di scrivere un diario per ciascuno di loro, dove non annotava solo i progressi di crescita ma anche le loro peculiarità e idiosincrasie. A volte confidava a Jasper che avrebbe voluto perdere i dieci chili accumulati con la maternità, ma lui la trovava persino più attraente della prima volta che era salita sul suo pick-up tanto tempo prima.

Insieme a questi ricordi sfilava nella sua mente un carosello di immagini.

Il senso di meraviglia che aveva provato prendendo in braccio il primogenito subito dopo la nascita...

I risolini di Mary quando aveva imparato a camminare...

La piccola Deborah accovacciata nell'erba accanto a una rana che saltellava...

La gioia indescrivibile di Paul quando aveva imparato ad andare in bicicletta...

Il primo giorno di lavoro di Audrey quando Paul aveva cominciato ad andare all'asilo e lei aveva iniziato a insegnare in una scuola nella contea...

Se si concentrava, aveva l'impressione di riuscire a ricordare gran parte della loro vita insieme. Il modo in cui i figli gli si stringevano intorno sulla veranda e lo guardavano ammaliati intagliare pirati e ballerine o animali presi dai loro libri illustrati preferiti. I loro sorrisi sdentati quando si mettevano in posa per le foto scolastiche. Le riunioni di famiglia per leggere la Bibbia tutti i mercoledì e le domeniche sera: i suoi momenti preferiti della settimana. Pensò brevemente ai figli adolescenti, il periodo turbolento prima della maturità. A volte qualcuno non seguiva le regole, le camere da letto erano spesso in disordine, e i ragazzi mangiavano così tanto che spesso a Jasper capitava di aprire la credenza e trovarla vuota. I primi amori: David, che si era innamorato di Monica durante un campeggio a Pinehurst, ma lei gli aveva spezzato il cuore; Deborah follemente invaghita il primo anno di università di un ragazzo di nome Allen, che aveva giurato di sposare. Rammentò con tenerezza le ore passate a insegnare a Mary a guidare, con l'auto che sussultava avanti e indietro mentre lei cercava di imparare a usare il cambio. La sera in cui aveva sorpreso Deborah baciare Allen sulla veranda anteriore e il modo gentile in cui Audrey gli aveva ricordato che anche la figlia, come i fratelli, stava crescendo. Pensò all'entusiasmo e al nervosismo di Paul quando era stato scelto per rappresentare la scuola in una gara di retorica di livello statale e alle ore che aveva passato davanti allo specchio a provare.

Ma ciò che aveva impresso nella mente era l'amore che nutrivano l'uno per l'altro. Come tutti affrontavano sfide e delusioni, ma sempre con il sorriso sulle labbra e uniti dall'affetto, e per più di due decenni Jasper era stato convinto che la sua famiglia fosse stata benedetta dal Signore in persona.

Finché non fu più così.

4

Alla fine Jasper riuscì a dormire per un paio d'ore, prima che la sveglia suonasse che non era ancora l'alba. Era stata una notte breve e sentiva male dappertutto per la stanchezza. La psoriasi gli creava prurito dappertutto e gli pizzicava come tante punture di vespe, ma si sforzò di scendere dal letto. Zoppicando arrivò in cucina, aveva i crampi alla schiena e dolore alle articolazioni e concluse che le ore passate al volante sulle strade dissestate non gli avevano fatto bene.

Chissà che cosa sarebbe successo quel giorno, si domandò. I Littleton e Melton sarebbero tornati a concludere ciò che avevano iniziato, benché fosse un giorno di scuola? Non lo sapeva. E se si fossero presentati quella mattina prima dell'alba, che cosa avrebbe potuto fare per fermarli? Non sapeva nemmeno questo.

Si vestì di scuro e, benché non avesse fame, si costrinse a mangiare qualcosa. Dal ripostiglio prese un vecchio zaino, poi uscì di casa. Uno strato di bruma ammantava il terreno, e la luce della luna, per quanto soltanto uno spicchio, tingeva d'argento le cime degli alberi.

Aiutò Arlo a salire sul pick-up. Agendo d'impulso, prese dal capanno degli attrezzi un rastrello e dei sacchi di plastica. Li caricò sul pianale e, guidando sotto il cielo stellato, raggiunse il punto in cui aveva parcheggiato la sera prima. Si dispose di nuovo ad aspettare, per scorgere l'arrivo di eventuali luci o veicoli; anche stavolta non vide niente.

Quando il sole diradò la nebbia, Jasper decise che era tempo di rientrare. Il pick-up sobbalzava tra cunette e avvallamenti, provocandogli fitte di dolore lungo la spina dorsale; alla fine raggiunse la strada sterrata, meno accidentata, e infine l'asfalto liscio. Da lì raggiunse Asheboro, dove si fermò a comprare un flacone di repellente per cervi insieme a sei dispositivi a ultrasuoni che promettevano di tenerli lontani. Giusto per sicurezza. Dopodiché tornò nella Uwharrie meridionale e parcheggiò nuovamente dietro il dosso.

Prese il binocolo e scese dal pick-up. Accompagnato da Arlo, iniziò la lunga camminata verso Scenic Road.

Pur mantenendo un passo tranquillo, dato che non voleva sforzare il cuore, sentiva comunque una tensione nella schiena ed era rallentato dalle numerose buche e cunette che costellavano quella parte della foresta. Da giovane le avrebbe superate senza fatica. Ora invece doveva fermarsi spesso a riprendere fiato. Con il respiro affannato, si metteva le mani sui fianchi e si piegava all'indietro per allungare i muscoli della schiena, a volte con un gemito. In quei momenti Arlo si girava a guardarlo quasi interrogandosi su che cosa stesse accadendo.

Finalmente arrivò nei pressi di Scenic Road, vicino al punto in cui era stata scattata la foto. Tenendo l'affioramento roccioso come punto di riferimento, attraversò quello che immaginava fosse il territorio del cervo. Il cammino in certi punti era molto faticoso. Cunette. Montagnole. Rocce e massi. Le anche e le ginocchia si unirono alla schiena in una sinfonia di dolori; la pelle continuava a pungergli. Cercò di convincersi che stava vivendo un'avventura, per quanto faticosa e al rallentatore.

Pensò al cerbiatto morto che aveva rinvenuto la domenica. Immaginava che gli uomini della forestale lo avessero già rimosso e si domandò se la bandana che aveva lasciato come segnale fosse ancora là. Non era così importante da meritare lo sforzo di andare a riprenderla; ne aveva tantissime a casa e una deviazione era l'ultima cosa di cui aveva bisogno. Si arrampicò sull'ennesima altura poco oltre la metà del probabile territorio del cervo e si fermò ansimante in prossimità di una piccola radura. Al centro dello spiazzo erboso notò qualcosa che catturò la sua attenzione; prese il binocolo per vedere meglio. Impiegò solo un istante a riconoscere i chicchi di mais sparsi a terra. Provò un senso di disgusto e delusione, ma non era sorpreso. Era quello che si era aspettato di trovare e che confermava i suoi sospetti.

Esca per cervi.

Tutti i cacciatori sapevano che i cervi amavano le pannocchie e mentre si avvicinava notò impronte di zampe tutt'intorno. A giudicare dalle differenti dimensioni, capì che non si era trattato di un cervo soltanto: dovevano essere stati parecchi. Questo significava che il granturco non era lì da molto, altrimenti non ce ne sarebbe stata più traccia. Mentre osservava la scena, tornò con la mente al sabato precedente, quando aveva intagliato il legno con il bambino. Ricordava che stava piovendo. Mettendo insieme i dettagli, calcolò che il mais fosse stato portato lì e mangiato negli ultimi giorni. Ma quando, esattamente?

Da Melton e i fratelli Littleton la domenica?

Probabile.

Avevano sparso l'esca calcolando che il cervo avrebbe impiegato un paio di giorni a trovarla. E poi, sapendo che sarebbe tornato a cercarne ancora, ne avrebbero aggiunta dell'altra. E alla fine...

Jasper si girò, esaminando la zona. Dove c'era un'esca doveva esserci anche un posto in cui i bracconieri potevano appostarsi. Sul lato meridionale della radura la foresta era più rada; di fronte a lui e a est c'era una piccola cresta con davanti alcuni massi. Impiegò qualche minuto, però alla fine trovò quello che stava cercando sul lato settentrionale dello spiazzo, più o meno nella direzione in cui aveva parcheggiato. Lì gli alberi erano più fitti e trovò un tronco caduto coperto da fogliame. Un riparo costruito in fretta, ma con evidenti feritoie di tiro ricavate tra i rami. Dietro, sulla terra bagnata, si riconoscevano diverse impronte.

Non erano né zampe né scarponi. Sneaker.

Non era una prova inconfutabile, tuttavia abbastanza circostanziale.

Jasper tornò faticosamente al pick-up, procedendo il più possibile in linea retta. Dal pianale tolse la pala e il rastrello insieme a un sacco di plastica. Mise nello zaino il flacone di repellente e i dispositivi a ultrasuoni, se lo caricò in spalla e ripercorse i propri passi. Quando raggiunse i tutoli di mais, gli tremavano le gambe, e gli sembrava di essere arrivato a piedi fino in Canada, ma aveva ancora del lavoro da fare.

Con il rastrello radunò quel che restava delle pannocchie in piccoli mucchi, che poi infilò nel sacco di plastica aiutandosi con le mani. Quando aprì il flacone di repellente, si sprigionò un puzzo di uova marce. Lo versò in cerchio intorno alla zona delle esche. Ne spruzzò dell'altro sulla prima fila di alberi che circondavano la radura. Posizionò i dispositivi a ultrasuoni in modo che fossero al sole, dato che avevano batterie solari. Non sapeva se avrebbero funzionato, né per quanto tempo il repellente avrebbe fatto effetto: le batterie potevano ricevere poco sole e non caricarsi; la prima pioggia avrebbe potuto diluire troppo il repellente. Tuttavia era l'unica cosa che gli era venuta in mente per il momento. Da ultimo, cancellò con il rastrello le proprie impronte.

Sfinito ma soddisfatto tornò zoppicando al pick-up e, nelle prime ore del pomeriggio, rientrò a casa. Mangiò della zuppa di pomodoro in scatola e si sdraiò per un pisolino; stavolta si addormentò in fretta e la sveglia lo fece alzare per tempo. Insieme ad Arlo uscì di nuovo prima del tramonto.

Ritornò con il pick-up al solito posto e si preparò a un'altra veglia. Sapeva che le scorte di mais dovevano essere state rimpinguate.

Con i finestrini abbassati per sentire meglio i rumori, guardò il sole scendere dietro gli alberi e il cielo farsi buio. Accanto a lui, Arlo si era già addormentato. La camminata nella foresta doveva averlo stancato come il padrone e Jasper allungò la mano per dargli qualche affettuosa carezza. Arlo mosse un orecchio e nient'altro. Gli tornò in mente quando era un cucciolo pieno di energie, che cominciava a saltare in cerchio tutte le volte che capiva che stavano per andare a fare un giro con il pick-up.

«L'età ti ha cambiato» borbottò. «Proprio come me.»

La luce livida pian piano lasciò il posto all'oscurità. Un cambiamento lieve, quasi impercettibile all'inizio, proprio come il corso della sua vita. Ripensò alla sua attività e alle centinaia di ettari di peri di Bradford che un tempo vendeva ogni anno. Anche quello alla fine era cambiato. Laddove all'inizio aveva avuto il monopolio, con il passare degli anni aveva dovuto fare i conti con un numero sempre maggiore di concorrenti. Trovare nuovi clienti e mercati era diventato via via più difficile. Le vendite a un certo punto si erano fermate e poi avevano cominciato a calare, nonostante i suoi sforzi. Inizialmente non aveva più rinnovato i contratti d'affitto per alcuni lotti di terreno, ma poi a questi ne erano seguiti molti altri. Con l'aumento dell'inflazione negli anni Settanta, gli interessi sui prestiti avevano raggiunto livelli insostenibili e di conseguenza venivano costruite sempre meno case. Il prezzo di fertilizzanti e gasolio era salito alle stelle. I vivai producevano meno. Come gran parte della gente, Jasper aveva sperato che la situazione sarebbe migliorata, ma, nel frattempo, con suo enorme dispiacere era stato costretto a licenziare un dipendente dopo l'altro. Tutti avevano ricevuto una buona uscita, però non per questo lui si era sentito meno in colpa. Quando guardava negli occhi le persone che aveva dovuto mandare via, vedeva mariti e mogli, figli e figlie, genitori. Vedeva i figli di Dio e pregava per il perdono, pur sapendo di non avere avuto altra scelta.

A metà degli anni Ottanta Jasper era rimasto con un unico lotto di peri di Bradford ormai adulti. Come vent'anni prima, se ne occupava da solo. Aveva i palmi delle mani induriti dai calli e per la prima volta da quando erano sposati, era contento che Audrey portasse a casa il suo stipendio di maestra.

Nell'aprile del 1986 Jasper aveva quarantasei anni. Il figlio maggiore ne aveva ventuno e stava per diplomarsi in teologia alla Wake Forest University, con l'intenzione di proseguire gli studi per diventare pastore. Entrambe le figlie frequentavano la University of North Carolina: una studiava biologia, per poi diventare veterinaria, e l'altra voleva prendere il diploma di maestra elementare. Paul doveva iniziare l'ultimo anno di superiori.

Quella primavera il tempo era stato capriccioso, finché aveva cominciato a piovere tutti i giorni per quasi due settimane. I terreni erano completamente zuppi quando un fronte di aria calda e umida dal Golfo del Messico si era scontrato con uno più freddo e secco proveniente da nord. Sulla Georgia e il South Carolina e quindi anche sul North Carolina avevano iniziato a formarsi celle temporalesche. Una di queste aveva originato un tornado vicino ad Asheboro, fortunatamente in una zona disabitata, o almeno così si pensava. Non essendoci testimoni, l'unica prova del passaggio del tornado era stata ricostruita solo in seguito: due piccoli fabbricati rasi al suolo e migliaia di alberi spogliati delle foglie e sradicati come fili d'erba.

Era una situazione così insolita da avere quasi dell'incredibile e un fotoreporter locale si era recato sul posto per documentarla. Le immagini dimostravano che nessuna delle fattorie e annessi nella zona circostante era stata colpita. Gli adiacenti campi di granturco e cotone e tabacco erano intatti con le piante sempre rivolte verso il sole. La devastazione più totale riguardava un'area relativamente limitata.

Jasper era stato là con il fotografo a contemplare i resti di ciò che era stato il suo ultimo vivaio di peri di Bradford. Era assicurato, ma aveva ancora degli ordini da evadere entro l'estate, il che implicava che avrebbe dovuto acquistare gli alberi da altri coltivatori e rivenderli probabilmente in perdita. Era sicuro che sarebbe rimasto senza un soldo.

Stordito da tale consapevolezza, aveva continuato a fissare gli alberi sradicati. Istintivamente aveva pensato al nono versetto del quarto capitolo di Giobbe: *A un soffio di Dio periscono e dallo sfogo della sua ira sono annientati.*

Per un attimo si era chiesto che cosa avesse fatto per suscitare la collera di Dio, poi aveva scosso la testa. Aveva avuto una vita benedetta e all'improvviso gli era tornata in mente un'altra tempesta del suo passato, l'uragano che gli aveva distrutto la casa, ma che gli aveva anche permesso di avviare la sua attività. Aveva ricordato a sé stesso che il Signore opera per vie misteriose e aveva pensato alla *Prima lettera ai Corinzi* 10, 13, dove si prometteva che Dio *è degno di fede e non permetterà che siate tentati oltre le vostre forze.*

Nonostante la fede, aveva avuto difficoltà a dormire per diversi mesi. Era preoccupato perché non sapeva come pagare l'università ai figli, né come sostenere il banco alimentare locale, dato che sapeva che altre famiglie dovevano affrontare difficoltà ben maggiori delle sue. Quello che aveva temuto sulla polizza assicurativa si era rivelato esatto: il risarcimento non bastava a rispettare i contratti. Avrebbe potuto dichiarare bancarotta e voltare le spalle ai propri obblighi, però, pensando al *Salmo* 37, 21 – *Il malvagio prende in prestito e non restituisce, ma il giusto ha compassione e dà in dono* –, lui e Audrey erano andati in banca.

Per la prima volta nella vita avevano acceso un'ipoteca sulla casa. Mentre firmavano le carte, Jasper si era domandato come avrebbe fatto ad andare avanti, ma quando erano usciti, Audrey gli aveva stretto la mano e in quel momento lui aveva avuto la certezza che sarebbe andato tutto bene.

5

Erano da poco passate le nove di sera e regnava il buio più assoluto quando Jasper notò dei bagliori verso nord, che comparivano e sparivano come lucciole lontane.

«Sta arrivando qualcuno» borbottò ad Arlo.

Accanto a lui, il cane sbadigliò e si sollevò a sedere, guardandosi intorno. All'incirca un minuto più tardi drizzò le orecchie e inclinò la testa di lato. Jasper alzò il finestrino dalla sua parte e poi si sporse a fare lo stesso sul lato del passeggero, nella remota eventualità che Arlo decidesse di abbaiare.

Trascorse ancora qualche minuto e poi il paesaggio davanti a lui fu inondato di luce; il rombo del motore era inconfondibile. Bracconieri, con torce e fucili a bordo, insieme a un sacco di pannocchie.

I Littleton e Melton?

Solo i Littleton?

Qualcun altro?

Si era fermato in quel punto perché voleva averne l'assoluta certezza.

Poco dopo tornò il buio e il rombo del motore si allontanò. Jasper attese ancora una decina di minuti per essere sicuro che fossero proprio andati via, poi girò la chiave.

Il motore annaspò: non voleva saperne di partire. Jasper fece un respiro profondo e tentò di nuovo schiacciando sull'acceleratore. Niente da fare.

Chiuse gli occhi assalito da un'improvvisa contrazione al petto. Lasciò riposare il motore per qualche secondo, poi fece un altro tentativo. Girò la chiave e premette sull'acceleratore e finalmente il motore si accese protestando, quindi emise il tipico cigolio di una cinghia allentata.

Santo cielo, pensò Jasper. Aveva fatto un rumore infernale e si augurava che chiunque era passato prima fosse abbastanza lontano da non sentirlo.

Ingranò la prima, lasciando i fari spenti, e uscì da dietro il dosso. Intravedeva a stento la strada oltre il parabrezza e nonostante procedesse a passo d'uomo spesso doveva sterzare bruscamente per evitare tronchi e fossi. Di tanto in tanto dava un'occhiata nello specchietto per vedere se comparissero altri fari. Si sentiva nervoso, anche dopo aver raggiunto la pista: degli uomini armati che non rispettavano le leggi potevano essere pericolosi. Tuttavia resistette all'impulso di accelerare. Anche Arlo sembrava avvertire la tensione e ogni tanto guaiva. Chissà quanto tempo avrebbero impiegato a raggiungere la radura e ritornare a casa.

Jasper non lo sapeva, ma a un certo punto arrivò alla strada sterrata e soffiò fuori l'aria che non si era accorto di aver trattenuto. Si sentì abbastanza tranquillo da accendere i fari e accelerare, sapendo che ben presto avrebbe incrociato l'asfalto. Dopo un po' c'era un bivio e i bracconieri avrebbero girato a destra oppure a sinistra per imboccare una delle due uscite che evitavano di passare dal campeggio e dalla stazione dei guardaparco.

Arrivato al bivio, Jasper si rese conto di aver commesso un errore. Non aveva pensato a un posto sicuro dove nascondere il pick-up per vedere da che parte andavano i bracconieri.

Proseguì per qualche centinaio di metri in una direzione, poi fece inversione e ripeté la stessa cosa dalla parte opposta. Scrutò ai lati della strada in cerca di un punto riparato ma abbastanza largo per nascondere il pick-up, però non trovò niente di adatto.

A questo punto doveva per forza fare una scelta.

Da una parte si tornava verso Asheboro, dall'altra si proseguiva su strade locali fino a una superstrada.

Seguendo l'istinto, decise di imboccare la direzione che portava verso Asheboro e dieci minuti più tardi era fuori dalla foresta. Guidò per altri cinquecento metri, quindi svoltò in una stradina laterale, fece manovra e spense il motore, sperando di avere indovinato.

Aspettò mezz'ora.

Poi un'ora.

Poi ancora un po'.

Quando la stanchezza cominciò a farsi sentire, la sua mente cominciò a divagare. Arlo iniziò a russare.

Passate due ore buone, Jasper faticava a tenere gli occhi aperti. Proprio in quel momento vide un chiarore di fari tra gli alberi. Si raddrizzò a sedere. Scrutò con attenzione finché vide un pick-up nero spuntare dalla foresta. Gli passò davanti senza fermarsi e poco dopo accelerò.

Jasper girò la chiave e per fortuna il motore si accese al primo colpo. Partì all'inseguimento. Vedeva in lontananza i fanalini di coda. Se il fuoristrada era diretto in un quartiere specifico come Jasper sospettava, avrebbe girato a sinistra allo stop più avanti.

E così fece.

Jasper continuò a guidare a fari spenti fino a raggiungere lo stop. Subito prima di svoltare, accese le luci. Il fuoristrada ormai era quasi sparito e Jasper accelerò leggermente per accorciare le distanze. Non c'era traffico e, siccome non voleva destare sospetti, si mantenne a distanza di sicurezza.

Arrivarono ad Asheboro e proseguirono verso il centro cittadino. Il pick-up svoltò di nuovo. Jasper rallentò, vedendo confermati i propri sospetti; quando anche lui girò, scorse l'alone dei fanali posteriori che imboccavano un'altra via, la stessa dove Jasper era stato due sere prima.

Davanti a lui, il pick-up nero entrò nel viale di Clyde Littleton. Jasper si fermò sul ciglio della strada e aspettò qualche minuto, quindi scese senza fare rumore lasciando Arlo a bordo. Si avvicinò alla casa a piedi, facendo in modo di restare nell'ombra. Si sentiva uno sciocco; non era una spia o un criminale e probabilmente, se qualcuno dei vicini si fosse affacciato alla finestra, lo avrebbe notato come un'insegna al neon. Ma, a quanto pareva, non c'era anima viva.

Nei pressi di casa Littleton, si nascose all'ombra dei cespugli del vicino. Non aveva una buona visuale, però ebbe la conferma che nessuno stava scaricando una carcassa dal pianale posteriore. Non sentì neppure delle voci, il che significava che i ragazzi erano già rientrati. Tirò un sospiro di sollievo: per il momento il cervo era salvo. Inoltre, aveva avuto la conferma definitiva dei sospetti che nutriva fin dal principio.

I ragazzi Littleton avevano intenzione di procurarsi il loro trofeo.

6

Tornato a casa, Jasper si spogliò e andò a dormire, consapevole che sarebbe stata un'altra nottata breve. Si addormentò in fretta e il giovedì mattina si alzò al suono assordante della sveglia. Diede da mangiare ad Arlo e si preparò un panino all'uovo per colazione insieme a un caffè. Si sentiva vecchio e stanco e aveva dolori in tutto il corpo. La schiena, le ginocchia, le anche erano così indolenzite che faticava a muoversi; la pelle gli pungeva come se fosse trafitta da migliaia di spilli e gli prudeva da morire. Ma doveva agire, se voleva tenere al sicuro il cervo ora che i Littleton avevano rimesso l'esca. Quasi certamente era il motivo che li aveva spinti nella foresta la notte precedente.

Tornò nella Uwharrie, con i fari accesi, e dopo tanti sobbalzi e scossoni lasciò il pick-up dietro il solito dosso. Questa volta aveva con sé anche una torcia, oltre al rastrello e a un altro sacco di plastica. Si incamminò a passo lento tra gli alberi, facendo attenzione a dove metteva i piedi. L'ultima cosa che voleva era slogarsi una caviglia. Controllò l'ora e avvertì l'incalzare del tempo. Avrebbe voluto camminare più veloce e si domandava se non sarebbe stato meglio partire prima, ma a quel punto non avrebbe dormito nemmeno un po'.

Anche Arlo procedeva tranquillo, accontentandosi di restare accanto a Jasper con il naso rivolto a terra invece di precederlo.

Quando finalmente arrivò alla radura, Jasper notò diversi mucchi di pannocchie fresche. Agendo con la massima celerità, e aiutandosi con il rastrello e le mani, le infilò tutte nel sacco di plastica. Sapeva che l'esca fresca significava che i Littleton avevano intenzione di tornare, forse quel mattino stesso oppure l'indomani, dal momento che la foresta si sarebbe riempita di cacciatori una volta aperta la stagione dei tacchini selvatici. Se avesse dovuto fare un pronostico, avrebbe detto che erano già diretti lì. Al pari di lui, sapevano che il cervo si sarebbe svegliato presto per andare in cerca di cibo.

Raccolto il mais, si mise il sacco in spalla con un grugnito di fatica e recuperò il rastrello e la torcia. Nel frattempo, la luna era tramontata oltre l'orizzonte e la luce delle stelle cominciava ad affievolirsi. Illuminò il quadrante dell'orologio, consapevole che il tempo stringeva. Si rimise in marcia verso il pick-up, evitando di accendere la torcia per paura che i Littleton stessero arrivando. Questo però lo obbligò a procedere più lentamente.

Giunto al margine settentrionale della radura, subito dopo l'albero caduto dove i Littleton avevano costruito il loro nascondiglio per appostarsi, inciampò. Per ritrovare l'equilibrio fece un movimento brusco con la schiena che gli procurò una fitta che gli paralizzò tutti gli altri muscoli. Stramazzò a terra, urtando il ginocchio contro un sasso. Sentì un dolore lancinante alla gamba. Serrò con forza gli occhi cercando di respirare regolarmente, mentre il male alla schiena lo dilaniava rischiando di fargli perdere i sensi. Per quanto riguardava il ginocchio, gli sembrava di aver preso una martellata.

Non ora, pensò. Devo andarmene da qui.

Sopra di lui il cielo andava rischiarando, assumendo una sfumatura indaco.

Sapeva di dover tornare al pick-up, ma gli spasmi alla schiena che lo assalivano a ondate regolari gli toglievano quasi il respiro. Di muoversi non se ne parlava proprio. Il dolore al ginocchio invece gli risaliva fino all'anca, una fitta lancinante a ogni pulsazione. Quando Arlo cominciò ad annusargli la faccia, non trovò nemmeno la forza di allontanarlo.

Si sforzò di pensare a qualcos'altro, ma il male evocò il ricordo di una sofferenza ancora maggiore. Tutt'a un tratto ricordò il weekend è del 4 luglio 1988, all'incirca due anni dopo che la sua attività era stata distrutta dall'uragano. Era tornato a lavorare nell'edilizia e tutti e quattro i ragazzi, che erano ormai adulti, erano a casa per trascorrere il lungo ponte festivo con i genitori. Erano stati in chiesa tutti insieme, poi Audrey aveva apparecchiato il tavolo da picnic nel giardino posteriore e avevano pranzato con pollo fritto, insalata di cavolo e patate lesse. Un pranzo che Jasper non avrebbe mai dimenticato, perché sarebbe stato l'ultimo consumato con la sua famiglia.

Il giorno successivo, il Giorno dell'Indipendenza, i ragazzi avevano festeggiato per conto proprio. Mary e Deborah erano state al mare con la loro compagnia, ma in posti diversi. David aveva partecipato a un barbecue e Paul era stato in barca con un paio di amici. Dopo cena avevano guardato i fuochi d'artificio ad Asheboro, tutti tranne Deborah, che era rimasta a vedere quelli di Wrightsville Beach ed era rincasata dopo mezzanotte. Terminato lo spettacolo pirotecnico, Paul aveva organizzato un falò dietro casa, com'era successo altre volte in passato. In seguito, Jasper avrebbe scoperto che alcuni dei suoi amici avevano portato degli alcolici e Paul si era unito ai festeggiamenti.

Jasper e Audrey erano stati svegli fino a tardi in attesa del ritorno dei figli. La prima ad arrivare era stata Mary, quindi David e infine Deborah. Si erano seduti a chiacchierare al tavolo di cucina, mentre Paul era rimasto nel giardino sul retro con gli amici, seduti intorno a un falò con le fiamme che salivano verso il cielo. Guardando fuori dalla finestra, Jasper avrebbe voluto esortare Paul a fare attenzione, dato che si era alzato il vento, ma Audrey lo aveva raggiunto, gli aveva cinto la vita da dietro e gli aveva dato un bacio sulla guancia.

«Lascialo fare» gli aveva mormorato, come se gli avesse

letto nel pensiero. «Sai che è prudente e si sta divertendo con gli amici. Andiamo a dormire.»

Jasper e Audrey erano saliti in camera. Audrey si era infilata la camicia da notte e Jasper il pigiama. Come sempre si erano coricati sul fianco, guardandosi in viso. Nell'oscurità Jasper aveva colto un lieve sorriso sulle labbra della moglie. Era felice quando tutti i figli erano a casa.

Il ricordo successivo di Jasper era stata la tosse improvvisa che sembrava squassarlo da dentro. La sua mente aveva impiegato meno di un secondo per elaborare quello che stava succedendo; aveva visto le fiamme sulla parete di fondo e sul soffitto, e un fumo nero ovunque. La stanza bruciava, tutta la casa bruciava. Jasper era balzato giù dal letto e aveva scosso Audrey cercando di svegliarla. Lei era rimasta inerte e lui era stato assalito dal panico. Aveva gridato il suo nome, l'aveva scossa più forte, ma niente, nessuna reazione. Allora l'aveva presa tra le braccia e si era diretto verso la porta della camera. Appena l'aveva aperta, era stato investito da un'esplosione di luce ed energia che lo aveva scaraventato all'indietro. Era rimasto incosciente per diversi minuti, finché il dolore lo aveva svegliato.

Le fiamme si aprivano e si serravano come pugni, tentacoli arancioni e roventi che gli danzavano intorno. Anche lui stava bruciando, sentiva le dita infernali che gli divoravano la carne delle braccia e delle gambe e del busto. Benché non vedesse chiaramente, si era reso conto che aveva anche la testa, il viso e il collo avvolti dal fuoco. Lanciando un grido, istintivamente aveva cercato di spegnere le fiamme rotolando a terra. Il fumo era ormai una nebbia nera, così densa da nascondere ogni cosa. Nell'aria c'era odore di carne bruciata. Dopo aver spento le fiamme che lo avvolgevano, il suo primo pensiero era stato per Audrey e i ragazzi. Le immagini di tutti loro gli erano affiorate alla mente come se qualcuno avesse girato un interruttore. Audrey, aveva pensato, David, Mary, Deborah, Paul...

Devo salvare la mia famiglia...

Il fuoco ormai stava avviluppando ogni cosa. I muri, i pavimenti e il soffitto bruciavano insieme ai mobili. Jasper era riuscito a individuare la sagoma di Audrey accanto alla finestra, avvolta dalle fiamme. Aveva la pelle nera dalla testa ai piedi. Lui aveva soffocato le fiamme e l'aveva sollevata da terra guardando stupito la propria pelle cadere a brandelli. Barcollando, era corso giù dalle scale ed era uscito dalla porta d'ingresso, adagiando sua moglie sull'erba.

Anche le case dei vicini su entrambi i lati avevano preso fuoco. Un camion dei pompieri era già arrivato e in lontananza si udivano altre sirene. Con la coda dell'occhio aveva visto Paul sul prato, che gridava isterico mentre un poliziotto lo tratteneva. Aveva visto i vicini, raccolti in gruppetti sul marciapiede. Non c'era traccia degli altri figli e Jasper, meravigliato, si era chiesto dove fossero.

Oddio, ti prego... No...

Due vigili del fuoco stavano srotolando la manichetta antincendio. Un altro era corso verso di lui, ma Jasper si era voltato precipitandosi di nuovo dentro casa.

Il calore era una creatura viva e il rumore dell'incendio ricordava il motore di un jet; sulla pelle del suo viso avevano cominciato a formarsi delle bolle. Le fiamme stavano divorando la struttura, come se volessero inghiottirla tutta intera. Jasper non ci aveva badato. Aveva raggiunto barcollando le scale, che erano già diventate un inferno. Pensando ai ragazzi, aveva continuato ad avanzare finché aveva sentito quattro mani che lo strattonavano all'indietro. Jasper si erano divincolato, gridando, cercando di liberarsi, ma i due pompieri erano giovani e forti. Poco dopo lo stavano trascinando sul prato.

In quell'istante, la realtà aveva cominciato a prendere forma al rallentatore, mentre le immagini si plasmavano e si dissolvevano come in un sogno.

Le fiamme che salivano verso il cielo... i vicini che si tenevano abbracciati sull'altro lato della strada... l'acqua che usciva dalle manichette... l'arrivo di altre macchine della polizia, che si fermavano sul prato della casa accanto... il corpo annerito di Audrey nell'erba, circondato da paramedici...

Ma, soprattutto, ciò che non avrebbe mai dimenticato: le grida sue e di Paul. Solo quando la voce gli era venuta a mancare, Jasper aveva iniziato a sentire la sofferenza data dalle ustioni, un dolore così forte da cancellare completamente il mondo intorno. Grazie al cielo aveva perso i sensi.

7

Arlo gli leccò le lacrime dal viso.

Aveva rivissuto quella notte migliaia di volte e piangeva sempre; persino a distanza di decenni, il dolore, la vergogna e il senso di fallimento non si erano affievoliti. Si odiava per non essere riuscito a salvare la sua famiglia.

Lanciò un gemito quando avvertì un nuovo spasmo alla schiena e tornò al presente. Cercò di ricordare a sé stesso che i Littleton stavano per arrivare e che non c'era più tempo da perdere. In un passato ormai lontano avrebbe pregato Dio che gli desse la forza; lo avrebbe pregato di alleviare le sue sofferenze. Ora invece chiuse semplicemente gli occhi e si abbandonò ai ricordi. Aveva imparato da tempo che quando iniziavano era quasi impossibile bloccarli.

Jasper avrebbe scoperto ciò che era successo solo parecchio tempo dopo: lo avevano caricato in ambulanza e portato al centro grandi ustionati dell'ospedale di Chapel Hill. Lo avevano trasferito in una camera sterile e tenuto in coma farmacologico per otto settimane. Aveva ustioni di secondo e terzo grado su più del sessanta percento del corpo. Le ferite gli erano state pulite con cura e medicate per giorni. Aveva sentito dire che addirittura i medici gli avevano ricoperto parti del corpo con i vermi per eliminare più velocemente i tessuti necrotizzati. Gli avevano somministrato antibiotici per endovena ed era stato sottoposto a trapianti di pelle, sua e di donatori. Per più di un mese era stato in pericolo di vita. Soffriva di aritmia, disidratazione, edema e per due volte si era ammalato di polmonite. In un paio di occasioni aveva rischiato la setticemia, che avrebbe comportato l'amputazione di entrambe le gambe, ma i medici erano sempre riusciti a curare l'infezione.

Alla fine aveva riaperto gli occhi, affiorando in uno stato di inimmaginabile sofferenza. Tutte le volte che riprendeva conoscenza, gli si riempivano gli occhi di lacrime. Le infermiere non gli permettevano di guardarsi allo specchio, ma vedendo lo stato delle braccia, delle gambe e del busto, poteva immaginare come fosse ridotto. Dopo qualche tempo era stato trasferito in terapia intensiva e infine in reparto. Gli era stato assegnato uno psicologo. Dopo aver trascorso diversi mesi in ospedale lo avevano trasferito al North Carolina Jaycee Burn Center.

Il ricovero in quella struttura era stato persino più lungo. Dato che le ustioni avevano lesionato anche i nervi, aveva dovuto imparare di nuovo a reggersi in piedi e a camminare. A tenere in mano forchetta e cucchiaio. Si sentiva un bambino di mezza età. A un anno di distanza dall'incendio era stato finalmente dimesso, ma la terapia era tutt'altro che terminata. Nei cinque anni successivi era stato sottoposto ad altri quattro trapianti di pelle.

Due settimane dopo essersi svegliato dal coma, aveva saputo che cos'era successo alla sua famiglia. Lo sceriffo era andato a trovarlo insieme a un giovane agente, Charlie – che poi sarebbe stato nominato a sua volta sceriffo – e uno psicologo, un assistente sociale e il pastore della sua chiesa. Si erano disposti in semicerchio intorno al suo letto, parlando con voce grave e pacata. Gli era stato detto che Audrey era morta per le ustioni, mentre David, Mary e Deborah per le esalazioni di fumo. Jasper non era sicuro che fosse così, ma aveva preferito credere che i suoi tre figli non avessero sofferto, perché l'alternativa era troppo orribile da considerare. Lo avevano anche informato che era stata celebrata una piccola funzione in memoria e che i suoi cari erano stati seppelliti nel cimitero locale.

Paul non era morto nell'incendio. Invece era stato arrestato, dal momento che quattro membri della sua famiglia avevano perso la vita e tre case erano andate distrutte, e tra le varie accuse c'era anche quella di omicidio colposo.

In prigione, in presenza degli agenti che lo avevano preso in custodia e ai loro superiori, aveva rinunciato al diritto di avere un avvocato. Aveva confessato tutto, le cose che aveva fatto e forse anche altre che non aveva fatto; era la prima volta che beveva e aveva esagerato; aveva continuato ad alimentare il fuoco anche dopo che si era alzato il vento, finché era diventato ingovernabile; non aveva chiamato i pompieri quando le scintille si erano propagate al tetto, ma aveva cercato di spegnere il fuoco da solo usando il tubo per innaffiare il giardino. In preda al panico, non era corso dentro a svegliare la sua famiglia. La deposizione era stata registrata e lui ne aveva fornito anche una versione scritta. Aveva pianto per tutto il tempo, chiedendo ripetutamente del padre, così aveva saputo che Jasper era stato portato in ospedale ed era in condizioni critiche. Dato il suo stato di prostrazione, era stato messo in cella sotto stretta sorveglianza: c'era il rischio che si suicidasse.

Quando l'avvocato d'ufficio si era presentato di nuovo per rappresentarlo e chiedere una riduzione della pena per omicidio preterintenzionale, Paul aveva rifiutato l'offerta. Anzi aveva chiesto che il processo si celebrasse quanto prima e senza la giuria. Mentre Jasper lottava tra la vita e la morte, affrontando una complicazione dopo l'altra, la richiesta di Paul era stata accolta. Il processo si era svolto velocemente, concludendosi nel giro di poche settimane, invece di durare mesi se non anni. In piedi, calmo e con gli occhi asciutti davanti al giudice, lui si era dichiarato colpevole. Quando l'avvocato aveva cercato di fargli riconoscere delle attenuanti, Paul lo aveva ricusato all'istante, chiedendo che gli venisse comminata la pena più alta prevista dalla legge. Il giudice, l'onorevole Roger Littleton, si era impietosito. Invece di condannarlo al massimo della pena, ovvero a vent'anni di reclusione, gli aveva dato sei anni con la possibilità di richiedere la libertà condizionale dopo tre.

La prima notte in carcere, Paul si era tolto la vita impiccandosi con le lenzuola.

Quel giorno, in ospedale, dopo aver saputo che cos'era accaduto alla sua famiglia, Jasper si era girato dall'altra parte chiedendo di lasciarlo solo.

Non aveva parlato per settimane, nemmeno con lo psicologo. Non c'era niente da dire.

La sua vita era stata distrutta, il suo corpo straziato e la sua famiglia annientata.

Nelle settimane seguenti aveva meditato sul proprio destino, ravvisandovi un disegno in qualche modo familiare. Alla fine si era reso conto che conosceva bene quella storia; in fondo l'aveva letta decine di volte nella Bibbia.

Jasper, per qualche motivo, era diventato Giobbe.

8

Arlo uggiolò, riportando Jasper al presente. Fece una serie di lunghi respiri per raccogliere le forze e rotolò lentamente su un fianco. Avvertì una tensione alla schiena, ma per fortuna non ci furono spasmi; il ginocchio invece gli faceva ancora molto male. Non sapeva esattamente quanto tempo fosse passato, né quanto gliene restasse, soltanto che non era molto. Stava per sorgere il sole e i Littleton, con o senza Melton, sarebbero arrivati presto.

Non era sicuro di riuscire ad alzarsi, tantomeno di arrivare al pick-up. Ma sapeva che non poteva neanche restare lì accanto all'albero caduto. Cercando un posto dove nascondersi, gli tornarono in mente il dosso e i massi sul limite orientale della radura. Si sarebbe dovuto accontentare.

Alzati, si ordinò.

Non ci riusciva. Lo sforzo per mettersi in piedi gli provocò un'altra fitta alla schiena e capì di aver bisogno di un sostegno, qualcosa a cui aggrapparsi.

Meglio ancora sarebbe una barella, con tre o quattro robusti portantini.

Sorrise della propria battuta, finché il ginocchio tornò a pulsargli, strappandogli una smorfia. Scrutando in giro notò finalmente un giovane alberello. Strisciò da quella parte trascinandosi dietro la gamba offesa. Con la coda dell'occhio vide Arlo che lo fissava con la testa inclinata, come se si stesse chiedendo che tipo di gioco fosse.

Jasper strinse i denti e continuò a spostarsi un po' alla volta. Ricordò a sé stesso che una volta si era salvato da una casa inondata e un'altra era scappato da un inferno. Trattenendo il respiro, avanzò di qualche altro centimetro e si fermò, cercando di rilassare i muscoli della schiena. Poi ripeté la manovra. Ancora. E ancora.

Finalmente raggiunse l'alberello e cominciò a sollevarsi lentamente. Nonostante le fitte lancinanti alla schiena e al ginocchio, riuscì a mettersi dritto. Proprio allora vide un bagliore di luce in lontananza e sentì il rombo di un motore.

Stanno arrivando.

Che cosa avrebbero fatto se lo avessero trovato? Se avessero saputo che voleva denunciarli per bracconaggio? Che era stato lui a togliere il mais e a versare il repellente e a disporre i dispositivi a ultrasuoni per tenere lontano il cervo?

Gli tornò in mente il lampo di collera di Josh quando aveva alzato il fucile per uccidere Arlo... e la disinvoltura con cui il ragazzo gli aveva puntato l'arma contro. Rivide il sorriso vuoto di chi è incapace di provare emozioni...

Josh non lo avrebbe ucciso, vero?

Certo che no.

Per la prima volta Jasper si rese conto di avere paura. Si era comportato da stupido, ed era anche stato sciocco a credere che toccasse a lui tenere in salvo il cervo bianco. Non voleva sperimentare la collera di Josh. Stringendo i denti, fece un passo zoppicante, poi un altro, tornando lentamente e faticosamente verso il rastrello, la torcia e il sacco con le pannocchie. Si domandò se sarebbe stato capace di chinarsi a raccoglierli senza che la schiena lo tradisse di nuovo.

Gettando un'occhiata verso nord, vide un altro bagliore di luce, senza dubbio una torcia che illuminava la notte.

Erano più vicini.

E tra poco Josh si sarebbe arrabbiato, molto, moltissimo.

8

1

«Wow!» esclamò Casey quando Kaitlyn passò davanti alla porta aperta della sua camera. «Quello sì che era un bacio. Non credo di essere mai stata baciata così.»

Kaitlyn si bloccò in corridoio. «Ci stavi spiando?»

«Dalla finestra della mia camera.»

Kaitlyn sentì un calore risalirle dal collo. «Non dovresti spiare la gente. E riguardo a quello che hai visto, forse dovrei spiegarti...»

Casey fece un cenno con la mano per interromperla. «Non ce n'è bisogno, mamma. Lui mi piace.»

Kaitlyn aprì la bocca per ribattere, ma non le venne in mente nulla.

«Fammi sapere, però» aggiunse la figlia.

«Farti sapere cosa?»

«Quando vuoi che faccia la baby-sitter» rispose, come se all'improvviso i loro ruoli si fossero ribaltati. «A parte venerdì, sono sempre libera.»

2

Dopo aver fatto la doccia, Kaitlyn si mise davanti allo specchio, nuda, a esaminare la propria immagine. Aveva qualche ruga sulla fronte e delle zampe di gallina agli angoli degli occhi; notò anche una leggera ricrescita grigia all'attaccatura dei capelli.

Per quanto riguardava il resto...

Le gravidanze e l'allattamento avevano lasciato il segno. Anche la gravità stava facendo il suo lavoro. I seni, un tempo soldi, avevano cominciato a cedere, e i chili in più intorno alla vita erano fin troppo evidenti. Anche i fianchi si erano allargati e, benché le piacesse pensare di avere ancora delle belle gambe, sapeva di non essere più la ragazza di un tempo.

Eppure Tanner le aveva detto che era bella.

Si avvolse in una salvietta e si asciugò i capelli, poi si spalmò un po' di crema sul viso prima di spegnere la luce in bagno. Pensò alle sensazioni che il bacio le aveva procurato e si sentì eccitata all'idea di incontrarlo di nuovo l'indomani. Contando le volte che si erano incontrati, quello sarebbe stato il terzo appuntamento e, come tutti sapevano, il terzo appuntamento spesso era... *decisivo*. Ovvero, ci poteva stare anche una certa intimità fisica.

Non era un'ingenua né una bigotta quando si trattava di sesso. Tuttavia erano passati più di cinque anni dall'ultima volta che era stata a letto con qualcuno e nei precedenti quattordici quel qualcuno era sempre stato George e soltanto George. A conti fatti, erano più di vent'anni che non andava a letto con un uomo diverso e questa consapevolezza le creava una strana apprensione. C'era inoltre da considerare che con Tanner difficilmente avrebbe avuto un futuro, quindi come si sarebbe sentita dopo?

Piena di incertezze e aspettativa, si infilò nuda nel letto.

3

Il mattino dopo Kaitlyn informò Casey che quella sera sarebbe uscita con Tanner. Non aveva ancora finito di parlarle che rispose: «Bene, nessun problema» come se di solito accettasse di buon grado di badare al fratello. Fu sollevata che la figlia non cominciasse ad assillarla per conoscere i particolari, limitandosi a informarla che verso le dieci sarebbe andata da Camille per poi fare un po' di shopping insieme a Greensboro.

«Tornerò quando Mitch arriverà con lo scuolabus» aggiunse.

In ambulatorio, Kaitlyn fu felice della routine quotidiana delle visite e del viavai continuo di pazienti. Quando discuteva di una diagnosi o di eventuali terapie, riusciva a non pensare a Tanner, ma alle dieci e mezzo ricevette un suo messaggio in cui le chiedeva se poteva passare a prenderla alle sei. Non sapeva se avrebbe avuto il tempo di prepararsi, così gli suggerì le sei e mezzo. Chissà se anche lui credeva alla storia del terzo appuntamento, o se era un pensiero tipicamente femminile. Un attimo dopo lui le rispose con un allegro *A dopo!* e lei sentì le ormai familiari farfalle nello stomaco.

Gli appuntamenti del pomeriggio andarono per le lunghe e quando uscì dallo studio aveva iniziato a piovere e il traffico del rientro era più intenso del solito. Parcheggiò nel vialetto e si rese conto di avere meno di un'ora per prepararsi.

Trovò Casey e Mitch sul divano che guardavano di nuovo uno dei film di Jurassic Park. «Possiamo ordinare la pizza per cena?» chiese il figlio senza distogliere lo sguardo.

«Ma come, niente "Ciao, mamma! Com'è andata oggi?"»

«Ciao, mamma! Com'è andata oggi? Possiamo ordinare la pizza per cena?»

«Va bene, certo.» Kaitlyn annuì togliendosi le scarpe bagnate. «Dovrei avere dei contanti nel portafoglio.»

Casey la guardò. «Ma perché non paghi con la carta?»

Perché sono abituata a fare le cose all'antica, pensò Kaitlyn. «D'accordo. Ricordamelo prima che esca.»

Casey si alzò dal divano e le andò vicino inarcando un sopracciglio in maniera eloquente. «Alloooora...» disse allungando le vocali «come ti senti per la grande uscita, mamma?»

Kaitlyn mantenne un tono di voce disinvolto. «È solo una cena.»

«Non sei nervosa?»

Sì. «Assolutamente no.»

«A che ora pensi di tornare a casa?»

«Non lo so ancora, ma non farò tardi» rispose, cercando di sembrare sicura di sé.

«In ogni caso, avvisami se dovessi cambiare i piani» disse Casey.

Kaitlyn fece un respiro profondo, pensando: Non ce la faccio proprio a gestire questa cosa adesso.

4

Cosa mi metto?

Era sempre quello il dubbio prima di uscire, giusto? Soprattutto perché non sapeva dove avesse intenzione di portarla Tanner. Non voleva vestirsi troppo elegante, se lui aveva in mente un ristorante alla buona, ma nemmeno troppo sportiva, se lui era in giacca e cravatta. Nelle occasioni precedenti si era messa in jeans, quindi stavolta avrebbe optato per un vestito, ma quasi tutti quelli che aveva erano troppo eleganti o estivi. Alla fine ne scelse uno verde petrolio al ginocchio con le maniche ad aletta che sicuramente Casey avrebbe definito un «vestito da mamma». Del resto, lei *era* una mamma e non aveva molta scelta. Lo aveva comprato otto anni prima per un matrimonio, quando Mitch era ancora piccolo, e ricordava che più di una persona le aveva fatto i complimenti. L'unico dubbio era se ci entrasse ancora. Si spogliò e lo indossò, ma non riuscì a chiudere la lampo sulla schiena, così uscì sul pianerottolo e chiamò Casey.

«Ti serve aiuto?» rispose la figlia affacciandosi da sotto.

«Potresti allacciarmi il vestito?»

«Ti metti quello?» Casey la scrutò dall'alto in basso mentre saliva le scale.

«Se mi sta, sì» rispose Kaitlyn, sforzandosi di non guardare Casey e il suo naso, che di sicuro era sdegnosamente corrugato.

Un attimo dopo sentì la zip salire e istintivamente tirò in dentro la pancia.

«Forse è un po' stretto» borbottò.

«Smettila di agitarti» la rimproverò Casey.

Kaitlyn aveva la sensazione di essere strizzata dentro una guaina finché, miracolosamente, la chiusura lampo arrivò in cima.

Wow, pensò. Mi sta.

Andò davanti allo specchio a figura intera appeso dietro la porta della camera da letto e si disse che era un po' aderente sui fianchi però...

Le piaceva come le stava. Lasciava scoperta la giusta porzione di gamba e, con suo sollievo, le donava molto, mettendo in evidenza la sua forma a clessidra.

«Non te l'ho mai visto prima. È nuovo?» s'informò Casey.

«No, tesoro. Ce l'ho da parecchio.»

«È carino» osservò la figlia. «Già che ci siamo, avrei un suggerimento.»

«E cioè?»

«Perché non ti fai dare una mano con il trucco e i capelli?»

«Cosa c'è che non va nel modo in cui lo faccio di solito?» Kaitlyn la guardò dallo specchio aggrottando la fronte.

Casey si mise una mano sul fianco. «È un po' stile *Melrose Place*, non credi?»

«Ti riferisci alla vecchia serie tv? Quella di trent'anni fa?»

«Proprio a quella.»

«Sono sorpresa che tu l'abbia sentita nominare.»

«Ho googlato le vecchie trasmissioni e ho pensato che utilizzare un riferimento televisivo sarebbe stato un modo carino di suggerirti di rinnovare il tuo look.»

«Mi pettino e mi trucco da prima che tu nascessi.»

«È esattamente quello che intendevo dire» spiegò Casey.

«Non voglio sembrare un'adolescente.»

«Tranquilla» le assicurò Casey. «Ho guardato un sacco di tutorial su YouTube. Fidati di me.»

Kaitlyn non sapeva se offendersi o no, ma, per una volta, le intenzioni di Casey sembravano buone.

«D'accordo, vediamo quello che riesci a fare. Ma prima aiutami a scegliere un paio di scarpe adatte.»

5

Guardandosi allo specchio, Kaitlyn concluse che Casey aveva minimizzato sulla quantità di tutorial che aveva visto, perché il risultato era un trucco quasi invisibile; e anche gli occhi erano truccati ad arte.

«Vedo che apprezzi.» Casey fece un sorrisetto furbo. «È stato un piacere.»

«È vero» confermò Kaitlyn. «È che sono... sorpresa. Grazie.»

«C'è un'ultima cosa.»

«E sarebbe?»

«Smettila di essere nervosa per la serata.»

«Non sono nervosa» mentì Kaitlyn.

«Ma per favore. Me ne sono accorta appena sei tornata a casa. Devi apprezzare quello che hai da offrire. Sei una donna intelligente e di successo. Aiuti le persone malate, dai da mangiare ai poveri e sei un'ottima madre: la tua fantastica figlia ne è la dimostrazione. E poi sei carina. Se c'è qualcuno che dovrebbe essere nervoso, quello è lui.»

Kaitlyn sentì salire un groppo in gola.

«Grazie» mormorò alla fine.

«Di niente.» Casey raccolse la sua roba e cominciò a rimetterla nella trousse da trucco. «A proposito, se ti serve una scusa per liberarti, posso telefonarti tra un'oretta.»

«In che senso?»

«Nel senso che puoi andartene se l'appuntamento non va come pensavi. Ti chiamo e ti dico che a Mitch è venuta la febbre o che so io e tu, bam, sei libera.»

«È così che si fa al giorno d'oggi?»

«Già» rispose Casey.

«D'accordo. Allora chiamami tra un'ora, okay?»

«Sarà fatto. Però potresti farmi un favore?»

«Dimmi pure.»

«Era proprio quello che volevo sentire» cinguettò Casey. «Dobbiamo considerare seriamente di comprare un'altra macchina, soprattutto se vuoi che faccia più spesso la baby-sitter. Cioè, è il minimo che tu possa fare.»

Kaitlyn sorrise suo malgrado. Era rassicurante sapere che, per quanto fosse stata accomodante negli ultimi giorni, Casey non era cambiata.

«Ci penserò.»

6

Kaitlyn fece appena in tempo a mettersi gli orecchini. Erano quasi le sei e mezzo. Quando scese le scale, Mitch alzò la testa dal divano. Casey era seduta accanto a lui e gli teneva un braccio sulle spalle. La pioggia tamburellava sui vetri.

«Possiamo ordinare la pizza adesso? Muoio di fame.»

Casey gli strofinò le nocche sulla testa, facendolo strillare. «Dovresti dirle che è molto bella, non che hai fame.»

«Ma ho fame. E lei è sempre bella. È la mamma più bella del mondo.»

Kaitlyn sorrise, lusingata da tanta convinzione. «Prendo il telefono. Solo formaggio, giusto?»

Mitch annuì. Mentre ordinava, Kaitlyn vide il bagliore dei fari di un'auto attraverso la finestra del salotto.

Tanner, pensò. In perfetto orario.

Ricordando le parole della figlia, fece un respiro profondo e prese dal guardaroba la giacca e un ombrello. Quando aprì la porta, fu felice di aver scelto proprio quel vestito. Tanner indossava un paio di calzoni neri con la piega e la giacca.

Appena la vide, rimase paralizzato per lo stupore sulla soglia di casa.

«Sei... incredibile» disse infine.

«Grazie» mormorò lei, consapevole dell'ardore nello sguardo di Tanner. Da lontano le giunse il suono di un'altra voce: Mitch.

«Ma quella lì è una limousine?»

«Sul serio?» esclamò Casey. «È stupenda!»

Kaitlyn allungò il collo per sbirciare nel vialetto alle spalle di Tanner mentre Casey e Mitch si alzavano dal divano.

«Sorpresa» disse lui ridendo.

7

Mitch e Casey pretesero a gran voce di salire sulla limousine e quando Tanner acconsentì Mitch corse a prendere giubbotto e stivali. Casey lo seguì per infilarsi le scarpe.

In attesa che tornassero, Kaitlyn si rivolse a Tanner. «Hai visto cos'hai combinato?»

«Mi dispiace davvero tantissimo» disse lui.

«Non c'era bisogno di noleggiare una limousine» finse di rimproverarlo lei.

«La mia macchina è sempre dal carrozziere.»

«Hai quella a noleggio» obiettò lei.

«Ma l'hai vista?»

Kaitlyn scoppiò a ridere e appena Casey e Mitch furono pronti, uscirono tutti insieme. Kaitlyn aprì l'ombrello, mentre i ragazzi si limitarono a mettere in testa il cappuccio dei giubbotti. Prontamente l'autista scese munito di ombrello e andò ad aprire la portiera posteriore. Mitch sbirciò all'interno, poi si girò verso la madre.

«Posso salire?» la implorò.

Kaitlyn guardò Tanner, che si strinse nelle spalle. «Per me va bene.»

Casey salì dietro a Mitch, sparendo all'interno.

«Sembra di essere dentro un'astronave!» annunciò Mitch quando finalmente fece capolino dall'abitacolo.

«C'è anche il secchiello del ghiaccio con lo champagne» aggiunse Casey alle sue spalle. Nonostante il tono apparentemente disinvolto, Kaitlyn sapeva che la figlia era impressionata.

«Adesso che l'avete vista tutti e due, possiamo andare?»

«Certo.» Casey annuì. Poi si girò verso Mitch e aggiunse: «Andiamo, cimice».

«D'accordo, sederona» replicò lui facendole una linguaccia. «A dopo, mamma. Ti voglio bene.»

«Anch'io» rispose sincera Kaitlyn. Li seguì con lo sguardo, poi si voltò verso Tanner. Lui indicò l'auto con un gesto solenne della mano.

«Vogliamo andare?»

8

L'ultima volta che Kaitlyn era salita a bordo di una limousine era stato alle superiori. Suo padre ne aveva noleggiata una per la festa di diploma, ma adesso si rese conto di non ricordare neppure il nome del ragazzo con cui ci era andata. Rammentava che aveva i capelli castani mossi, le fossette e che era alto e giocava a basket, ma il suo nome rimaneva perso nelle nebbie della memoria.

«A cosa stai pensando?»

Nella luce fioca dell'abitacolo, il viso di Tanner era in ombra e misterioso. «Niente di importante.»

Lui sollevò la bottiglia di champagne dal secchiello. «Vuoi?»

«Volentieri.»

Lo guardò togliere la pellicola di alluminio dal tappo, allentare la ghiera e ruotare la bottiglia finché si udì l'inconfondibile schiocco. Riempì un bicchiere e quando glielo porse, lei colse l'aroma muschiato della sua acqua di colonia. La pioggia sferzava obliqua i finestrini, rendendo il momento ancora più surreale.

«Posso chiederti dove andremo a cena?»

«È una sorpresa» rispose lui evasivo. «È un posto un po' fuori città.»

«Abbiamo ottimi ristoranti anche qui.»

«Lo so, ma dopo quanto è successo all'Our Daily Bread, ho pensato che cenare ad Asheboro non fosse una buona idea. Nel caso tu non voglia sbandierare in giro la tua vita privata, intendo.»

«Grazie» rispose lei, grata di quella premura.

Lui prese una scatola di latta dal sedile. «Ti va qualcosa di dolce per accompagnare lo champagne?»

«Fragole con glassa al cioccolato, magari?»

«Molto meglio.» Alzò il coperchio e lei impiegò un istante per riconoscere quello che aveva davanti.

«M&M's?» domandò.

«M&M's alle arachidi» precisò lui.

«Wow» commentò lei divertita. «Credo che nessuno mi abbia mai portato dei dolcetti da Halloween a un appuntamento.»

«Sono i miei preferiti.»

«E secondo te sarebbero adatti allo champagne?»

«Perché no? Ci sono dentro cioccolato *e* arachidi.»

Se ne infilò uno in bocca a dimostrazione del suo ragionamento. Lei sorrise, inspiegabilmente ammaliata. «Come sono andate le ricerche oggi?»

«In realtà, non sono andato avanti» rispose lui. «Dopo che ne abbiamo parlato, ho concluso che mi serviva più tempo per considerare tutte le possibili implicazioni. E tu? Com'è andata la giornata? Altri casi di lebbra?»

«No. Solo routine.» Si rese conto che erano diretti a nord, verso il centro di Asheboro. Prese un M&M's e lo accompagnò con un sorso di champagne. «Non è male come abbinamento» riconobbe.

«Il nonno me ne spediva sempre delle scatole piene tutte le volte che ero in missione. Lo slogan diceva: "Si scioglie in bocca, non in mano" perciò erano l'ideale con le temperature del Medio Oriente, come puoi immaginare, ma rappresentavano anche un assaggio di normalità in un posto dove di normale c'era ben poco. Secondo me, aveva capito, addirittura più della nonna, che avevo bisogno di una cosa del genere.»

«Doveva essere una persona molto perspicace.»

«Infatti» concordò Tanner rigirandosi lo stelo del calice tra le dita. «Peccato che avesse imparato a esserlo nella maniera più dura.»

«In che senso?»

«Era originario dell'Alabama e, come me, credo, non aveva conosciuto suo padre. Viveva con la madre e un paio di zie in una baracca fatiscente alla periferia della città. Fin da neonato sua mamma lo portava con sé alla filanda dove lavorava.»

«Una donna forte.» Kaitlyn scosse la testa ammirata.

«E anche un figlio forte. La madre di mio nonno era nera e, a quanto si diceva, il padre era un bianco. E tra la fine degli anni Quaranta e l'inizio degli anni Cinquanta in Alabama questo significava crescere in condizioni difficili. Non poteva andare a nuotare nella piscina comunale, non poteva mangiare in certi posti, doveva farsi da parte se incrociava un bianco sul marciapiede. Frequentava scuole separate, ovviamente, dato che nello Stato la segregazione durò fino a dopo che si era diplomato, ma non era del tutto accettato neanche là. Da ragazzo era rimasto coinvolto in tantissime zuffe e credo fosse per questo che alla fine si era arruolato nell'esercito. Voleva andarsene dall'Alabama. Intorno all'inizio degli anni Sessanta ha conosciuto mia nonna e, ovviamente, la famiglia e gli amici di lei l'hanno isolata quando se ne è innamorata e l'ha sposato. Sono passati anni prima che riallacciassero i rapporti. Nel frattempo, lui era stato mandato in Vietnam, aveva fatto il proprio dovere ed era tornato in patria, ma negli anni Settanta c'era ancora un sacco di gente che non accettava una coppia mista come vicini di casa. Credo che sia stato per questo che alla fine lui ha accettato il trasferimento in Italia ed è rimasto in Europa per diversi decenni. Come se non bastasse, la loro unica figlia è morta e sono stati costretti a occuparsi di me.»

«Wow!» esclamò lei incredula. «Ha avuto una vita davvero tormentata.» Esitò. «Era...»

«Arrabbiato?» Tanner concluse la domanda al posto suo. Ci pensò su per qualche istante. «Credo che ancora un po' lo fosse, ma con me non l'ha mai dato a vedere. E, per quanto possa sembrare strano, serviva il suo Paese con abnegazione. Mi raccontava che una volta lasciato l'Alabama, l'esercito era diventato la sua famiglia. Era un patriota e credeva nella promessa di quello che avrebbe potuto diventare l'America. Detto questo, parlava della sua infanzia senza indorare la pillola, ricordandomi spesso quanto fossi fortunato a essere nato nella mia epoca, una cosa che ho cominciato ad apprezzare solo quando sono cresciuto. Ovviamente aveva le sue regole: nel mondo del nonno c'erano il bene e il male, il giusto e lo sbagliato, e la cosa che temevo di più era di deluderlo, anche se non ha mai alzato neanche un dito su di me.» Tanner fissava il bicchiere, assorto. Kaitlyn rimase in silenzio, in attesa che proseguisse.

«Non mi è mai mancato niente, non ho mai provato invidia per i miei amici o i compagni di scuola. Lui era rispettoso e affettuoso con la nonna, ma era un tipo taciturno. Gli unici momenti in cui parlava un po' con me era quando lavoravamo insieme su qualche motore. Una volta cresciuto, ho cominciato a chiedermi se la distanza tra noi fosse in qualche modo dovuta alla perdita della figlia. Magari la rivedeva in me, e rivedeva i suoi errori. Non l'ho mai saputo.»

«Le cose poi sono cambiate?»

«Un po', verso la fine. Tutti e due si sono aperti di più, sono diventati meno reticenti riguardo al loro passato. Ma ormai si erano trasferiti a Pensacola e li vedevo solo due o tre volte l'anno. Anche il nonno si preoccupava per me, come la nonna, soprattutto a causa delle mie molte missioni all'estero.»

«E tua nonna? Che tipo era?»

Tanner fece un sorriso pieno di malinconia. «Affettuosa, però aveva convinzioni incrollabili, come il nonno. Era anche testarda, come puoi immaginare, dal momento che aveva sfidato la famiglia e persino le minacce per sposare il nonno. Aveva un senso innato di ciò che era giusto o sbagliato.» Si illuminò in volto. «Era persino un po' eccentrica, soprattutto con la vecchiaia. Andava pazza per i canarini. Nel corso degli anni ne avrà avuti sei o sette, e tutte le volte che uno di loro si metteva a cantare, mi diceva di tacere. "Senti come canta dal cuore" ripeteva, e se ero seduto accanto a lei mi prendeva la mano e mi costringeva a rimanere lì ad ascoltarlo. Pian piano ho imparato ad amare quei momenti.»

Kaitlyn guardò verso il finestrino schizzato di pioggia, cercando di immaginare Tanner, più giovane, prigioniero della nonna caparbia. Si trovavano a nord di Asheboro; la statale era fiancheggiata dalle sagome scure degli alberi, illuminate di tanto in tanto dalle luci di qualche fattoria. L'oscurità era squarciata dai bagliori dei lampi. Lei bevve un altro sorso di champagne, cercando di immaginare il dolore dei nonni di Tanner per la perdita della loro unica figlia. Kaitlyn sapeva che non sarebbe mai più stata la stessa se fosse successo qualcosa a Casey o a Mitch. Non riusciva neppure a immaginare le emozioni conflittuali dei due genitori, quando si erano trovati il nipote tra le braccia.

La storia della vita di Tanner era complessa e affascinante, rifletté Kaitlyn. Anche in questo era diverso dagli uomini che aveva conosciuto in passato.

«Adesso mi puoi dire dove stiamo andando?» gli chiese studiandolo oltre il bordo del calice di champagne.

«A Sophia» rispose lui.

Lei piegò la testa, sconcertata. Sophia era un paesino di cinque o seimila anime. «C'è un ristorante a Sophia?»

«Aspetta e vedrai. Comunque ti informo che ho un piano di riserva. Nel caso tu preferisca fare qualcosa di diverso.»

«Ti rendi conto che non ho la minima idea di cosa stai parlando, vero?»

Lui le rivolse un sorriso compiaciuto senza rispondere, e lei tornò a guardare fuori dal finestrino. Bere champagne la faceva sentire stranamente più leggera.

Alla fine la limousine rallentò, imboccando l'uscita dalla superstrada. Invece di dirigersi verso il centro del paese, tuttavia, l'autista svoltò in una stradina di campagna che saliva tutta curve tra gli alberi della Uwharrie. Adesso pioveva più forte, e quando un altro lampo rischiarò il cielo in lontananza, Kaitlyn ebbe la sensazione che anche il clima si fosse alleato con Tanner per rendere l'atmosfera della serata più misteriosa.

La natura necessariamente fugace del loro rapporto aveva un sapore agrodolce, si disse. Ben presto Tanner sarebbe andato all'altro capo del mondo, ma negli ultimi giorni aveva capito una cosa: la sua vita era incompleta, e ormai da diverso tempo. Si rese conto che le era mancata la condivisione, non quella di un semplice legame romantico o fisico, ma la spontaneità e l'anticipazione che nascevano da una rete più ampia di legami. Da quanto tempo, si domandò, aveva dimenticato che vivere non significava semplicemente esistere, ma anche assumersi delle responsabilità? E, come le aveva detto Casey qualche giorno prima, da quanto tempo aveva dimenticato come essere felice?

Troppo, si disse, tentando invano di ricordare l'ultima volta che era uscita con le amiche. Siccome la maggior parte di loro aveva una famiglia, si era detta di non voler fare il terzo incomodo. Tuttavia, rifiutando continuamente gli inviti che riceveva, gli altri avevano smesso di chiamarla. Come risultato, a parte qualche stupido appuntamento, aveva perso gli amici e l'interesse in tutto ciò che esulasse dal lavoro e dai figli.

Esaminò a occhi socchiusi lo straordinario profilo di Tanner e le sue lunghe gambe, felice di aver accettato il suo invito. Per la prima volta nella vita aveva gettato al vento ogni precauzione, e doveva ammettere di provare un brivido di piacere alla prospettiva di ciò che sarebbe potuto accadere in seguito tra loro. Forse era proprio la consapevolezza che lui se ne sarebbe andato presto a conferire un fascino proibito al loro appuntamento. Non avrebbe mai immaginato di imbarcarsi in un'avventura del genere, ma si sentiva stranamente euforica. Perché no? si chiese.

Tanner alzò il bicchiere senza distogliere gli occhi da quelli di lei forse indovinando i suoi pensieri. Un attimo dopo la limousine rallentò imboccando uno stretto viale fiancheggiato da due colonnine pietra. Non c'era nessuna insegna di ristorante e Kaitlyn cercò di sbirciare dal parabrezza. Al di là dei tergicristalli in costante movimento, la strada di accesso disegnava una curva facendosi sempre più ripida. Alla fine Kaitlyn scorse la macchina a noleggio di Tanner, parcheggiata davanti a un'imponente baita di montagna. Era una struttura massiccia di legno e pietra con due grandi terrazze coperte probabilmente affacciate su un canyon. Le grandi finestre erano illuminate e un ampio scalone in pietra portava all'ingresso.

«Una casa?» domandò Kaitlyn confusa.

«Il panorama è spettacolare» osservò lui «ma purtroppo temo che non vedremo molto con il buio. Comunque, se preferisci passare la serata altrove, ho anche prenotato in un ristorante. A Greensboro, un posto che si chiama Undercurrent.»

Lei aggrottò la fronte. «Perché non dovrei voler cenare qui?»

«Non volevo essere sfacciato» spiegò lui. «Ci conosciamo da poco tempo e saremo solo noi due.»

Lei ci pensò un attimo. «L'autista però rimarrà qui, giusto?»

«Sì, per tutto il tempo.»

Lei sorrise, colpita dalle sue premure. «Per me va bene.»

Tanner informò l'autista che si sarebbero fermati e un attimo dopo l'uomo scese dall'auto e aprì la portiera posteriore con un ombrello in mano. Tanner scivolò sul sedile, mentre Kaitlyn usciva dalla limousine.

«Vada avanti con Kaitlyn» lo istruì. «Io vi seguo.»

Riparata dall'ampio ombrello, Kaitlyn fu scortata su per i gradini fino all'entrata, mentre Tanner rimaneva qualche passo indietro.

Giunti davanti all'ingresso, le si affiancò e, una volta rimasti soli, aprì la porta. «Dopo di te» disse, seguendola nell'atrio.

Kaitlyn posò la borsa sul tavolino subito dietro l'uscio ed esaminò con calma la casa, che era persino più lussuosa di quanto apparisse da fuori. Il soffitto a volta aveva travi a vista e un imponente lampadario a bracci ricavato da palchi di cervi. Una parete era costituita da un'enorme vetrata a tutta altezza, mentre quella di fronte alla porta era dominata da un grande camino in pietra. Il pavimento era di assi di pino, dello stesso colore delle vecchie botti di vino, in parte coperto da un tappeto bianco a pelo lungo; la spaziosa zona soggiorno era delimitata da morbidi divani e poltrone, ravvivati da cuscini colorati. Lampade da tavolo in stile art déco con raffinati paralumi di vetro diffondevano una luce calda.

«È incredibile» esclamò lei. «Ma come hai fatto?»

«Ho contattato un'agente immobiliare del posto che conosceva il proprietario della casa. In genere, l'affittano per minimo un mese, ma penso che appena ha sentito che volevo organizzare una cena speciale, ha fatto un'eccezione» le spiegò Tanner. «Quando l'ho vista, non ho saputo resistere e così abbiamo trovato un accordo.» Si strinse nelle spalle. «Allora disdico la prenotazione dell'altra cena e accendo il fuoco?»

«Ottima idea.»

Lei lo ascoltò distrattamente parlare al telefono, poi lo osservò avvicinarsi al camino, dove c'era già della legna sistemata sugli alari, con sotto della carta e qualche ramoscello. Kaitlyn si diresse verso una cucina a vista due volte più grande della sua, con elettrodomestici lucidissimi incassati negli armadietti. Da una parte c'era la sala da pranzo vera e propria, apparecchiata per due e con candelabri di cristallo. Fuori dalle finestre, era un susseguirsi di lampi e la luce rischiarava i dettagli architettonici dell'ambiente a intervalli regolari. Dall'altra parte della stanza, Tanner stava accendendo il fuoco.

«Preparerai tu la cena?» s'informò lei.

Lui scosse la testa alzandosi. «No. Non sono granché come cuoco, perciò ho preso accordi con lo chef del ristorante dove avevo prenotato. È già tutto pronto in frigorifero e basterà riscaldare.»

«Che cosa prevede il menù?»

«Funghi con ripieno di granchio come antipasto, insalata e filetto alla Wellington o pollo alla senape. Non sapevo che cosa preferissi, perciò ho fatto preparare entrambi i piatti.»

«Niente pesce?»

Vedendo la sua espressione mortificata, Kaitlyn scoppiò a ridere. «Scherzo. Mi sembra fantastico. Posso appendere la giacca da qualche parte?»

«Dalla pure a me.»

Tanner si spostò alle sue spalle e le tolse la giacca, sfiorandole delicatamente con la mano la pelle del braccio. Lei avvertì una scossa elettrica. Mentre appendeva la giacca nel guardaroba accanto all'ingresso, le chiese: «Vuoi un bicchiere di vino prima di cena? C'è sia bianco sia rosso».

Perché no? si disse di nuovo lei, provando un brivido segreto. «Assaggerò il rosso.»

Kaitlyn si spostò davanti alle vetrate del soggiorno. I lampi in rapida successione illuminavano il contorno dei monti boscosi al di là del canyon buio. Non si vedevano altre case, non c'erano luci, e questo le dava la sensazione che loro due fossero gli ultimi abitanti sulla terra. Sentì Tanner avvicinarsi alle sue spalle.

«È stato lo chef a scegliere il vino» le disse offrendole il bicchiere.

Rimase dietro di lei, vicino, ma non troppo da toccarla. Ci fu un piccolo schiocco e con la coda dell'occhio lei vide una nuvola di scintille alzarsi dal fuoco. Il primo sorso di vino le lasciò in bocca un sapore di ciliegie e violette. «Mmm. Squisito.»

«Vuoi che cominci a riscaldare la cena, o preferisci aspettare ancora un attimo?»

«Magari possiamo aspettare, tu che ne dici? Godiamoci il temporale e il fuoco per un po'.»

Si accomodarono sul divano, di fronte al camino, e Tanner tirò fuori dalla tasca l'iPhone per programmare qualcosa su un'app. Un istante dopo una musica riempì la stanza.

Rimasero in silenzio per un po', sorseggiando il vino e osservando distrattamente il fuoco che guizzava. Il temporale intanto si era intensificato, la pioggia scendeva a rivoli sui vetri. Ai lampi seguiva il lungo rombo dei tuoni. Kaitlyn sentì che Tanner la sbirciava di nascosto e il pensiero la fece sorridere.

«Mi sembra quasi di essere in vacanza» mormorò lei. «Nella mia vita reale non c'è posto per serate come questa.»

«Però ti piace?»

«È un sogno» disse lei con un tono di voce quasi rapito. Lo guardò negli occhi e nelle sue pupille dorate scorse il riflesso dei bagliori del fuoco.

Incantata, percepì più che vedere Tanner prenderle la mano.

Dall'altra parte della stanza le giunse il trillo lontano di un cellulare. Tanner aggrottò la fronte e quando suonò una seconda volta, Kaitlyn si rese conto che veniva dall'ingresso, dove aveva lasciato la borsa.

Casey.

«Credo che sia il tuo telefono» disse lui.

Kaitlyn si finse sorpresa mentre appoggiava il bicchiere sul tavolino del divano e si alzava. Con passo rapido raggiunse l'ingresso e frugò nella borsa. Tirò fuori il cellulare cercando di darsi un contegno mentre rispondeva alla chiamata.

«Alloooora... come va?» domandò Casey in tono malizioso. Evidentemente l'incarico che aveva ricevuto la divertiva molto.

«Oh, ciao, Casey» disse Kaitlyn fingendo un tono innocente. «Che succede?»

Rivolse un sorriso di scuse a Tanner, sicura che avesse sentito il nome di Casey.

«Devo dirti che Mitch sta male?»

Kaitlyn esitò, sapendo che era la sua ultima occasione di tirare il freno a mano prima che le cose accelerassero per conto proprio, ma nello stesso momento si rese conto di essere pronta. Voleva correre più rischi; voleva sentirsi attraente e desiderabile. Lanciando un'occhiata furtiva a Tanner sul divano davanti al fuoco, capì di volere *lui* e che lui voleva lei.

«Sto bene» disse.

«Sei sicura?» insistette Casey. «Dalla voce mi sembra che tu sia parecchio tesa.»

«Sì, sono sicura.»

Casey rimase in silenzio per un attimo. «D'accordo. Se lo dici tu. Però devi trovare una scusa per questa telefonata. Fai finta che sto preparando dei biscotti e ti ho chiesto dove hai messo lo zucchero di canna.»

Kaitlyn sorrise. Era tipico di Casey organizzare tutto nei minimi dettagli.

«Dovrebbe essercene un sacchetto in dispensa» disse a voce alta. «Sul ripiano in alto, vicino al riso.»

«Ah-ah» rispose Casey chiaramente divertita. «Certo che anche lui si è messo in tiro, vero? Comunque, dimmi dove trovo la ricetta.»

Kaitlyn chiuse gli occhi cercando di concentrarsi. «La ricetta dovrebbe essere nel cassetto accanto al lavandino. Mi raccomando, dai a Mitch il bacio della buonanotte da parte mia, va bene?»

«A proposito di *baci...*» iniziò Casey prima che Kaitlyn chiudesse la chiamata. Poi lei si voltò e vide Tanner alzarsi dal divano e stiracchiarsi con movimenti aggraziati da gatto.

«Scusa» mormorò. «I figli.»

Tornando da lui, realizzò che con la luce delle fiamme alle spalle aveva un'aria enigmatica. Quando lo raggiunse, lui le prese la mano e la attirò dolcemente a sé. Avvertì il calore del suo corpo mentre si fissavano negli occhi. E poi, muovendosi al rallentatore, lui inclinò la testa e le sfiorò le labbra, i loro respiri a mescolarsi in una trepidante esplorazione. Alla fine le loro bocche si unirono e Kaitlyn si sentì avvampare, elettrizzata dalla testa ai piedi. Si separarono, e il sorriso lento che lui le rivolse le fece capire quanto la desiderasse.

«Perdonami, non sono riuscito a resistere» le disse sempre tenendola per mano e accarezzandogliela con irresistibile languore. «Sei così bella che non ce l'ho fatta ad aspettare.»

Lei sorrise; una parte di lei era tentata di baciarlo di nuovo, mentre un'altra voleva prolungare l'aspettativa di ciò che sarebbe arrivato poi.

«Sarebbe un problema per te starcene seduti davanti al camino ancora per un po'?» domandò con un tono di voce roco che sorprese anche lei. «Magari potremmo finire il vino.»

«Figurati» rispose lui, conducendola di nuovo verso il divano. Kaitlyn riprese il calice e Tanner fece altrettanto.

Lei bevve un sorso fissando le fiamme, lasciando che il gusto del vino le riempisse la bocca. Dopo un po' lo guardò di sottecchi. «Sei mai stato innamorato?» gli chiese.

Tanner non rispose subito. «Credo di sì» disse dopo una pausa.

«Non ne sei sicuro?»

«È successo tanto tempo fa» spiegò. «Avevo vent'anni e all'epoca mi sembrava di esserlo. Adesso però, ripensandoci, non ne sono più sicuro, forse non sapevo cosa fosse il vero amore. Credo che alla lunga non saremmo stati adatti l'uno per l'altra.»

«Che cosa te lo fa pensare?»

«All'epoca non sapevo esattamente chi ero. Avevo appena superato gli anni dall'adolescenza e vivevo negli Stati Uniti per la prima volta. Suppongo che saremmo potuti anche crescere insieme, ma è molto probabile che con il tempo avremmo preso strade diverse. Con il senno di poi mi rendo conto che non avevamo molto in comune, eravamo soltanto infatuati l'uno dell'altra.»

«E da allora non ti è più capitato di innamorarti?»

«Non lo so con certezza. Qualche anno dopo ho conosciuto Janice. Ci siamo frequentati solo per pochi mesi, però ero convinto che fosse quella giusta. Avevo anche cominciato a cercare un anello di fidanzamento. Ma allora venivo mandato in missione ogni anno e quando lei ha saputo che stavo per partire di nuovo, si è resa conto che essere la moglie di un militare non era la vita che desiderava. Abbiamo deciso di prenderci una pausa e, quando sono tornato, lei usciva con un altro. E se te lo stai chiedendo, la risposta è no.»

«No cosa?»

«Se ti stai chiedendo se sono rimasto in contatto con una di loro.»

Kaitlyn fece una smorfia. «Non avevo intenzione di domandartelo.»

«D'accordo.» Tanner fece una risata. «Ma a volte c'è chi vuole saperlo.»

Lei lo osservò finire il vino. «Non c'è stata nessun'altra?»

«Dopo Janice sono uscito con qualcuna, ma niente di serio. E poi ci sono stati il Camerun, la Costa d'Avorio e

Haiti, tutte missioni che non favorivano le relazioni a lungo termine. Non ho incontrato nessuno che mi interessasse fino alle Hawaii. Là ho avuto una storia per qualche mese, ma non mi sono innamorato. A essere sincero, nemmeno lei era innamorata di me. È stata più che altro una conseguenza del Covid, dovuta al fatto che eravamo tutti isolati e lei abitava proprio dall'altra parte della strada, quindi era comodo.»

«Spero che tu non gliel'abbia detto.»

«Veramente è stata lei a farlo» ribatté lui.

Kaitlyn storse la bocca. «Ahia.»

«All'inizio ci sono rimasto male, ma dopo esserci separati, mi sono reso conto che aveva ragione.»

Kaitlyn cercò qualche segno di rimpianto, però non ne trovò. Tanner intanto si era spostato più vicino a lei e le aveva preso di nuovo la mano. Se la portò alle labbra e la baciò, poi la abbassò e prese a disegnarvi dei cerchi sul dorso con il pollice. La costrinse a guardarlo negli occhi.

«Sai a cosa sto pensando adesso?»

«Non ne ho idea.»

«Stavo pensando che sono molto contento che nessuna di quelle storie abbia funzionato. Altrimenti non sarei qui con te adesso.»

Colta impreparata dalla sincerità nella sua voce, per un istante Kaitlyn trattenne il respiro. Tanner appoggiò il bicchiere vuoto sul tavolino davanti al divano e con un dito seguì delicatamente il contorno della sua guancia.

Poi si chinò su di lei e la baciò, all'inizio con tenerezza, come per chiederle il permesso, e poi con passione crescente. Con le labbra di lui sulle sue, Kaitlyn si abbandonò al desiderio. Emise un lieve gemito quando finalmente le loro lingue si toccarono, arrendendosi completamente. Lui le posò una mano sulla guancia e poi gliela affondò tra i capelli; e mentre la baciava con ardore sempre maggiore, lei avvertì la tensione sciogliersi. Non ricordava più da quanto tempo non si sentiva così bene.

Lui le mordicchiò le labbra e la lingua, poi spostò la bocca verso il collo. Kaitlyn gettò la testa all'indietro con un sospiro, travolta da quella sensazione meravigliosa.

Lentamente la fece alzare e, come in trance, lei lo guardò toglierle il bicchiere di mano e appoggiarlo sul tavolino. Poi la strinse a sé. Le loro labbra si incontrarono di nuovo e lei avvertì il desiderio sempre più intenso di lui, che spostò le mani dalla sua schiena ai fianchi scivolando sulla stoffa leggera dell'abito. I suoi seni turgidi erano premuti contro il petto di lui, e un'ondata di calore la avvolse mentre gli gettava le braccia al collo. Tanner le baciò l'angolo della bocca e la guancia: il contrasto tra la ruvidezza della barba e l'umidità della lingua le provocarono intensi brividi di piacere.

Kaitlyn chiuse gli occhi quando lui cominciò ad abbassarle la lampo, entrambi sempre più impazienti. L'abito si allentò di colpo e lui tornò a baciarla sulla bocca, con un'intensità e un'eccitazione che contagiarono anche lei.

Lui le fece scivolare una manica dal braccio, poi l'altra, quindi le abbassò il vestito in vita e oltre i fianchi, lasciandolo cadere sul pavimento. Ora toccava a lei, e le sembrò di avere la pelle in fiamme quando gli tolse la giacca. Continuarono a baciarsi mentre lei gli sbottonava la camicia fino a ritrovarsi pelle contro pelle, i corpi accaldati che si toccavano. Lo sentì gemere di piacere mentre si esploravano a vicenda con le mani, i suoi seni liberati da ogni costrizione mentre lei gli accarezzava il petto e l'addome. Tanner l'aiutò a slacciargli la cintura poi Kaitlyn gli sbottonò i calzoni, che scivolarono a terra. Lui la prese per mano e la trascinò dolcemente verso la camera da letto.

Nonostante lo sguardo carico di desiderio, Tanner non fu precipitoso. Appena superata la soglia, la prese in braccio e le affondò il viso nell'incavo del collo, provocandole una cascata di brividi di piacere. Lei aprì gli occhi per un istante ed ebbe la sensazione di osservare la scena dall'esterno: il grande letto a baldacchino e il lampadario a bracci, le vetrate sferzate dalla pioggia, la notte rischiarata dai lampi; la sicurezza del suo abbraccio appassionato.

Kaitlyn perse completamente la cognizione del tempo tra baci e carezze, finché all'ennesimo tuono lui cominciò a spogliarla completamente. Poco dopo era nuda, come lui, che infine la condusse a letto.

9

Dopo rimasero sdraiati l'uno accanto all'altra, abbracciati. Kaitlyn gli accarezzava il petto e lo stomaco, soffermandosi su cicatrici di cui non sapeva dell'esistenza. Ne aveva alcune piccole sulle spalle, altre più grandi sul petto e sulle costole e in vita ne aveva una frastagliata che assomigliava a un fulmine. Quando gli chiese spiegazioni, lui le raccontò brevemente come se le era procurate. «Un colpo fortunato» giustificò quelle alla spalla. «Incidente in elicottero» per quella in vita. Siccome era chiaro che preferiva non parlarne, lei non insistette, pensando che, nonostante fossero diventati intimi, c'erano moltissime cose di lui ancora avvolte nel mistero.

Dopo aver fatto l'amore una seconda volta, si girarono su un fianco l'uno di fronte all'altra. Le lunghe ciglia di Tanner sfioravano quasi quelle di Kaitlyn. Lei non ricordava di essersi mai sentita così completa insieme a qualcuno, era come se il suo corpo finisse dove iniziava quello di lui, le loro membra intrecciate e i loro nervi che palpitavano all'unisono come se fossero un'entità unica.

«Questo faceva parte del tuo piano?» bisbigliò lei, studiando le sue iridi verde-oro. «È per questo che hai affittato una casa invece di prenotare un ristorante?»

«Be'...» rispose lui in un tono allusivo che la fece sorridere.

«Sai cosa voglio fare adesso?» gli chiese.

Lui inarcò un sopracciglio e lei alzò gli occhi al cielo. «Non quello, lo abbiamo già fatto due volte» disse. «Ho bisogno di mangiare qualcosa.»

«Che ne dici se riscaldo la cena?»

«Speravo che lo dicessi. E poi avrò bisogno di te per chiudere il vestito.»

«Non c'è bisogno che te lo metti.»

«Non ho intenzione di mangiare nuda» protestò lei. «Sarebbe imbarazzante.»

Dopo essersi rivestita, Kaitlyn prese la borsa dal tavolino accanto alla porta e si sistemò i capelli e il trucco, non tanto per Tanner, quanto per Casey e Mitch. O, meglio, solo per Casey. Era probabile che Mitch stesse già dormendo al suo ritorno, ma era sicura che la figlia l'avrebbe aspettata sveglia, pronta a cogliere ogni indizio rivelatore.

Quando raggiunse Tanner in cucina, lui stava riempiendo altri due bicchieri di vino. Gliene porse uno, e lei si guardò intorno.

«Come posso aiutarti?»

«Non ce n'è bisogno» rispose lui. «I funghi sono in forno e le insalate sono pronte.»

Rimasero in silenzio mentre lui accendeva le candele sul tavolo e abbassava le luci in sala da pranzo. Poi, tornato in cucina, si infilò un guanto da forno e tirò fuori la teglia con i funghi, che appoggiò sul bancone. Prese gli altri piatti dal frigorifero e li infornò. In attesa che si scaldassero, portarono i funghi e le insalate in tavola. Dopo essersi accomodati, Tanner cominciò a servire, poi alzò il bicchiere. «Mi sono reso conto che non abbiamo ancora fatto un brindisi. Probabilmente avremmo dovuto farlo prima con lo champagne.»

«Sei perdonato» disse lei ridendo. «Adesso però voglio mangiare.» Tagliò un fungo e ne prese un boccone.

«Buono?» le chiese Tanner osservandola.

«Squisito» rispose Kaitlyn riprendendo a mangiare con molto gusto.

Tanner mescolò l'insalata e servì a entrambi una porzione generosa. «Com'è andata con Casey oggi?» s'informò. «Spero che non abbia investito un'altra macchina.»

Kaitlyn sbuffò. «Se l'ha fatto, non me lo ha detto. Mi ha aiutato con il trucco e i capelli, però.»

«È stata gentile.»

«Infatti» confermò lei infilzando un pomodoro. «Credo che dovrò comprarle una macchina.»

«Per evitare che si trasferisca a vivere da suo padre?»

«In parte, ma onestamente ne ha bisogno. Per quando io sono al lavoro o a fare le visite a domicilio e lei è a casa con Mitch. Se dovesse capitare un'emergenza, non ha un mezzo di trasporto.»

«Gliel'hai già detto?»

«No. Perché appena lo farò, mi tormenterà finché non vedrà l'auto nel vialetto.»

«E Mitch? Come sta?»

«Stasera pizza e tv con sua sorella. Per lui è il massimo.»

Tanner sorrise e per il resto del pasto chiacchierarono amabilmente. Lei gli parlò dei progetti di Casey per il college e raccontò aneddoti sui suoi genitori e i fratelli. Poi ascoltò rapita Tanner narrare dei suoi viaggi esotici e degli amici conosciuti nel corso degli anni.

Ogni tanto Kaitlyn si sorprendeva a immaginare altre serate come quella insieme a Tanner. Tutte le volte si rimproverava ammonendosi di tenere a bada i sentimenti. Un'infatuazione passeggera era una cosa, ma l'amore implicava ben altro.

Già così, sarebbe stato difficile dirgli addio.

10

Tanner portò in tavola le crostatine di fragola e gliele mise davanti una. Sebbene avesse mangiato a sazietà, Kaitlyn pensò che un assaggio non le avrebbe fatto male. Non aveva forse concluso che la vita andava vissuta?

«Prima che me ne dimentichi» annunciò lui tagliando il suo dolce «dovrei darti una buona notizia.»

Lei alzò gli occhi dal piatto, incuriosita. «E ti viene in mente solo adesso.»

«Sono stato distratto prima» spiegò lui ammiccante. «Ci vorranno due o tre settimane prima che arrivino i pezzi di ricambio. In realtà, è più probabile tre o quattro, il che significa che rimarrò ad Asheboro più del previsto.»

«E come passerai il tempo?»

«Ancora non ne sono sicuro, ma chissà! Potrei conoscere una persona speciale.»

«Buona fortuna» ribatté lei maliziosa.

«Ci sono anche altre famiglie che vorrei vedere prima di partire per il Camerun.»

«Vivono da queste parti?»

«In Virginia, Pennsylvania e South Dakota.»

«Quindi... di nuovo in viaggio?»

«Mi piacerebbe vedere il Monte Rushmore, e magari fare un giro delle Badlands. Vorrei andare anche nelle Black Hills. Ho sentito dire che sono spettacolari» osservò lui, come se stesse già pianificando un itinerario.

Kaitlyn rimase in silenzio. Le venne in mente che esisteva un'alternativa, per esempio tornare il prima possibile ad Asheboro per stare con lei, ma evitò di dirlo. «Quanto tempo pensi di stare via?» gli chiese.

Lui infilzò una fragola glassata. «Non saprei. Qualche settimana, forse di più? Dipende anche dai loro impegni, non soltanto dai miei.»

Era giusto, ma ciò non le impedì di sentirsi un po' delusa per il fatto che non gli dispiacesse minimamente stare lontano da lei per tre delle nove o dieci settimane che avrebbe trascorso negli Stati Uniti. Tuttavia ricordò a sé stessa che comunque il lavoro lo avrebbe portato all'estero molto presto, quindi forse era addirittura meglio che passassero meno tempo insieme.

«Hai parlato con il tuo amico ultimamente? Quello che ti ha trovato il lavoro in Camerun?» Mentre parlava, cincischiava con la forchetta la gelatina della crostata.

«Vince? Non ci sentiamo da qualche settimana.»

«Di quali progetti si occuperà l'IRC in Camerun? Non ricordo che tu me ne abbia parlato.»

«So che si occupano di rifugiati e aiuti umanitari, ma non conosco i dettagli.»

«Com'è possibile?» chiese Kaitlyn.

«So solo che mi occuperò della sicurezza» disse lui spazzolando le ultime briciole di dolce. Si tamponò la bocca con il tovagliolo e allontanò il piatto. «Sono sicuro che avrò tutte le informazioni necessarie quando inizierò il lavoro a settembre.»

Lei si accigliò poi, dopo una breve esitazione, osservò: «Pensavo che cominciassi a lavorare a giugno».

«A giugno andrò a Yaoundé, ma il lavoro inizierà solo a settembre.»

«Ci vuole tanto tempo per trovare una sistemazione?» domandò.

«No. Avrò un alloggio temporaneo. Vinse mi ha promesso di occuparsene.»

«Allora non capisco. Perché parti con tanto anticipo?» insistette Kaitlyn sempre più perplessa. «Se il lavoro inizierà solo a fine estate?»

«In realtà non c'è alcun bisogno che vada via così presto» rispose Tanner con aria assorta. «Ma come forse ti ho detto, volevo visitare un paio di parchi nazionali e sarà più semplice farlo prima di essere travolto dalla routine quotidiana. E inoltre mi era piaciuto molto giocare a calcio là.»

Lei abbozzò un sorriso, cercando di mettere a tacere la vocina nella testa che le bisbigliava: Potrebbe restare ad Asheboro per tutta l'estate, se volesse.

«Immagino che ti sembrerà strano» commentò, evitando di guardarlo negli occhi «tornare a lavorare dopo questa lunga pausa.»

«È probabile» riconobbe lui. «Vince avrebbe voluto che accettassi un contratto di due anni, ma io gli ho detto che preferisco cominciare con uno e vedere come va.»

«E se non dovesse funzionare?»

«Non ne ho idea» rispose lui, appoggiandosi all'indietro sulla sedia e passandosi una mano tra i capelli. «Potrei anche licenziarmi. Non ho bisogno di uno stipendio per vivere.»

Kaitlyn fece un risolino, ma di fronte all'espressione seria di Tanner, capì che non stava scherzando.

«Cosa vorresti dire?»

«Che non ho bisogno di lavorare» rispose lui semplicemente. «Se volessi, potrei smettere anche subito.»

Lei lo fissò. «E come? I tuoi nonni ti hanno lasciato un'eredità a sorpresa?»

«Direi di no.»

«Allora l'esercito e il governo pagano meglio di quanto immaginassi.»

«Sarebbe bello» replicò Tanner. «Ricordi che ti avevo accennato ad alcuni investimenti che avevo fatto in passato?»

«Sì. Ma ti basterebbero per vivere?»

«Sì.»

«Ti dispiacerebbe darmi qualche dritta sugli investimenti in Borsa?» scherzò lei. «Dato che a Casey serve una macchina e tra poco andrà al college?»

«Nessun segreto, semplicemente sono stato fortunato, poi sono stato pigro e alla fine ho avuto un altro colpo di fortuna.»

Lei lo guardò perplessa. «Sei un po' sfuggente al riguardo, non ti pare?»

«Non ne parlo molto» ammise lui. «Gli unici a saperlo erano i nonni e un paio degli amici più stretti.» Lei lo guardò prendere il bicchiere ormai mezzo vuoto. «Alla fine della scuola, i nonni mi aprirono un piccolo conto di investimento» spiegò. «Mi suggerirono di versarvi in automatico una quota della paga quando mi fossi arruolato. E così ho fatto.»

«Lo faccio anch'io» ribatté Kaitlyn. «Ma ti posso assicurare che non mi posso assolutamente permettere di smettere di lavorare.»

«Perché tu non hai conosciuto Rodney.»

«E chi sarebbe?»

«Un tizio dei Ranger» rispose lui. «Si presentò in caserma nel 2001 con un iPod. Non avevo idea di che cosa fosse all'epoca, ma lui continuava a ripetere che era l'invenzione più strabiliante di sempre e che anch'io dovevo comprarne uno. Io non l'ho fatto, a differenza di qualche altro compagno di dormitorio. E questa cosa mi ha incuriosito. Gli iPod erano piuttosto costosi, e noi non guadagnavamo certo una fortuna. Ho cominciato a notare che tantissime altre persone li acquistavano e, nonostante gli inviti alla prudenza dei miei nonni, istintivamente ho spostato tutti i miei risparmi nelle azioni della Apple e ho fatto in modo di acquistarne altre ogni mese con la mia quota di investimento.»

«Hai comprato le azioni della Apple *all'epoca*?»

«Un colpo di fortuna, come ti ho detto. Poi, essendo pigro, non mi sono più preoccupato di cambiare strategia d'investimento. I dieci anni successivi li ho trascorsi in missione o in caserma, praticamente con zero spese, perciò il mio fondo di investimento ha continuato a crescere, mese dopo mese, sempre acquistando azioni Apple. E poi, nel 2007, ho avuto un secondo colpo di fortuna. Con il lancio sul mercato dell'iPhone il valore delle azioni è salito alle stelle. Se ci aggiungi tutti i dividendi che si sono accumulati nel corso degli anni...»

«Sei ricco» disse lei concludendo la frase al suo posto.

Lui rimase in silenzio per un attimo. «Sì» riconobbe poi.

«Ma... ricco ricco? O solo ricco?»

«Non so quali siano i tuoi parametri, diciamo che ho più di quanto potrei spendere in tutta la vita.»

Lei lo guardò. Faticava a conciliare ciò che lui le aveva appena detto con tutte le cose che le aveva raccontato. Chissà se il loro rapporto avrebbe preso un'altra direzione se lo avesse saputo fin dal principio.

«Quindi...» disse lei lentamente «potresti fare tutto quello che vuoi dato che non devi lavorare? Potresti vivere dove ti pare?»

«Credo di sì.»

«Capisco.» Fu l'unico commento che riuscì a fare.

Tanner la osservò pensieroso. «Qualche problema?»

Lei gli restituì lo sguardo, cercando di dare un senso a quello che aveva appena sentito.

Non aveva bisogno di lavorare.

Preferiva giocare a calcio con gli amici che stare con lei per vedere come potevano andare le cose tra loro.

Avrebbe potuto restare ad Asheboro.

Si sforzò di scacciare questi pensieri indesiderati, ma era una battaglia persa. «Lo trovo strano, ecco tutto» esordì.

«Che cosa in particolare?» Tanner aggrottò la fronte.

Lei prese il calice, poi lo appoggiò di nuovo sul tavolo. Non aveva più voglia di bere. «Ho immaginato che dovessi tornare a lavorare per questioni economiche. E per gli impegni che hai preso con l'IRC e l'attività che svolge in Camerun. Invece mi sembra che tu non sappia nemmeno cosa andrai a fare.»

A quelle parole lui la guardò con un misto di incredulità e irritazione. «Ho l'impressione che tu sia arrabbiata con me.»

«Non sono arrabbiata» protestò lei. Ed era la verità. «Arrabbiata» era una parola troppo forte per descrivere quello che provava. Era delusa, certo, forse anche stizzita. Ma la sensazione prevalente era quella di... rifiuto. Forse si sentiva anche tradita. Era irrazionale, lo sapeva. Aveva ricordato a sé stessa, ancora prima di andare a letto insieme, che era solo un'avventura, ma per quanto desiderasse il contrario, si rendeva conto che la sua rivelazione aveva cambiato tutto.

Se lo avesse voluto davvero, sarebbe potuto rimanere e coltivare ciò che c'era tra loro, qualunque cosa fosse.

In cuor suo sapeva di essere egoista, e stava saltando a conclusioni affrettate riguardo al loro rapporto. Tuttavia...

Se aveva la possibilità di rimanere, perché non aveva neanche preso in considerazione l'idea di farlo? Perché organizzare quella serata: la limousine e lo champagne, la cena elegante in quella baita di montagna? Solo per portarsela a letto? E, soprattutto, perché non gli interessava trascorrere altre notti come quella insieme a lei?

«Non importa» disse Kaitlyn distogliendo lo sguardo. «Possiamo cambiare argomento? Non ha importanza, davvero.»

Tanner appoggiò le mani sul tavolo, con i palmi rivolti verso l'alto, quindi parlò in tono misurato. «Ce l'hai con me e io non so nemmeno perché.»

«È tutto a posto» disse lei, consapevole che il tono della sua voce smentiva le sue parole.

Non riusciva a togliersi dalla testa quelle domande e tutt'a un tratto aveva difficoltà a restare seduta. Si alzò, tolse alcune briciole dal tavolo con il tovagliolo e portò il suo bicchiere in cucina insieme al piatto del dolce. Versò il vino avanzato nel lavandino e, non sapendo che cosa fare della torta, la spostò in un angolo del bancone, prendendo automaticamente la spugna. Soprappensiero, cominciò a pulire la cucina.

Tanner la seguì, preoccupato. «Cosa stai facendo?» le chiese dolcemente.

«Rimetto a posto» disse lei.

«Ci penso io più tardi» le assicurò, posandole timidamente una mano in vita. «Perché non torniamo a sederci davanti al fuoco?»

«Si è fatto tardi» borbottò Kaitlyn staccandosi da lui.

Erano da poco passate le nove e lo sapevano entrambi.

«Dimmi cos'è successo» la implorò lui. «Ti prego.»

Lei diede un ultima passata di spugna al bancone della cucina e poi la lasciò nel lavandino.

«Perché sono qui?» chiese infine girandosi verso di lui.

«Che cosa intendi?» I suoi occhi, ora verde scuro, la scrutarono assorti.

«Perché mi hai chiesto di uscire la prima volta? Perché hai continuato a farlo?» Kaitlyn aveva la schiena premuta contro lo spigolo del lavandino e le mani appoggiate sul bancone.

Lui la guardò, confuso. «Perché sei intelligente e gentile e interessante, e volevo conoscerti meglio.»

«Per qualche settimana, vuoi dire.» Kaitlyn incrociò le braccia sul petto.

Tanner fece un passo indietro. Rimase in silenzio per un istante e lei ebbe l'impressione che cercasse di ricomporre il quadro generale. «È per questo?» domandò lentamente. «Ce l'hai con me perché partirò?» Lei non rispose e allora lui proseguì: «Kaitlyn, non pensi di essere ingiusta? Sono stato sincero con te a proposito dei miei progetti, fin dall'inizio».

Lei lo fissò, frustrata.

«Perché vuoi andare in Camerun?»

Lui aggrottò la fronte, incerto. «Il lavoro...» iniziò.

«Quello che non ti serve...» lo interruppe lei.

Tanner la fissò senza capire. «Ho bisogno di fare qualcosa. Non posso rimanere con le mani in mano in eterno. Diventerei pazzo.»

«Non ti sto dicendo di non fare niente. Mi chiedo soltanto: perché in Camerun?»

«Ne abbiamo già parlato...»

«Sì e no» lo interruppe lei. «Mi hai detto che secondo te il Camerun è un Paese stupendo. Hai parlato di qualche parco nazionale che vuoi visitare e hai detto che ti piaceva giocare a calcio con il tuo amico. Mi hai raccontato quanto fosse divertente seguire una partita in un bar affollato. Ma sai di cosa non mi hai parlato? A cosa non hai accennato nemmeno di sfuggita? Alla gente che hai aiutato. Non hai mai nominato il sorriso di gratitudine di una persona affamata a cui hai dato da mangiare, né quante vite hai migliorato scavando un pozzo o che so io.»

«Io mi occupo di sicurezza. Non faccio queste cose...» protestò lui.

«Non capisci.» Sentiva la rabbia montare dentro e fece un respiro profondo per calmarsi. «So che la sicurezza è un lavoro importante. Mi rendo conto che fare in modo che i cooperanti internazionali siano al sicuro è fondamentale per il loro lavoro. Quello che ti sto chiedendo è perché ci vuoi andare proprio *tu*. Oltre ad assicurarti qualcosa da fare, che cosa ti lascia? Divertimento a parte?»

Lui aprì la bocca per rispondere, poi la richiuse. E alla fine disse: «Non tutti i lavori hanno uno scopo esistenziale».

«È esattamente quello che sto dicendo!» esclamò lei. «Capirei se tu tornassi là perché sei l'unico al mondo in grado di fare un certo tipo di lavoro, o se ti sentissi obbligato a fare qualcosa di buono per il mondo. Capirei anche se avessi bisogno dello stipendio per pagare le bollette, o se fossi seriamente motivato ad aiutare gli altri. Ma se considero tutto quello che mi hai detto, soprattutto il fatto che hai solo una vaga idea dei tuoi compiti... non capisco. Però credo di capire il motivo per cui tua nonna era tanto preoccupata per te.»

Lui serrò la bocca. «Non tirarla in ballo.»

Kaitlyn lo inchiodò con lo sguardo. «E allora spiegami perché vuoi tornare in Camerun.»

«Ho preso la decisione quando la nonna era malata, d'accordo?» Tanner incrociò le braccia sul petto. «Era preoccupata che non mettessi radici da nessuna parte e ho pensato che forse aveva ragione. Così quando mi è stato proposto il lavoro, l'ho accettato.»

Per un attimo rimasero entrambi in silenzio. Quando alla fine lei parlò, lo fece con voce pacata: «Dal momento che non hai bisogno di lavorare, potresti farlo ovunque. Saresti potuto rimanere a Pensacola».

Tanner la guardò con espressione di sfida. «O ad Asheboro, intendi?»

«Che cos'ha di male Asheboro?» ribatté lei, mettendosi istintivamente sulla difensiva. «L'hai detto tu che ami le città di provincia. Sei stato tu a dire che ti piacerebbe poter correre nella Uwharrie tutti i giorni...»

«Sei davvero arrabbiata» osservò lui, scuotendo la testa. Finalmente aveva capito. «Non avrei mai dovuto...»

Lei alzò le mani per fermarlo, quindi chinò la testa. «Forse sto solo cercando di dire che non sei la persona che pensavo» sussurrò con un filo di voce. «E la colpa è mia, perché non ti ho ascoltato.»

«Che cosa intendi?»

Lei alzò lentamente gli occhi, sentendosi molto sciocca. «Hai detto che se avessi chiesto ai tuoi amici, mi avrebbero spiegato che non sei tipo da mettere radici.»

«Era una battuta.»

«Ne sei proprio sicuro?» Lo scetticismo di Kaitlyn era evidente. «Che cosa vuoi dalla vita, Tanner? Spostarti incessantemente da un luogo all'altro?» Dato che lui non rispondeva, proseguì: «E noi due? Sapevi che non eri costretto a partire, ma non ti ha neanche sfiorato l'idea che la nostra potrebbe non essere soltanto un'avventura? Che c'è la possibilità che nasca un legame più profondo?»

Tanner non rispose neanche stavolta. Kaitlyn distolse lo sguardo, sentendosi umiliata. «Per tua informazione, condividevo l'idea di un'avventura quando sono venuta qui stasera. Avevo accettato il fatto che le circostanze fossero quelle che erano. Ma adesso non so più che cosa pensare.» Tanner rimase in silenzio, così lei gli girò intorno senza guardarlo negli occhi. «Credo che sarebbe meglio se il tuo autista mi accompagnasse a casa. Domani devo andare a lavorare.»

«Kaitlyn... Aspetta...»

Lei raccolse in fretta e furia la giacca e la borsa. Arrivata alla porta, si fermò un istante per decidere se prendere o no l'ombrello di Tanner, ma che senso aveva? Ripararsi dalla pioggia non era certo tra le sue priorità in quel momento.

Tanner fece un passo verso di lei. «Posso accompagnarti fuori almeno?»

«Meglio di no.»

«Ti rivedrò?»

Kaitlyn curvò le labbra in un sorriso amaro. *Perché disturbarti, dal momento che stai solo ingannando il tempo in attesa di poter giocare a calcio per le strade del Camerun?* «Sono molto impegnata» rispose in tono fermo mentre apriva la porta d'ingresso.

«Kaitlyn...»

Lei si voltò. «So che non sarebbe necessario mettere fine alla nostra storia» disse con una chiarezza che stupì persino lei «ma adesso mi rendo conto che non ha senso portarla avanti.»

Lo sgomento che scorse negli occhi di Tanner le procurò un fugace senso di trionfo, però subito sostituito dal pensiero che lei non era quel tipo di persona. Uscì sulla veranda e lasciò che la porta si richiudesse alle sue spalle. Mentre scendeva i gradini, sentì le gocce di pioggia bagnarle il viso, consapevole che si stavano mescolando alle sue lacrime.

11

«Sei già tornata?» Casey uscì dalla cucina quando Kaitlyn entrò in casa scuotendosi la pioggia dalla giacca. «Non ti aspettavo prima di un paio d'ore almeno.»

Kaitlyn aveva passato tutto il viaggio di ritorno a cercare di darsi un contegno in vista del confronto con la figlia. La tempesta di emozioni dentro di lei si era in parte calmata, ma sapeva che era ancora pericolosamente vicina alla superficie. Respira, si disse. Ricordati che prima di tutto sei una mamma. «Domani devo alzarmi presto per andare al lavoro» rispose, sforzandosi di mantenere un tono disinvolto. «Dov'è Mitch?»

«Si stava addormentando appena finito il film, così l'ho portato a letto. Com'è andata?»

Eccola, pensò Kaitlyn. Una domanda cruciale, tutto sommato. «Bene» rispose lei asciutta.

Casey la scrutò. «Oh-oh. Cos'ha fatto di sbagliato?»

«Niente» disse lei con forzata disinvoltura. «È stata una cena piacevole.»

«Ma?»

«Ma cosa?»

«Ma non pensi che uscirai di nuovo con lui» riassunse Casey. «È quello che stai pensando, anche se non vuoi dirlo ad alta voce. Ho ragione?»

Kaitlyn era troppo esausta per meravigliarsi della capacità della figlia di leggerle nel pensiero. «Sì» ammise.

La ragazza increspò le labbra. «Ti preparo una cioccolata calda.»

«Non ho molta voglia di parlare, tesoro» obiettò Kaitlyn.

«Non ti sto chiedendo di parlare» ribatté Casey da sopra la spalla mentre si dirigeva in cucina. «Ti ho solo offerto una tazza di cioccolata. È obbligatorio berla quando i ragazzi di colpo cominciano a comportarsi da idioti.»

Kaitlyn osservò la figlia mettere a bollire un pentolino di latte e poi tirare fuori il cacao solubile dalla credenza. Aggiunse il cacao al latte caldo, guarnì con qualche minimarshmallow e allungò la tazza a Kaitlyn.

«Qualunque cosa sia successa, ricorda che io sto dalla tua parte» le disse e a Kaitlyn tornò in mente sua madre. «Adesso girati, che ti aiuto con la lampo.»

Kaitlyn ubbidì e sentì Casey abbassare la zip e slacciare il vestito. Poi, cogliendola di sorpresa, la figlia la baciò sulla guancia. «Te la caverai, mamma.»

Uscì dalla cucina lasciando Kaitlyn a riflettere sulla fortuna di avere due figli come i suoi. Be'... quasi sempre.

Sorseggiò la cioccolata. Dopo averne bevuta metà si trascinò in camera da letto. Chiuse la porta e si guardò allo specchio: la propria immagine la riportò di colpo agli avvenimenti della serata. Emise un gemito, come se avesse ricevuto un colpo all'inguine e cominciò a piangere Si pizzicò la radice del naso per fermare le lacrime.

Sono una donna adulta.

Si costrinse a fare un lungo respiro. *Sapevo fin dall'inizio che sarebbe partito.*

Raddrizzò le spalle e si allontanò dallo specchio. *Non è cambiato niente...*

Peccato che non fosse vero.

Notò che le tremavano le mani quando si tolse il vestito e si lavò il viso. Lentamente, indossò il pigiama e si infilò a letto. Sicura che sarebbe sprofondata nel sonno appena avesse spento la luce, dopo quella serata spossante a livello emotivo, si ritrovò invece a fissare il soffitto, la testa piena delle immagini delle ore appena trascorse. La trepidazione che aveva provato a bordo della limousine e il sapore dello champagne, il profumo dell'acqua di colonia di Tanner. L'esaltazione e la meraviglia che aveva provato quando aveva messo piede nella casa. La prestanza dei muscoli delle braccia e della schiena di Tanner mentre si muoveva sopra di lei a letto, le loro voci mentre facevano l'amore...

Affondò il viso nel cuscino e continuò a piangere, sapendo che la loro storia era finita ancora prima di nascere.

9

1

«DOVE diamine è finito tutto il mais?»

«Forse l'hanno già mangiato.»

«Ma è impossibile! L'abbiamo messo giusto ieri notte!»

Dal suo nascondiglio tra le rocce, Jasper non sentiva i Littleton, ma poteva facilmente immaginare quello che si stavano dicendo. Melton non li aveva accompagnati, però i fratelli si trovavano esattamente nel punto in cui avevano lasciato l'esca.

«Siamo nel posto giusto?»

«Certo che sì.»

Jasper continuò a fissare le sagome scure restando il più immobile possibile, sapendo che, nonostante la penombra, anche il minimo movimento sarebbe stato notato. In qualche modo era riuscito a recuperare il mais, il rastrello e la torcia; senza sapere come, si era trascinato fino ai massi prima di crollare dietro il più grosso. Ma lo sforzo lo aveva sfinito e aveva dovuto trattenere un gemito quando la schiena aveva cominciato a contrarsi. Lo spasmo gli era appena passato, quando erano arrivati i Littleton.

Sopra di lui le ultime stelle stavano sbiadendo. Come si diceva? «L'ora più buia è quella che precede l'alba», ma si trattava di una castroneria; chiunque guardasse il cielo, sapeva che l'ora più buia era nel cuore della notte, a metà tra il tramonto e l'alba, ma che differenza faceva adesso? Era quasi l'alba, il che significava che ben presto ci sarebbe stata luce sufficiente perché lo trovassero, se avessero deciso di cercare in giro. Jasper teneva Arlo per il collare, per impedirgli di correre nella radura.

I Littleton continuavano a guardarsi intorno creando archi di luce con le torce. Jasper immaginò nuovamente le loro parole.

«Forse l'ha preso qualcuno.»

«Chi?»

«Quelli della forestale?»

«Non sono stati loro.»

«Come fai a saperlo?»

«Aspetta. Voglio controllare una cosa.»

Il fascio di una delle torce venne puntato nella sua direzione e Jasper si accucciò ulteriormente, con una smorfia di dolore. Come avrebbe fatto ad andarsene da lì? E che cosa sarebbe successo se lo avessero trovato?

Preferiva non pensarci.

Diversi decenni prima, la volta che lui e Audrey erano andati in campeggio con i figli vicino ad Asheville, era stato svegliato dal ringhio di un orso proprio fuori dalla sua tenda. I bambini all'epoca erano piccoli, dormivano da soli in una tenda tutta per loro, e Jasper era balzato fuori dal sacco a pelo per correre a proteggerli. Ma non si era imbattuto in nessun orso: a parte i grilli, il bosco era silenzioso. Non c'era movimento nemmeno nelle altre tende del campeggio e, dopo aver controllato il terreno in cerca di impronte, Jasper si era finalmente convinto che doveva essere stato un sogno. Più tardi si era domandato che cos'avrebbe fatto se nei paraggi ci fosse stato per davvero un orso; non aveva armi, non indossava né maglietta né scarpe. Non avrebbe potuto fare granché, a parte agitare le braccia e gridare.

Quell'insieme di confusione e panico era la stessa emozione che provava adesso ascoltando i rumori dei Littleton che si avvicinavano. Non sentendo niente, si arrischiò a sbirciare oltre il masso e vide che i due ragazzi si stavano dirigendo verso l'albero caduto. Jasper tese l'orecchio, si concentrò e finalmente riuscì a cogliere le loro parole.

«È strano.» Era la voce di Josh; Jasper non l'avrebbe mai dimenticata.

«Cosa?»

«Non senti questo odore? A me è sembrato che ci fosse anche dove avevamo lasciato il mais ieri. Qualunque cosa sia, puzza.»

Il repellente per cervi, pensò Jasper. E Josh non aveva detto semplicemente che c'era *puzza*; aveva espresso il concetto con «C'è puzza di merda, c***o». Accanto a Jasper Arlo sbadigliò lasciandosi sfuggire un guaito.

«Io non sento niente.»

«Zitto» sibilò Josh. «Hai sentito anche tu?»

«Cosa?»

«Shhh...»

Rimasero in silenzio. Arlo drizzò le orecchie e Jasper trattenne il fiato.

«Che cosa dovremmo sentire?»

«Vuoi startene zitto una buona volta?»

Jasper chiuse il pugno intorno alla medaglietta di Arlo per non farla tintinnare. Passò qualche secondo. Poi dieci. Poi venti.

«Adesso sento anch'io la puzza» disse Eric. «Che cos'è?»

«Non saprei.»

«Pensi che sia il cervo dell'altro giorno? Quello a cui hai sparato?»

«E che ne so.»

Ci fu una pausa. E poi: «Cosa vuoi fare?»

«In che senso?»

«Visto che non c'è più il mais, magari potremmo tornare a casa.»

«Non torneremo a casa.»

Nel silenzio che seguì, Jasper rimase in attesa, con la paura che lo divorava come una creatura viva.

2

La prima cosa che fece dopo essere stato dimesso dal centro ustionati, fu far riesumare i resti della sua famiglia e trasferirli nel terreno vicino alla baita. Celebrò il proprio funerale privato e scavò personalmente le fosse, ogni movimento una tortura. Poi si trasferì a vivere definitivamente lì. Non aveva i soldi per ricostruire la casa, nemmeno se avesse voluto. L'assicurazione era bastata a coprire giusto le sue spese mediche.

Per mesi, addirittura anni, il suo unico desiderio fu di morire. Certe volte tirava fuori il suo vecchio fucile da caccia e lo caricava, ma non riusciva mai a trovare il coraggio di usarlo su sé stesso. Invece, convinto che Dio avesse deciso di metterlo alla prova, riponeva l'arma, consapevole di dover accettare il castigo. Jasper, soffrirai giorno e notte, gli sembrava che gli dicesse Dio, e in un certo senso era convinto di meritare quella sofferenza. Non era stato in grado di proteggere la sua famiglia nel momento di maggior bisogno, quando c'era tutto in gioco.

La punizione, tuttavia, prevedeva che lavorasse, se non altro per mantenersi. Nelle sue condizioni era impossibile tornare a operare nell'edilizia, né dedicarsi a una qualunque occupazione manuale. Sedere a una scrivania per più di quindici minuti di seguito era una vera tortura, perciò l'alternativa non era certo un posto in un ufficio. Avendo ustioni anche sul viso e sulla testa, non poteva avere a che fare con il pubblico. Alla fine trovò un impiego come magazziniere in un negozio di casalinghi del posto. Lo stipendio non era molto alto, del resto Jasper non aveva grandi esigenze. La proprietaria, Nell Baker, conosceva lui e la sua famiglia da anni. Aveva acquistato da lei l'occorrente per il suo vivaio di peri di Bradford, inoltre la donna era una parrocchiana della chiesa che un tempo lui aveva frequentato; Jasper era convinto che l'avesse assunto per carità.

Tra un'operazione e l'altra passava gran parte del tempo ad annaffiare e concimare fiori, erbe e cespugli nel vivaio del negozio. Spazzava e spolverava e ripristinava le scorte sugli scaffali. Non era un lavoro difficile, ma siccome il fuoco gli aveva bruciato gran parte delle ghiandole sudoripare, doveva fare attenzione quando d'estate le temperature salivano. Il tessuto cicatriziale gli rendeva difficili e dolorosi i movimenti. Iniziò a coprirsi il viso con una bandana. Cercava di stare lontano dai clienti; le cicatrici, gli innesti di pelle ancora freschi e le incisioni lo facevano assomigliare a una creatura del dottor Frankenstein. In casa aveva tolto tutti gli specchi e li aveva sistemati nel capanno degli attrezzi sul retro. Di rado lasciava la sua baita, se non per andare al lavoro e a fare la spesa.

Smise di leggere la Bibbia e di pregare e, lentamente, gli anni passarono.

Lavoro. Intervento. Riabilitazione. Daccapo. Daccapo. Daccapo. Compì cinquant'anni e poi cinquantacinque, e allora Dio colpì di nuovo, aggiungendo nuove prove al Libro di Jasper, come se tutto quello che gli era successo non fosse abbastanza.

A pochi anni di distanza dall'ultimo intervento e all'incirca dieci anni dopo l'incendio, la pelle rimasta intatta cominciò a prudergli per poi ricoprirsi di chiazze squamose rosa simili all'orticaria provocata dall'edera velenosa. La diagnosi: psoriasi. I medici ipotizzarono che l'incendio potesse aver stimolato una reazione autoimmune sistemica, ma nessuno glielo seppe spiegare con certezza. L'unica cosa sicura era che la psoriasi continuò a espandersi fino a ricoprire quasi tutte le zone non interessate dalle ustioni. Il prurito era insopportabile e i dottori provarono diverse terapie per risolvere la situazione, ma senza successo. Alla fine la diagnosi cambiò in psoriasi cronica, e gli fu detto che avrebbe dovuto conviverci per il resto della vita. In quel momento capì di non essere più lo stesso uomo.

Aveva ancora la fede; in cuor suo Dio e Cristo erano più

reali che mai. Ma, tornato a casa, ripose la Bibbia, le sculture religiose, le fotografie e gli album in scatole che mise nel capanno insieme agli specchi, convinto che né Dio né Cristo si fossero mai interessati davvero a lui.

3

In mezzo alla foresta, il cinguettio degli uccelli risuonava tra i rami mentre l'oscurità lasciava il posto alla luce livida dell'alba. Jasper era sempre accovacciato con Arlo al riparo del masso; i fratelli Littleton, nel frattempo, si erano appostati dietro l'albero caduto. Non parlavano molto. Jasper immaginava che avessero i fucili pronti nel caso il cervo bianco avesse deciso di farsi vedere. Senza dubbio speravano che tornasse in cerca di altro mais e Jasper fu contento di aver versato il repellente in tutta la zona e di aver piazzato quei dispositivi a ultrasuoni.

Un sassolino gli si era conficcato nel sedere, quel tanto da provocargli un certo fastidio. Chissà se, provando a toglierlo, avrebbe svegliato Arlo, ma il cane sembrava profondamente addormentato. Decise di rischiare e cambiò posizione cercando di non fare rumore. Arlo drizzò le orecchie, senza aprire gli occhi e Jasper finalmente riuscì a liberarsi del sasso. La situazione migliorò, ma di poco. Se la schiena era un po' meno tesa, il ginocchio stava peggiorando. Si era gonfiato fino a premere contro il tessuto dei pantaloni e Jasper lo sentiva pulsare al ritmo del battito del suo cuore.

Era una delle numerose seccature della vecchiaia: i traumi erano più dolorosi. Inoltre, impiegavano un'eternità a guarire e, soprattutto, non passavano mai del tutto. Qualche anno prima aveva sbattuto un dito per prendere la padella di ghisa e la nocca gli era rimasta gonfia e ancora adesso gli faceva male quando pioveva. A giudicare dalle condizioni del ginocchio, probabilmente avrebbe zoppicato per il resto della vita, per quanta gliene restava.

D'altronde, che ne sapeva lui? Qualche mese prima la dottoressa aveva usato la frase «invecchiare con dignità», ma quando era uscito dal suo studio, si era chiesto se fosse possibile e addirittura che cosa significasse. Come si faceva a invecchiare con dignità? Significava essere fieri di guidare entro i limiti di velocità perché non si vedeva più bene la strada? Significava andare a testa alta benché si avesse bisogno dei pannoloni? Non voleva giudicare nessuno, bene intesi, per quanto in segreto fosse contento che almeno qualche parte del suo corpo in apparenza funzionava ancora a dovere.

I suoi pensieri furono interrotti di nuovo da un suono di voci.

«Secondo me i cervi non vengono» piagnucolò Eric.

«Vuoi parlare a voce bassa, dannazione?»

«Era solo per dire. Ormai siamo qui da quasi un'ora.»

«Quando chiuderai la bocca?»

«Quanto tempo dobbiamo rimanere?»

«Che te ne importa? Oggi non c'è scuola.» I ragazzi tornarono in silenzio. Jasper cambiò posizione, nella speranza di trasferire l'indolenzimento da un lato all'altro. Il cane alzò il muso a quel movimento, poi richiuse gli occhi. Sembrava stranamente soddisfatto e in quel momento Jasper pensò al figlio maggiore e alla sua espressione serafica quando dormiva, soprattutto da bambino.

David era sempre stato il più maturo e sicuro di sé dei quattro. Fin da piccolo guardava le persone negli occhi quando parlavano e faceva di rado i capricci. Audrey lo definiva un'«anima antica». Aiutava la madre a prendersi cura dei tre fratellini ancora prima di andare a scuola. Li cullava o gli dava il biberon e li vestiva insieme a lei tutte le volte che lei glielo chiedeva. Inoltre, dopo cena sparecchiava senza protestare. Era l'unico tra i figli che durante l'adolescenza si rifaceva il letto e teneva in ordine la sua stanza.

Era sempre stato alto, con un ciuffo ribelle che era riuscito a domare solo dopo parecchi anni. Dimostrava la sua naturale maturità anche a scuola ed era un ottimo studente, amato sia dai professori sia dai compagni. Data la sua calma e placida dignità era perfetto come rappresentante di classe alle superiori.

Non rideva molto, però. Durante tutta la sua infanzia Jasper aveva sentito quel suono allegro solo una manciata di volte e, dopo essere entrato al college, era diventato ancora più riservato. Era convinto che prendersi cura della famiglia e della comunità non fosse abbastanza; aveva deciso di risolvere i problemi del mondo. Quando tornava a casa per Natale o durante l'estate, parlava poco delle lezioni o delle amicizie che aveva stretto. Era preoccupato invece per l'Unione Sovietica, si tormentava per le armi nucleari, voleva limitare l'inquinamento e sfamare i bambini in Etiopia. Era molto angustiato dalla crescente disaffezione dei fedeli e studiava la Bibbia per ore, quasi cercasse le risposte che gli sfuggivano. Anche dopo aver deciso di diventare pastore, aveva confidato a Jasper di non essere sicuro delle proprie capacità; se non riusciva a comprendere sino in fondo il disegno che Dio aveva per lui, come avrebbe fatto ad aiutare gli altri a scoprire quale fosse lo scopo della loro vita?

Jasper aveva sorriso di fronte a questi dubbi e aveva subito pensato a *Giacomo* 4, 10 (*Umiliatevi davanti al Signore ed egli vi esalterà*).

Lo aveva detto al figlio e aveva concluso con: «Sono fiero di te» spalancando le braccia. David si era aggrappato a lui come faceva da bambino. «Ti voglio bene, papà» aveva sussurrato. «E ogni giorno ringrazio Dio di avermi dato te e la mamma.» A quelle parole, Jasper aveva sentito gli occhi riempirsi di lacrime e aveva tenuto stretto a lungo il figlio tra le braccia.

Poco tempo dopo, David se n'era andato per sempre.

4

«E quello che cavolo è?» ringhiò Josh Littleton senza neanche preoccuparsi di tenere la voce bassa tanto che Jasper lo sentì distintamente.

«Cosa?»

«Laggiù. Vicino a quell'albero. Guarda.»

Eric aveva impiegato qualche istante a individuare l'oggetto indicato da Josh.

«Un annaffiatore automatico?»

No, fu la muta risposta di Jasper. È un dispositivo a ultrasuoni con batteria solare per tenere lontani i cervi.

«Non ci sono annaffiatori automatici nella foresta, imbecille. Aspetta. Vado a controllare.»

Nella radura calò il silenzio e Jasper immaginò Josh mettersi il fucile a tracolla e incamminarsi verso l'oggetto misterioso.

Pochi minuti dopo sentì di nuovo la sua voce, chiaramente seccata.

«Credo che emetta dei suoni che tengono a distanza i cervi. La mamma di Martin lo usava per allontanare gli animali dal giardino.»

«Chi è Martin?»

«Stai zitto e dai un'occhiata.»

«Chi ce l'avrà messo? I forestali?»

«Non sono i forestali, idiota. È stato chi ha preso il mais a piazzarlo dopo che ce ne siamo andati ieri.»

«Ma allora chi è stato?»

«Indovina.»

Eric impiegò qualche istante. «Il vecchio con le cicatrici che è venuto a casa nostra l'altro giorno?»

«Hai vinto!»

«Ma perché?»

«Perché è un...»

Jasper smise di ascoltarlo mentre Josh imprecava contro di lui, una parolaccia dopo l'altra. «Vieni» disse alla fine, con voce carica di rabbia e disgusto. «Andiamocene da qui, per la miseria.»

Tornò il silenzio. Siccome Jasper preferiva non correre rischi a sbirciare oltre il masso, non poteva sapere se erano andati via veramente, così rimase in attesa. Con suo sollievo, anche se il ginocchio era sempre più gonfio, i muscoli della schiena si erano rilassati. Essere stato costretto a rimanere nascosto in fondo era stato un bene per lui, perché gli aveva dato la possibilità di riprendere le forze. Proprio quando pensava che ormai la via fosse libera, udì il grido di Josh riecheggiare da lontano, così pieno di cattiveria e rabbia da ammorbare l'aria mattutina.

«SO CHE SEI ANCORA QUI DA QUALCHE PARTE!»

5

Jasper decise di aspettare ancora un'ora, per sicurezza. Arlo continuò a dormire mentre lui si rigirava dei sassolini tra le dita e osservava una coppia di scoiattoli arrampicarsi lungo un ramo. Sopra di lui un falco volava in cerchi sempre più ampi e Jasper seguì il suo volo affascinato, come aveva fatto spesso con Mary.

La sua bambina aveva sempre amato gli animali di ogni genere. Da piccola il suo letto era pieno di peluche – un pinguino, un elefante e un cavallo rosa –, ma il suo preferito era una volpe artica con la quale dormiva e che si era portata anche al college. Era uno dei motivi per cui Jasper aveva iniziato a intagliare animali, gli stessi che ora realizzava con il bambino. Mary ne andava pazza e aveva dato un nome a ciascuno: Peter il Picchio, Sally lo Scoiattolo, Charles il Cavallo. Ci giocava sempre, inventandosi complicate avventure.

Anche i due cani (Bert e in seguito Ernie) erano arrivati per lo stesso motivo; poi era stata la volta di due gatti,

Biscotto e Bignè, un criceto, un gerbillo e persino un geco, che alla fine era scappato dalla finestra della camera da letto. Anche a lei, come a Mitch, piaceva andare allo zoo, e nei fine settimana Jasper ogni tanto la portava in una fattoria poco distante dove c'erano le mucche e i cavalli e anche le capre miotoniche del Tennessee. Quando erano spaventate, la muscolatura si irrigidiva facendole stramazzare a terra. Da piccola Mary batteva le mani e le osservava accasciarsi ridendo divertita; diventata grande, le dispiaceva per le capre e cercava di rimanere il più silenziosa possibile davanti a loro. «Farle svenire è una cattiveria, papà» lo ammoniva. «Guarda come sono carine.» A volte portava con sé la macchina fotografica del padre e usava un rullino intero di foto.

Mary era sempre stata un maschiaccio con i codini, che preferiva stare all'aria aperta anziché rinchiusa in camera. Non le importava sporcarsi e sapeva arrampicarsi sugli alberi e prendere a calci un pallone meglio dei suoi fratelli. Ma aveva anche un lato tenero, e non solo quando si trattava di animali. In seconda media aveva invitato un ragazzo di nome Michael al ballo scolastico, ma lui le aveva risposto che sperava di andarci con un'altra ragazza, al che Mary aveva passato il resto del pomeriggio e tutta la sera a piangere in camera sua. Piangeva anche quando si trattava di studiare, dato che doveva faticare più della maggior parte dei suoi compagni per padroneggiare la materia. A volte l'ansia e la frustrazione avevano la meglio su di lei.

Non andava sempre d'accordo con la sorella minore, anche se Deborah era la sua migliore amica. Era convinta che fosse più carina di lei. Quando lo aveva detto al padre, lui le aveva assicurato che ciascuna era bella a modo suo, ma lei aveva reagito con una smorfia. «Deborah è più alta di me, ha i capelli lisci e non ricci e i ragazzi chiamano tutte le sere qui a casa per parlare con lei e mai con me.»

Jasper non aveva saputo come rispondere, in seguito si era domandato se questo incidente fosse stato il motivo per cui non avevano più affrontato l'argomento. Lui fingeva di non accorgersi che Mary usciva di rado con i ragazzi alle superiori; faceva finta di niente quando diceva che sarebbe andata alla festa d'inizio anno con un gruppo di amiche invece che con il ragazzo di cui era innamorata. Era sinceramente stupito che i suoi compagni di scuola non fossero attratti dalla sua naturale bellezza e vitalità; era, e continuava a essere, un mistero per lui.

A parte gli animali, l'altra passione di Mary erano i libri, come per Audrey. Amava i gialli e i romanzi d'avventura e spesso Jasper le vedeva sedute insieme sul divano ad attorcigliarsi le ciocche di capelli tra le dita, ciascuna immersa in un altro mondo tra le pagine di un libro.

Di tutti i figli, Mary era la più diligente a scuola, si impegnava senza risparmiarsi per ottenere i risultati conquistati tanto duramente. Il suo zelo nello studio l'aveva ripagata al college; alla UNC a Chapel Hill aveva preso ottimi voti fin dal primo semestre ed era rimasta concentrata sul suo obiettivo di diventare veterinaria. Aveva anche conosciuto un ragazzo poco più grande di lei e qualche tempo dopo aveva confessato a sua madre che «forse era quello giusto». Avevano continuato a frequentarsi anche dopo il diploma ed entrambi si erano iscritti alla facoltà di Veterinaria. Lo aveva persino invitato a casa nelle vacanze di Natale e durante la cena Jasper lo aveva visto lanciare a Mary occhiate furtive, piene della stessa passione che Jasper aveva provato per Audrey da ragazzo.

Difficile credere che giusto sei mesi dopo, di Mary sarebbe rimasto solo un ricordo.

6

Mentre il sole continuava la sua salita nel cielo, Jasper aspettava paziente. A un certo punto anche Arlo cominciò a diventare irrequieto: probabilmente aveva sete.

Era da un bel po' che non sentiva più i ragazzi e quando si era arrischiato a lanciare un'occhiata oltre il masso, non li aveva visti. Ovviamente era possibile che si fossero nascosti ad aspettarlo, ma lui non poteva rimanere lì ancora a lungo; se il ginocchio continuava a gonfiarsi, rischiava di non riuscire più a camminare. Già così faticava a piegare la gamba.

Decise di rischiare e si trascinò più vicino al masso. Afferrandolo con entrambe le mani, si sollevò sulla gamba buona. Erano passati anni, no, decenni!, dall'ultima volta che aveva provato a stare in piedi su una gamba sola e il muscolo della coscia gli tremava per lo sforzo. Si irrigidì, cercando di controllare il dondolio, sentendo la coscia vibrare e la schiena contrarsi di nuovo. La fatica gli annebbiò la vista e i polmoni gli esplosero in un gemito quando finalmente si mise dritto.

Dannazione, pensò cercando di riprendere fiato.

Boccheggiando, si tenne saldamente al masso, con il cuore che gli batteva forte. In tasca aveva le compresse di nitroglicerina e si appoggiò alla roccia per aprire la boccetta e mettersene una sotto la lingua.

Quando il respiro e il battito si furono stabilizzati, esaminò il terreno. Per un istante valutò se usare il rastrello come gruccia o bastone, ma era troppo lungo e non aveva un punto in cui afferrarlo. Sempre ammesso di riuscire a raccoglierlo, oltre alla torcia, senza cadere in avanti. Dubitava di essere in grado di farlo. Per quanto riguardava il sacco di mais, nelle sue condizioni pesava quanto l'ancora di una nave. Avrebbe dovuto lasciarlo lì insieme al resto.

Spostando lentamente il peso sulla gamba offesa, controllò il ginocchio. Gli faceva male, ma non era un dolore lancinante, allora aggiunse man mano più pressione finché sentì una fitta. Forse avrebbe avuto bisogno di una radiografia per essere sicuro che non ci fosse niente di rotto e sapeva che la dottoressa non sarebbe stata affatto contenta. Già se la immaginava scuotere la testa per la sua sventatezza.

Ma non era il caso di pensarci adesso. Ora doveva mettersi in movimento. Notò un altro masso, leggermente più piccolo, a un paio di metri di distanza. Si diresse da quella parte, zoppicando incerto. Gli sembrava che le ossa del ginocchio sfregassero l'una contro l'altra, ma pian piano riuscì a procedere. Quando alla fine lo raggiunse, ci si appoggiò, in attesa che il dolore diminuisse.

Si guardò intorno. Non c'erano altri massi e allora scelse un albero a poca distanza, un pino che svettava verso il cielo. Si avviò per raggiungerlo stringendo i denti per il dolore; a un certo punto rischiò di perdere l'equilibrio e dovette mulinare le braccia per restare in piedi. C'è mancato poco, pensò. Se fosse caduto di nuovo, non sarebbe riuscito a rialzarsi. Zoppicando, arrivò al tronco. Si fermò di nuovo qualche istante per riprendere fiato.

Un altro albero superato, ne restano solo qualche miliardo.

E poi tutti i su e giù.

E se i Littleton hanno trovato il mio pick-up e mi stanno aspettando là?

Scacciò quel timore, dicendosi che ci avrebbe pensato al momento opportuno. Tranne che...

Fischiò per richiamare Arlo, che tornò al suo fianco. «Non allontanarti, capito? Non voglio che ti sparino di nuovo.»

Arlo lo guardò con espressione un po' ebete ma piena d'affetto. Jasper scelse l'albero successivo, si preparò e si trascinò da quella parte. Arlo gli rimase accanto, come per decidere se i movimenti goffi di Jasper indicassero che voleva giocare o no. Presto perse interesse e cominciò ad annusare tra i cespugli lì vicino.

Una decina di saltelli e Jasper poté appoggiare le mani al tronco. Un'altra pausa in attesa che il dolore passasse. E poi cercò l'albero successivo.

Uno alla volta, si ripeté. Potrebbero volerci ore, o magari persino tutto il giorno, ma ce la farò.

7

A un certo punto della mattinata Jasper perse il conto di quanti alberi aveva superato fin lì. Iniziava a fare caldo, così si appoggiò, esausto, al grosso tronco di una magnolia.

Dalla cima degli alberi gli giunse il richiamo di una dendroica cerulea – simile al cigolio di una ruota – mescolato alla melodia flautata di un tordo dei boschi. Il loro concerto riportò alla mente di Jasper la voce di Deborah, forse la più angelica che avesse mai sentito. L'aveva sempre chiamata «la mia piccolina». Era nata in anticipo di quattro settimane e pesava poco più di due chili. Riusciva a tenerla nel palmo della mano e all'ospedale si domandava come fosse possibile che una creatura tanto minuscola un giorno potesse diventare un essere umano di statura normale. Per fortuna godeva di ottima salute, ma nei primi mesi di vita Audrey la teneva sotto stretto controllo, pronta a correre dal pediatra al primo segno di ritardo nella crescita.

Deborah invece era cresciuta, proprio come David e Mary, ma più lentamente. Per anni era rimasta nell'ultimo percentile della sua fascia d'età, sia per altezza sia per peso, e fino ai dodici anni era stata la più bassa della sua classe, una ragazzina delicata, fragile, sempre relegata nell'angolo sinistro della prima fila nelle foto di classe.

Diversamente da Mary, non amava i giochi sfrenati. Le piaceva giocare con le Barbie e farsi spazzolare i capelli da Jasper prima di andare a letto. Cantava le canzoni che sentiva alla radio e tutte le volte che si univa al coro della chiesa, Jasper riusciva a distinguere la sua voce, meravigliato dal suo timbro e dall'insolita ampiezza. A volte, quando era sulla veranda a intagliare figure di legno, Deborah lo raggiungeva e Jasper le chiedeva di sentire un nuovo brano che aveva appena imparato. Lui metteva via il temperino e ascoltava la figlia cantare, impressionato dal dono che Dio le aveva dato e di cui né lui né Audrey godevano.

Deborah era la più estroversa dei suoi figli; chiacchierava a ruota libera e a volte, durante la cena, Audrey era costretta a zittirla per dare modo anche ai fratelli di dire qualcosa. Aveva sempre qualche storia da raccontare e le piaceva fare domande, probabilmente questo spiegava perché era così popolare a scuola. Con il passare degli anni aveva cominciato a essere invitata a tutte le feste di compleanno e, arrivata alle superiori, aveva un pigiama party quasi ogni fine settimana. Jasper ricordava quante volte aveva preparato i popcorn per lei e le sue amiche mentre loro guardavano un film in tv, obbligandole alla fine a spegnere le luci e a smettere di parlottare e ridere.

Lo scatto di crescita era avvenuto il primo anno delle superiori. La sera, dopo aver finito i compiti, sfogliava le riviste per adolescenti, studiando le tecniche più alla moda per applicare l'ombretto o il rossetto. I ragazzi avevano cominciato a notarla. Aveva collezionato una serie di fidanzatini, che duravano in genere pochi mesi oppure, come Allen, più a lungo. Andava al cinema e a ballare e usciva a mangiare il gelato, e il ragazzo di turno passava da casa quasi tutte le sere. All'epoca il telefono era in cucina, ma aveva un filo abbastanza lungo da permettere a Deborah di uscire sulla veranda posteriore, dove passava ore a parlare e ridere allontanando con le mani le falene attratte dalle luci. Per Jasper era un vero mistero: alcune di quelle telefonate erano davvero *interminabili*. Che cosa avevano mai da dirsi per tutto quel tempo?

Deborah era molto legata ad Audrey ed era prevedibile che volesse diventare insegnante come sua madre. Jasper sapeva che sarebbe stata la classica maestra amata da alunni e genitori.

Purtroppo non ne aveva avuto la possibilità, perché nel giro di una notte anche lei se n'era andata per sempre.

8

L'orologio di Jasper indicava che era in cammino da più di due ore e, secondo i suoi calcoli, era a metà strada dal pick-up. Sapeva che da lì in avanti la pendenza sarebbe aumentata. Nonostante l'aria fresca, aveva la fronte sudata, segno che il suo corpo cominciava a surriscaldarsi.

Doveva riposarsi e individuò un albero caduto in lontananza. Si diresse barcollando da quella parte. Adesso anche l'anca dal lato buono aveva cominciato a fargli male, senza dubbio per lo sforzo di dover sostenere gran parte del suo peso.

Oltre alla schiena e al ginocchio malandati ora ci si metteva pure il fianco.

Sono una sciagura ambulante, pensò. Anche se raggiungessi il pick-up e riuscissi a tornare a casa, poi cosa farei?

Non era escluso che, una volta arrivato alla baita, sarebbe crollato sul letto e forse non sarebbe più stato in grado di alzarsi. Sarebbe rimasto bloccato, senza nemmeno riuscire a raggiungere il telefono. Dopo un po' gli sarebbe venuta fame e sete e alla fine avrebbe tirato le cuoia. Ma il pensiero di morire non era la prospettiva peggiore. Arlo sarebbe impazzito per la fame e probabilmente avrebbe finito per mangiarsi lui. Trascorsa qualche settimana, quando il bambino si fosse accorto della sua assenza, la polizia sarebbe andata a casa e avrebbero trovato il suo cadavere a brandelli e Arlo, con la pancia tonda come un Buddha, che scodinzolava felice.

Jasper sbuffò immaginando questo macabro scenario.

Forse sto diventando pazzo, borbottò. Ma se divagava con la mente, aveva la sensazione di sentire meno il dolore, almeno per un po'.

Quando arrivò al tronco, si mise a sedere: aveva l'impressione di aver attraversato a piedi tutta la California.

Si asciugò il sudore con la bandana e pensò a Paul, l'ultimo dei suoi figli. Era stata una gravidanza difficile. Audrey aveva avuto perdite per tutto il primo trimestre; gli ultimi due mesi la pressione le era salita alle stelle ed era stata costretta a letto. Durante le visite bisettimanali dal ginecologo, discutevano sempre se fosse il caso di indurre un parto anticipato. Siccome, però, le condizioni di Audrey erano rimaste stabili, il dottore aveva suggerito di monitorare la situazione e rimanere in attesa. Ciò nonostante, per prudenza, a ogni appuntamento Jasper portava sempre con sé la borsa preparata per l'ospedale, casomai fosse stato necessario un ricovero d'urgenza.

Con sollievo di tutti, la gravidanza era quasi giunta al termine e, alla nascita, Paul pesava più di tre chili e mezzo. Audrey era rimasta in ospedale per quasi una settimana, a causa di complicanze emorragiche e, tra una visita e l'altra, Jasper aveva dovuto occuparsi da solo del neonato. Nonostante avesse tre figli, quando era tornato a casa con Paul si era reso conto di sapere davvero poco sui lattanti. Accudirlo e intanto seguire gli altri tre bambini lo aveva esaurito a tal punto da fargli apprezzare con rinnovata stima tutto quello che faceva sua moglie. Nei sei mesi successivi al ritorno a casa di Audrey, aveva cercato di trascorrere con lei la maggior parte del tempo, anticipando ogni sua necessità. All'inizio lei si era mostrata riconoscente, ma a un certo punto gli aveva suggerito di tornare al lavoro a tempo pieno. Le piaceva la sua routine e Jasper aveva compreso di esserle d'impiccio.

Fin dall'inizio Paul era stato speciale per tutti in famiglia. Per Jasper e Audrey era il piccolino; per David il fratello che aveva sempre desiderato. Mary lo coccolava come un cucciolo, mentre Deborah lo trattava come uno dei suoi bambolotti. Jasper ricordava che una volta la figlia lo aveva truccato con i cosmetici di Audrey e gli aveva messo uno dei suoi vecchi vestiti. All'epoca doveva avere cinque o sei anni. Audrey aveva riso tantissimo e gli aveva anche fatto una foto. A diversi anni di distanza, la fotografia era scomparsa dall'album di famiglia e Jasper sapeva che era stato Paul a farla sparire.

Forse perché era l'ultimo, Paul era anche il più sensibile dei suoi figli. Quando Bert, il loro cocker spaniel, era stato investito da una macchina e avevano dovuto sopprimerlo, Paul aveva pianto inconsolabile per settimane; quando il suo miglior amico Jonah si era trasferito in un'altra città in seconda elementare, aveva sofferto molto, probabilmente convinto che non avrebbe mai più avuto un amico del cuore.

Jasper aveva iniziato a preoccuparsi quando, durante l'adolescenza, il figlio aveva cominciato a comportarsi in modo da ottenere l'approvazione dei suoi coetanei. Era come se volesse sperimentare identità sempre diverse, con fasi che spesso duravano mesi: per un po' aveva imitato David, mostrandosi serio e coscienzioso; poi aveva iniziato a dire di voler diventare veterinario, proprio come Mary. Aveva attraversato una fase da cowboy, una da sportivo e una da skater. Alle superiori, forse invidioso del successo di Deborah, si era fatto crescere i capelli, ansioso di essere accettato come lei nel gruppo dei ragazzi più popolari. A sedici anni aveva cominciato a portare giubbotti di jeans e occhiali da sole Ray-Ban e aveva annunciato di volersi fare un tatuaggio appena avesse avuto l'età giusta.

Nonostante le palesi insicurezze di Paul, per Jasper era una consolazione sapere che era rimasto il ragazzo gentile di sempre. La volta in cui Mary era scoppiata a piangere per non essere stata invitata alla festa di inizio anno, Paul aveva pianto insieme a lei e le aveva scritto una poesia per dirle quanto fosse speciale. In seguito, Mary aveva confidato al padre che era stata la cosa più carina che qualcuno avesse fatto per lei. Quando Deborah non era riuscita a ottenere la parte da solista al concerto di Natale – cosa a cui ambiva disperatamente –, Paul aveva preso la bicicletta ed era andato a comprarle il suo gelato preferito, poi le aveva chiesto di cantare per lui.

Forse per sfogare la tempesta di emozioni che lo tormentava senza sosta, Paul aveva l'abitudine di tenere un diario. Spesso si sedeva sulla veranda a scrivere forsennatamente, oppure a notte fonda, prima di andare a letto. Di tutti i ricordi dei figli, andati perduti nell'incendio, i diari erano forse il cruccio maggiore di Jasper. Era convinto che avrebbero potuto spiegargli perché Paul si era tolto la vita.

Ma d'altronde Jasper conosceva già la risposta.

Suo figlio, così sensibile ed emotivo, che viveva a fondo ogni emozione e desiderava disperatamente l'approvazione degli altri, non poteva convivere con il rimorso per ciò che aveva fatto.

9

Jasper si alzò e riprese il cammino, un albero dopo l'altro, sudando nonostante il rapido calo della temperatura. Era in arrivo un fronte freddo, e lui continuava ad avanzare zoppicando e a fermarsi, avanzare zoppicando e fermarsi cercando di mantenere un'andatura lenta ma regolare. Di tanto in tanto era costretto a compiere deviazioni per evitare i punti più ripidi. Non potendo arrampicarsi, probabilmente stava allungando la strada di almeno un'ora. Adesso, tra lui e il pick-up, c'era un dosso troppo lungo da poter aggirare. Doveva essere alto quattro o cinque metri. Si fermò contro un albero per cercare di individuare il modo migliore per affrontarlo. Dalla cresta sarebbe riuscito a vedere il pick-up, ma era in pessime condizioni fisiche. Gli tremavano le gambe a stare in piedi e gli faceva male la schiena.

Anche Arlo era esausto. Teneva la testa ciondoloni, la lingua di fuori, e non mostrava più il minimo interesse per esplorare i dintorni.

«Secondo te possiamo farcela?» gli chiese Jasper. Arlo alzò lo sguardo su di lui e scodinzolò una volta soltanto.

Jasper cercò di raccogliere le ultime forze, domandandosi se i Littleton fossero nei paraggi. La prima volta non avevano notato il suo pick-up dietro il terrapieno, ma era notte. Non lo aveva chiuso a chiave e loro avrebbero potuto frugare nel cassettino del cruscotto. Dentro aveva lasciato il portafoglio, che avrebbe confermato i loro sospetti: era stato lui a vanificare la loro trappola per cervi.

«Se hanno trovato il pick-up, probabilmente sono là ad

aspettarmi» borbottò ad Arlo. «Ma c'è solo un modo per saperlo.»

Dopo aver lanciato un'ultima occhiata al pendio, Jasper strinse i denti e cominciò a salire. Si muoveva a piccoli passi cauti e quando la pendenza aumentò, cominciò a vacillare. Appoggiava un piede, riprendeva l'equilibrio, spostava in avanti l'altro piede e di nuovo riprendeva l'equilibrio.

Arrivò a metà strada.

Poi a tre quarti della salita.

Quindi salì ancora, fino a vedere oltre la cima. Proseguì, guadagnando man mano una visuale maggiore. Mentre si preparava per il rush finale – «ancora pochi passi» –, gli giunse una voce, lontana ma inconfondibile.

«SEI STATO TU A RUBARE IL NOSTRO MAIS, VERO?»

Eric.

Il cuore prese a martellargli nel petto e Jasper girò di scatto la testa per individuare il ragazzo.

«L'HAI VISTO?»

Stavolta la voce era quella di Josh, più vicina, ma proveniente da un'altra direzione.

«NO!»

«E ALLORA COSA CAVOLO GRIDI?»

«SONO STUFO! POSSIAMO TORNARE A CASA PER FAVORE?»

Arlo drizzò le orecchie e prima che Jasper potesse bloccarlo, si arrampicò in cima alla collinetta. Senza la protezione degli alberi, era in piena vista. Jasper gli sibilò di tornare indietro, ma Arlo non lo sentiva, oppure lo ignorò.

Quanto ci sarebbe voluto prima che i ragazzi lo vedessero?

Con la lenta prevedibilità di un incubo, Arlo si allontanò

ulteriormente. Non sapendo dove fosse Josh, Jasper non se la sentiva di alzare la voce o fischiare. Nel frattempo, Arlo continuava le sue esplorazioni, il muso sul terreno. Con la forza del pensiero Jasper gli ordinò di tornare da lui, ma senza alcun risultato.

Il cane, che doveva essere sulle tracce di qualche animale, si diresse verso il pick-up. In quell'istante, Jasper notò Josh spuntare da dietro un albero a una certa distanza. Guardava nella direzione opposta, a una quarantina di metri circa, il fucile a tracolla. Se si fosse girato, avrebbe facilmente visto lui e Arlo.

Era impossibile che Jasper riuscisse a raggiungere il pick-up. La sua unica alternativa era tornare indietro da dove era arrivato, giù per il pendio. Sperava che Arlo si accorgesse della sua assenza e lo seguisse. Altrimenti si sarebbe arrischiato a lanciare un fischio sottovoce prima di trovare un gruppetto di alberi dove nascondersi.

Sapeva che procedere in discesa sarebbe stato più laborioso che salire. Dubitava che il ginocchio gli reggesse, perciò decise di procedere all'indietro, in pratica ripercorrendo i propri passi. Fece un primo passo con cautela; al secondo passo, sulla gamba con il ginocchio offeso, il piede cominciò a scivolare verso il basso. Cercò di mantenere l'equilibrio; ruotò istintivamente il busto e la parte bassa del corpo lo seguì. Il piede finì incastrato tra due massi semisepolti nel terreno.

Il peso del corpo e lo slancio causarono l'inevitabile. La caviglia subì una torsione e Jasper udì una specie di schiocco. Lanciando un grido di dolore, cominciò a rotolare giù per il pendio.

In seguito ricordò di essere caduto sulla spalla e di aver

sbattuto forte la testa. Il dolore gli attraversò il corpo come una crepa in una lastra di ghiaccio.

Faticava a respirare e aveva la vista sfocata. Arlo spuntò accanto a lui. Più in alto, sul pendio, riconobbe vagamente una figura in piedi.

Josh.

«Sei caduto, vecchio? Ti ho sentito gridare.»

Jasper sbatté le palpebre, troppo disorientato e stordito per provare paura.

«Ti sta bene, dopo quello che hai fatto. Dovevi impicciarti degli affari tuoi.»

La voce di Jasper era solo un fioco rantolo. «Aiutami.»

Non era sicuro, ma gli parve di vedere una smorfia beffarda sul viso di Josh.

«COS'È STATO?» gridò Eric da più lontano.

Josh abbassò lo sguardo su Jasper riflettendo sul da farsi. Poi gridò: «ANDIAMOCENE DA QUI! SONO STUFO DI STARE AD ASPETTARE!»

Un attimo dopo, se ne andò.

Jasper chiuse gli occhi, scivolando nell'oblio.

10

Dalle profondità del subconscio, Jasper sentì una goccia colpirlo in faccia. Bastò per fargli contrarre le palpebre, e quando ne arrivò un'altra, Jasper aprì lentamente gli occhi.

Con la testa dolorante, cercò di mettere a fuoco le

lunghe ombre intorno a lui che a poco a poco si trasformarono nelle sagome di alberi. La foresta, ricordò, sono nella Uwharrie. Cercò di mettersi a sedere, ma avvertì una fitta lancinante e gridò di dolore. Pian piano il ricordo di quello che era successo gli affiorò alla mente in una serie di immagini confuse.

Il cervo bianco. I Littleton. Il pendio. Il piede che scivolava. La caviglia slogata. La caduta...

Strinse i denti ansimando, in attesa che l'ondata di dolore si placasse. Non c'era bisogno di guardare la gamba per sapere di avere la caviglia rotta. Sbatté di nuovo le palpebre quando un'altra goccia d'acqua lo colpì in viso.

Pioveva.

Il cielo sopra di lui era solcato da densi nuvoloni e da lontano gli giunse il rombo di un tuono. Muovendo lentamente la testa cercò Arlo e lo vide sdraiato accanto a lui, che agitava la coda nervoso. Non aveva mai amato i temporali.

Il pensiero di muoversi lo terrorizzava. Era impossibile con una caviglia rotta, il ginocchio ammaccato, il fianco dolorante e la schiena bloccata. Forse si era anche spaccato la testa, o come minimo aveva una commozione cerebrale. Dal rombo di un tuono e da un'altra serie di gocce capì che il temporale veniva dalla sua parte.

Le poche gocce alla fine si trasformarono in una pioggia sempre più fitta e scrosciante. L'acqua gli entrò in bocca, facendolo tossire, e questo gli accese i nervi in tutto il corpo come un albero di Natale. Quando il dolore finalmente si placò, girò la testa da una parte per paura di annegare, altrimenti. Aveva mezza faccia nel fango.

Chiuse gli occhi mentre il mondo intorno a lui si faceva

più scuro e più freddo con l'arrivo del temporale. Dopo un po' Jasper rinunciò a lottare per rimanere sveglio e si addormentò di nuovo.

11

Si svegliò, e intorno a lui era tutto nero. Gli scrosci di pioggia erano illuminati da un occasionale lampo.

È sera, si disse indifferente e quando rabbrividì, il dolore fu terribile. Lanciò un gemito poi cominciò a piangere, le lacrime che si mescolavano alla pioggia. Ebbe una fugace visione del cane sdraiato accanto a lui, i loro corpi vicini.

Un altro brivido gli provocò una nuova fitta di dolore. E continuò così man mano che le ore scorrevano lente verso la mezzanotte.

Poi finalmente la notte iniziò a lasciare il posto all'alba.

10

1

Tanner guardava fuori dalle vetrate panoramiche della baita, sorseggiando una tazza di caffè e sforzandosi di ammirare l'alba, ma all'improvviso si rese conto che non aveva senso. Preoccupato com'era, non riusciva ad apprezzare lo spettacolo e continuava a chiedersi perché la serata fosse finita in quel modo.

Non aveva dormito bene, si era girato e rigirato nel letto svegliandosi di continuo finché un'ora prima aveva gettato la spugna. E da allora non aveva fatto che ripetersi mentalmente la loro conversazione a cena. Non riusciva a capire quali emozioni provasse. Non era arrabbiato ma... l'atteggiamento prepotente di Kaitlyn lo aveva irritato. Che cos'è che gli aveva chiesto? Se aveva mai considerato la possibilità che lei potesse essere più di un'avventura passeggera? In quel momento era così concentrato a cercare di capire perché la serata all'improvviso avesse preso quella piega che non le aveva risposto. Ora, se avesse potuto tornare indietro, le avrebbe fatto presente che si conoscevano da meno di una settimana. Che cosa si aspettava esattamente? Un anello di fidanzamento? Una proposta di matrimonio? Dopo cinque giorni soltanto?

Finì di bere il caffè, rassicurando ancora una volta sé stesso che il suo malumore era più che giustificato. Era davvero troppo presto per pensare che tra loro potesse esistere un legame più profondo; francamente era persino troppo presto perché lei si sentisse autorizzata a rivolgergli una domanda del genere. Tuttavia...

Si era tormentato per tutta la notte in parte perché sapeva che lei aveva ragione a sospettare che se anche lui fosse rimasto lì fino a giugno, molto probabilmente non si sarebbe comunque neanche posto la domanda.

Scrollò il capo, stanco di rimuginare sulla faccenda. Lei gli aveva detto chiaramente che non voleva più vederlo, e questo era quanto. Si allontanò dalla finestra per andare in cucina. Buttò nella spazzatura gli avanzi della cena e lavò i piatti prima di mettere tutto sul bancone. L'assistente del cuoco sarebbe venuto a ritirare le stoviglie, perciò doveva rimanere in casa ad aspettarlo.

Si fece una doccia, radunò le sue cose e le caricò in macchina. Come prima, tornò accanto alla vetrata e, come prima, non riuscì a vedere niente. Continuava a rivivere nella mente la serata e, suo malgrado, guardava a intervalli regolari il telefono per controllare se Kaitlyn gli aveva scritto.

Non c'erano messaggi.

Alla fine se ne andò, sentendosi stranamente deluso.

2

Mentre Mitch finiva i cereali in cucina, Kaitlyn sbocconcellava una fetta di pane tostato, lo stomaco ancora sottosopra dopo la serata precedente.

«Quando torno da scuola, starò con Casey?»

Kaitlyn impiegò un istante per realizzare che il figlio le aveva fatto una domanda. «Non lo so» rispose alla fine. «Magari è già impegnata, ma glielo chiederemo.»

«Non importa anche se non ci sarà» disse Mitch bevendo il latte rimasto dalla scodella. «So cosa fare.»

Kaitlyn posò il pane e si alzò da tavola per gettare gli avanzi nella spazzatura. «Se hai finito di fare colazione, metti la tazza nel lavandino mentre io vado a chiamare tua sorella. Ci vediamo alla macchina tra un minuto.»

«Ci vorrà più di un minuto per Casey. È sempre così.»

«Sì, tesoro, però fai come ti ho detto.»

Kaitlyn gli infilò nello zaino il pranzo che gli aveva preparato. Poi lo aiutò a metterselo in spalla.

«Domenica possiamo tornare allo zoo?» le chiese lui. «E poi giocare a frisbee con il signor Tanner?»

«Questo fine settimana è previsto freddo» rispose lei. «Perché invece non andiamo al cinema?»

«Come vuoi» rispose Mitch avviandosi verso la porta.

Kaitlyn raccolse le sue cose e stava per chiamare Casey quando la figlia scese le scale saltellando.

«Sono pronta» annunciò.

«Devi fare colazione» le disse Kaitlyn. «Ti ho preso una mela e una barretta energetica.»

«Grazie.» Casey si fermò davanti alla porta d'ingresso. «Come stai?»

«Bene.» Kaitlyn si strinse nelle spalle, augurandosi disperatamente che la figlia non l'avesse sentita piangere la notte prima.

Casey le rivolse un'occhiata penetrante. «Se lo dici tu.»

3

Jasper aprì lentamente gli occhi, quasi accecato dalla luce del sole che filtrava tra le nuvole. La testa gli martellava a ogni battito del cuore. Era bagnato, infreddolito ed era rimasto sveglio a tremare per gran parte della notte, il peso degli indumenti fradici gli rendeva difficile respirare. Scosso da un altro brivido, lanciò un gemito di dolore. Gli sembrò di udire dei rumori in lontananza, ma poi si rese conto di essere stato lui stesso a farli.

Dopo un po' le ondate di dolore si affievolirono, consentendogli di pensare più lucidamente. In un modo o nell'altro aveva superato la notte; in un modo o nell'altro non era annegato sotto la pioggia. Il respiro gli usciva in piccole nuvolette che si dissipavano nell'aria fredda e umida. Aveva le mani gelate come pesci tirati fuori dal congelatore. Appena provò a spostarsi per infilarle sotto il giubbotto, il solo movimento gli provocò una fitta come se gli avessero dato una martellata sulla caviglia e rischiò di svenire.

Quando il senso di vertigine passò, girò la testa, molto

lentamente, per cercare Arlo. Il cane si era allontanato poco prima e non era ancora tornato. Jasper cercò di fischiare, ma non ne aveva la forza. Sentì che la mente cominciava a spegnersi e si domandò se qualcuno lo avrebbe mai trovato.

4

Tornato ad Asheboro, Tanner andò a correre. Fece un giro più lungo del solito, di oltre un'ora e mezza. Nonostante la temperatura rigida, aveva la maglietta madida di sudore quando alla fine tornò in hotel.

Fece una doccia, mangiò un boccone e poi decise che un altro po' d'aria gli avrebbe fatto bene. Al parco si chiuse la zip del giubbotto e camminò sotto un cielo pieno di nuvole bianche, la mente confusa come lo era stata al mattino. Istintivamente chiamò Glen, che gli rispose al secondo squillo.

«Come va? Hai trovato tuo padre?»

Tanner fece un risolino e si sedette su una panchina. Chiese all'amico se aveva tempo per fare due chiacchiere.

«Tempismo perfetto. Moglie e figli sono dai vicini e io ho la veranda posteriore tutta per me. Che succede?»

Tanner lo aggiornò sulle ricerche per rintracciare il padre biologico e sull'incidente al parcheggio, quindi si lanciò in un resoconto dettagliato della sua incredibile settimana con Kaitlyn. Glen lo ascoltò approvando di tanto in tanto con una breve esclamazione, mentre Tanner gli descriveva lei e i suoi figli e l'immediato e profondo legame che si era creato tra loro.

«Mi sembra una persona speciale, Tan» commentò Glen. «Quando me la presenti?»

«Aspetta, non è finita...» proseguì lui. Poi gli parlò della serata precedente e della brusca fine del loro rapporto. Quando ebbe concluso il racconto, Glen si schiarì la voce e restò in silenzio così a lungo che Tanner pensò fosse caduta la linea.

«Pronto?» chiese dopo un po'.

«Sono ancora qui» rispose Glen. «E ho capito il motivo della tua chiamata, ma onestamente non so che cosa vuoi sentirti dire.»

«Magari che ho ragione e che tutto quello che lei mi ha detto ieri sera era un po' folle?» ribatté Tanner tra il serio e il faceto. «E che probabilmente è stato meglio così?»

La voce di Glen era stranamente titubante. «Ascolta, Tan, voglio essere sincero con te. Non credo che abbia sbagliato a chiederti il motivo per cui vuoi tornare in Camerun. Quando sei venuto qui, ti ho detto che avevo la sensazione che tu stessi facendo un passo indietro. Sei una delle poche persone che conosco che può fare quello che vuole, e continuo a non capire alcune tue decisioni.»

Tanner chiuse gli occhi. Com'era possibile? Aveva telefonato all'amico per sfogarsi sul comportamento di una donna e si ritrovava a discutere delle sue scelte di vita? «A prescindere dal fatto che la mia decisione di accettare il lavoro in Camerun sia giusta o sbagliata, lei sapeva fin dall'inizio che me ne sarei andato, allora perché fare tutte quelle storie di punto in bianco?»

«Ti capisco» disse Glen in tono più conciliante. «Ma capisco anche il suo punto vista. Perché *non* rimanere e vedere come vanno le cose?»

Tanner non rispose. Vide un gruppo di bambini dall'altra parte del parco che davano da mangiare alle papere sulla riva di un laghetto.

Glen proseguì: «Credo che la domanda a cui devi trovare una risposta è: tu che cosa vuoi, Tan? Spostarti per tutta la vita da un posto all'altro? E cosa farai quando ti stancherai del Camerun? E sappiamo entrambi che prima o poi succederà».

Era la stessa domanda che gli aveva posto Kaitlyn e Tanner si chiese come avesse fatto a perdere il controllo anche di questa conversazione. Glen fece un sospiro, senza aspettare la risposta dell'amico, e riprese a parlare.

«Senti, so che mi hai chiamato per essere rassicurato, e mi dispiace deluderti. Ti farebbe sentire meglio se ti dicessi che sono convinto che risolverai la situazione? Sono sicuro che alla fine cadrai in piedi come sempre. Ma...»

«Ma cosa?» chiese Tanner, anche se non era sicuro di voler conoscere la risposta.

«Ti rendi conto che mi hai chiamato apposta per parlare di Kaitlyn? Non è mai successo con le altre.»

«Non è vero.»

«Invece sì» ribatté Glen in tono tranquillo. «Ogni tanto accennavi a qualcuna delle tue ragazze, ma senza parlarmene veramente. E hai anche una voce diversa quando racconti di lei. È chiaro che per te significa già qualcosa.»

«Hai ragione» riconobbe Tanner.

«E allora perché ne stai parlando con me invece che con lei?»

«Te l'ho detto, non vuole più vedermi.»

«E allora?»

«Cosa significa: "E allora?"»

«Asheboro è una piccola città.» La voce di Glen era calma ma determinata. «Starai lì ancora due o tre settimane, forse di più. È probabile che tu la riveda, a meno che non decidi di restare chiuso in hotel per tutto il tempo. Ma prima devi capire bene chi sei e cosa vuoi veramente, in modo da sapere cosa dire quando la vedrai.»

Dopo aver chiuso la conversazione, Tanner si sentì svuotato. Suo malgrado si domandò che cosa stesse facendo Kaitlyn in quel momento; chissà se aveva già programmato qualcosa con i ragazzi per il fine settimana. Immaginò che Mitch avrebbe passato del tempo a intagliare statuine con il vicino di casa, come faceva sempre, poi avrebbero cenato tutti e tre insieme. Sorrise ripensando alla serata a casa loro, e si alzò dalla panchina. Si rimise in cammino e pochi minuti dopo, vedendo una coppia di anziani che si teneva per mano, si rese conto all'improvviso che, per quanto fosse stato esaltante fare l'amore con Kaitlyn, forse sarebbe stato meglio che la serata precedente non ci fosse mai stata, così avrebbero potuto ricominciare da capo, semplicemente.

5

In ambulatorio, Kaitlyn cercò di tenersi occupata il più possibile. Oltre ai pazienti già programmati, ne arrivarono diversi senza appuntamento, ma lei riuscì a riceverli quasi tutti. Fece una pausa pranzo più breve e subito dopo iniziò le visite del pomeriggio. Intorno alle quattro – quando Mitch doveva tornare da scuola – entrò in modalità sveglia mentale e alzò la suoneria del cellulare. Come sempre avvisò il paziente che suo figlio l'avrebbe chiamata; di solito nessuno aveva da ridire. Mitch telefonò puntuale e, dopo essersi scusata, Kaitlyn uscì in corridoio.

«Sono a casa e oggi a scuola è stata una noia» disse il figlio, anticipando le sue domande. «Sai una cosa, mamma? Indovina? Arlo è qui.»

Kaitlyn impiegò un istante a collocare il nome. «Ti riferisci al cane di Jasper?»

«Sì. È in giardino sotto l'albero. Devo andare a dargli un'occhiata?»

«No» rispose lei. «Per adesso rimani qui. Se è Arlo, sono sicura che tornerà da Jasper quando ne avrà voglia.»

«E se invece non se ne andasse?» Mitch pareva preoccupato.

«In quel caso ce lo riporterò io quando arrivo a casa.»

«D'accordo» rispose Mitch, senza nascondere la delusione.

«La signora Simpson arriverà tra un po' a dare una controllata, ma nel frattempo tieni la porta chiusa a chiave.»

«Lo so. Me lo ripeti sempre.»

Dopo essersi salutati, Kaitlyn tornò in ambulatorio e continuò a visitare i pazienti fino a sera. Nei momenti di pausa, però – mentre si sforzava di non pensare a Tanner –, si sorprendeva a chiedersi perché Arlo fosse a casa loro. Era strano. A quanto ricordava, era la prima volta che succedeva. Chissà se Jasper lo sapeva. A fine giornata, sapendo che Jasper non aveva un cellulare, provò a telefonargli sulla linea fissa.

Non le rispose nessuno.

6

Verso sera una lieve brezza agitò i rami degli alberi sopra di lui. Jasper li osservò con la vista annebbiata. I vestiti non si erano ancora asciugati per via del freddo, ma grazie al calore del corpo si erano scaldati a sufficienza da farlo smettere di tremare. Era riuscito così ad appisolarsi a intermittenza durante il giorno. Nei momenti in cui era sveglio, si era sforzato di fare un bilancio delle sue condizioni, e aveva concluso di non essere messo troppo bene. Aveva i crampi allo stomaco per la fame e, nonostante il temporale della notte prima, aveva una gran sete e addirittura la gola riarsa. La caviglia era gonfia come un palloncino pieno d'acqua e il minimo movimento della gamba era una tortura. Come se non bastasse, i vestiti umidi avevano irritato la psoriasi sulla schiena, sul petto, sulle braccia e sulle gambe, facendogli bruciare la pelle come se fosse sdraiato su un nido di formiche rosse.

Comunque, era riuscito a superare la giornata. Ma dov'era Arlo?

Il cane non era tornato. Probabilmente anche lui aveva fame, si disse Jasper, consolandosi con l'idea che si fosse allontanato per cercare qualcosa da mangiare. Non voleva credere che il cane lo avesse abbandonato e sperava che tornasse presto, se non altro per sentirne il calore. Stava calando rapidamente il buio e la temperatura si stava abbassando. Pregò che non scoppiasse un altro temporale. D'altronde, però, non sarebbe stata una sorpresa. In fin dei conti, si disse, gli elementi naturali erano stati centrali nella sua vita. C'era stata la storia del nonno e dei pesci piovuti dal cielo, che avevano portato alla fondazione di una chiesa ad Asheboro dove Jasper era nato e cresciuto. Pensò al diluvio che aveva reso inagibili le strade della zona permettendo a suo padre di comprare la baita. Ricordò l'uragano e l'inondazione che avevano distrutto la sua casa e il tornado che aveva abbattuto i suoi alberi. Rivide le braci ardenti sul tetto della sua casa soffiate da improvvise folate di vento l'orribile notte in cui aveva perso tutti i suoi cari.

Ora, però, nello stato di debolezza in cui si trovava, si scoprì a ricordare un temporale vissuto nell'infanzia e ciò che suo padre gli aveva detto in seguito.

All'epoca aveva otto o nove anni e il padre lo aveva portato a pescare al lago nei pressi della Wake Forest. Quando erano saliti sulla canoa, il cielo era azzurro e limpido, e l'aria così immobile che sembrava che la terra avesse smesso di girare. Per proteggersi da mosche e zanzare, indossavano entrambi maglie a maniche lunghe, ma, una volta al largo, l'aria si era fatta più pulita. Era una bellissima giornata estiva. Avevano trascorso qualche ora a pescare pomoxis usando pesciolini come esche, con i galleggianti che fluttuavano in superficie. Nessuno dei due sentiva il bisogno di parlare e, nonostante fosse una giornata perfetta, Jasper non aveva visto altre barche sul lago. Aveva avuto la sensazione che lui e suo padre fossero soli al mondo.

Erano stati fortunati. Lui aveva preso due pesci e suo padre tre. Quella settimana avrebbero mangiato bene. Mentre riponevano l'attrezzatura da pesca, erano stati investiti da una folata di vento improvvisa, così forte che Jasper aveva quasi perso l'equilibrio. All'orizzonte aveva notato un enorme fronte di nuvole grigie e minacciose che si spostava verso di loro.

Il vento aveva continuato ad aumentare, la temperatura era crollata e nel giro di pochi minuti si erano alzate onde simili a quelle del mare. Il padre aveva afferrato le pagaie con aria preoccupata mentre cadevano le prime gocce. Jasper aveva cercato di remare al ritmo del genitore, ma non era abbastanza robusto da stargli dietro. Vedeva il suo sforzo e la tensione nelle spalle e nelle braccia sotto la maglietta, mentre le onde flagellavano i lati della canoa. Il padre aveva continuato a remare come un forsennato, senza smettere un istante, mentre l'imbarcazione cominciava a riempirsi d'acqua. In qualche modo avevano raggiunto la riva.

Quando avevano tirato in secco la canoa sotto il diluvio, il padre era rimasto piegato in avanti, con il respiro affannato, in attesa di riprendersi. Poi avevano trascinato la canoa fino al pick-up e l'avevano caricata sul tetto e fissata. Una volta al sicuro dentro l'abitacolo, il padre si era soffiato sulle mani e poi aveva parlato.

«*Salmo* 148, 8» aveva bisbigliato.

Tornato a casa Jasper aveva aperto la Bibbia e aveva letto: *Fuoco e grandine, neve e nebbia, vento di bufera che esegue la sua parola.*

Non parlava della pioggia, tuttavia Jasper credeva di aver capito che cosa avesse cercato di dirgli suo padre. Tutto quello che accade in questo mondo, nel bene e nel male, offre ai credenti la possibilità di lodare Dio.

Adesso però, ferito e indifeso nella foresta, Jasper capì di aver smesso di credere da molto tempo a certe cose.

7

Non appena imboccò il vialetto, Kaitlyn vide Arlo sdraiato su un fianco nell'erba. Scese dalla macchina e si avvicinò mentre Mitch schizzava fuori dalla porta di casa.

«Visto! Te lo avevo detto che era Arlo!»

«Hai ragione» ammise lei. Si accucciò ad accarezzare la testa del cane e notò che era sporco come se si fosse rotolato nel fango. «Che ci fai qui, vecchio mio? Ho chiamato Jasper poco fa, ma non mi ha risposto. Sei scappato mentre eravate a passeggio?»

Sentendo la sua voce Arlo cominciò a scodinzolare e cercò di alzarsi. Le zampe posteriori gli tremavano per lo sforzo.

«Posso dargli dell'acqua prima che lo riportiamo a casa?» chiese Mitch. «Credo che abbia sete. Poco fa l'ho visto annusare intorno al tubo da giardino.»

«Ma certo» rispose Kaitlyn. «Prendi una ciotola di plastica da...»

«Lo so dov'è» rispose Mitch correndo in casa; un attimo dopo tornò con la ciotola che di solito utilizzavano per i popcorn.

Kaitlyn pensò: Un giorno spero che i miei figli mi ascoltino davvero quando parlo.

Mitch appoggiò la ciotola sul prato e Arlo cominciò subito a lappare l'acqua.

«Posso dargli anche un hot dog?» la supplicò Mitch. «Magari ha fame.»

«Non credo che gli faccia bene.»

«Perché no? Li mangio anch'io.»

Infatti non fanno bene neanche a te, pensò lei. «Sì, d'accordo.»

Mitch corse di nuovo in casa e tornò poco dopo non con uno bensì con due hot dog. Ne spezzò uno e lo offrì ad Arlo, che lo ingoiò in un solo boccone. Mentre Mitch gli dava anche l'altro pezzo, Kaitlyn vide la macchina di Camille imboccare il vialetto e fermarsi dietro il Suburban. Casey scese dall'auto e andò incontro alla madre e al fratello.

«Ciao, che succede?» chiese attraversando il prato.

«Arlo è venuto da noi» rispose Mitch. Il cane intanto si era avvicinato a Mitch e gli annusava le tasche, come se cercasse qualcos'altro da mangiare. «L'ho trovato qui quando sono tornato a casa da scuola.»

«Perché?» Casey era perplessa.

«Non saprei.» Kaitlyn si strinse nelle spalle. C'era qualcosa che non quadrava.

Inizialmente aveva pensato di accompagnare Arlo a piedi, ma vedendo come gli tremavano le zampe quando aveva cercato di alzarsi, ci ripensò. Sembrava che dovesse stramazzare a terra da un momento all'altro.

«Credo sia il caso di caricarlo in macchina e portarlo a casa, ma dubito che da solo riesca a salirci. È molto alta.»

«Possiamo sollevarlo noi» propose Mitch.

Ovviamente questo significava che avrebbe dovuto farlo Kaitlyn. Osservando il petto muscoloso del cane, calcolò che dovesse pesare intorno ai quaranta chili.

«Prima bisogna prendere un asciugamano» osservò Casey. «È tutto infangato.»

«Ci penso io!» Mitch tornò di corsa in casa per la terza volta. Kaitlyn fece appena in tempo a dirgli: «Non quelli belli! Usa quelli vecchi nell'armadio!» prima che il bambino sparisse.

«Non riesco proprio a capire perché è qui» disse Casey accarezzando la testa di Arlo, che aveva chiuso gli occhi deliziato.

Poco dopo si avvicinò di nuovo alla ciotola con l'acqua e bevve a lungo, come se avesse ancora la stessa sete di quando Mitch gliel'aveva portata. In quel momento Mitch schizzò fuori dalla porta correndo verso di loro con gli asciugamani bianchi puliti del suo bagno. Cominciò subito a strofinare Arlo e l'asciugamano si riempì di fango e terra.

Magnifico, pensò Kaitlyn.

«Okay, mamma» annunciò il bambino. «Adesso è abbastanza pulito da caricarlo in macchina.»

Figurarsi, pensò Kaitlyn, che tuttavia si avvicinò al Suburban e aprì il portellone posteriore. Chiamò Arlo, che si avvicinò lentamente. Si muoveva come se fosse indolenzito.

Mentre lo aspettava, Kaitlyn cercò di valutare quale fosse il modo migliore per sollevare il cane. Casey la raggiunse e semplicemente gli abbracciò le zampe per poi adagiarlo con delicatezza nel portabagagli. Per un attimo Arlo sembrò sconcertato, poi scodinzolò. Kaitlyn guardò Casey.

«Faccio la cheerleader, mamma» le spiegò. «Sono abituata a sollevare le persone agli allenamenti, ricordi? Non siamo soltanto ragazze carine in divisa.»

«Certo» disse Kaitlyn.

Mitch salì dietro, mentre Casey si mise al volante. «Guido io così posso aiutarvi a far scendere Arlo dalla macchina.»

Il tragitto fu breve, e a Kaitlyn bastò un'occhiata alla

baita per capire che Jasper non era in casa, motivo per cui non aveva risposto al telefono. Il pick-up non c'era e le luci erano spente, ma ormai Casey era già scesa, aveva aperto il portellone e stava rimettendo a terra Arlo. Invece di andare verso il portico, il cane rimase dov'era scodinzolando.

«Sembra che il signor Jasper non ci sia» osservò Mitch strizzando gli occhi dietro gli occhiali.

«Do un'occhiata per accertarmene» disse Kaitlyn.

Salì i gradini e bussò alla porta, senza comunque aspettarsi una risposta. Chissà dov'era andato Jasper. A quanto ne sapeva, si portava sempre dietro Arlo. Pensò di controllare se la porta fosse chiusa, ma non volendo essere troppo invadente tornò verso la macchina.

«Non c'è?» domandò Casey.

«Penso di no. Ma sono sicura che tornerà presto» rispose Kaitlyn.

«E Arlo?» intervenne Mitch. «Lo lasciamo qui da solo?»

«Non possiamo tenerlo a casa con noi, tesoro. È il cane del signor Jasper.»

«Ma se gli venisse di nuovo sete?»

«Se la caverà» lo tranquillizzò Kaitlyn. «Su, torniamo a casa.»

Mentre si allontanavano, Arlo rimase fermo a guardarli.

Nessuno parlò durante il tragitto. Turbata, Kaitlyn decise che avrebbe controllato di nuovo a casa di Jasper il mattino dopo.

Per sicurezza.

8

Tanner era seduto al bar con davanti una IPA schiumosa. Era venerdì sera e il locale era già affollato di gente che festeggiava l'inizio del weekend. Nonostante il frastuono riusciva a cogliere brandelli delle conversazioni intorno a lui, nessuna delle quali di particolare interesse. A qualche sgabello di distanza erano sedute tre donne sui quarant'anni, vestite per una serata in città. Di tanto in tanto Tanner coglieva le loro occhiate, a volte accompagnate da un sorriso incerto altre più insistenti. Benché non potesse averne la sicurezza, gli sembravano donne single che avevano voglia di divertirsi, rilassate e aperte a un approccio senza troppe pretese. In una vita precedente sarebbe andato da loro a fare due chiacchiere per poi concentrarsi sulla sua preferita. Dopo aver flirtato un po', le avrebbe suggerito di andare in un posto più tranquillo per conoscersi meglio. E poi? Il resto della serata avrebbe seguito il suo corso naturale.

Ma non era dell'umore giusto. Era stato un errore andare lì, pensò. I ricordi della serata passata in quel locale con Kaitlyn erano ovunque. Era incredibile che fossero passati solo sei giorni da quando si erano presentati; aveva l'impressione di conoscerla da molto più tempo. Vedeva ancora la luce nei suoi occhi mentre parlava di Casey e Mitch, e fin dalla loro prima sera insieme era stato attratto dalla sua forza e gentilezza, come gli era capitato raramente in passato. Il sentimento era cresciuto man mano che si frequentavano, e a un certo punto si era reso conto che a paragone della vita indipendente di lei, la sua esistenza nomade, popolata dai fantasmi delle tante amicizie e relazioni perdute, era ben poca cosa. Guardando il bicchiere si domandò se, inconsciamente, si fosse sentito attratto da Kaitlyn perché lei gli offriva la possibilità di crescere, ma, in tal caso, significava anche che c'era una parte di lui decisa ad autosabotarsi.

Bevve un altro sorso e notò che una delle tre donne lo stava fissando di nuovo. Voltò la testa dall'altra parte, cercando di riportare alla mente immagini del suo ultimo soggiorno in Camerun, per ricordare le ragioni che lo avevano spinto a tornarci. Perché no? L'altra volta mi è piaciuto, gli era sembrata una risposta più che sufficiente, ma ora cominciava a sospettare che Kaitlyn e Glen avessero ragione a dire che la sua non era stata una decisione ponderata con uno scopo preciso, ma semplicemente un'altra tappa nel suo eterno peregrinare. Una valeva l'altra.

Però, se non ci fosse andato, che cosa avrebbe fatto?

Non lo sapeva. Nonostante desiderasse fortemente vivere un'esistenza piena di significato, le sue decisioni sembravano sempre riflettere la convinzione che la sua vita reale fosse altrove, appena al di là del prossimo orizzonte.

Sapeva che Kaitlyn la pensava diversamente. Con le parole e i fatti sosteneva l'idea che l'importante nella vita non era *dove* vivevi, ma con *chi*. Per lei era fondamentale prendersi intimamente cura di coloro che amava e delle persone che avevano bisogno, in un posto che lei considerava casa. A differenza di lui, era riuscita a dare un senso alla propria vita e avrebbe potuto insegnargli molto.

Ma adesso non era più possibile. Lei lo aveva lasciato, gli era sfuggita come sabbia tra le dita e, in cuor suo, Tanner sapeva che, a questo punto, lui avrebbe seguito l'istinto e se ne sarebbe andato da Asheboro per riprendere il suo vagabondare.

9

Era scesa di nuovo la notte e Jasper soffriva terribilmente. Non riusciva a smettere di tremare, e ogni spasmo gli causava dolori lancinanti. La pelle, la caviglia, il ginocchio, la schiena e la testa gli pulsavano e gli provocavano stilettate a ogni brivido. Piangeva senza lacrime, perché era più rinsecchito di una mummia.

Cercò di dimenticare il dolore guardando il cielo. La luna era spuntata tra le nubi e irradiava una luce eterea. Tanto tempo prima, lui e suo padre avevano guardato un cielo simile e Jasper aveva pensato che forse era quello il paradiso. La luce di Dio, l'aveva definita suo padre, e Jasper si era convinto che fosse la dimostrazione che il Signore gli sarebbe sempre stato accanto.

Il Signore invece gli aveva voltato le spalle e quando Jasper tremò di nuovo, all'improvviso gli si offuscò la vista. Il dolore era rosso e ardente, come la punta di un attizzatoio. L'aveva già provato in precedenza, in seguito alle ustioni, ma allora era più giovane e forte. Ormai non era più quello di un tempo. Ebbe un altro tremito e gli occhi gli si rivoltarono all'indietro. Perse i sensi, la mente buia come la notte.

10

Persa in un sogno, Kaitlyn si svegliò con la sensazione che qualcuno la stesse scrollando. Quando aprì gli occhi, i resti del sogno si dissolsero e mise a fuoco la figura del figlio. Dalla finestra filtrava la luce del primo mattino.

«Mamma?» lo sentì dire. «Sei sveglia?»

«Ora sì» borbottò lei. «Che ore sono?»

«Non lo so» rispose Mitch. «Però devi alzarti.»

Kaitlyn si massaggiò il viso poi guardò la sveglia. Erano le sei e mezzo e lei si sollevò faticosamente a sedere.

«Che succede? Perché ti sei svegliato così presto di sabato?»

«Ero preoccupato per Arlo e quando sono uscito l'ho trovato sulla veranda.»

«È tornato qui?»

Mitch annuì. «Posso dargli dell'acqua?»

Lei si alzò dal letto e si infilò le pantofole. «Andiamo a vedere. E sì, puoi dargli dell'acqua, ma prima devi metterti le scarpe e un giubbotto.»

Mitch tornò in camera sua mentre lei si infilava la vestaglia e scendeva barcollando le scale fino alla porta d'ingresso. La luce del mattino era ancora fioca, così accese la luce esterna prima di aprire la porta. Arlo era proprio lì, raggomitolato su sé stesso. Quando la vide, tentò faticosamente di alzarsi. Lei lo accarezzò sulla testa e si rese conto che aveva il pelo freddo, come se fosse rimasto fuori per ore.

Oppure tutta la notte?

Nel frattempo, anche Mitch era uscito di casa con la

ciotola dell'acqua. Kaitlyn fu assalita dall'ansia mentre osservava il figlio appoggiarla a terra. Insieme guardarono Arlo bere. «Vai a prendere degli hot dog.»

«Due?»

«Meglio quattro» disse lei.

Mitch tornò con gli hot dog, li spezzò e Arlo li divorò in un attimo. «Perché è tornato, mamma?» chiese lui, guardandola.

«Non saprei.»

«Il signor Jasper sta bene?»

Kaitlyn avvertì di nuovo quella stretta allo stomaco. «Sono sicura di sì, tesoro.»

«Possiamo andare a controllare?» Mitch la fissò con aria ansiosa, gli occhi enormi nel visino infantile.

«Ci andrò tra un po'. È ancora molto presto.»

«Che facciamo con Arlo?»

«Perché non vai a prendere le vecchie coperte in fondo all'armadio della biancheria? Gli faremo una cuccia in veranda.»

«D'accordo» rispose Mitch tornando di corsa in casa. Quando riapparve con le coperte, Kaitlyn preparò la cuccia e Arlo vi si rannicchiò con aria felice.

«Io vado a fare una doccia. Tu se vuoi puoi rimanere qui con lui» disse Kaitlyn.

«Va bene.»

Mentre tornava in camera, Kaitlyn notò che la porta di Casey era chiusa. Gettò un'occhiata all'interno e rimase sorpresa nel vederla addormentata nel suo letto. Non aveva detto che avrebbe passato la notte dalla sua amica Camille?

Il sole splendeva alto nel cielo quando Kaitlyn ebbe finito

di prepararsi. Prese le chiavi dell'auto e la borsa e raggiunse Mitch sulla veranda.

«Tu rimani qui con Arlo» gli disse. «Io faccio un salto dal signor Jasper.»

Mitch annuì e Kaitlyn ripercorse il tragitto della sera prima. Il pick-up di Jasper non c'era ancora e le luci in casa erano sempre spente; stavolta le diede uno strano senso di abbandono.

Scese dalla macchina sulla stradina sterrata e raggiunse la veranda. Bussò, aspettò, bussò di nuovo. Non ottenne risposta, né sentì alcun rumore provenire dall'interno. Allungò la mano verso il pomello della porta, immaginando di trovarlo bloccato, invece lo girò senza fatica. Socchiuse l'uscio e infilò la testa all'interno.

«Jasper?» lo chiamò. «Salve? È in casa? Sono io, la dottoressa Cooper!»

Nessuno le rispose e allora lei entrò. Si guardò intorno notando le pareti di legno e i mobili vecchi ma funzionali nel salotto. L'aria era vagamente stantia, però non c'erano cattivi odori. Si rese conto tutt'a un tratto che era stata quella la sua preoccupazione: che Jasper fosse morto. Ma il sollievo fu di breve durata. C'era qualcosa che non andava. Si guardò intorno per qualche minuto, sbirciando prima nelle camere da letto e in bagno, poi in cucina. Vide dei piatti sporchi nel lavandino; ebbe l'impressione che Jasper li avesse lasciati lì con l'intenzione di lavarli al suo ritorno.

Strano.

Uscendo dalla baita, udì in lontananza degli spari che la fecero trasalire. Le tornò in mente che uno dei suoi pazienti le aveva accennato all'intenzione di andare a caccia di tacchini con i figli quel fine settimana. Un attimo più tardi risuonò un altro sparo, più vicino del precedente. Tornò di corsa alla macchina. Nel corso degli anni le era capitato di curare delle persone rimaste ferite in incidenti di caccia e non aveva mai amato le armi; la spaventavano. Solo quando raggiunse la sicurezza del suo Suburban, soffiò fuori l'aria che non si era resa conto di aver trattenuto.

Si girò un'ultima volta a guardare la porta della baita. Il fatto che Jasper quel mattino non fosse in casa – magari era andato a fare colazione in qualche bar o a sbrigare delle commissioni – era una cosa, ma che Arlo fosse tornato a casa loro una seconda volta era tutta un'altra faccenda. Da quanto tempo il vecchio mancava da casa? si domandò.

E, soprattutto, lei che cos'avrebbe dovuto fare?

11

Jasper udì uno schianto lontano, ma nello stato confusionale in cui si trovava non capì subito di che cosa si trattasse. Solo dopo averlo sentito di nuovo, riuscì a riordinare i pensieri. Aveva la mente stanca e annebbiata e quando aprì gli occhi, non riuscì a mettere a fuoco.

Spari, pensò.

Chissà a che distanza si trovavano i cacciatori; chissà se prima o poi qualcuno avrebbe notato il suo pick-up. Chissà se qualcuno si sarebbe messo a cercare nei paraggi e avrebbe trovato il suo cadavere. Sapeva che la morte era vicina, perché, nonostante la vista offuscata, aveva riconosciuto una sagoma scura alla periferia del suo campo visivo.

L'aveva vista già una volta in passato, tanto tempo prima. Mary all'epoca aveva cinque anni e una mattina si era svegliata con la febbre alta, il mal di testa e la gola infiammata. C'erano tanti casi di influenza in giro e Audrey era rimasta con lei per tutto il giorno. Le aveva tamponato la fronte con un panno bagnato; le aveva dato del paracetamolo a intervalli regolari, ma la febbre continuava a salire e la bambina continuava a sudare. Il mattino dopo Jasper si era accorto che aveva il respiro rantolante e, sempre più spaventato, l'aveva presa in braccio e caricata in macchina mentre Audrey correva dai vicini a chiedere di dare un'occhiata agli altri bambini mentre loro portavano Mary al pronto soccorso di Greensboro.

L'avevano ricoverata subito perché aveva problemi respiratori. Ben presto il dottore aveva diagnosticato una grave forma di epiglottite. Aveva l'aria grave quando li aveva informati che Mary era stata trasferita in terapia intensiva. Non aveva fatto promesse.

Jasper aveva abbracciato Audrey per farle coraggio prima che tornasse a casa dagli altri figli. Lui invece era rimasto in ospedale per tutto il giorno e la sera, spostandosi tra le terapia intensiva e la sala d'aspetto due piani sotto. Poco dopo mezzanotte, sentendosi del tutto impotente, si era inginocchiato e aveva unito le mani in preghiera.

Stava pregando da più di un'ora quando aveva avuto l'impressione che all'improvviso la sua anima si staccasse dal corpo. Tutt'a un tratto era accanto a sua figlia nella stanza di terapia intensiva e ascoltava i suoi agghiaccianti respiri rantolanti. Aveva la pelle di un grigio livido e si udivano i suoni regolari delle apparecchiature. Un'infermiera bionda con una pinza per capelli rossa si stava occupando di un uomo anziano lì accanto, ed era stato allora che aveva percepito un'altra presenza nella stanza.

In un angolo buio c'era una sagoma sfocata, come se fosse dietro un vetro sporco. Jasper aveva aguzzato gli occhi e avvertito il vuoto tenebroso di cui era fatta, e quando l'aveva vista avanzare lentamente verso la figlia, si era svegliato di colpo nella sala d'aspetto e si era alzato. Aveva varcato la porta a due battenti e aveva iniziato a correre lungo il corridoio, superando qualche infermiera sbigottita. Aveva sentito qualcuno che lo chiamava per fermarlo, ma aveva ignorato tutti. Nel profondo dell'anima sapeva che sua figlia era in pericolo.

Come se fosse stato guidato da Dio, aveva trovato le scale ed era salito di corsa, usando il corrimano per muoversi più velocemente. Aveva raggiunto la terapia intensiva pediatrica e si era precipitato nel corridoio. Un attimo dopo era piombato nella stanza. L'infermiera bionda con la pinza rossa, sempre al capezzale del paziente anziano, si era voltata urlando per lo spavento.

Fissando la sagoma nera che ormai avvolgeva completamente sua figlia, Jasper si era reso conto che Mary non riusciva più a respirare. Aveva inarcato il corpo e un istante dopo uno degli apparecchi aveva iniziato a lanciare uno stridulo segnale d'allarme.

Nel frattempo, un medico era entrato nella stanza alle calcagna di Jasper ed era corso al capezzale di Mary. Erano arrivate altre infermiere e, mentre indietreggiava, Jasper aveva sentito il dottore dare ordini concitati. Aveva osservato una delle infermiere iniziare le manovre di rianimazione; un'altra mettere un palloncino davanti al viso di Mary e cominciare a pompare. Un'altra ancora cercava di tenere ferma Mary mentre il medico le infilava un tubo in gola.

Dato che le mucose erano infiammate, ci era voluto un tempo infinitamente lungo prima che il tubo arrivasse in posizione. E quando alla fine il dottore si era rialzato facendo un lungo respiro di sollievo, Jasper si era reso conto che l'ombra che incombeva sulla figlia stava svanendo. La tenebra si era fatta rapidamente grigia per poi scomparire del tutto. Quando il medico si era voltato a fissarlo con aria severa, Jasper aveva chinato la testa evitando di guardarlo negli occhi. Era uscito dalla stanza senza dire una parola ed era crollato a sedere in sala d'aspetto.

Non sapeva che il mattino seguente la febbre sarebbe passata. Che poco dopo il tubo per la respirazione sarebbe stato sfilato, né che nel giro di quattro giorni soltanto Mary sarebbe tornata a scuola. Tutto quello che sapeva era che la figlia aveva corso un pericolo mortale e che se il dottore e le infermiere non fossero arrivati in quel preciso istante, non sarebbe sopravvissuta. La morte, sotto forma di sagoma scura, era venuta a prenderla.

Adesso, sdraiato nella foresta dell'Uwharrie, Jasper vedeva quella sagoma familiare in lontananza. Stavolta, però, quando gli fosse andata incontro, sapeva che non avrebbe potuto fermarla in alcun modo.

12

Tornando verso casa, sempre preoccupata e inquieta, Kaitlyn si fermò al supermercato per comprare l'occorrente per preparare le lasagne, qualche girella alla cannella e un paio di lattine di cibo per cani.

Fece colazione insieme a Mitch con i dolcetti alla cannella. Poi portarono dentro Arlo, gli fecero il bagno e lo asciugarono. Kaitlyn versò il cibo in una ciotola e guardò il cane divorarlo famelico. Si muoveva meglio di prima e quando ebbe finito, Mitch le chiese se poteva giocare in giardino con lui. Lei gli rispose di sì e gli rammentò di mettersi il giubbotto.

Dopo un attimo di esitazione, decise di prendere il telefono. Trattandosi di un'emergenza, chiamò la polizia e descrisse brevemente quanto accaduto. Le fu passato subito un detective, al quale raccontò tutto ciò che sapeva. L'uomo all'altro capo, per quanto comprensivo, confessò che, a parte un sopralluogo a casa di Jasper, non c'era molto altro che potesse fare.

Kaitlyn fece un sospiro, sapendo che non era abbastanza. «Sono stati denunciati degli incidenti?»

Lo sentì sfogliare delle carte sulla scrivania. «Ci vorrà un po' di tempo per stabilirlo. Dovrei contattare la stradale e...»

«Potrebbe farlo, per favore? Sono il suo medico e soffre di gravi patologie. Potrebbe essere in pericolo.»

A questo punto Kaitlyn si rese conto che il detective era ansioso di chiudere la telefonata. «La richiamerò. Può lasciarmi un recapito telefonico?»

Glielo diede. Quaranta minuti più tardi lui la richiamò.

«Niente» le riferì. «Nessun incidente che riguardi il pick-up di cui mi ha parlato.»

Kaitlyn si massaggiò la fronte. «Allora... perché non dirama un Senior Alert o come si chiama?» chiese, riferendosi al sistema di allarme simile all'Amber Alert che entrava in funzione in caso di sospetto rapimento di minore e prevedeva continui messaggi di allerta attraverso tutti i mezzi di comunicazione e anche i telefoni personali.

«Possiamo farlo solo se siamo sicuri che sia scomparso o sia stato commesso un reato» spiegò il detective. «Altrimenti non ci sono i presupposti. L'ha detto lei stessa che il pick-up non c'è e che le luci in casa sono spente.»

«Jasper non avrebbe lasciato solo il suo cane» insistette Kaitlyn. «Lo porta con sé dappertutto.»

«Forse lo aveva affidato a un vicino e il cane ha deciso di scappare. So che non è quello che vuole sentirsi dire, ma, obiettivamente, non è nemmeno sicuro che sia scomparso. E finché non sono passate quarantott'ore non possiamo fare molto.»

Kaitlyn sospirò esasperata. «Se voi non potete fare niente, io come dovrei muovermi?»

«Fossi in lei comincerei a contattare i vicini di casa, gli amici, i famigliari. Forse qualcuno sa dov'è andato. Non vorrei mai che sia successo qualcosa di brutto, ma potrebbe anche provare a chiamare gli ospedali.»

«E se telefonassi allo sceriffo?»

«Probabilmente riceverebbe la stessa risposta che le ho dato io. Quarantott'ore. Se domani non si sarà fatto vivo, venga e compileremo una denuncia» le garantì lui. «Quantomeno faremo una segnalazione riguardo al suo veicolo.»

Kaitlyn sentiva che non era ancora abbastanza e dopo aver

riagganciato, cercò di calmarsi un po'. Più ci pensava, più si rendeva conto di sapere davvero poco di Jasper. Conosceva alla perfezione la sua storia clinica e sapeva che aveva perso la moglie e i figli da molti anni, ma non aveva idea di come trascorresse le sue giornate. E, a quanto ricordava, lui non aveva mai nominato vicini, amici o famigliari.

Alla fine seguì il consiglio del detective e chiamò gli ospedali della zona, e quelli di Winston-Salem e Durham, ma senza risultato. Poi, per distrarsi, si mise a pulire e riordinare la casa e a fare il bucato, quindi andò in cucina. Casey finalmente era scesa di sotto, i capelli in disordine e gli occhi gonfi, e aveva messo a scaldare una girella nel microonde.

«Pensavo che dormissi da Camille.»

Casey si appoggiò al bancone. «Non si sentiva bene, così dopo la festa le ho chiesto di riaccompagnarmi a casa.»

«Ora come sta?»

«Meglio. Diceva di avere l'emicrania, ma secondo me voleva starsene da sola. Stephen si è comportato da idiota.»

Kaitlyn non ne fu sorpresa. «E la festa?»

«Il solito» rispose Casey. «Droghe, sesso, alcol, gioco d'azzardo.»

«Casey...»

«Si moriva di freddo» disse la figlia. «I suoi genitori erano in casa, quindi abbiamo passato quasi tutto il tempo in giardino a battere i piedi e a chiederci se ci sarebbero spuntati i ghiaccioli al naso mentre fingevamo di divertirci un sacco.» Tirò fuori la ciambella dal microonde e guardò dalla finestra. «Ma... quello è di nuovo Arlo?»

«L'abbiamo trovato quando ci siamo svegliati.»

«È molto strano» osservò Casey. «Secondo te è successo qualcosa al signor Jasper?»

«Non saprei, tesoro.» Kaitlyn le riferì la conversazione che aveva avuto con l'agente.

«Che cosa pensi di fare allora?»

«Più tardi Mitch dovrebbe andare da lui a intagliare, e se a quel punto non sarà tornato, proverò di nuovo a convincere la polizia a fare qualcosa, anche se non sono passate quarantott'ore.»

«E cioè?»

Kaitlyn non rispose, più che altro perché non sapeva esattamente che cosa avrebbero potuto fare, a parte segnalare la targa del veicolo. Se anche fosse riuscita a convincerli a radunare dei volontari per iniziare le ricerche, dubitava che la polizia sapesse da dove cominciare.

13

Con le gambe ancora indolenzite per l'esercizio del giorno prima, Tanner corse a passo lento fino al parco, dove fece un po' di stretching, alcune serie di flessioni, piegamenti e addominali finché si sentì sfinito. Andò quindi a fare colazione in una tavola calda. Lesse le notizie sull'iPad, sorseggiando il caffè con tutta calma, ma quando uscì non erano nemmeno le undici, e non aveva idea di come passare il resto della giornata.

Decise di andare a fare quattro passi in centro. Trovò una panchina e si fermò per telefonare di nuovo a Glen.

Quando l'amico gli rispose, disse: «Ho pensato molto a quello che mi hai detto. Volevo farti una domanda».

«Ti ascolto.»

«Come hai fatto a capire che Molly era quella giusta per te? Cioè, vi conoscevate da poco quando siete andati a vivere insieme, giusto?»

«Sette settimane» confermò Glen. «Ma credo di aver capito al secondo appuntamento che l'avrei sposata.»

«E come hai fatto?»

«La conosci. È intelligente e mi faceva ridere e per me era bellissima, ma avevo già incontrato altre donne così. Quando stavo con Molly, però, provavo qualcosa di diverso e lo *sapevo*. So che cerchi una spiegazione razionale, ma a volte non c'è. A volte è questione di istinto. Comunque, se devo essere proprio sincero penso di essere stato anche fortunato.»

«In che senso?»

«Perché l'amore è più di un sentimento. È condividere la vita, e solo dopo che ci siamo sposati ho capito davvero quante cose avevamo in comune. Condividiamo gli stessi valori, la stessa etica, siamo entrambi cattolici. Siamo d'accordo su come crescere i figli, sul fatto di risparmiare per la pensione invece di spendere tutto adesso, se durante le vacanze andare a trovare e miei o i suoi genitori, persino su cosa fare nei fine settimana. Credo che più ti trovi in sintonia su cose di questo genere, più ti senti una squadra, ti senti coinvolto. Detto questo, ovviamente non è semplice. Le relazioni richiedono impegno.»

«Non per te e Molly.»

«Scherzi?» replicò Glen con una risata. «C'è un sacco di lavoro da fare, da entrambe le parti. Abbiamo litigato.

Alzato la voce. Ci siamo sbattuti la porta in faccia, abbiamo dormito in camere separate, in certi momenti siamo stati addirittura vicini alla separazione.»

«Sul serio?» Tanner scosse la testa incredulo.

«Certamente. Non è successo che uno dei due se ne andasse di casa, ma questo non significa che non ci abbia pensato. E so per certo che l'ha fatto anche lei. Tutte le relazioni hanno alti e bassi, ma alla fine ci siamo impegnati per far funzionare le cose, e così è stato.»

Dopo qualche minuto Tanner chiuse la telefonata, la mente in subbuglio. Tornando verso l'hotel, si sorprese a riflettere sulle parole di Glen in riferimento a Kaitlyn, o almeno a cercare di farlo basandosi su quel poco che aveva imparato di lei nel breve periodo in cui si erano frequentati. Ma, soprattutto, pensò a come si sentiva quando stava insieme a lei. Pensò che lei sembrava... quella giusta.

14

Quando giunse l'ora del consueto appuntamento pomeridiano di Mitch con Jasper al gazebo, Kaitlyn sapeva già che l'uomo non sarebbe venuto. Aveva sbirciato dalla finestra a intervalli regolari nei venti minuti precedenti, sperando di vederlo comparire, ma senza sperarci troppo. Quando Mitch le chiese di andare a controllare di nuovo alla baita, Kaitlyn annuì. Arlo li seguì.

Già da lontano era chiaro che Jasper non era ancora

rientrato. Il pick-up non c'era, le luci erano spente e la baita sembrava deserta. Entrò lo stesso, per dare una rapida occhiata, e trovò che non era cambiato niente dalla sua ultima visita.

Mentre era sulla veranda, Kaitlyn si accorse che Arlo si era spostato ai margini della proprietà e fissava verso la Uwharrie.

«Che sta facendo Arlo?»

«Non lo so» rispose Mitch.

«Vai a prenderlo, così lo riportiamo da noi.»

Mentre osservava Mitch correre verso il cane, decise di andare alla polizia a denunciare la scomparsa di Jasper, nonostante il parere contrario del detective. Quando Mitch si avvicinò, Arlo si allontanò trotterellando verso la foresta. Il bambino fece per seguirlo, ma Kaitlyn, ricordando all'improvviso di aver sentito rumore di spari, scese di corsa gli scalini e chiamò il figlio allarmata. «Mitch! Fermati!»

Il ragazzino ubbidì e si girò a guardarla. «Ma sta scappando!»

Lei lo raggiunse a passo svelto. «Non voglio che vai nella foresta. È pericoloso, tesoro! È pieno di cacciatori.»

«E Arlo?» domandò Mitch.

«Sono sicura che ci va in continuazione» cercò di tranquillizzarlo lei. Chissà se poi era vero. «Non gli succederà niente. E se vuole tornare indietro, sa dove trovarci.»

Dato che Mitch non era affatto convinto, chiamarono più volte il cane, ma Arlo li ignorò. Tornati a casa, Kaitlyn prese la borsa e le chiavi della macchina e passò più di un'ora alla centrale di polizia per compilare la denuncia. Ci impiegò un po', ma alla fine riuscì a convincere il detective a diramare subito una segnalazione.

Stava preparando le lasagne per cena quando Casey entrò in cucina.

«Che buon profumino» disse. «Quanto manca alla cena?»

«Non molto. Più o meno un'oretta. Esci anche stasera?»

«Ovvio che sì» rispose Casey. «Ma più tardi. Non ti serve la macchina, vero?»

«No, prendila pure. Stasera non ne ho bisogno.»

«Com'è andata con la polizia?»

Kaitlyn la aggiornò.

«Mitch è molto preoccupato per lui, mamma. E per Arlo. Quando me ne ha parlato, si è messo a piangere.»

«Sono preoccupata anch'io» confessò Kaitlyn.

«Mitch ha detto che secondo lui il signor Jasper potrebbe essersi perso nella foresta. E che è per questo che Arlo ci è tornato. Spiegherebbe anche come mai era tutto pieno di fango.»

Kaitlyn smise di aggiungere strati di lasagna nella teglia. «Perché dovrebbe essere nella foresta?»

«Mitch ha detto che voleva andare a cercare i funghi. E anche che forse voleva trovare il cervo bianco.»

Anche Kaitlyn ricordava di averlo sentito parlare del cervo bianco. Ma...

«E che fine avrebbe fatto il pick-up?»

«Potrebbe averlo usato per andare nella foresta, no?» ipotizzò Casey.

«Può darsi» disse Kaitlyn.

«La polizia andrà là a cercarlo? Ci penseranno i guardaparco o come si chiamano gli agenti che pattugliano la foresta?»

«La polizia non farà nulla almeno fino a domani, e per quanto riguarda la Uwharrie, immagino che chi se ne occupa dirà lo stesso. Soprattutto perché non siamo neppure certi che il signor Jasper sia là.»

«Allora dovremmo andare noi a cercarlo» dichiarò Casey convinta, incrociando le braccia.

«È iniziata la stagione della caccia» la ammonì Kaitlyn. «Non voglio che tu o Mitch vi avviciniate alla foresta.»

Casey la studiò in silenzio, con espressione assorta.

15

A Jasper parve di sentire qualcosa di morbido e umido toccargli il viso. Socchiuse un occhio e riconobbe il suo cane.

«Arlo» sussurrò con voce roca. «Dove sei stato?»

Nella sua testa gli sembrava di aver pronunciato nitidamente le parole, ma era molto probabile che gli fossero uscite in un borbottio incomprensibile. Subito dopo perse di nuovo i sensi.

Quando si risvegliò, Arlo non c'era più.

16

Tanner cenò in un locale vicino all'hotel. Era pieno di coppie e di comitive di amici, che ridevano e chiacchieravano sottovoce in tono rilassato. L'atmosfera gli riportò alla mente immagini di una cena in famiglia dall'altra parte della città alla quale non era stato invitato.

La cosa lo turbò più di quanto avrebbe immaginato e chissà perché ripensò a quando, da bambino, era sgusciato fuori dal letto a tarda sera e aveva visto il nonno e la nonna ballare in salotto. Era passato tanto tempo da allora, però ricordava bene come si guardavano. Con amore, certo, ma anche con una complicità, una fiducia incrollabile che gli aveva dato conforto mentre si rinfilava nel letto.

Kaitlyn non lo aveva guardato come avevano fatto i suoi nonni quella notte. Era evidente che fosse attratta da lui, tuttavia non si era data completamente, lo sapeva. Si era trattenuta fin dal momento in cui si erano conosciuti, come se già sapesse che lui l'avrebbe ferita.

E ovviamente era ciò che aveva fatto, e quella consapevolezza gli creava un vuoto dentro mai provato prima.

17

Kaitlyn stava lavando i piatti della cena quando udì la voce di Mitch dal salotto.

«Arlo è tornato!»

«Scusa, non ho capito.» Kaitlyn chiuse il rubinetto.

«Ha detto che Arlo è tornato» ripeté Casey andando verso la porta. Dopo aver finito di mangiare, si era cambiata, truccata e sistemata i capelli. Ora assomigliava più a un'adulta che a un'adolescente.

Kaitlyn si asciugò le mani mentre Casey apriva la porta con Mitch al suo fianco.

«Possiamo farlo entrare?» la implorò il figlio.

«Va bene» rispose lei. «Gli porterò da mangiare e da bere.»

Arlo seguì i ragazzi come se fosse a casa sua; Kaitlyn intanto era andata ad aprire una scatoletta di cibo per cani e l'aveva versata in una ciotola. Arlo doveva aver annusato il profumo nell'aria, perché trotterellò in cucina a una velocità sorprendente. Casey lo seguì, lanciando alla madre un'occhiata che diceva: E adesso che cosa facciamo, mamma? Tu e io sappiamo che Jasper è nei guai.

Kaitlyn rimase in silenzio, non sapendo che cosa rispondere.

18

Tanner aveva appena pagato il conto quando sentì vibrare il telefono. Lesse il messaggio con espressione accigliata e non rispose subito. Un istante dopo arrivò un secondo messaggio. Si infilò il giubbotto e si diresse verso la macchina a noleggio.

Entrando nel parcheggio dell'hotel, notò immediatamente il SUV fermo accanto all'ingresso e la figura appoggiata alla carrozzeria con le braccia conserte. Rallentò e parcheggiò nel posto accanto, poi scese dall'auto, incuriosito.

«Ciao, Casey» disse circospetto. «Tutto bene?»

«Sì, sì» rispose lei, mentre Tanner chiudeva la portiera dell'auto. «Grazie di aver accettato di vedermi. La mamma non sa che sono qui, ma credo che potremmo aver bisogno del suo aiuto.»

Tanner aggrottò la fronte. «Che succede?»

«Il nostro vicino Jasper è scomparso. Il vecchio con cui Mitch intaglia il legno.» Gli spiegò tutta la storia. Alla fine, Tanner alzò lo sguardo verso il parcheggio e rifletté su ciò che gli era stato riferito. Dopo un istante, riportò di nuovo l'attenzione su Casey.

«Mi stai chiedendo di andare a cercarlo nella Uwharrie?» domandò lui.

«Sì» rispose lei con estrema semplicità. «Come le ho detto, la mamma non ci permette di andare per via dei cacciatori.»

A Tanner tornò in mente un particolare dai tempi di Fort Bragg. «Mi pare proprio che non sia permesso cacciare la domenica mattina» disse «quindi, se è così, domani mattina non dovrebbero esserci pericoli.»

«Ah» fece Casey. «Non lo sapevo. E credo che non lo sappia neanche la mamma.» Rifletté sulla cosa per qualche istante. «Potrebbe andare a cercarlo lo stesso? La mamma probabilmente non ci lascerà andare e lei è più bravo dato il suo addestramento militare e tutto il resto.»

Lui ci pensò su. E poi: «Arlo è ancora casa vostra?» domandò.

«Credo di sì. Perché?»

«Riesci ad alzarti presto domani mattina? Verso le sei e mezzo? Così posso passare a prendere Arlo prima di andare?»

«Sì, senza problemi» rispose Casey con aria sollevata. «E grazie, so che Mitch si sentirà molto meglio.» Dopo una breve esitazione aggiunse: «Un'altra cosa... se dovesse trovarlo, ecco, il signor Jasper ha un aspetto un po'... inquietante.

Soprattutto se lo si vede per la prima volta. È rimasto vittima di un incendio molti anni fa».

Tanner le rivolse un cenno affermativo. Casey tornò al SUV e aprì la portiera dal lato del guidatore. Poi lo guardò con un sopracciglio inarcato. «È un vero peccato, però.»

«Che cosa?»

«Che abbia mandato tutto all'aria con la mamma. Cominciava a piacermi.»

Tanner rimase senza parole. Indietreggiò di un passo e osservò Casey fare manovra e poi allontanarsi sulla via principale. A questo punto risalì lentamente in macchina. Dato che sarebbe dovuto andare nei boschi – con o senza cacciatori – aveva bisogno di procurarsi un po' di cose e sperava che il Walmart fosse ancora aperto.

11

1

QUANDO Tanner imboccò il vialetto il mattino dopo, trovò Casey sulla veranda con le pantofole e un piumino pesante sopra il pigiama. Saltellava da un piede all'altro stringendosi le braccia al petto mentre Arlo stava accucciato tranquillo ai suoi piedi. Tanner aveva già indosso il giubbotto arancione ad alta visibilità e il cappellino da baseball dello stesso colore che aveva acquistato al Walmart. Prima di scendere dalla macchina, prese un collare elettronico e un gilet arancione che stavano sul sedile anteriore accanto allo zaino pieno zeppo. Il cielo si andava rischiarando con le prime luci dell'alba.

Casey sbuffò. «Assomiglia a un cono stradale.»

«E Arlo sarà il mio gemello» disse lui. «Meglio essere prudenti.»

Giunto sulla veranda, si presentò ad Arlo prima di infilargli il gilet dalla testa e allacciarglielo. Poi gli applicò anche il collare elettronico.

«Che cos'è?»

«Un GPS» rispose Tanner. «È collegato a un'app sul mio cellulare.»

«Forte.» Casey si strofinò le braccia per scaldarsi. «Pensa che riuscirà a trovare il signor Jasper? Se fosse davvero nei boschi?»

«È una zona molto vasta» disse lui. «Ma spero che Arlo mi indichi la strada. Che cosa sai dirmi del pick-up?»

«È vecchissimo e malandato» rispose Casey. «Mi sembra che sia beige o bianco, ma non ricordo esattamente. Penso di averlo visto soltanto una volta. Mi dispiace.»

«Non credo che ce ne siano molti così sparsi nella foresta.»

Lei annuì. «Forse dovrei dirle dove abita, in modo che abbia un'idea di dove Mitch ha visto Arlo entrare nella foresta. Non conosco l'indirizzo del signor Jasper, ma posso spiegarle come arrivare a casa sua. È qui vicino.»

Mentre Casey gli dava indicazioni, Tanner agganciò un guinzaglio al collare di Arlo, poi si avviò verso la macchina. Casey lo accompagnò e aiutò il cane a salire sul sedile posteriore.

«Che cosa dirai alla mamma?» le chiese Tanner. «Quando si accorgerà dell'assenza di Arlo, intendo.»

«La verità» rispose Casey. Gettò un'occhiata al cane prima di voltarsi di nuovo verso Tanner. «Quanto pensa di rimanere nella foresta?»

«Per tutto il tempo necessario, immagino.»

Tanner aprì la portiera e salì in macchina. Rivolse un cenno di saluto a Casey dal finestrino e poi fece retromarcia sul vialetto. Seguendo le indicazioni che gli aveva dato la ragazza, dopo pochi minuti si fermò davanti a una casupola malandata in fondo a una stradina sterrata.

Guardando dal parabrezza, pensò con un moto di sorpresa: io conosco questo posto. Subito dopo scacciò l'idea, dato che al momento non aveva alcuna importanza. Scese dall'auto con lo zaino e applicò due strisce di nastro adesivo arancione fluorescente lungo i pantaloni della tuta, aprì l'app sul cellulare per verificare che il GPS funzionasse e accese e spense la torcia per prova. Quindi controllò il contenuto dello zaino dove aveva infilato un kit di primo soccorso, una borraccia d'acqua, delle confezioni di integratore alimentare in gel e due coperte termiche e se lo mise in spalla. Infine aprì la portiera posteriore, fece scendere Arlo e staccò il guinzaglio.

Era chiaro che il cane sapeva dove si trovava, ma non si diresse verso la casa. Trotterellò fino ai margini della proprietà, poi si girò a guardare Tanner. Un attimo dopo scomparve nella Uwharrie. Sebbene il cielo si stesse schiarendo, Tanner accese la torcia e iniziò a seguirlo prima a passo spedito e poi aumentando l'andatura a una leggera corsa.

2

Ormai in preda al delirio, Jasper viveva in un mondo di sensazioni fisiche. Oscurità. Luce. Stanchezza. Fame. Sete. Freddo. Dolore.

Non sapeva più di essere nella Uwharrie, non ricordava che cosa fosse successo. Tremava senza sosta e quella che un tempo era stata una sofferenza ora era appena percettibile. Sentì qualcuno stringergli la mano e capì che finalmente Audrey era venuta a prenderlo.

«Audrey» bisbigliò e per un breve istante la vide con gli occhi della mente. Ma altrettanto rapidamente la sua immagine scomparve.

Al suo posto, c'era la sagoma indistinta di una figura scura che si avvicinava sempre di più.

3

Kaitlyn era seduta in cucina a bere la prima tazza di caffè quando Casey scese le scale e la raggiunse.

«Buongiorno» la salutò la madre guardando l'ora. «Ti sei alzata prestissimo.»

«Non me lo dire» sbuffò la ragazza.

«Se hai ancora sonno, torna a letto. È una giornata fredda e grigia, perfetta per poltrire sotto le coperte.»

«Ormai sono sveglia» disse Casey. Si lasciò cadere sulla sedia accanto alla madre e le raccontò quello che aveva fatto. Kaitlyn la guardò in silenzio da sopra la tazza di caffè.

«Ieri sera sei andata da Tanner?» domandò stupita. «Senza chiedermi il permesso?»

«Sapevo che mi avresti detto di no.»

«Hai ragione» sbottò Kaitlyn sempre più stizzita.

«Qualcuno doveva andare a cercare il signor Jasper, mamma.» Casey era serissima. «Se la polizia non lo fa e a noi non lo permetti, perché non chiederlo a lui?»

Aveva ragione, ma... Tanner?

4

Tanner alternava camminata e corsa leggera, cercando di restare a parecchia distanza dal cane. Non voleva pressarlo, sperava che lo avrebbe condotto nel punto giusto, ma non era convinto che sapesse dove andare. Il vecchio labrador cambiava spesso direzione, trotterellando ora verso destra, ora verso sinistra. Per due volte era persino tornato indietro prima di correggersi e riprendere la marcia.

Nonostante fosse mattina inoltrata, la nebbia ammantava il sottobosco e Tanner era contento di aver messo un giubbotto ad alta visibilità ad Arlo. Il cane spiccava nel paesaggio grigio come un'insegna al neon. Benché i boschi sembrassero deserti, Tanner aveva i sensi in massima allerta e continuava a scrutare il terreno in cerca di tracce. Sbirciava in tutte le direzioni, alla ricerca di un vecchio pick-up o di altri segni che indicassero la presenza di qualcuno nelle vicinanze, e si fermava a intervalli regolari per cogliere eventuali rumori sospetti.

Il terreno era ondulato e alternava zone boschive ad altre rocciose. Arlo scomparve oltre l'ennesima cresta. Tanner controllò l'app sul cellulare e si sistemò lo zaino sulla schiena prima di mettersi a correre. Giunto in cima, scorse il cane trotterellare fra gli alberi. Dopo un po' rallentò l'andatura, il muso chino ad annusare il terreno.

Tanner continuò a seguirlo.

5

Jasper era nella zona grigia tra la veglia e l'incoscienza, la testa un carosello di istantanee congelate nel tempo.

Suo padre seduto con una Bibbia aperta in grembo.

Audrey che stendeva il bucato.

I figli a tavola per la cena.

Ma la figura scura gettava la sua ombra su tutte le immagini.

6

Dalla cucina, Kaitlyn origliò la conversazione tra Mitch e Casey in salotto.

«Pensi che riuscirà a trovare il signor Jasper?» chiese Mitch. Era metà mattina e il bambino era sempre più agitato da quando si era svegliato e aveva scoperto che Arlo non c'era più.

«Sì.»

«Come fai a saperlo?»

Casey non rispose subito. Quando parlò, dalla sua voce trasparì un'incrollabile sicurezza. «Perché sono sicura che è una di quelle persone che continuerà a cercare finché lo avrà trovato. Lo sa quanto è importante per te.»

Kaitlyn si portò una mano alla bocca, grata che i ragazzi non potessero vedere le emozioni contrastanti sul suo viso.

7

Erano nella foresta da più di due ore quando Arlo cominciò a rallentare. Tanner non lo perdeva di vista, i sensi sempre vigili. Per fortuna la nebbia si andava diradando, ma per il momento non aveva notato niente di particolare.

Nonostante il vagabondare del cane, Tanner sapeva esattamente dove si trovava. L'addestramento ricevuto era di certo prezioso, poteva però contare anche sul suo innato senso dell'orientamento che non lo tradiva quasi mai. Doveva trovarsi all'incirca a tre chilometri dalla baita, benché, seguendo Arlo, avesse percorso una distanza due volte maggiore.

Adesso, però, gli parve di notare che il cane procedeva in linea retta. Tanner scostò di lato un ramo, passò sotto un altro e scavalcò un albero caduto. Il vecchio labrador, con il naso appiccato al terreno, si muoveva come se avesse trovato una traccia familiare. Quando scomparve di nuovo oltre un dosso, Tanner accelerò.

Arrivato in cima alla montagnola aveva il fiato corto. Individuò subito Arlo, ma il suo sguardo fu subito catturato da qualcosa di estraneo al paesaggio.

Il pianale arrugginito di un vecchio pick-up di colore chiaro. Il resto della carrozzeria era in parte nascosto dietro una specie di terrapieno nel folto della foresta.

Tanner si mise a correre coprendo velocemente la distanza. Quando si voltò a guardare, Arlo era nuovamente scomparso.

8

Il pick-up era così vecchio e malandato che sembrava fosse stato abbandonato nella foresta da qualche decennio, ma, avvicinandosi, Tanner notò che non era coperto di foglie o di polvere. Probabilmente si trovava lì solo da qualche giorno.

Pareva che Jasper fosse davvero andato nella foresta in macchina. Ma perché?

Sbirciò dai finestrini poi scrutò di nuovo la foresta. Aprì la portiera dal lato del conducente.

Sul sedile del passeggero c'era una mappa disegnata a mano sul retro di una vecchia ricevuta; sicuramente rappresentava le strade che attraversavano la foresta, anche se Tanner non poteva averne la certezza. Allungandosi sul sedile, aprì il cassettino del cruscotto. Era pieno di fogli e ricevute ingiallite; sopra c'era un portafoglio e Tanner lo prese. Lo aprì e tirò fuori la patente. Per un attimo esaminò la foto di Jasper, il suo nome e la sua età, sconcertato davanti al potere delle coincidenze.

Dubitava che il vecchio si fosse allontanato troppo. Quindi dov'era? Scese dal pick-up e scrutò la foresta per localizzare Arlo. Aprì l'app sul cellulare e lo trovò; chissà se il cane lo aveva condotto lì per via del pick-up o perché Jasper era nei paraggi. Partì di corsa per raggiungerlo, tenendo d'occhio il puntino luminoso sull'app. A quanto pareva, il cane si era fermato.

Tanner accelerò l'andatura, ripensando alle temperature rigide delle notti precedenti. Strinse le labbra e si augurò il meglio, preparandosi tuttavia al peggio.

9

Jasper cercò di rievocare l'immagine di Audrey, senza riuscirci. Dov'era andata? si domandò. Perché non veniva a consolarlo? In preda al delirio vide invece l'ombra scura dei suoi incubi. E tuttavia, quando fu abbastanza vicina da poterla toccare, la sagoma nera all'improvviso gli parve quella di Arlo.

10

Secondo l'app, Tanner si stava avvicinando ad Arlo, ma ancora non riusciva a vederlo. Rallentò e poco dopo si rese conto di trovarsi in cima a una ripida collinetta nascosta dalla topografia ondulata della zona.

Notò il cane e nello stesso istante vide anche una figura riversa a terra. Scese di corsa il pendio e si tolse di spalla lo zaino, agendo d'istinto. Aveva frequentato diversi corsi di primo soccorso e aveva curato i compagni sul campo più spesso di quanto gli piacesse ricordare. In un istante fu in ginocchio accanto a Jasper. Scostò Arlo da una parte per avere più spazio.

«Ehi, mi sente?» chiese sottovoce mentre esaminava Jasper in cerca di ferite. Fece una rapida diagnosi: il sangue sulla testa indicava una possibile commozione cerebrale; le labbra screpolate e la lingua gonfia erano sintomo di disidratazione. La pelle era livida e flaccida. Un piede era girato dalla parte sbagliata, probabilmente per una frattura esposta della caviglia. Anche il ginocchio era terribilmente gonfio. «Mi sente, Jasper?» gli ripeté all'orecchio. «Come sta? Sono qui per aiutarla.»

Il vecchio parve borbottare qualcosa. Tanner accostò l'orecchio, ma sentì solo un gemito rantolante e un sibilo. Gli prese il polso per controllare il battito. La pelle del vecchio era pericolosamente fredda e le dita erano già cianotiche. Siccome la zona intorno al polso era coperta di innesti e Tanner non sentiva niente, provò con la carotide. Concentrandosi rilevò una debole pulsazione. Usando la torcia del telefono controllò la dilatazione delle pupille; con suo sollievo constatò che rispondevano entrambe. Si rese conto che c'era pochissimo campo in quella parte della foresta e si augurò con tutto il cuore che potesse bastare per una chiamata.

Fu sufficiente. Parlò alla centralinista del pronto soccorso lentamente e scandendo bene le parole, illustrandole la situazione e il numero e la gravità delle ferite di Jasper. Inviò la posizione esatta e avvisò che l'ambulanza o l'auto medica probabilmente non sarebbero riuscite ad arrivare sul posto e che era necessaria una barella da portare a mano. Chiese alla centralinista di ripetere tutto per assicurarsi che avesse capito.

Chiuse la telefonata e tornò a dedicarsi a Jasper. Continuò a parlargli con un tono di voce rassicurante, dicendogli che stavano per arrivare i soccorsi e che sarebbe andato tutto bene. Intanto frugava nello zaino per tirare fuori l'occorrente. Nella dotazione di primo soccorso non c'era nulla di utile per steccare la caviglia, e comunque non avrebbe corso il rischio di commettere un errore in una situazione così delicata. La cosa poteva aspettare. Cercò invece di capire l'entità del trauma alla testa. Non voleva muoverla per paura di peggiorare il danno, ma puntando la luce della torcia appurò che il sangue si era già seccato ed era meno copioso di quanto avesse immaginato. Era probabile che si trattasse di una ferita superficiale.

Scartò le coperte termiche e le adagiò su Jasper, nella speranza che, così facendo, la temperatura corporea si alzasse. La dinamica dell'incidente sembrava abbastanza chiara: Jasper era inciampato ed era caduto fratturandosi la caviglia e sbattendo la testa. Il dolore provocato dalla frattura era stato così forte da impedirgli persino di tentare di muoversi, perciò era rimasto sdraiato lì, chissà per quanti giorni e quante notti.

Svitò il tappo della borraccia, lo riempì d'acqua e ci intinse un dito. Umettò delicatamente le labbra di Jasper e gli versò qualche goccia nella bocca aperta. Il vecchio di sicuro aveva bisogno di una flebo di sali minerali, ma nel frattempo Tanner sperava che un po' d'acqua potesse aiutarlo. Ripeté l'operazione ancora qualche volta, poi si fermò. C'era il rischio che troppa acqua gli andasse di traverso facendolo tossire. Un istante dopo Jasper chiuse le labbra e tirò fuori la lingua. Tanner continuò a inumidirgliela, in attesa dei soccorsi.

Prese il cellulare e decise di scrivere a Casey. Alla fine inoltrò il messaggio anche a Kaitlyn, dicendo semplicemente di aver trovato Jasper e che era vivo, ma molto disidratato, con una ferita alla testa e una caviglia rotta. Chiuse dicendo di aver già chiamato i soccorsi.

Inumidì ancora le labbra di Jasper e per la prima volta gli occhi del vecchio si aprirono brevemente per poi richiudersi.

«Audrey» mormorò. O almeno fu ciò che Tanner capì, prima che Jasper bisbigliasse un'altra serie di nomi quasi incomprensibili, e di nuovo Tanner rimase sconcertato e meravigliato dai misteri che a volte rivelano l'esistenza di un ordine nascosto nelle cose.

11

Tanner provò un tuffo al cuore quando lesse il nome di Kaitlyn sullo schermo del telefono.

«Tanner?» gli disse rispondendo alla chiamata. «Sei in vivavoce con i ragazzi. Hai trovato Jasper?»

«Sono con lui adesso, sto aspettando i soccorsi.» Spiegò nuovamente in quali condizioni si trovava l'uomo e che cosa stava facendo lui nel frattempo.

«Non dargli troppa acqua troppo in fretta» gli consigliò lei. «Avrà bisogno di una flebo il prima possibile.»

«L'ho detto alla centralinista, ma non so dove si trovi la strada più vicina e non ho idea di quanto tempo impiegheranno ad arrivare fin qui.»

«È cosciente?»

«Più che altro farnetica parole senza senso» rispose Tanner. «Ha aperto gli occhi per un secondo poi li ha richiusi.»

«Forse dovrei raggiungerti con il mio kit di emergenza. Dove ti trovi?»

«Ti mando la posizione» disse Tanner allontanando il telefono dall'orecchio. «Aspetta...»

«Ce l'ho» confermò Kaitlyn in tono professionale prima di chiudere la comunicazione.

12

Nell'attesa, Tanner continuò a parlare a Jasper con voce pacata versandogli sulle labbra altre gocce d'acqua. Gli controllò nelle tasche e si infilò nello zaino le chiavi del pick-up. Dopo un po' gli prese le mani da sotto le coperte termiche per cercare di scaldarle, quindi chiamò di nuovo il pronto soccorso per avere aggiornamenti. Gli fu detto che stavano arrivando.

Mezz'ora più tardi, Tanner sentì una sirena in lontananza. Ascoltò il suono farsi sempre più forte per poi spegnersi bruscamente. Doveva trovarsi a circa un chilometro e mezzo di distanza, forse due, ma su quel terreno era impossibile stabilirlo con certezza.

Dopo altri quindici minuti, Tanner si arrampicò in cima all'altura chiamando aiuto nella speranza che i paramedici lo udissero. Quando finalmente li vide comparire, iniziò ad agitare le braccia sopra la testa continuando a gridare finché i due uomini lo individuarono e si affrettarono a raggiungerlo. Uno di loro portava una barella pieghevole.

Purtroppo non avevano con sé chissà quali attrezzature mediche, a parte un collare e la barella. Erano due ragazzi sulla ventina, e Tanner li aiutò a trasferire Jasper sulla barella dopo che gli ebbero messo il collare. Jasper non era grasso, ma sarebbe stato molto faticoso per due persone trasportarlo su quel terreno accidentato e per un tragitto così lungo, perciò i paramedici accettarono di buon grado l'aiuto di Tanner. Una volta caricato in ambulanza, l'avrebbero portato all'ospedale di Asheboro, dove l'avrebbero visitato ed eventualmente poi trasferito a Greensboro.

Prima di avviarsi, Tanner si mise in spalla lo zaino e scrisse un breve messaggio a Kaitlyn e Casey, per informarle che stavano portando Jasper sull'ambulanza e che forse la cosa migliore era trovarsi all'ospedale. Quando furono tutti pronti, sollevarono le barella. Tanner chiamò Arlo e partirono, con il vecchio labrador di fianco.

Tanner si rese conto che la distanza era ben superiore al chilometro e mezzo, e per di più su un terreno impervio. Dovettero fermarsi a riprendere fiato due volte. Alla fine giunsero in vista dell'ambulanza, parcheggiata su una stradina sterrata che Tanner riconobbe come una pista tagliafuoco. Caricarono Jasper: uno dei due sanitari andò con lui mentre l'altro si metteva al volante. Tanner rimase in disparte con Arlo.

L'ambulanza ripartì a sirene spiegate e quando scomparve alla vista, Tanner si avviò nella direzione opposta per tornare al pick-up di Jasper.

Caricò Arlo sul pianale e cercò di mettere in moto, ma la cinghia allentata emise un cigolio assordante e il furgone non partì. Tanner ci provò una seconda volta e una terza, pigiando delicatamente sull'acceleratore per evitare di ingolfare il motore. Dopo qualche altro tentativo finalmente riuscì a farlo partire e attese un minuto prima di ingranare la marcia.

Guidò con cautela schivando alberi e rami caduti, sobbalzando su rocce e sfiorando cespugli, dirigendosi più o meno verso la strada sterrata da cui era appena venuto. Quando ci arrivò, prese la stessa direzione dell'ambulanza. Si fermò un istante per cercare di raccapezzarsi sulla cartina disegnata da Jasper, ma senza successo. Non capiva neppure quale fosse il nord e il sud, quindi ci rinunciò.

Per fortuna la strada sterrata ben presto si congiunse con una asfaltata; tirò a indovinare da che parte girare e alla fine scoprì di essere stato fortunato. Uscito dalla foresta, per prima cosa andò alla baita di Jasper a lasciare il pick-up. Infilò le chiavi nel cassetto del cruscotto accanto al portafoglio di Jasper.

Caricò quindi Arlo a bordo della sua macchina, fece una sosta in un fast-food per prendere qualche hamburger, ne diede un paio al cane e proseguì fino alla casa di Kaitlyn. Il SUV non c'era e quando bussò non gli rispose nessuno. Senza dubbio erano andati in ospedale, ma siccome Tanner non se la sentiva di lasciare Arlo da solo, gli fece bere un po' d'acqua dal tubo del giardino e si mise comodo su una delle sedie a dondolo sulla veranda. Arlo si raggomitolò ai suoi piedi e si addormentò.

Si augurava davvero che il vecchio ce la facesse. Era conciato proprio male, questo era sicuro. Date le condizioni meteo degli ultimi giorni, era un miracolo che fosse sopravvissuto per tutto quel tempo.

Tirò fuori il cellulare e cominciò a cercare in rete. Nel silenzio, pensava a Jasper, ma la sua mente andava anche a Kaitlyn, consapevole che venire ad Asheboro aveva cambiato tutto.

12

1

DOPO la telefonata con Tanner, Kaitlyn fece mentalmente una lista di attrezzature e medicine di cui Jasper avrebbe potuto aver bisogno. I ragazzi insistettero per accompagnarla in ambulatorio a prendere tutto l'occorrente. Erano già dentro la foresta quando ricevettero il messaggio di Tanner che li informava che stavano portando Jasper all'ospedale.

Kaitlyn fece inversione di marcia e partì alla volta dell'ospedale. Avrebbe dovuto chiedere a Tanner più informazioni sulle condizioni di Jasper, pensò. Per lei quel vecchio era sempre stato una contraddizione vivente, forte e fragile allo stesso tempo. Che fosse ancora vivo quando Tanner lo aveva trovato era quasi un miracolo. Ma ce l'avrebbe fatta? si domandò mentre guidava. Trascorrere due o tre giorni nella foresta, esposto alle intemperie, era una prova difficile per chiunque, figurarsi per un uomo della sua età e con i suoi malanni.

Non aveva parlato delle sue preoccupazioni con i ragazzi, ma non era sicura di aver fatto bene a portarli con sé. Adesso però era troppo tardi.

Casey e Mitch la seguirono al pronto soccorso. L'ambulanza non era ancora arrivata e, nell'attesa, Kaitlyn parlò con Micheal Betters, il medico di turno che conosceva da anni.

Lo informò di ciò che sapeva sulle condizioni di Jasper oltre che della sua storia clinica. Entrambi si dissero preoccupati per l'eventuale trauma cranico e decisero che, se fosse stato grave, avrebbero trasferito Jasper all'ospedale di Greensboro il prima possibile.

L'ambulanza arrivò quasi un'ora dopo e Kaitlyn accompagnò la barella nel pronto soccorso. Il personale si mise subito al lavoro: parametri vitali, visita oculistica ed esami diagnostici che evidenziarono ipotermia e una grave disidratazione. Subito sottoposto a fleboclisi con una soluzione di lattato di sodio, nel giro di pochi minuti i valori di Jasper cominciarono a stabilizzarsi. Dalla TAC risultò un lieve ematoma subdurale. Fortunatamente dalla radiografia delle vertebre cervicali e del cranio non risultarono fratture o lesioni. Le lastre alle gambe invece indicarono una grave frattura al malleolo laterale – la base del perone si era spezzata e sporgeva dalla pelle – e uno stiramento al ginocchio. Sarebbe stato necessario un intervento per sistemare la caviglia, e Kaitlyn si rivolse a un ortopedico di sua fiducia. Jasper, nel frattempo, non aveva ripreso conoscenza. Comunque, dato che i parametri vitali erano in costante miglioramento, lei e il dottor Betters decisero di tenerlo lì ad Asheboro, almeno per il momento.

Dopo le fasi concitate di primo soccorso, Kaitlyn tirò il fiato e per un po' rimase seduta al capezzale di Jasper, stringendogli la mano e osservando il regolare gocciolio della flebo. Sapeva che, in caso di disidratazione, i fluidi spesso portavano a una guarigione quasi miracolosa, ma l'uomo doveva ancora riaprire gli occhi.

Uscì per aggiornare i figli e loro l'ascoltarono in silenzio, ponendosi le sue stesse domande: Sarebbe guarito? Quando si sarebbe svegliato? Per quanto tempo sarebbe dovuto rimanere in ospedale? Mitch le chiese se poteva vederlo, ma lei scosse la testa.

Era seduta con loro quando il dottor Betters venne a cercarli.

«Incredibile ma vero, si è svegliato qualche minuto fa e riesce a parlare» disse. «Ha una tempra davvero robusta.»

«Possiamo andare da lui adesso?» chiese di nuovo Mitch.

«Prima fatemi controllare» rispose Kaitlyn scostando una ciocca di capelli dal viso del figlio. Seguì il dottor Betters al capezzale di Jasper e lo trovò davvero sveglio e sorridente.

«Salve... dottoressa» mormorò con voce arrochita.

«Ci ha fatto prendere un bello spavento» disse lei, stringendogli dolcemente la mano. «Come si sente?»

Lui chiuse gli occhi. «Fa'... male» bisbigliò.

«Che cosa?»

Jasper impiegò diverso tempo a rispondere e lei dovette chinarsi per sentirlo.

«Tutto» sussurrò.

2

Kaitlyn portò Mitch da Jasper, avvisandolo che aveva bisogno di riposare e che non potevano fermarsi per troppo tempo. Casey li seguì e Mitch, appena entrò nella camera, cominciò a tempestare l'uomo di domande.

Lui rispondeva a singhiozzo. Sì, era andato nella foresta per il cervo bianco. Sì, era scivolato e si era rotto la caviglia. Era nella foresta da giovedì mattina. Kaitlyn sapeva che c'era qualcos'altro di cui Jasper non aveva parlato, ma immaginò che il resto della storia sarebbe saltato fuori con il tempo.

Jasper domandò chi l'avesse trovato e a questo punto Casey intervenne parlando di Tanner. Kaitlyn la ascoltò con un certo disagio. Poi, rendendosi conto che l'anziano era sfinito, fece uscire i ragazzi dalla camera. Betters promise di tenerla aggiornata, anche se lei aveva già deciso di fare un salto in ospedale al termine delle sue consuete visite a domicilio.

Tornando a casa, si fermò in un fast-food con i ragazzi a prendere qualcosa per pranzo.

Quando svoltò nel vialetto di casa, vide Tanner e Arlo che li aspettavano sulla veranda.

3

Casey e Mitch corsero da lui e dopo averlo aggiornato sulle condizioni di Jasper, lo bersagliarono di domande per conoscere i particolari del ritrovamento del vicino di casa. Alzandosi, lui raccontò in breve com'erano andate le cose, spiegando che non li aveva raggiunti perché aveva preferito non lasciare da solo il cane.

«Non sapevo cos'altro fare» disse, incrociando per la prima volta lo sguardo di Kaitlyn. «Spero che non ti dispiaccia.»

«Figurati.» Kaitlyn annuì poi consegnò il sacchetto con i

panini a Casey. «Li porteresti dentro così tu e Mitch potete iniziare a mangiare?»

Casey gettò scherzosamente un braccio intorno alle spalle del fratello. «Andiamo, pulce. Lasciamo i grandi da soli.»

Arlo, sentendo profumo di cibo, seguì i ragazzi in casa. Quando la porta si richiuse alle loro spalle, Kaitlyn incrociò le braccia sul petto, rammentando a sé stessa di tenere a bada le emozioni. «Siamo in debito con te» esordì. «Non so per quanto tempo Jasper avrebbe resistito se tu non lo avessi trovato.»

«Sono contento di aver dato una mano» rispose Tanner. «Si rimetterà?»

In tono professionale, lei lo aggiornò sulle condizioni di Jasper, poi aggiunse: «Dovrà tenere il gesso per un bel po'. Ancora non so se potrà muoversi con le stampelle o se avrà bisogno della sedia a rotelle. Ho organizzato un consulto con un ottimo ortopedico».

Tanner rimase in silenzio per un attimo. «Aveva le mani congelate» disse.

Kaitlyn annuì. «Credo che sia una conseguenza dell'incendio a cui è sopravvissuto. Immagino che tu abbia visto gli innesti di pelle.»

«Sì» confermò Tanner. «Ho visto anche che soffre di psoriasi.»

Di fronte all'occhiata stupita di lei, Tanner spiegò: «Mentre vi aspettavo, ho fatto qualche ricerca in rete per capire come mai la sua pelle abbia quell'aspetto». Si dondolò sui piedi per un attimo, quasi fosse indeciso se formulare la domanda successiva: «Che cosa sai di lui?» chiese alla fine dandole un'occhiata di sottecchi. «A livello personale, intendo».

«Perché me lo chiedi?»

Tanner unì le mani sul petto. «Ho visto la patente e il libretto di circolazione sul pick-up» rispose. «Di cognome fa Johnson.» Di fronte allo sguardo perplesso di lei aggiunse: «Ero stato a casa sua all'inizio della settimana, sperando di parlare con lui, ma non l'ho trovato. Era uno dei nomi presenti sul vecchio elenco telefonico e anche su quello nuovo.»

Tutt'a un tratto Kaitlyn ricordò che Tanner le aveva detto il cognome del suo padre biologico e spalancò gli occhi mentre elaborava le informazioni. «Pensi che potrebbe essere tuo padre?»

«No, l'età non è quella giusta» rispose Tanner «e inoltre il nome è Dave o David».

«Ma?»

«Ma lui vive ad Asheboro da molto tempo. Potrebbe avere qualche parente.»

Confusa dall'improvvisa piega presa dalla loro conversazione, Kaitlyn si sedette lentamente su una delle sedie a dondolo.

«Non so perché non mi è venuto in mente il suo cognome quando mi hai parlato della tua ricerca. Forse perché per me lui è solo il signor Jasper. Mi dispiace.»

«Figurati» disse lui. «Sai per caso se ha dei parenti? O se aveva figli?»

«Sono quasi sicura che fosse sposato e avesse dei figli, ma non ama parlarne. Non ho idea se avesse anche dei figli maschi. E non so se abbia altri parenti.»

«Conosci qualcuno che potrebbe saperlo? Amici o vicini di casa, magari?»

Kaitlyn scosse la testa. «Ho la sensazione che ami stare da solo.» Lo osservò. «Hai provato a controllare in rete?»

Tanner annuì. «Ci ho provato mentre vi aspettavo, però non ho trovato niente. Potrei fare un controllo nei registri della contea, ma ci andrò domani, oggi sono chiusi.» Esitò. «Secondo te, Mitch potrebbe avere qualche informazione utile?»

«Non so di che cosa parlino quando sono insieme, però puoi chiederglielo.»

Si alzò dalla sedia a dondolo, rientrò in casa e subito dopo tornò insieme a Mitch. Quando Tanner gli domandò se Jasper avesse parenti o figli maschi, Mitch annuì.

«Aveva due figli, ma non so come si chiamano.»

«Sai se ha degli amici in città?»

Mitch arricciò il naso assorto. «Forse lo sceriffo. Mi sembra che l'abbia nominato un paio di volte.»

Dato che il bambino non aveva altro da aggiungere, Kaitlyn gli disse di rientrare in casa. Scrutò di sottecchi Tanner, che sembrava assorto nei propri pensieri. A un certo punto, lui le rivolse un breve sorriso, che le scatenò dentro una raffica di ricordi che preferiva dimenticare. Quasi avesse intuito il suo disagio, Tanner fece un passo giù dalla veranda. «Quando Jasper starà meglio, pensi che potrei andarlo a trovare in ospedale?» chiese voltandosi a guardarla con un piede sull'ultimo gradino.

«Sono sicura che gli farà piacere incontrare l'uomo che l'ha salvato, ma per adesso ha bisogno di riposo. Aspetta un paio di giorni.»

Lui annuì. «Grazie dell'aiuto.»

«Grazie a te per averlo trovato» ribatté lei.

Tanner fece qualche passo verso la macchina poi si girò di nuovo. «Senti» disse «c'è un'altra cosa che vorrei dirti, se me lo permetti.»

Kaitlyn si irrigidì. «Sì?»

«Volevo scusarmi» dichiarò lui con semplicità. «Per non essere stato chiaro con te fin dal principio. Sul fatto del Camerun. E avevi ragione tu. Non ci avevo riflettuto con attenzione quindi, oltre a scusarmi, ti ringrazio anche. Se non mi avessi detto quelle cose...» Lasciò la frase a metà, come se non trovasse le parole giuste. «Negli ultimi giorni mi sono guardato un po' dentro, per cercare di capire chi sono e chi voglio essere. Mi premeva solo farti sapere che mi hai aiutato a capire quanto sia importante pormi certe domande.»

Kaitlyn rimase a fissarlo, indecisa su che cosa ribattere. Un istante dopo lui si voltò e risalì in macchina, lasciandola lì a guardarlo andare via.

4

Casey raggiunse sua madre in cucina e iniziò a subissarla di domande.

«Cosa ti ha detto?» le chiese prima ancora che Kaitlyn avesse avuto modo di riprendersi.

«Voleva avere informazioni su Jasper» rispose, fingendo di essere impegnata a mettere via gli avanzi del pranzo.

«Questo lo so, ma perché?»

Sapendo che non spettava a lei raccontare quella storia, Kaitlyn rimase sul vago. «Gli ha appena salvato la vita» ribatté, mettendo il pollo rimasto in un contenitore. «Credo che chiunque sarebbe curioso.»

Casey le lanciò un'occhiata critica. «Che ti succede? Ti comporti in modo strano.»

«Sto bene. È stata una giornata pazzesca.»

«Vi rivedrete?»

Kaitlyn esitò. «Sinceramente non lo so.»

13

1

TANNER tornò in hotel. Si spogliò, fece la doccia e realizzò che, pur non avendo mangiato molto, non aveva fame. Si sdraiò sul letto, le mani intrecciate dietro la testa, domandandosi se esistesse la possibilità che Jasper fosse suo nonno oppure suo zio.

Non voleva saltare a conclusioni affrettate, ma se esisteva un legame tra lui e Jasper, le circostanze del loro incontro rasentavano l'intervento divino.

Per quanto riguardava Kaitlyn...

Era stata più cordiale di quanto si aspettasse. Si era sentito sollevato, ma, mentre fissava il soffitto, si domandò: le importava qualcosa del fatto che lo avesse indotto a riflettere? Avrebbe capito che i suoi ripensamenti erano sinceri? E, soprattutto, sarebbe stata disposta a dargli una seconda possibilità? L'unica cosa di cui era certo era che rivederla lo aveva scombussolato.

Era assillato dai dubbi e aveva la sensazione di andare alla deriva. Una settimana prima aveva un'idea precisa di quello che lo aspettava; una settimana prima era convinto di avere il totale controllo della propria vita. Ma dentro di lui qualcosa era cambiato, innegabilmente. Pensò di nuovo a ciò che gli aveva detto Glen... a volte lo sai e basta, eppure...

Dovette costringersi ad accettare il fatto che quello che sarebbe successo in seguito dipendeva da lei. Era una situazione a cui non era abituato, che lo metteva in difficoltà. Rimase sveglio tutta la notte in preda all'agitazione.

2

Jasper dormiva quando Kaitlyn era passata a trovarlo in ospedale la domenica sera prima di tornare a casa dopo le visite a domicilio, perciò dovette aspettare il lunedì mattina per parlargli. Sebbene fosse ancora molto provato, trovò la forza di raccontarle meglio quello che gli era successo.

Le confidò le proprie preoccupazioni per la sorte del cervo bianco e le descrisse i suoi incontri con i Littleton. Kaitlyn aggrottò la fronte sentendo i loro nomi, ricordando l'istintiva antipatia che aveva provato nei confronti di Josh. Non fu quindi sorpresa di sapere che non solo avevano cacciato illegalmente, ma che avevano anche abbandonato un uomo anziano ferito nella foresta, con il pericolo che morisse.

Dopo aver assicurato a Jasper che si stava prendendo cura di Arlo, non ebbe il tempo di chiedergli informazioni sui suoi figli, perché il dottor Betters entrò in camera insieme al chirurgo ortopedico. Immaginando che l'argomento della famiglia di Jasper meritava di essere discusso con più calma, Kaitlyn si congedò con la promessa di tornare presto.

3

Dopo colazione, Tanner fece un salto all'ufficio dello sceriffo. Al bancone d'ingresso gli fu detto che lo sceriffo era al telefono e che, se avesse voluto, avrebbe potuto parlare con qualcun altro. Tanner rispose che avrebbe aspettato.

Mezz'ora più tardi fu finalmente ricevuto da un uomo vestito da professore delle superiori più che da funzionario di pubblica sicurezza, che lo salutò con una stretta di mano. Dopo le presentazioni, Tanner raccontò un po' di sé e spiegò le ragioni per cui si trovava ad Asheboro, facendo anche il nome che gli aveva dato la nonna. Per il momento evitò di parlare di Jasper.

Charlie Donley si appoggiò alla spalliera della sedia. «Che storia. Come mai ha chiesto di parlare personalmente con me?»

Tanner si sporse in avanti. «Sono venuto qui perché mi è stato detto che lei conosce un certo Jasper Johnson» rispose. «Abita in una baita ai margini della Uwharrie e ha un cane che si chiama Arlo.»

«Jasper?» Charlie lo guardò sorpreso. «Certo, lo conosco. Cos'è successo?»

Tanner lo aggiornò su quanto era accaduto a Jasper negli ultimi giorni. Alla fine del racconto, lo sceriffo sospirò.

«È venuto da me la settimana scorsa a parlarmi di quel cervo albino» disse. «Era preoccupato per i bracconieri e io l'ho avvisato di essere prudente. Immagino che non mi abbia dato ascolto.» Scosse la testa sconfortato. «Ha detto che è ancora ricoverato?»

«Sì.»

«Sarà il caso che gli faccia visita.»

«Siete amici, quindi?»

«Suppongo di conoscerlo come chiunque altro. Vive qui da tutta la vita, ma non è un tipo molto socievole.»

«Mi interessava sapere se avesse informazioni sulla sua famiglia» lo incalzò Tanner. «In particolare, speravo che potesse dirmi se ha un figlio o un fratello più giovani di nome Dave o David.»

All'inizio lo sceriffo non disse nulla, ma quando mise insieme tutti i particolari del racconto di Tanner sul suo viso comparve un'espressione stupita. «Mio Dio» sospirò, dando un'occhiata fuori dalla finestra. Fece un respiro profondo quindi tornò a guardare Tanner.

«Spero che abbia un po' di tempo, perché la storia di Jasper è unica nel suo genere.»

4

Uscito dall'ufficio dello sceriffo, Tanner andò all'anagrafe, dove compilò un modulo per ottenere una copia del certificato di nascita di David Johnson. Gli fu detto che la pratica poteva richiedere diversi giorni.

Benché lo sceriffo non ricordasse con precisione l'età di David quando era morto – forse intorno ai venti, venticinque anni –, Tanner considerò che i tempi coincidevano e per questo decise di continuare a indagare per scoprire se Jasper fosse davvero suo nonno. Facendo i calcoli, David doveva essere più o meno coetaneo di sua madre.

Non era ancora sicuro che fosse il caso di affrontare la questione con Jasper. Il vecchio si stava riprendendo da un'esperienza traumatica e Tanner non voleva rendergli le cose più difficili di quanto già non fossero. Andava considerata anche la possibilità che Jasper non volesse incontrarlo, e, in tal caso, che diritto aveva lui di forzare gli eventi? Non sapeva che cosa fare...

Forse Kaitlyn avrebbe potuto aiutarlo.

A corto di idee, Tanner decise di scriverle.

Ti andrebbe di vederci per bere un caffè dopo il lavoro e parlare di Jasper? Aveva un figlio che si chiamava David e credo che possa trattarsi del mio padre biologico. Vorrei avere un tuo parere.

5

Kaitlyn stava visitando un paziente nel suo studio quando sentì la vibrazione del cellulare che teneva in tasca. Pensando che si trattasse della scuola di Casey o Mitch, gettò una rapida occhiata allo schermo e vide l'inizio di un messaggio di Tanner che diceva: *Ti andrebbe di vederci per bere un caffè*.

Mise via il telefono senza leggere il messaggio per intero: era già una di quelle giornate in cui tutti gli appuntamenti, purtroppo, andavano per le lunghe. Inoltre, le condizioni di Jasper e la bizzarra confessione di Tanner, insieme alle visite a domicilio della sera prima, l'avevano prostrata fisicamente ed emotivamente. Non aveva né il tempo né l'energia di affrontare Tanner in quel momento, ed era convinta che prendere un caffè con lui non sarebbe servito a niente. Che senso aveva?

Non valeva la pena pensarci e dedicò il resto della mattinata a visitare pazienti. Solo dopo essere tornata a casa per pranzare e dare un'occhiata ad Arlo, si ricordò del messaggio che aveva ricevuto.

Leggendolo per intero, rimase sbigottita: gli era profondamente riconoscente per ciò che aveva fatto per l'anziano, ma non aveva intenzione di lasciarsi coinvolgere emotivamente. Ma se Tanner avesse avuto ragione riguardo a Jasper?

Valutò le alternative: Jasper era un suo paziente e Tanner un flirt finito male. Non aveva dubbi e sapeva da che parte doveva stare; l'importante era stabilire che cosa fosse meglio per Jasper. Appurato questo, scrisse a Casey e Mitch, informandoli che quella sera sarebbe tornata a casa un po' più tardi. Quindi rispose a Tanner che era d'accordo a incontrarlo verso le cinque e mezzo, ma nel suo studio non per un caffè.

6

All'ora stabilita, Kaitlyn si affacciò in sala d'aspetto. C'era soltanto Tanner e con un cenno lei lo invitò a entrare nello studio. Prese posto dietro la scrivania, mentre lui si accomodò sulla poltroncina di fronte. Era bello come sempre, ma lei si sforzò di ignorarlo.

«Aggiornami» gli disse, appoggiando il mento sulle mani intrecciate, i gomiti puntellati sul piano della scrivania.

Tanner le raccontò quello che aveva saputo dallo sceriffo e le parlò delle sue riserve riguardo a un eventuale colloquio con Jasper.

«In effetti ci sono ottime probabilità, ma chi può dirlo?» commentò Kaitlyn. «Sono d'accordo che tocchi a Jasper decidere se incontrarti o no, soprattutto considerate le sue precarie condizioni di salute. Sono contenta che la pensiamo allo stesso modo.»

«Tu cosa mi suggerisci?»

«La cosa migliore, ovviamente, sarebbe un test del DNA. Ma sono sicura che Jasper vorrebbe conoscerne il motivo prima di dare il consenso e, in tutta onestà, non so come la prenderebbe se venisse informato.»

Mentre Tanner ci rifletteva sopra, il silenzio nello studio si fece pesante. Alla fine alzò lo sguardo, gli occhi illuminati da pagliuzze dorate. «E se ci fosse un altro modo per dimostrare che è mio nonno? Pur lasciando a lui la decisione se incontrarmi o no? Senza neppure dirgli della mia esistenza.»

Kaitlyn gli rivolse un'occhiata interrogativa. «Non vedo come sarebbe possibile.»

«Basterebbe che tu gli facessi una domanda precisa. E poi mi riferissi che cosa intende fare.»

Lei lo guardò. «Che cos'hai in mente?»

7

Tanner se ne andò poco dopo. Kaitlyn rimase seduta alla scrivania, riflettendo sulla loro conversazione. Il piano di Tanner poteva funzionare, e lei apprezzava il suo desiderio di non stressare ulteriormente il vecchio. La sua vita era già abbastanza complicata. Orribile, per la verità. Kaitlyn non conosceva le circostanze dell'incendio che lo aveva ridotto in quello stato e quando Tanner le aveva raccontato ciò che aveva saputo dallo sceriffo al riguardo – e del suicidio di Paul subito dopo –, le si era stretto lo stomaco. Non riusciva a immaginare come avesse fatto quell'uomo ad andare avanti.

Dopo qualche minuto uscì dallo studio e raggiunse l'ospedale a breve distanza. Tanner era già là, seduto nel piccolo atrio. La guardò passare, ma non disse niente e lei, dopo aver dato un'occhiata alla cartella clinica di Jasper sul computer, fece un respiro profondo ed entrò nella sua camera.

8

Pur rendendosi conto di doverci stare, Jasper odiava gli ospedali. Ci aveva trascorso troppo tempo nel corso della sua vita. Lo aveva detto al dottor Betters quando era andato a visitarlo e lo aveva ripetuto anche al chirurgo ortopedico, casomai Betters non lo avesse ascoltato. Betters non aveva fatto promesse. Il chirurgo ortopedico invece, alla luce dei miglioramenti fatti, aveva deciso di operarlo il mattino successivo, e questo, con ogni probabilità, avrebbe comportato una degenza più lunga.

Le infermiere avevano provato a rendergli il ricovero più confortevole, ovviamente. Avevano spostato il letto in modo che potesse sedersi e accendere la televisione, ma il volume era troppo basso, e lui non riusciva a sentire le parole. In ogni caso, il programma non gli interessava; se non aveva capito male, era un documentario di Discovery Channel sui vulcani. Siccome non c'erano vulcani nel raggio di mille chilometri intorno ad Asheboro, non vedeva il motivo di preoccuparsene. Quello che gli stava veramente a cuore era sapere se il cervo bianco era ancora vivo. Chissà se i giovani Littleton avevano continuato a cacciare nella foresta dopo averlo abbandonato ferito; magari erano tornati il venerdì per fare un ultimo tentativo prima che arrivassero le orde di cacciatori di tacchini. Aveva chiesto informazioni alle infermiere, ma nessuna aveva notizie. Nemmeno Charlie gli era stato di aiuto; lo sceriffo era passato a trovarlo qualche ora prima per rimproverarlo di essersi comportato in maniera tanto sconsiderata.

Era contento che la dottoressa Cooper si stesse prendendo cura di Arlo, come gli aveva detto quel mattino. Era gentile da parte sua, ma avrebbe dovuto raccomandarle di non farsi abbindolare dai trucchi del suo cane. Non era sempre affamato come voleva far credere, anche se pareva sul punto di morire di fame. Quando si trattava di cibo, non c'era da fidarsi.

Però era un bravo cane. Era andato a cercare aiuto e alla fine lo aveva trovato. Se glielo avessero chiesto prima, Jasper avrebbe risposto che Arlo non era in grado di fare una cosa del genere. Certo, sarebbe stato capace di uscire dalla foresta senza problemi. Dopotutto era il suo territorio, ma lui non avrebbe mai immaginato che fosse così intelligente da andare a casa della dottoressa Cooper. Ci era stato poche volte e, soprattutto, dopo aver assaggiato gli hot dog del bambino, Jasper avrebbe scommesso che il cane avrebbe sfruttato la situazione e non si sarebbe più spostato da là. *Perché andare a cercare il vecchio se qui mi danno da mangiare?* Invece no. Arlo aveva fatto il proprio dovere.

I miracoli non finiscono mai, pensò, ma quelli dell'ospedale non riconoscevano il suo cane per l'eroe che era. Quando Jasper aveva chiesto di poterlo tenere con sé, gli era stato detto che gli animali non erano ammessi. Chissà se il divieto valeva anche per quelli di servizio. Assorto nei propri pensieri, non si rese subito conto che la dottoressa Cooper era sulla soglia della camera.

«Salve, Jasper» lo salutò. «Le dispiace se entro?»

Jasper controllò le lenzuola, per accertarsi di essere ben coperto. Anche se era una dottoressa, non era il caso di mostrarle qualcosa che non le andava di vedere. Le fece cenno di entrare e lei si avvicinò con il sorriso sulle labbra, mettendosi a sedere.

«Devo ammettere che la trovo più in forma di stamattina» osservò «e anche i parametri sono migliorati. Ho visto che l'intervento è fissato per domani.»

«Il dottore ha detto che dovrà inserire delle viti per sistemare la caviglia.»

«È la prassi con fratture di questo genere» lo tranquillizzò lei. «Come si sente?»

«La pelle mi prude più del solito, ma cerco di non farci caso.»

«E funziona?»

«No.»

«Mangia abbastanza?»

«Ho detto alle infermiere che non mangio molto, ma non mi sono state a sentire. Una di loro mi ha guardato storto finché non ho finito tutto quello che avevo nel piatto.»

Kaitlyn sorrise. «Ha fatto bene. Deve rimettersi in forze. La testa come va?»

«Il dottor Betters dice che è a posto. Non mi fa più male.»

«Ottimo» commentò lei. «A proposito, Mitch mi ha chiesto di salutarla. Non vede l'ora di ricominciare a lavorare il legno con lei, appena se la sentirà.»

Jasper annuì. «Stavo pensando di intagliare un cervo e di fargli lo colorare di bianco. Per caso ha saputo se è stato avvistato di nuovo?»

«No, ma se dovessi sentire qualcosa, glielo farò sapere. In ogni caso, non credo che potrà avventurarsi nella foresta per un bel po' di tempo.»

«Charlie mi ha detto la stessa cosa.» Jasper fece una smorfia stizzita.

«Charlie?»

«Lo sceriffo. È passato prima.»

«Farà qualcosa contro i Littleton?»

«Non è che possa fare molto. La foresta è giurisdizione federale e i ragazzi in realtà a me non hanno fatto niente. Sono caduto da solo.»

Kaitlyn aggrottò la fronte in un moto di collera. «Avrebbero potuto soccorrerla, o chiamare aiuto...» protestò. «Sinceramente...»

«Non è un reato non fare certe cose» disse Jasper. «Dubito che si rendessero conto della gravità delle mie condizioni.»

«Si comporta in maniera fin troppo accomodante» obiettò Kaitlyn.

«Sono al mondo da più tempo di lei. Certe battaglie non si possono vincere.»

«Be', per sua informazione Casey mi ha detto di aver rimproverato Josh per averla lasciata ferito nella foresta e lui è stato tanto stupido da ammetterlo. Diciamo che la sua popolarità è in declino, almeno a scuola.»

Jasper sorrise. Non era molto, ma era già qualcosa. Guardò Kaitlyn avvicinare la sedia al letto.

«Jasper, posso farle qualche domanda?»

«È quello che sta facendo da quando è arrivata.»

Lei sorrise. «Lo so, però queste sono diverse. E non so esattamente da dove partire. Tanto per cominciare, la cosa in realtà non riguarda me. Ma potrebbe riguardare lei.»

«Chieda e basta.»

«D'accordo, però, prima di farlo, voglio assicurarle che sto dalla sua parte e farò tutto quello che mi domanderà.» Di fronte al cenno affermativo di Jasper, lei parve raccogliere le idee. «Sono venuta a conoscenza solo di recente delle circostanze dell'incendio in cui lei è rimasto ferito e di quello che è accaduto alla sua famiglia. Non riesco a immaginare quanto debba essere stato terribile per lei e capisco perché non ne ha mai voluto parlare. Anch'io non ne vorrei parlare, e mi dispiace molto per ciò che ha dovuto passare.»

Jasper rimase in silenzio. Si rese conto che lei gli aveva preso la mano prima di proseguire. «Vorrei farle qualche domanda su suo figlio David. Ma se non vuole rispondermi, andrà benissimo lo stesso.»

Jasper annuì, incuriosito.

«Si ricorda qualcosa di quando David era ragazzo?»

Jasper chiuse gli occhi per un istante. «Ricordo ogni cosa» bisbigliò, deglutendo con forza. «È tutto quello che mi resta.»

«Sa per caso se era innamorato di qualche ragazza?»

«Sì, aveva una ragazza.»

«Per caso si chiamava Monica Hughes?»

Sentendo il nome, Jasper provò una specie di scossa elettrica. «Come fa a saperlo, dottoressa?» chiese.

«Mi vuole parlare un po' di lei?»

«David l'amava, ma poi lei si è trasferita altrove» rispose lui con voce tremante. «Il padre era un militare e se non sbaglio era stato assegnato in Europa. David non l'ha più vista né ha mai avuto sue notizie. Aveva il cuore spezzato.»

Kaitlyn lo fissò con infinita tenerezza. «Se David le somigliava anche soltanto un pochino, sono sicura che Monica lo amasse moltissimo. David non ha più avuto sue notizie perché la ragazza è morta poco tempo dopo essersi trasferita.»

«Morta?»

Kaitlyn parlò con voce esitante, ma dolce. «Lo sapeva che aspettava un figlio quando è partita?»

«No» rispose Jasper.

«È così. Non conosco i dettagli, ma ci sono state complicanze durante il parto» spiegò Kaitlyn.

Jasper impiegò qualche istante a capire le implicazioni delle parole di Kaitlyn.

«Aspettava un figlio ed è morta.»

«Sì. Ha dato alla luce un maschio.»

«E David era il padre?»

«Sì» confermò Kaitlyn con un cenno del capo.

«Ne è assolutamente sicura?»

«Un test del DNA potrà confermarlo, ma non le racconterei questa storia se non ne fossi praticamente certa.»

Gli occhi di Jasper si riempirono di lacrime quando cominciò a comprendere quello che Kaitlyn stava tentando di dirgli. «Il bambino è sopravvissuto? Ho un nipote?»

«Esatto» confermò lei con gli occhi lucidi. Fece un respiro profondo prima di proseguire. «Si chiama Tanner Hughes. È stato lui a trovarla nella foresta.»

Era davvero troppo per Jasper, che si afferrò alla sponda del letto in cerca di sostegno. «Tanner Hughes» ripeté.

«E questo mi porta alla domanda successiva» disse Kaitlyn stringendogli la mano. «Tanner vorrebbe sapere se ha voglia di conoscerlo. Se preferisce di no, lui non intende insistere, la capisce e promette che non cercherà più di mettersi in contatto con lei.»

Jasper cominciò a piangere. Rimase a fissarla in silenzio per almeno un minuto con le guance rigate di lacrime.

«Sì» disse alla fine, cercando di controllarsi, colto da un improvviso senso di meraviglia. «Mi piacerebbe molto incontrare la mia famiglia.»

Epilogo

1

Il venerdì mattina Tanner si fermò in un self-service per comprare tre focaccine al prosciutto. Era diretto a casa di Jasper e le focaccine erano una per Jasper, una per sé e una per Arlo. Il cane meritava una ricompensa per ciò che aveva fatto, gli aveva detto Jasper, ma Tanner aveva già capito che i panini erano alla base dell'alimentazione di entrambi.

Arrivato alla baita, entrò come aveva fatto il giorno prima. Aiutò il nonno a vestirsi e a sedersi sulla sedia a rotelle per poi spingerlo in cucina e mettere la caffettiera sui fornelli. Quando il caffè fu pronto, riempì due tazze e le portò in tavola insieme alle focaccine. Arlo si sbafò la sua in due bocconi, poi annusò la tasca di Tanner in cerca di altro cibo. Tanner invece mangiò con più calma, mentre Jasper ne sbocconcellava la metà mettendo da parte il resto. Tanner incartò l'avanzo e lo mise in frigorifero, casomai all'anziano più tardi venisse fame benché, se le cose fossero andate come negli ultimi due giorni, non avrebbe toccato cibo fino all'ora di cena, quando Tanner avrebbe riscaldato della minestra o del cibo in scatola.

Dopo colazione spinse Jasper fuori sulla veranda, scortato da Arlo. Siccome l'aria del mattino era ancora frizzante, Tanner lo aveva convinto a infilarsi un giubbotto e un berretto e gli aveva anche messo una coperta sulle gambe. Kaitlyn e il dottor Betters gli avevano spiegato che la prolungata esposizione alle intemperie, con relativo shock termico, molto probabilmente aveva scatenato in Jasper una grave risposta autoimmune; bisognava tenerlo costantemente d'occhio. La psoriasi sul collo, il petto e le braccia era più infiammata del solito e le nocche della mano destra si erano improvvisamente gonfiate raddoppiando quasi di volume. Né Kaitlyn né il dottor Betters erano stati in grado di dire quando o se l'infiammazione e il gonfiore sarebbero passati. Tanner trovava strano che Jasper non si lamentasse mai di questi problemi.

Accomodandosi su una delle sedie a dondolo, guardò suo nonno, stupito di quanto fosse piacevole trascorrere il tempo con lui. All'inizio non sapeva che cosa aspettarsi: ricordava di essersi fermato fuori dalla porta della camera di Jasper all'ospedale per prepararsi psicologicamente nel caso l'incontro fosse andato male. Il vecchio invece lo aveva salutato con occhi gentili, e aveva allungato la mano senza dire una parola. Tanner l'aveva stretta e aveva capito che Jasper non lo avrebbe più lasciato.

«Mi hai trovato» aveva sussurrato con voce arrochita.

«Già» aveva confermato Tanner con un sorriso. «Direi per più di un verso.»

Quella notte era rimasto con Jasper per tre ore. Kaitlyn si era organizzata per fare un test rapido del DNA, giusto per sicurezza, anche se sembrava che i due uomini sapessero già quale sarebbe stato il risultato, al di là di ogni dubbio.

Dato che Jasper era ancora debole, aveva parlato quasi soltanto Tanner. Gli aveva descritto la propria vita nel dettaglio, dall'infanzia oltreoceano al servizio militare, al lavoro nella sicurezza all'estero fino al lungo viaggio intrapreso dopo il Covid. Aveva raccontato degli ultimi mesi trascorsi ad accudire la nonna e della rivelazione che gli aveva fatto sul letto di morte che lo aveva condotto ad Asheboro.

Stranamente, aveva condiviso con Jasper anche i crescenti dubbi che lo tormentavano sulla decisione di tornare in Camerun. Gli aveva confessato di sentirsi molto legato a Casey e Mitch, nonostante si conoscessero da pochissimo tempo. Quando si era trattato di parlare dei sentimenti che provava per Kaitlyn, aveva cercato di cambiare argomento, ma Jasper lo aveva interrotto.

«Tu la ami» aveva detto. «Te lo leggo negli occhi. Dovresti dirle quello che provi.»

Tanner non aveva saputo che cosa rispondere e quella notte non aveva quasi chiuso occhio.

Il mattino successivo era rimasto in sala d'aspetto mentre Jasper veniva operato e aveva trascorso il resto del pomeriggio nella sua camera aspettando che si risvegliasse. Nell'attesa, aveva noleggiato una sedia a rotelle e ordinato online travi, assi e utensili, che aveva fatto consegnare alla baita il giorno dopo.

Quando Jasper era stato dimesso il mercoledì seguente, Tanner aveva cambiato la macchina a noleggio con un SUV più capiente, quindi aveva caricato a bordo Jasper e infilato la sedia a rotelle nel bagagliaio. Prima di raggiungere la baita, erano passati a prendere Arlo da Kaitlyn. Mentre imboccavano il vialetto, Tanner aveva notato che il materiale che aveva ordinato era già stato consegnato.

Aveva passato gran parte del pomeriggio e della sera a realizzare una rampa temporanea che andava dalla veranda allo spiazzo di ghiaia. Mentre lui lavorava, Jasper gli aveva raccontato la propria storia.

Seduto sulla sedia a rotelle gli aveva parlato di peschi e intagli e versetti della Bibbia e di un nonno che una volta aveva visto piovere pesci dal cielo. Mentre Tanner martellava e segava, gli aveva descritto il carattere gentile e fiducioso di suo padre e il dolore che aveva provato quando se n'era andato all'improvviso. Con sguardo pieno d'amore e meraviglia gli aveva raccontato della prima volta che Audrey era salita sul suo pick-up. Gli aveva parlato della caccia alle spugnole, del primo bacio e di quanto fosse stato difficile dirle addio quando era partita per il college. Tanner aveva ascoltato con attenzione il racconto dei primi successi con i peri di Bradford. Più che altro, però, Jasper aveva parlato della famiglia che lui e Audrey avevano formato, condividendo aneddoti su ciascun figlio. Ovviamente si era soffermato soprattutto su David, descrivendolo con particolari vividi e dettagliati. Come mai prima d'allora, Tanner aveva provato il desiderio di sapere di più su sua madre.

Terminata la costruzione della rampa, quando mancava solo la ringhiera, Jasper gli aveva chiesto di andare nel capanno, spiegandogli dove stava la scatola con le foto di famiglia che si trovavano alla baita quando la casa era bruciata. Tanner aveva studiato attentamente le foto di David, colpito da quanto si assomigliassero. Da suo padre aveva preso il naso e il mento e, guardando Jasper chino sui vecchi ritratti, aveva capito che anche lui lo aveva notato. Che strano, aveva pensato Tanner, trovare conforto in una parte della tua storia privata che neanche sapevi ti fosse mancata.

Jasper aveva completato il racconto soltanto il giorno prima, arrivando alla tragica conclusione di una vita fino ad allora benedetta. Tanner ne aveva già sentita una parte dallo sceriffo. L'uragano simile alla mano di Dio che aveva distrutto la sua attività. L'incendio. Il suicidio di Paul. I mesi trascorsi nel reparto grandi ustionati e gli interventi chirurgici successivi. La psoriasi cronica, a dimostrazione che Dio gli aveva voltato le spalle per sempre.

Ma, di recente, aveva scoperto nuovi scorci di gioia: intagliare il legno con Mitch; l'avvistamento del cervo bianco che, secondo Jasper, era un segno del cielo. E, ovviamente, l'improvvisa comparsa di Tanner nella sua vita, una cosa che non si sarebbe mai immaginato neppure nei suoi sogni più arditi.

Quando Tanner era tornato in hotel quella sera, era rimasto a letto a riflettere sull'amore di Jasper per la moglie e la famiglia, un amore così intenso da trascendere persino la loro incomprensibile perdita. Gli aveva fatto pensare a Kaitlyn e ai suoi figli e alla casa che avevano costruito insieme. Serbava un ricordo vivido di quando avevano fatto l'amore, le sensazioni gli si erano radicate dentro a livello profondo. Ma ciò che gli mancava più di tutto era il modo in cui si sentiva insieme a lei, quasi fossero collegati da un apparato radicale solido, da fondamenta di cui prima non era mai stato consapevole.

Tu l'ami. Dovresti dirle quello che provi.

Le parole di Jasper avevano continuato a mulinargli nella testa. Aveva già avuto la sua possibilità. La sera prima Kaitlyn era andata alla baita a controllare le condizioni di

Jasper e a esaminare le nocche gonfie e la psoriasi. Era stata gentile con lui, ma a parte informarlo che il test del DNA aveva confermato la parentela, non aveva aggiunto altro. Prima di andare via, gli aveva ricordato di chiamarla se le condizioni di Jasper fossero peggiorate. Lui l'aveva guardata allontanarsi, arrabbiato con sé stesso e profondamente addolorato per averla delusa. Ma, ovviamente, non aveva aperto bocca.

Adesso, seduto sulla veranda con Jasper, sentì il vecchio schiarirsi la voce.

«Potresti portarmi a trovare la mia famiglia?» gli chiese.

Tanner spinse la sedia a rotelle lungo la rampa. Il tragitto sulla terra battuta fu un po' più accidentato, ma procedettero con calma, raggiungendo alla fine il piccolo cimitero. Giunti vicino alle lapidi, Tanner poté leggere i nomi incisi. Si soffermò su quello di David, con le mani giunte davanti a sé. *Mi sarebbe piaciuto conoscerti.*

Jasper rimase in silenzio per un po', la testa china a contemplare le tombe. Tanner gli appoggiò una mano sulla spalla, provando un senso di conforto. Lo sentì fare un respiro profondo e lo osservò tormentare piano la coperta. Arlo intanto annusava alla base di un albero poco distante.

«Per molto tempo» confessò Jasper «avrei voluto essere morto insieme a loro.»

Tanner gli strinse dolcemente la spalla, non sapendo che cosa rispondere.

Dopo un po' Jasper proseguì. «A volte mi capita ancora. Vengo qui con la consapevolezza che tutto ciò che ho amato è ormai sepolto, e benché sia passato tanto tempo, sento ancora il cuore andare in mille pezzi Ma...»

Alzò la testa verso Tanner appoggiando la mano gonfia e deforme sulla sua.

«Poi ricordo a me stesso che se ora ho il cuore spezzato significa che un tempo non lo era, che un tempo era leggero e integro. Amare Audrey e i miei figli ha dato gioia e significato alla mia vita e non scambierei quell'amore con niente al mondo.»

2

Il sabato Kaitlyn tornò a visitare Jasper nel salotto della baita. Non si aspettava grandi cambiamenti dal giovedì sera, ma sperava che il medicinale più forte che gli aveva lasciato l'ultima volta potesse dargli un po' di sollievo. Sebbene lui minimizzasse le proprie sofferenze, lei sapeva che stava male.

Mitch era fuori, in attesa che lei terminasse la visita. Sapeva che Jasper non sarebbe stato in grado di intagliare il legno con lui ancora per diverso tempo, tuttavia aveva insistito per accompagnarla. Ancora più sorprendente era stata la decisione di Casey di andare insieme a loro, ma la ragione fu ben presto chiara. Appena si era allacciata la cintura, aveva buttato lì con nonchalance che al concessionario Ford del posto erano appena arrivate quattro nuove Bronco e aveva chiesto a Kaitlyn di farci un salto prima di tornare a casa. «Solo per dare un'occhiata» si era affrettata a promettere e quando Mitch aveva accolto l'idea con entusiasmo Kaitlyn si era sentita presa in trappola. Era escluso che comprassero la macchina quel giorno, e lo sapeva, ma accettò a malincuore di andare a vederla.

«Mi sembra che i ragazzi vadano molto d'accordo con Tanner» osservò Jasper.

Seguendo il suo sguardo fuori dalla finestra, vide Mitch e Casey intorno a Tanner che spiegava le fasi di costruzione della rampa. Nonostante il freddo, lui indossava soltanto una maglietta a maniche lunghe, che gli aderiva al torace muscoloso. Per una frazione di secondo le tornò in mente l'immagine della sua pelle liscia e dorata quando gli aveva sbottonato la camicia, ma la scacciò subito e tornò a concentrarsi su Jasper.

«Sì, hanno passato un po' di tempo insieme.»

«Parla molto di loro.»

«Chi? Tanner, intende?»

«È convinto che lei abbia fatto un lavoro sorprendente con i suoi figli.»

«Ci provo» commentò Kaitlyn. Avrebbe preferito che l'uomo lasciasse perdere l'argomento. Rivedere Tanner in ospedale e alla baita non era stato semplice. Dopo essere tornata a casa, più di una volta aveva dovuto resistere alla tentazione di annegare i rimpianti in una bottiglia di vino. Quando aveva troncato la storia, aveva pensato che non lo avrebbe più rivisto, ma ovviamente l'universo aveva altri progetti.

«Parla tantissimo anche di lei» insistette Jasper.

«Siamo usciti un paio di volte.» Kaitlyn cominciò a raccogliere i suoi strumenti. «Non ha funzionato, però.»

«Mi ha raccontato anche questo.»

Benché una parte di lei volesse sapere che cos'altro

Tanner gli avesse confidato, decise di tornare alla sfera professionale. «Bene, credo di avere finito. Passerò domani sera, prima di andare dagli altri pazienti, d'accordo? Ricordi che mi può chiamare in qualunque momento se dovesse succedere qualcosa.»

«Senz'altro» le assicurò lui. «È troppo buona con me.»

«Le porto qualcosa mentre sono qui? Magari un bicchiere d'acqua?»

«Non ho sete. Ma già che me lo chiede, le dispiacerebbe portarmi la Bibbia e gli occhiali da vicino? Sono sul comodino.»

Lei glieli portò. «C'è altro?»

«Sì, ancora una cosa.» Lui aveva un'aria serissima.

«Che cosa?»

«Lui l'ama, anche se finora non ha avuto il coraggio di dirglielo. Forse perché ha paura che lei non ricambi il suo sentimento. Ma io sono convinto che siate perfetti l'uno per l'altra.»

Kaitlyn si sentì avvampare. «Grazie di avermelo detto. Ma a che serve? Tra poco se ne andrà.»

Jasper annuì, osservando il terzetto fuori sulla veranda. Poi tornò a guardarla, con occhi intensi e gentili. «Ne è sicura?»

A queste parole Kaitlyn si girò di scatto verso la finestra: Mitch stringeva l'avvitatore elettrico con aria concentrata mentre Tanner reggeva una vite contro la ringhiera e gli dava istruzioni. Udì il lieve ronzio dell'attrezzo che veniva azionato; quando lo spense, Mitch era raggiante e Casey e Tanner gli batterono il cinque.

La domanda di Jasper rimase sospesa nell'aria. Si voltò a guardarlo, ma lui stava già sfogliando la Bibbia. Kaitlyn si mise la borsa in spalla e uscì sulla veranda.

«Mamma!» esclamò Mitch. «Sto dando una mano a costruire la balaustra! Il signor Tanner mi ha insegnato a usare l'avvitatore elettrico.»

«Ho visto» confermò lei. «Se volete salutare Jasper, potete entrare.»

Casey lanciò un'occhiata a Kaitlyn e Tanner, poi prese il fratello per un braccio. «Vieni, tonto. Salutiamo Jasper, così poi potremo andare a vedere la mia macchina nuova.»

«Sì!» esclamò Mitch salendo i gradini due alla volta.

Kaitlyn li seguì con lo sguardo. Quando si girò verso Tanner, si rese conto che la disinvoltura che le era sembrato di cogliere tra lui e i ragazzi era svanita.

«Ciao» la salutò lui. Cincischiò nervoso con l'avvitatore, quindi lo posò sul gradino e si infilò le mani in tasca.

«Ciao» rispose lei.

«Come sta?»

«In via di guarigione, ma ci vorrà del tempo.»

«C'è qualcosa in particolare a cui devo stare attento?»

«Come ieri sera. Febbre, difficoltà respiratorie, e fammi sapere se la psoriasi o il gonfiore alle nocche peggiora. Ovviamente assicurati che mangi, beva e riposi.»

«Mangia poco.»

«Insisti» disse lei scendendo le scale. «Gli piaci» aggiunse.

«Anche lui a me.» L'espressione di Tanner era un misto tra lo sconcerto e la gioia. «Faccio ancora fatica a credere che sia mio nonno. Non credo di avere elaborato del tutto la cosa.»

«Quanto pensi di restare per occuparti di lui?» chiese Kaitlyn, sperando di avere un tono disinvolto.

«Per tutto il tempo necessario, penso.»

Kaitlyn si sentì osservata e si voltò, serissima. «Dovrà tenere il gesso per altre otto settimane. E poi avrà bisogno di fisioterapia e riabilitazione.»

«Lo so» disse lui.

«E il Camerun?» Lei inclinò la testa con aria interrogativa.

Lentamente, gli si disegnò sul volto un sorriso. «Te l'ha detto, vero? Che ho scritto a Vince per dirgli che non sarei partito?»

Kaitlyn soffocò un risolino. Una piccola bolla di felicità le scoppiò dentro, come l'anidride carbonica trattenuta in una bottiglia di acqua minerale.

«Jasper mi ha un po' parlato di quello che significava per lui la sua famiglia, e mi ha colpito molto. Una volta deciso di non partire più, ho capito subito che era la cosa giusta da fare» proseguì Tanner.

«Significa che rimarrai ad Asheboro ancora per un po'?»

«L'intenzione è questa.»

«Hai idea per quanto tempo?»

«Difficile a dirsi» rispose lui. «C'è Jasper ed è l'unica famiglia che mi resta. Non vorrei lasciarlo, soprattutto ora che ci siamo appena conosciuti.» La guardò con intensità negli occhi. «E, ovviamente, c'è sempre la possibilità che decida di mettere radici qui per sempre.»

Kaitlyn sentì le guance arrossarsi. «Vivrai alla baita con Jasper?»

«No. Ho la sensazione che sia abituato a stare da solo e che lo preferisca.»

«Allora dove ti stabilirai?»

«Non lo so ancora» rispose lui. «Pensavo di cercare qualcosa in città.»

«E per il lavoro?»

«Non te l'ho detto?» Lui si finse sorpreso. «Ho un po' di soldi da parte. Ma, se dovessi o volessi trovare qualcosa, ho un amico qui vicino che sarà felice di farmi tornare dai miei compagni della Delta.»

«Interessante» commentò lei, lasciando scivolare a terra la pesante borsa medica.

«Lo penso anch'io.»

Lui avanzò di un passo e le prese la mano. I suoi occhi, socchiusi e carichi di promesse, le accarezzarono il viso.

«Mi sei mancata» bisbigliò.

«Anche tu.» Kaitlyn fece un sospiro. Gli appoggiò l'altra mano sul petto, mettendo un po' di distanza tra loro. «Ma avrò bisogno di un po' di tempo per elaborare tutto quanto. E non voglio affrettare le cose.» Lo guardò con aria determinata. «Dovremo ricominciare daccapo.»

«Lo capisco.»

«Dico sul serio.»

«Anch'io. Mi piacerebbe tanto ricominciare daccapo. Hai in mente qualcosa in particolare? Conosco un ottimo pub in città.»

Lei si alzò in punta di piedi e soffocò l'improvviso bisogno di fare una piroetta. «Quanto te ne intendi di macchine?»

«Un po'. Perché?» domandò lui.

«Perché Casey oggi vuole andare a vedere delle nuove Bronco.»

«Hai intenzione di comprargliene una?»

«Credo che sia arrivato il momento. Vuoi venire con noi?»

«E Jasper?» chiese Tanner.

Lei si girò verso la casetta, poi si sporse in avanti con aria complice. «Penso che riuscirà a cavarsela anche da solo per un'oretta, non credi?»

Lui si chinò a baciarla, le labbra piene di promesse.

«Sei tu il dottore» bisbigliò. «Mi fido di te.»

3

Jasper li guardò andare via.

Tanner aveva promesso di tornare entro un'ora, ma lui lo aveva invitato a fare con calma. Anche se zoppicava ed era malconcio, era più che abituato a badare a sé stesso. Per la verità, avrebbe apprezzato un po' di solitudine dopo gli ultimi giorni.

Era stato bello rivedere Mitch. E pure conoscere Casey, anche se immaginava che fosse una tipa tosta quando ci si metteva. Mentre Mitch gli raccontava entusiasta del compleanno a casa di un amico in programma per quel pomeriggio («Laser tag! E go-kart!»), lei sbirciava di nascosto sua madre e Tanner fuori dalla finestra. Jasper aveva finto di non accorgersene, dal momento che anche lui li stava osservando di sottecchi. L'imbarazzo tra i due in ospedale e alla baita quel giovedì era la prova evidente di quanto fossero pazzi l'uno dell'altra. Avevano solo bisogno di una spintarella per ammetterlo. Jasper aveva scosso la testa, pensando: I giovani rendono le cose così complicate...

Rimasto finalmente solo, inforcò gli occhiali da vicino e aprì la vecchia Bibbia come aveva fatto già quel mattino.

Aveva chiesto a Tanner di recuperarla dalla scatola nel capanno e aveva sfogliato le pagine, ricordando che *Giobbe* era il primo dei libri Sapienziali e precedeva i *Salmi*.

Era una storia che da giovane lo aveva lasciato perplesso; in seguito gli era sembrata troppo simile alla propria e non aveva più voluto rileggerla. Nella versione cristiana, Dio si compiace con Satana per la fede di Giobbe; Satana risponde che lui gli è devoto solo perché ha ricevuto in dono ricchezze, salute e una famiglia meravigliosa. Per dimostrare l'integrità della fede di Giobbe, Dio concede a Satana di portargli via tutto. Giobbe perde i raccolti e le greggi, la sua famiglia viene uccisa e successivamente gli si ricopre tutto il corpo di piaghe.

Mentre Jasper rileggeva le pagine, si rese conto di aver dimenticato la conclusione. Guardò fuori dalla finestra assorto, poi sussultò. Si raddrizzò a sedere, si tolse di scatto gli occhiali da lettura e guardò meglio.

«Per la miseria!» esclamò a voce alta.

Ai margini della sua proprietà, al confine con la foresta, c'era il cervo bianco. Da lontano pareva una creatura del mondo degli spiriti, così bianco da sembrare lucente. Jasper sbatté le palpebre una volta, poi di nuovo, per accertarsi di non esserselo immaginato. È venuto da me, pensò. È davvero qui. Estasiato, osservò l'animale voltare disinvolto il muso da una parte e dall'altra. Era un esemplare maestoso, un maschio adulto dalle cosce muscolose con grandi palchi simmetrici. Pur se lontano, Jasper ne colse l'intelligenza, grazie alla quale era riuscito a rimanere vivo in un mondo pieno di persone ansiose di ucciderlo solo per la sua bellezza.

Lo vide piegare un orecchio; un attimo dopo avanzò lentamente nella sua proprietà. I suoi movimenti erano aggraziati e calmi, e alla fine si fermò sotto l'albero dove c'erano le lapidi. Qui si girò a guardare nella direzione di Jasper.

Lui si sentì stringere la gola, oppresso dal peso della famiglia che aveva perduto, e pieno di gioia per quella che aveva appena trovato. Se avesse dovuto tenere il conto di quanti miracoli fossero successi, l'apparizione del cervo era il secondo in una settimana, e all'improvviso ebbe la certezza che il cervo bianco avesse preannunciato l'arrivo di Tanner. E allora tutt'a un tratto comprese che Dio non lo aveva mai abbandonato. Dio aveva portato Tanner nella sua vita, donandogli, proprio come aveva fatto con Giobbe, una nuova famiglia dopo aver perso tanto. Mentre rifletteva su questa rivelazione, il cervo sbuffò, quindi si voltò e se ne andò, scomparendo nella foresta.

Jasper sentì gli occhi riempirsi di lacrime. Le lasciò scorrere lungo le guance, provando un senso di pace come non gli capitava da decenni. Chinò il capo e recitò la preghiera più potente che conosceva.

«Grazie, Dio» bisbigliò alla fine. «Grazie.»

Ringraziamenti

Qualcuno potrebbe annoiarsi a leggere lo stesso elenco di persone nei miei ringraziamenti, anno dopo anno; per me invece è diventato un rito che considero una rara benedizione. Il fatto che tante persone chiave nella mia vita professionale e personale siano rimaste immutate per quasi trent'anni è decisamente notevole in un'epoca di polarizzazione culturale sempre più accentuata e di rapporti spesso transitori. Lasciatemi partire da dove tutto è iniziato nel 1995.

La mia agente letteraria, coproduttrice nonché amica da decenni, Theresa Park, è stata al mio fianco non solo nella stesura di ogni libro, ma in quasi tutte le tappe fondamentali della mia vita adulta. Credo di poter dire lo stesso di me nella sua. Theresa, grazie di avermi accompagnato per tutti questi anni e di essermi accanto in questo incredibile viaggio.

Alla squadra della Park & Fine, talentuosa, accurata, lungimirante: grazie di essere rimasti fedeli all'impegno di ricerca dell'eccellenza, quando vi sareste potuti riposare sugli allori. Celeste Fine, nuova direttrice della Park & Fine, il tuo brillante intuito sta già trasformando l'agenzia in una nuova e ambiziosa realtà dagli orizzonti sconfinati; Andrea Mai ed Emily Sweet, non potrei desiderare due esperte più raffinate, creative e competenti per portare il mio lavoro all'attenzione dei partner giusti e per interagire con i miei fan; Abby Koons e Ben Kaslow-Zieve, grazie a voi – e con l'aiuto dei miei fidati editori internazionali e co-agenti stranieri, che sono stati partner instancabili e ispirati – la pubblicazione dei miei libri nel mondo non solo continua a essere redditizia, ma anche esaltante e affascinante. Jen Mecum, hai la mia più profonda gratitudine e ammirazione per l'acume legale (e le abilità di mentore!) che dimostri. Charlotte Gillies, ti ringrazio di fungere da trasmettitore attraverso cui scorre la corrente della mia attività professionale e della mia vita creativa, «unendo tutti i puntini» alla Park & Fine e al di fuori. L'agenzia ridefinisce nel tempo la rappresentanza di un autore e io ho avuto la fortuna di beneficiare del suo ininterrotto lavoro di squadra per molti anni.

Pur essendo un autore relativamente nuovo alla Random House, ho la sensazione di essere qui da decenni. In gran parte è merito della mia talentuosa, sensibile e instancabile editor e direttrice editoriale Jennifer Hershey; nonostante la sua posizione di spicco nella casa editrice, non ha paura di rimboccarsi le maniche e affrontare l'arduo compito di rimodellare un romanzo complicato, e io sono in debito con lei per il lavoro svolto su *Quanti miracoli*. Ovviamente Jennifer non potrebbe assolvere con tanta efficienza ai suoi innumerevoli ruoli senza l'appoggio e il sostegno della presidente Kara Welsh e del vicedirettore editoriale Kim Hovey; insieme formano un triunvirato con straordinarie doti di comando e attenzione agli autori.

Tutte le squadre della Random House mostrano un livello impareggiabile di dedizione, esperienza e qualità nella cura di ogni libro. Ecco i loro nomi: Jaci Updike e Cynthia Lasky per le vendite; Quinne Rogers e Taylor Noel per il marketing; Jennifer Garza, Karen Fink e Katie Horn per la promozione; Ellen Folan, Nicole McArdle, Karen Dziekonski, Dan Zitt, e Donna Passannante per gli audiolibri; e la squadra di Kelly Chian, Susan Brown, Maggie Hart, Caroline Cunningham, Kelly Daisley e David Hammond per la produzione. La copertina è il biglietto da visita di un libro e io ho la fortuna di essere nelle mani del leggendario art director Paolo Pepe, che, con il prezioso aiuto del mio vecchio amico Flag, ha saputo dare anche a quest'ultima un'indimenticabile veste grafica.

Ho avuto la straordinaria fortuna di vedere molti dei miei romanzi trasposti in produzioni cinematografiche e ora persino in un musical di Broadway! Tutto questo è dovuto all'intuito magistrale di Howie Sanders di Anonymous Content, che resta uno dei miei amici più cari e fidati. Il mio legale di lunga data Scott Schwimer è stato un angelo custode (sebbene armato di spada infuocata) e un guardiano, sempre presente nel momento del bisogno. Della Anonymous Content voglio ricordare anche David Levine e Garrett Kemble, due collaboratori visionari, e Zack Hayden, produttore di grandissimo talento al quale sono particolarmente grato, che ha curato i miei ultimi film con grande attenzione. Peter Cramer, Donna Langley, Lexi Barta e Jacqueline Garell della Universal Pictures mi sorprendono sempre con la loro impeccabile professionalità, guida artistica e intuito infallibile. Kevin McCollum e Kurt Deutsch, siete riusciti a trasformare un sogno fantasioso in una realtà concreta: un musical di

Broadway basato su *Le parole che non ti ho detto*! Grazie per questa stupefacente prodezza artistica e professionale; sono onorato ed estasiato da ciò che avete creato.

La mia nuova PR Jill Fritzo e i suoi colleghi Michael Geiser e Stephen Fertelmes sanno mettere in comunicazione con grande facilità e raffinatezza i mondi dell'editoria e di Hollywood e sono fortunato di essere nelle loro capaci mani. Ormai LaQuishe Wright («Q») è diventata un'icona tra i social media manager che lavorano nello spettacolo, ma sono la sua profonda integrità e gentilezza a renderla unica. Grazie di essermi rimasta accanto per tutti questi anni. Mollie Smith, da decenni coordini la mia presenza sul Web e tieni d'occhio il numero dei miei fan: sei assolutamente essenziale per me e per il mio lavoro. Un grazie alla squadra che trasforma il frutto delle mie fatiche in dollari e centesimi, le mie commercialiste Pam Pope e Oscara Stevick: grazie di aver assicurato – a me e alla mia famiglia – un sostentamento adeguato per decenni.

Tia Scott-Shaver, Jeannie Armentrout, Jerrold, Linda e Andie meritano tutta la mia gratitudine: grazie a voi la mia vita scorre liscia. Andy Sommers e Hannah Mensch si occupano degli aspetti generali della mia vita con abilità e disinvoltura e di questo sono loro riconoscente. Un grazie anche a Victoria Vodar.

Ho anche la fortuna di avere parecchi amici fantastici, tra cui Bill e Pat Mills; David e Morgan Shara; Mike Smith; Christie Bonacci; Jeff e Torrie Van Wie; Jim e Karen Tyler; Todd e Gretchen Lanman; Tony e Shellie Spaedy; Kim e Eric Belcher; Lee e Sandi Minshull; Jonathan e Stephanie Arnold; Austin e Holly Butler; Bill Silva; Jeff Brown; Gray

Zuerbregg; James Hickman; Al Peterson. Tutti hanno aggiunto gioia alla mia vita. Sarei scorretto se non citassi inoltre Paul Du Vair; Chris Matteo; Rick Mench; Kirk Pierce; Pete DeCler; Bob Jacob; Jeannine Kaspar; Joe Westermeyer; Ron Markezich; Shane O'Flaherty; Darryl Gordon; David Wang; Sandy Haddock; Ryan Seeger; Missy Blackerby; Ken Gray; Heather Cope; Dave Simpson; Maureen McDonnell; Joy Lenz; David Geffen; Anja Schmeltzer. La mia vita è migliore grazie a tutti voi.

Infine, tutto il mio amore e la mia gratitudine ai membri della mia famiglia allargata. Prego per voi ogni singolo giorno.

PEFC
PEFC/18-31-226
Certificato PEFC
Questo prodotto è realizzato con materia prima da foreste gestite in maniera sostenibile e da fonti controllate
www.pefc.it

GRAFICA VENETA
CARBON NEUTRAL

Questo libro è fabbricato da Grafica Veneta S.p.A.
con un processo di stampa e rilegatura certificato 100% carbon neutral
in accordo con PAS 2060 BSI

Finito di stampare presso Grafica Veneta S.p.A.
Via Malcanton, 2 – Trebaseleghe (PD)
su carta HOLMEN
con fibra vergine proveniente da foreste sostenibili holmen.com/paper
Printed in Italy

Prova d'acquisto
978-88-200-7551